SE

W sprzedaży
następujące tomy cyklu „Miecz Prawdy”:

Pierwsza Spowiedniczka

Pierwsze prawo magii
Kamień Łez
Bractwo Czystej Krwi
Świątynia Wichrów
Dusza ognia
Nadzieja pokonanych
Filary Świata
Bezbronne imperium
Pożoga
Fantom
Spowiedniczka
Wróżebna machina
Trzecie królestwo
Skradzione dusze
Serce Wojny

oraz

Dług wdzięczności

TERRY GOODKIND

SERCE WOJNY

Przełożyła
Lucyna Targosz

REBIS

Dom Wydawniczy REBIS

Tytuł oryginału
Warheart

Redaktor
Agnieszka Horzowska

Projekt i opracowanie graficzne serii oraz projekt okładki
Jacek Pietrzyński

Fotografie na okładce
© Maksym Dykha/Shutterstock
© Larry Jacobsen/Shutterstock
© AstroStar/Shutterstock

Wydanie I
Poznań 2016

ISBN 978-83-7818-835-3

Dom Wydawniczy REBIS Sp. z o.o.
ul. Żmigrodzka 41/49, 60-171 Poznań
tel. 61-867-47-08, 61-867-81-40; fax 61-867-37-74
e-mail: rebis@rebis.com.pl
www.rebis.com.pl
DTP: *AKAPIT*, Poznań, tel. 61-879-38-88

ROZDZIAŁ 1

Kahlan – roztrzęsiona, z zawrotami głowy – wyprostowała się sztywno, stojąc w głowach pogrzebowego stosu. Wpatrywała się w leżące przed nią ciało Richarda. Delikatna mgiełka i mżawka – lodowato zimne w porównaniu z trawiącą ją rozpaczą – chłodziły jej twarz. Wilgotny bruk połyskiwał w świetle tego ostatniego dnia. W nieregularnych kałużach odbijały się fragmenty wznoszącej się dalej cytadeli i pobliskiej kamiennej wieży strażniczej; krople deszczu zniekształcały od czasu do czasu te odbicia.

Chociaż mgła i deszcz zmoczyły równo ułożony stos pogrzebowy, to Kahlan wiedziała, że drewno będzie płonąć. Polana leżące na dole pokryto grubą warstwą smoły – żeby pochodnie podpaliły cały stos, żeby płonął nawet mimo mżawki, żeby płomienie strawiły ciało Richarda.

A wraz z nim marzenia i nadzieje Kahlan.

Marzenia i nadzieje wszystkich zamienią się w popiół.

Wystarczy, żeby żołnierze, stojący wokół stosu pogrzebowego, wetknęli weń żagwie, a będzie po wszystkim.

Wszystko się skończy – i dla niej, i dla innych.

Posępni ludzie z pochodniami stali na baczność, ale wpatrywali się w nią. Żaden z tych członków Pierwszej Kompanii, osobistej gwardii lorda Rahla, nie zamierzał być tym, który pierwszy przytknie pochodnię i podpali stos. Rozkaz powinna wydać ona – Matka Spowiedniczka, żona Richarda.

Ciszę poranka zakłócało jedynie stłumione syczenie pochodni. Ich płomienie trzeszczały, kołysały się lekko na wilgotnym wietrzyku, jakby niecierpliwie czekały na jej polecenie, aby mogły wypełnić swój ponury obowiązek.

Tłum zgromadzony za żołnierzami trwał w milczeniu. Wielu płakało.

Kahlan, stojąc przy głowie Richarda, wpatrywała się w przystojną twarz mężczyzny, którego kochała. Nie mogła znieść tego bezruchu śmierci. Tyle razy lękała się o jego życie, lecz ani razu nie przyszło jej na myśl, że będzie stać przy jego pogrzebowym stosie.

Ubrali go w czarną koszulę, na nią włożyli także czarną, rozwiniętą po bokach tunikę, okoloną złotą, ozdobioną symbolami taśmą. Te same symbole widniały na szerokim skórzanym pasie (Kahlan wiedziała teraz, że wiele spośród tych symboli było w mowie Początku). Na nadgarstkach, skrzyżowanych na niebijącym sercu, miał szerokie, wyściełane skórą, srebrne bransolety z wygrawerowanymi starożytnymi symbolami. Peleryna, spływająca mu z szerokich ramion, zdawała się utkana ze szczerego złota – leżał na niej, jakby był darem dla dobrych duchów.

Gdzież były te dobre duchy, kiedy ich najbardziej potrzebowała?

Pytając o to, Kahlan wiedziała, że troski świata żywych nie były troskami duchów. Należały tylko i wyłącznie do żyjących ludzi.

Czerwony niczym krew kamień, osadzony pośrodku prastarego amuletu, który Richard nosił na łańcuszku na szyi, zalśnił w blasku dnia. Misterne srebrne żyłki spowijające kamień symbolizowały taniec ze śmiercią. Amulet był dziełem Baraccusa, czarodzieja wojny w czasach, kiedy imperator Sulachan rozpoczął wielką wojnę. Amulet, jak i sam taniec ze śmiercią były ważne dla czarodziejów wojny. Richard, jak się okazało, ostatni spośród nich, leżał w ich tradycyjnym stroju.

Brakowało tylko skórzanego, wytłaczanego pendentu ze wspaniałą złoto-srebrną pochwą Miecza Prawdy. Ale miecz tak naprawdę nie był częścią stroju czarodzieja wojny. Teraz to Kahlan będzie go strzec.

Przypomniała sobie dzień, kiedy Zedd dał Richardowi ów miecz i obwołał go Poszukiwaczem Prawdy. Wspomniała, jak Zedd przysiągł oddać życie w obronie Poszukiwacza. I dotrzymał tej przysięgi.

Wspomniała, jak i ona uklękła przed Richardem tamtego dnia, skłoniła głowę, splotła za plecami dłonie i złożyła tę samą przysięgę.

Uśmiechnęła się przelotnie, przypominając sobie zdumioną minę Richarda i jego pytanie skierowane do Zedda, kto to taki ten Poszukiwacz.

To było tak dawno temu, a Richard tak wiele się nauczył, tak wiele dowiedział. On jako pierwszy od wykucia tego prastarego miecza w pełni zrozumiał, kim jest Poszukiwacz i czym tak naprawdę jest powierzony mu oręż. Był najprawdziwszym Poszukiwaczem Prawdy.

Nigdy nie będzie kolejnego.

Kahlan walczyła tym mieczem w gniewie wystarczająco często, by pojmować jego moc, lecz nie była jego panią. To Richard był panem Miecza Prawdy. Łączyła go z nim więź.

Nicci – czarodziejka, która zatrzymała serce Richarda i pozbawiła go życia, żeby mógł pójść za zasłonę i ocalić Kahlan od śmierci – stała za nią po jej lewej stronie; kaptur peleryny chronił ją przed mżawką. Ale i tak kropelki zbierały się na przemoczonych koniuszkach jej długich blond włosów. Łzy spływały jej z twarzy. Dręczyła ją świadomość, że Richard – mężczyzna, którego kochała, lecz nigdy nie mogła mieć – umarł z jej ręki, chociaż na własne żądanie.

Trzy Mord-Sith – Cassia, Laurin i Vale – stały za Kahlan po jej prawej ręce. Richard dopiero co uwolnił je od poddaństwa. A one postanowiły go chronić i mu służyć. To była pierwsza decyzja, jaką podjęły z własnej nieprzymuszonej woli, od kiedy były dziewczynkami. Postanowiły tak z miłości i szacunku dla człowieka, którego ledwie poznały, a który już odszedł.

Nikt z zebranych na placu się nie odzywał. Czekali na ogień, który strawi ziemską postać Richarda. To był lord Rahl, Poszukiwacz, mąż Kahlan. To ona powinna wydać polecenie, a nikt nie chciał jej ponaglać.

Zdawało się, że wszyscy wstrzymują oddech, nie mogąc uwierzyć w nieodwołalność śmierci ukochanego wodza.

Ponieważ jego ciało chroniła tajemna magia, Richard wyglądał, jakby po prostu spał i mógł się w każdej chwili obudzić. Lecz chociaż sprawiał wrażenie, jakby nie umarł, to życie go opuściło. Jego ciało było pustą powłoką. Jego dusza była teraz za zasłoną, w zaświatach, i demony wlokły ją w wiekuisty mrok.

Kahlan pozwoliła sobie przez moment pofantazjować, że wcale tak nie jest, że on się obudzi, uśmiechnie, wypowie jej imię.

Lecz to było jedynie pragnienie, które tylko wzmogło udrękę.

Kiedy tak stała, drżąc, przyglądała się, jak mgła na twarzy Richarda się skrapla i jak kropelki spływają mu z czoła albo z policzka. Wyglądało to niemal tak, jakby i on płakał.

Wyciągnęła rękę i czule pogładziła jego wilgotne włosy.

Jakżeż mogła się z nim pożegnać?

Jak mogłaby nakazać, by podpalono stos?

Wszyscy czekali.

Kahlan wiedziała, że mroczne ziemskie moce zjawią się, żeby spróbować wykraść jego ciało. Sulachan będzie go pragnął do własnych straszliwych celów.

Jak mogłaby nie wydać kochanego nad życie mężczyzny płomieniom, które go przed tym uchronią?

ROZDZIAŁ 2

Żołnierze czekali na rozkaz Kahlan; choć nie chcieli, żeby go wydała, wiedzieli, że musi to zrobić.

Poczuła narastającą panikę na myśl o tym, że właśnie do niej to należy, że już nigdy nie zapomni chwili, w której wydała tak przerażające polecenie.

Lecz wiedziała, że Richard tego by sobie życzył. Zrobił to samo dla Zedda. I powiedział jej wtedy, że nie mógłby ścierpieć myśli, że zwierzęta wykopują zwłoki jego dziadka.

A teraz po świecie grasowały bestie w ludzkiej postaci.

To żyjącym, tym, których tu zostawił, którzy go kochali, przypadł obowiązek zadbania o jego doczesne szczątki. Jego przodkowie – prawie każdy lord Rahl przed Richardem – spoczywali w paradnej krypcie w podziemiach Pałacu Ludu, siedzibie rodu.

Lecz kraj pustoszył imperator Sulachan i jego wojska półludzi i ożywionych umarłych – toteż Kahlan nie chciała ryzykować, że wróg, gdyby jednak zdobył pałac, ekshumowałby zwłoki Richarda jako trofeum lub, co gorsza, że Hannis Arc wykorzystałby krew Richarda do ożywienia imperatora Sulachana. Wolała nie myśleć, co by uczynili z ciałem Richarda, gdyby wpadło im w ręce.

Nie mogła dopuścić, żeby coś takiego przytrafiło się jej mężowi. Do niej należało zadbanie o to, żeby na tym świecie nic z niego nie zostało.

Teraz tylko w jeden sposób mogła się upewnić, iż dobrze wypełniła ten obowiązek – musiała pozwolić, żeby Richarda strawiły płomienie. Wystarczy jedno jej słowo i dopełni się.

Czemu nie mogła tego zrobić?

Kahlan rozmyślała gorączkowo, starając się znaleźć sposób na uniknięcie nieuniknionego, próbowała wymyślić jakiś pretekst, by nie wydać ostatecznego rozkazu.

Nic nie przychodziło jej na myśl.

Ogarnięta rozpaczą osunęła się na kolana, zsunęła kaptur, położyła dłonie na barkach Richarda i pochyliła głowę.

– Prowadź nas, mistrzu Rahlu – wyszeptała, a wszyscy w milczeniu patrzyli, jak odmawia prastare modły do lorda Rahla. – Nauczaj nas, mistrzu Rahlu. Chroń nas, mistrzu Rahlu. Rozkwitamy w twojej chwale. Osłania nas twoje miłosierdzie. Twoja mądrość przerasta nasze zrozumienie. Żyjemy tylko po to, żeby ci służyć. Nasze życie należy do ciebie.

Słowa wracały do niej echem, kiedy tak klęczała na mokrym placu, trzymając drżące ręce na ciele Richarda.

Nikt nie przyłączył się do modłów. Wiedzieli, że tym razem sama musi je odmówić. To było jej pożegnanie.

Łzy spływały jej po policzkach wraz z kropelkami deszczu i mgły, skapywały z twarzy. Powstrzymała szloch i wreszcie się podniosła, przybrała minę Spowiedniczki, nieujawniającą nic z jej udręki.

Kiedy podniosła wzrok, zobaczyła w oddali – poprzez lukę wśród zgromadzonych na placu żołnierzy – Łowcę, siedzącego spokojnie na skraju mrocznego lasu. Nawet z tej odległości dostrzegła, że wlepia w nią zielone ślepia.

Kotowate stworzenie w ogóle nie zwracało uwagi na mżawkę. Spływała po jego gęstej sierści niczym woda po kaczce.

Kahlan znowu spojrzała na jedynego człowieka, którego kochała. Zachowując kamienną twarz Spowiedniczki, przytuliła dłoń do zimnego policzka Richarda. Chociaż był zimny, to dzięki magii równie miękki jak za życia.

Jej twarz zaś była jak jego oblicze: nieruchoma, spokojna, pozbawiona uczuć.

Dusza Richarda wyruszyła w wiekuistą podróż. Kahlan na własne oczy widziała, jak zstępuje w mrok, wleczona przez demony w zaświaty, ciasno spowita ich skrzydłami. Wtedy i ona była martwa, a przynajmniej podążała w śmierć. Demony ciągnęły ją w wieczną noc, coraz dalej od linii Grace –

lecz Richard przeszedł za zasłonę zaświatów i odpędził je. Kiedy już je od niej odciągnął, dusza Kahlan, ów tajemniczy element w Grace, mogła powrócić do ciała w świecie życia.

Wbito jej w pierś nóż, lecz Nicci zdołała uleczyć ranę i dusza Kahlan w porę wróciła. Stało się tak, bo Richard poświęcił życie, żeby na czas ją ocalić.

Kahlan zmarszczyła brwi na tę myśl... na czas.

W wieczności zaświatów nie było czegoś takiego jak czas. Czas miał znaczenie tylko w świecie życia.

Czy to możliwe, iż Richard nadal ma w sobie iskrę życia, tak jak ona ją miała – przeciwwagę dla śmiercionośnego jadu, który zatruł ich obydwoje? Czy podobna, że przez cały ten czas nadal utrzymywał ową łączność ze światem żywych, chociaż coraz głębiej wnikał w pozbawiony czasu świat umarłych?

Jak długo ta łączność istniałaby w takim miejscu? Zwłaszcza że jego ciało chroniła tajemna magia, tak że wyglądał jak w chwili, kiedy umarł? Magia, korzystająca z pozbawionego czasu elementu zaświatów, chroniła jego ciało przed rozkładem. Toteż w pewnym sensie nadal zachowywało ono łączność z duszą.

Richard usunął z niej śmiertelną zmazę, odciągnął demony i wykorzystał iskrę życia Kahlan, by odesłać ją po liniach Grace z zaświatów do świata żywych. W jej przypadku nie posłużyli się tajemną magią, by chronić jej ciało – nie musieli, bo dopiero co umarła. W zaświatach wydawało się to wiecznością, lecz w świecie żywych minęło niewiele czasu.

Richard zmarł dość dawno, lecz miało to znaczenie tylko w ich świecie. Dla jego ziemskiego ciała czas uległ „zawieszeniu" dzięki wiecznym elementom zaświatów, do których odeszła jego dusza.

A gdyby tak istniał jakiś sposób...?

Kahlan spojrzała na Łowcę obserwującego ją z oddali.

Sądziła, że Red, wiedźma, przysłała zwierzę na znak współczucia.

A jeżeli się myliła i Red nie dlatego przysłała Łowcę?

To wszystko zaczynało nabierać osobliwego sensu. Jakby Richardowego sensu. Jego pomysły często najpierw wydawały się szalone, a potem okazywały się dobre. A gdyby tak jej szalone domysły były w gruncie rzeczy najprawdziwsze i słuszne?

Teraz w niej jedyna nadzieja Richarda. Nie miał nikogo prócz niej, kto mógłby znaleźć jakiś sposób. Tylko ona mogła o niego zawalczyć.

Kahlan wiedziała, że jeśli naprawdę istnieje jakaś szansa, żeby go sprowadzić do świata żywych – nieważne, jak szalone mogłoby się to wydawać – to właśnie ona musiała znaleźć ów sposób.

– Muszę iść – szepnęła.

Nagle odwróciła się ku Nicci i powiedziała głośno:

– Muszę iść.

Nicci, cicho szlochając, podniosła na nią wzrok.

– Co takiego? Dokąd?

– Muszę się zobaczyć z wiedźmą.

Nicci jeszcze bardziej się nachmurzyła, słysząc w głosie Kahlan niecierpliwość.

– Po co?

Kahlan popatrzyła na Łowcę, a potem spojrzała czarodziejce w oczy.

– To jeden z rozpaczliwych czynów miłości.

ROZDZIAŁ 3

Kahlan podbiegła do najbliższego żołnierza. Położyła dłoń na wielkiej pięści zaciśniętej wokół pochodni i odepchnęła ją.

– Nie. Nie możemy tego zrobić. – Powiodła wzrokiem po reszcie zebranych, podniosła głos. – Odsuńcie się! Wszyscy!

Żołnierze z pochodniami zdumieli się, lecz najwyraźniej poczuli ulgę. Odsunęli posykujące żagwie od stosu, żeby się przez przypadek nie zajął, a potem zanurzyli je w wiadrach z wodą. Płomienie syczały i strzelały, jakby protestując, ale wreszcie zgasły.

Kahlan dopiero wtedy odetchnęła z ulgą.

Nicci położyła jej dłoń na ramieniu i odwróciła ku sobie.

– O jakim to rozpaczliwym czynie mówisz?

Kahlan zignorowała czarodziejkę i władczym gestem wskazała cytadelę, żeby dotarło to do wszystkich obserwujących ją żołnierzy.

– Zanieście Richarda do sypialnej komnaty. Połóżcie go na łożu. Ostrożnie.

Potężni żołnierze Pierwszej Kompanii, nie kwestionując dziwnego polecenia, przyłożyli pięści do serca.

Kahlan spojrzała na majora Fistera, który wybiegł przed swoich ludzi.

– Matko Spowiedniczko, co...

– Przed komnatą postawcie straże. Do środka może wejść tylko ktoś z Pierwszej Kompanii, nikt inny, nawet służba. Strzeżcie cytadeli, póki nie wrócę.

Skłonił głowę.

– Tak się stanie, Matko Spowiedniczko.

– Co się dzieje, Kahlan? – zapytała cicho Nicci.

Kahlan popatrzyła na Łowcę na skraju ciemnego lasu. Potem poza drzewa, na odległe góry, wyglądające niczym szare duchy unoszące się w mglistym świetle. Gdzieś w tych górach była przełęcz, gdzie mieszkała wiedźma.

– Muszę iść do Red – powtórzyła raz jeszcze.

Nicci spojrzała ku górom.

– Po co chcesz się zobaczyć z wiedźmą? Właśnie teraz?

Kahlan popatrzyła w błękitne oczy Nicci.

– Wiedźmy potrafią dostrzec różne rzeczy w nurcie czasu. Potrafią zobaczyć, co się wydarzy.

– Niekiedy im się to udaje – przyznała Nicci – ale potrafi to i zwykła wróżbitka. Za srebrną monetę powie wszystko, co chcesz usłyszeć. A jeśli moneta będzie złota, to powie dokładnie to, co chcesz usłyszeć, i postara się, żeby to brzmiało bardzo przekonująco.

– Wiedźmy nie proszą o srebro ani o złoto.

Nicci miała współczującą minę.

– To nie oznacza, że to, co dostrzegają, jest prawdą.

– Red mi powiedziała, że mnie zamordują.

Nicci zamilkła na chwilę.

– A powiedziała, że Richard odda życie i pójdzie za tobą w zaświaty?

– Nie. I w tym rzecz. Dlatego muszę się z nią zobaczyć.

– Co masz na myśli, mówiąc „i w tym rzecz”?

– Powiedziała mi, że Richard jest kamykiem w stawie i że ponieważ działa, kierując się wolną wolą, to fale rozbiegające się od jego czynów wpływają na wszystko i zamazują to, co ona widzi. – Kahlan wskazała kałuże. – Tak samo jak falki wywołane kroplami deszczu zniekształcają odbicie.

– A to oznacza? – zapytała Cassia. Jej wilgotny czerwony skórzany strój zaskrzypiał.

Kahlan spojrzała w pełne nadziei oczy trzech Mord-Sith.

– A to oznacza, że może istnieć sposób, dzięki któremu uda się nam na powrót sprowadzić duszę Richarda do świata życia.

– Przywrócić mu życie? – zapytała Vale, zdumiona, lecz pełna nadziei.

Kahlan kiwnęła głową.

– Tak.

– Ale dopiero co powiedziałaś, że ona nie może zobaczyć, co Richard zrobi – powiedziała Cassia.

– To prawda, i o to mi chodzi. Nie może zobaczyć, co on zrobi, lecz może zdoła dojrzeć, co uczynią inni, co będą w stanie uczynić, jakie mają możliwości. Nie sądzicie? – I znowu spojrzała na Nicci. – Red radziła, żebym cię zabiła.

Czarodziejka aż otworzyła usta.

– Co takiego?!

Kahlan chwyciła ją za ramię i odciągnęła dalej od żołnierzy. Trzy Mord-Sith poszły za nimi, osłaniając je.

– Red dojrzała, że jeśli nie zostaniesz powstrzymana, to zabijesz Richarda – wyjaśniła cicho. – Nie wiedziała, jak postąpi Richard, bo nie może przewidzieć jego czynów, lecz wiedziała, co się może przydarzyć innym, co ty możesz zrobić. Wiedziała, że go zabijesz. Powiedziała, że przyszłość, życie nas wszystkich, zależy od Richarda. Bez niego wszyscy jesteśmy zgubieni. To dotyczy i jej. Nie pojmujesz? Jest żywotnie zainteresowana tym, by Richard przeżył, ponieważ nie chce, żeby Opiekun zaświatów mógł ją wywlec poza porządek Grace. Sulachan i Hannis Arc właśnie tego chcą. Zamierzają zniszczyć Grace, znieść rozdział pomiędzy światem życia i światem umarłych. Rozumiesz, co mam na myśli? Jako wiedźma byłaby skazana na wieczne męki. Powiedziała, że tylko Richard może im przeszkodzić. Z pewnością lepiej niż ja znasz wszystkie proroctwa mówiące o Richardzie, wiesz, jak go w nich nazywają i że zawsze jest w centrum wszystkich wydarzeń.

– O tak – westchnęła Nicci.

– No i Red powiedziała, że muszę cię zabić, żebyś nie mogła odebrać Richardowi życia. Że on musi żyć, żeby wszyscy inni mieli szansę przetrwać. Że mnie zamordują, zanim go zabijesz, więc muszę cię wcześniej uśmiercić. Nie myliła się co do tego. Wtedy jej odpowiedziałam, że nie wierzę, abyś mogła zabić Richarda. Powiedziała, że to zrobisz, bo go kochasz. To wszystko było prawdą. Stało się tak, jak zapowiedziała, tyle że wtedy nie miało to sensu. Nie powiedziała, że go zabijesz z miłości. Tylko że to zrobisz, bo go kochasz.

Sądziłam, że ma na myśli to, iż zrobisz to z gniewu lub zazdrości. – Krótkim gestem dłoni zbyła potencjalny zarzut. – Wiesz, o co mi chodzi.

Nicci znowu tylko głęboko westchnęła.

– To mi się wydawało niemożliwe – ciągnęła Kahlan. – Nie potrafiłam uwierzyć, że mogłabyś zrobić Richardowi coś takiego, i powiedziałam to Red. Odparła, że zrobisz to, jeśli zachowasz życie. Ale nie mogłam cię zabić, bo jej słowa nie miały dla mnie sensu.

Nicci smutno się uśmiechnęła.

– Dziękuję, że we mnie wierzyłaś.

Czarodziejka popatrzyła na Richarda leżącego na pogrzebowym stosie. Żołnierze zaczynali się wspinać na drewno, żeby go ostrożnie stamtąd zabrać.

– Może powinnaś była pójść za jej radą – powiedziała Nicci. – Richard by żył, gdybyś zrobiła to, na co nalegała Red. Wolałabym tam leżeć zamiast niego.

– Co się stało, to się stało – stwierdziła Kahlan. – Nie możemy zmienić tego, co się wydarzyło, ale może uda się nam odmienić to, co dopiero będzie.

Nicci spojrzała na nią.

– Co masz na myśli?

– Red naprawdę mi współczuła. Wiem to. – Kahlan wskazała Łowcę. – I uważałam, że przysłała go dlatego, żeby wyrazić swój żal i współczucie.

Nicci zaczynała być coraz bardziej zaintrygowana.

– A teraz jesteś innego zdania? Myślisz, że przysłała go z innego powodu?

– Tak, być może. Ostatnio wysłała do mnie Łowcę po to, żeby mnie bezpiecznie do niej zaprowadził, aby mogła mi powiedzieć, co zobaczyła w nurcie czasu. Chciała ochronić Richarda i uważała, że najbardziej się do tego nadaję. Powiedziała, że nie może cię zabić, bo jej rolą nie jest osobiste ingerowanie. Do niej należy wypatrywanie tego, co mogłoby pomóc innym zrobić to, co powinno być zrobione. Miała rację co do tego, ale jej nie wierzyłam i dlatego nie zastosowałam się do jej rad.

Kahlan chwyciła Nicci za ramię.

– A jeśli i tym razem po to wysłała Łowcę? Jeżeli dostrzegła coś w nurcie czasu? Coś, co by nam pomogło sprowadzić Richarda z powrotem?

Nicci była pełna rezerwy.

– Wiedźmy często sprawiają wrażenie, że chcą ci pomóc, ale to niekoniecznie prawda. Mają własne plany i zamiary, a także niemiły zwyczaj dawania ci fałszywej nadziei, żebyś działała na ich korzyść.

Kahlan wiedziała, że Nicci zrobiłaby wszystko, wykorzystała każdą, choćby nie wiem jak szaloną szansę, żeby ocalić Richarda, toteż zdawała sobie sprawę, że czarodziejka, wątpiąc, bada solidność jej teorii.

– Tym razem zależy jej na tym, żeby Richard przeżył i powstrzymał Sulachana. Nie ma dla niej większego zagrożenia. A jeśli naprawdę istnieje jakiś sposób? – drążyła Kahlan. – Jeżeli wiedźma coś widzi? Jakiś sposób na ocalenie Richarda? To prawda, że wiedźmy czasem rzeczywiście nas zwodzą, ale nigdy nie okłamują: w tym, co mówią, zawsze jest ziarno prawdy. Polubiłam ją, Nicci. Uważam, że naprawdę się o nas troszczy.

Nicci przyglądała się jej sceptycznie, ale nic nie powiedziała.

– Ponieważ nie zrobiłam tego, co mi doradzała, i nie zapobiegłam śmierci Richarda, to zmieniły się wydarzenia, odmienił się ich bieg w nurcie czasu. Richardowe działania – a on działa, kierując się wolną wolą – zmieniły przyszłość. A co, jeśli teraz Red widzi w nurcie czasu coś nowego, co moglibyśmy zrobić? Coś, co dopiero teraz stało się możliwe, bo Richard poszedł za mną?

Nicci popatrzyła ku Łowcy.

– Chodźmy – zniecierpliwiła się tą dyskusją Cassia. – Marnujemy czas. Chodźmy do tej wiedźmy i przekonajmy się.

– Ostatnio chciała, żebym przyszła sama – Kahlan poinformowała trzy Mord-Sith.

Cassia przesunęła dłonią po zwieszającym się z ramienia wilgotnym blond warkoczu.

– To milutkie. Tym razem nie pójdziesz sama. Idziemy z tobą. Jeśli jest jakiś sposób sprowadzenia z powrotem lorda Rahla, to pójdziemy z tobą, żeby mieć pewność, że tam dotrzesz i dowiesz się, jak to zrobić, a potem wrócisz tu i zrobisz, co trzeba.

Kahlan wiedziała, że sprzeciwianie się Mord-Sith, które już podjęły decyzję, nic nie da. A poza tym Cassia mogła mieć rację. Mroczne Ziemie były niebezpiecznym miejscem.

– Ja też idę – stwierdziła zdecydowanie Nicci.

– Nikt się nie sprzeciwia – rzekła Kahlan, zaciskając dłoń na gardzie miecza i torując sobie drogę przez tłum żołnierzy i nielicznych służących z cytadeli. Rozstępowali się, robiąc jej miejsce. Wszyscy na nią patrzyli; wpatrywali się pełnymi nadziei oczami, chociaż nie pojmowali, czemu sama Kahlan tak nagle ją odnalazła. – Muszę iść do Red. Zadbajcie o to, żeby Richard był dobrze strzeżony do naszego powrotu – powiedziała przez ramię majorowi.

Zrównał się z nią.

– Matko Spowiedniczko, powinniśmy iść z tobą jako ochrona. Lord Rahl by nalegał. Powinnaś mieć przy sobie kilku żołnierzy z Pierwszej Kompanii. Walczyłaś razem z nimi. Znasz ich siłę i serce.

– Tak, ale chcę, żebyście wszyscy tu czekali – odparła Kahlan. – To wiedźma. A one są skryte i tajemnicze. Mogłaby być niezadowolona i odmówić mi pomocy, gdybym sprowadziła ze sobą całą armię.

Major tak mocno zaciskał dłoń na gardzie miecza, że zbielały mu kłykcie.

– Nie sądzę, że mogłaby się sprzeciwić całej armii.

Kahlan pochyliła ku niemu głowę.

– Żeby dotrzeć tam, gdzie mieszka, musiałam przebyć dolinę usłaną ludzkimi czaszkami. Nie można było zrobić kroku, żeby na jakąś nie nadepnąć.

To go na chwilę uciszyło.

– Nicci ustrzeże nas przed magią – powiedziała Kahlan, zanim znowu zaczął protestować. – Cassia, Laurin i Vale ochronią nas przed innymi niebezpieczeństwami.

Mord-Sith, mijając majora, posłały mu pełne zadowolenia uśmieszki.

Kahlan przystanęła i obejrzała się na zatroskanego Fistera. Odrobinę wysunęła miecz z pochwy i pozwoliła mu opaść.

– No a poza tym mam przy sobie miecz Richarda i wiem, jak nim władać.

Major Fister głęboko westchnął.

– Dobrze o tym wiemy – powiedział, a stojący za nim żołnierze potwierdzająco kiwnęli głowami.

Nicci nachyliła się ku Kahlan, kiedy ta znowu ruszyła.

– A co, jeśli wiedźma nic nam nie powie?

– Powie. Po to wysłała po mnie Łowcę.

Kiedy się oddaliły od placu, czarodziejka delikatnie ujęła ramię Kahlan i zatrzymała ją.

– Posłuchaj, Kahlan, to nie tak, że nie chcę spróbować lub że nie zrobiłabym wszystkiego, nie oddałabym wszystkiego, w tym własnego życia, żeby z powrotem sprowadzić Richarda. Po prostu chcę, żebyś była realistką i nie pozwoliła się zwodzić fałszywej nadziei. Kiedy Richard umarł, a ty wróciłaś, było na odwrót: to ja chciałam się uczepić najdrobniejszej szansy, a ty byłaś realistką. Powiedziałaś, że musimy zaakceptować straszliwą prawdę i nie marzyć o tym, co nierealne. Pamiętasz? Jeżeli się okaże, że to fałszywa nadzieja, ból stanie się jeszcze większy.

– Bardziej nie może boleć – powiedziała Kahlan.

Nicci westchnęła i ze zrozumieniem kiwnęła głową. Kahlan ruszyła przez puste ziemie wokół cytadeli, czarodziejka szła u jej boku.

Rozmyślając o słowach Nicci, uniosła na koniec rękę, pokazując czarodziejce pierścień z Grace.

– Ten pierścień zostawili dla Richarda Magda Searus, pierwsza Matka Spowiedniczka, i czarodziej Merritt. Czekał trzy tysiące lat, żeby Richard go znalazł, odnalazł wraz z wieścią i proroctwem. O to walczyli, o to walczył Richard, o to i my walczymy.

Nicci skinęła głową.

– Kiedy Richard złożył twoje ciało na łożu, zanim cię uleczyłam, zdjął ten pierścień i wsunął ci na palec.

Kahlan o tym nie wiedziała.

– To coś oznacza, Nicci. Wszystko, co się wydarzyło: wszystkie mówiące o Richardzie proroctwa, ci wszyscy ludzie nadający mu rozmaite tytuły i imiona, wszystko, czego się nauczył, co zrobił, odnalezienie wróżebnej machiny i zostawionego dlań pierścienia – to coś oznacza. Musi tak być. Nurt czasu, w który wiedźma potrafi zajrzeć, też coś oznacza. Widzi go z jakiegoś powodu. Ma to jakieś znaczenie. To wszystko jest połączone i ma ogólniejszy sens. To nie może się ot, tak skończyć. Nie wolno nam do tego dopuścić. Musimy walczyć, bo inaczej na pewno wszyscy zginiemy. Na chwilę żałość i rozpacz to przede mną ukryły. Lecz teraz dostrzegam ogólniejszy obraz. Widzę to tak, jak Richard by chciał, żebym zobaczyła. – Znowu uniosła rękę, nie zatrzymując się. – Skoro Richard wsunął pierścień na mój palec, zrobił to nie bez powodu. Red może nam coś powiedzieć, Nicci. Wiem, że tak. Nie pozwolę, żeby ta szansa – i każda inna – mi umknęła. Poza tym co mamy do stracenia? Cóż gorszego mogłoby nas spotkać niż to, co nas czeka? Chcesz pozwolić umknąć szansie, choćby i najmniejszej?

– Jasne, że nie. – Nicci w końcu leciutko się uśmiechnęła. – Jeśli istnieje jakiś sposób, to ty go znajdziesz. Richard na tyle mocno cię kochał, żeby iść po ciebie w zaświaty. Spróbujemy wszystkiego, zrobimy wszystko, żeby go sprowadzić.

Kahlan zebrała się w sobie, żeby się uśmiechnąć.

– Droga przed nami może być trudniejsza, niż potrafimy sobie wyobrazić.

Spojrzenie Nicci wyrażało determinację.

– Jeśli mamy szansę go ocalić, uczynimy to.

ROZDZIAŁ 4

Kahlan – z pendentem na prawym barku i z mieczem u lewego biodra – szła przez tereny cytadeli ku murom. Czarodziejka kroczyła u jej boku, trzy Mord-Sith za nimi.

Chociaż rozsądek mówił im, że nie ma nadziei na sprowadzenie Richarda z zaświatów, to Mord-Sith najwyraźniej pragnęły wierzyć, że to możliwe. Kahlan zaś miała nadzieję, że się nie łudzą. Lecz nie darowałaby sobie, gdyby nie wykorzystała wszystkich możliwości, nie zajrzała pod każdy kamień, choćby wiązało się to ze spotkaniem z wiedźmą.

Kahlan wiedziała, że ludzie nie wstają z martwych, lecz widywała, jak ktoś na łożu śmierci odzyskuje zdrowie. Richard potrzebował czegoś więcej, niż tylko odzyskać siły, jak po odniesieniu poważnej rany; ale gdzie była ta linia, zasłona między życiem a śmiercią?

Niepokoiła się jednak, bo całe życie poświęciła odnajdywaniu prawdy. Richard nie żył i lęk mówił jej, że powinna zaakceptować tę prawdę.

Choć bardzo się starała, nie mogła rozstrzygnąć tego problemu. Kiedy śmierć staje się ostateczna? Kiedy zasłona na dobre opada?

Któż miałby orzec, że życia już nie da się przywrócić?

W końcu, przez zmazę śmierci, jaką Zaszyta Służka naznaczyła ich obydwoje, Kahlan zabrała ze sobą w zaświaty iskierkę życia i dzięki temu wróciła. Gdyby sama tego nie doświadczyła, trudno by jej było uwierzyć, że coś takiego jest możliwe.

Podziałało to, choć nadzieja była nikła. A skoro jej się udało, to może uda się i Richardowi, mającemu w sobie taką samą drobinę tajemnej magii? Nie potrafiła sobie wyobrazić, jak by to się mogło stać, zwłaszcza że minęło już tyle czasu – i właśnie dlatego musiały pójść do wiedźmy. Jeśli istniała jakaś szansa, to właśnie Red mogła dać im wskazówki, podpowiedzieć, jak znaleźć sposób.

Łowca siedział spokojnie na małej, ciemnej skałce; zielone ślepia patrzyły, jak Kahlan przechodzi przez sklepione przejście w surowym kamiennym murze. Spojrzała w obie strony, upewniając się, że w pobliżu nie czai się jakaś niespodzianka. Nadal musieli się obawiać, że zjawią się półludzie.

Kiedy Kahlan się zbliżyła, Łowca zaczął mruczeć, jakby się cieszył, że znowu ją widzi. Ona z pewnością się cieszyła ze spotkania z nim. Dawał jej nadzieję, coś, czego mogła się uchwycić.

Zwierzak nie przypominał żadnego stworzenia, jakie dotąd widziała. Chociaż był trochę podobny do kota, nie wiedziała, do jakiego należy gatunku – był przynajmniej dwa–trzy razy większy od zwykłego kota, miał długie wąsy i takie same migdałowate oczy. Lecz łapy miał znacznie masywniejsze niż kot, a tułów grubszy, bardziej jak u borsuka. „Stopy" miał nieproporcjonalnie duże, co świadczyło o tym, że jest młody i jeszcze musi do nich dorosnąć. Krótką jasnobrązową sierść na grzbiecie znaczyły ciemne cętki. Sierść ciemniała ku biodrom i barkom. Stworzenie najbardziej przypominało Kahlan krzyżówkę rysia i rosomaka lub borsuka – z takimi samymi muskularnymi barkami, lecz bez wydłużonego pyska czy krótkich łap. Łeb bardziej przypominał łeb pumy albo rysia, ale czoło było bardziej wydatne. Długie, spiczaste uszy miały na czubkach kępki sierści.

Kiedy Kahlan po raz pierwszy zobaczyła to zwierzę, wyjęła mu z łapy cierń. I Łowca ją za to polubił. Tamtej nocy spał zwinięty w kłębek, przytulony do niej. Jednak był potomkiem zwierza nie tylko wielkiego, ale i – jak powiedziała Red – groźnego. Kahlan wolałaby nie musieć walczyć z Łowcą, a tym bardziej z jego matką. Lecz zaprzyjaźniła się z nim i nie bała się go.

Miała nadzieję, że – tak jak ostatnio – naprawdę przyszedł po to, żeby zaprowadzić ją do wiedźmy.

Przykucnęła przed mruczącym stworzeniem i spojrzała w zielone ślepia. Podrapała Łowcę za uchem, potem pogłaskała, a on przylgnął do jej dłoni, spodobała mu się ta pieszczota.

– Red cię po mnie przysłała, tak?

Nie wiedziała, czy Łowca ją rozumie, ale zamruczał głośniej i spojrzał ku ciemnym lasom. Miała wrażenie, że naprawdę wiedział, o co zapytała.

Kahlan wstała, wspierając lewą dłoń na gardzie miecza, i spojrzała na las. Do górskiej przełęczy, gdzie mieszkała Red, droga była daleka. Chociaż nadal było jasno, to robiło się coraz później i wkrótce miała zapaść ciemność. Przebywanie nocą na bezdrożach Mrocznych Ziem, wystawianie się na czyhające tam niebezpieczeństwa nie było zbyt miłą perspektywą.

A jeszcze gorsza była myśl, że Richard się od nich oddala.

I bardziej niż nadciągająca noc liczyło się to, że czas może i nie ma znaczenia w zaświatach, lecz ma je w świecie życia. Tyle im zagrażało, a Kahlan nie wiedziała, ile mogą mieć czasu – jednak zdawała sobie sprawę, że niezbyt dużo. Hannis Arc z imperatorem Sulachanem i wojskami półludzi ciągnęli na Pałac Ludu. Po drodze wskrzeszali umarłych, żeby im pomagali. Liczyła się każda chwila.

– Nie mamy czasu do stracenia – powiedziała, na poły do siebie. – Łowco, możesz nas zaprowadzić do swojej pani?

Łowca jakby zrozumiał, odwrócił się i zeskoczył ze skałki, ruszył przez połać zielonych traw. Niemal zaraz się zatrzymał i obejrzał, czekając na nią, upewniając się, że idzie za nim. Poprzednim razem czuwał nad nią i ją ochraniał. Gdyby nie Łowca, mogliby nie odnaleźć drogi i zginąć.

– Chyba wie, dokąd idzie – odezwała się Nicci.

– Z pewnością na to wygląda – westchnęła Kahlan i poszła za nim, obserwując miejsce, w którym Łowca zniknął w mroku pod nisko się zwieszającymi gałęziami sosen.

– Będziemy szły, póki nie zrobi się całkiem ciemno, a potem rozbijemy obóz i poczekamy na świt? – zapytała Cassia.

– Nie – odparła Kahlan. – Dopóki Łowca będzie szedł, będziemy szły i my.

Trzy Mord-Sith kiwnęły głowami.

– Brzmi rozsądnie – stwierdziła Cassia.

Wysoko w górze, pod chmurami, kołowały na łagodnym wietrze sępy, szeroko rozpościerając skrzydła. Niektóre się zniżały, niemal muskając najwyższe drzewa. Richard często mówił o znakach u początku podróży. Wolała się nie zastanawiać nad znaczeniem tego znaku.

Weszły w gęstą kępę sosen i Kahlan bacznie wpatrywała się w mroczniejsze cienie w oddali. Chociaż nie widziała nic groźnego, to wydawało się za spokojnie. To były Mroczne Ziemie i w lasach czaiły się najrozmaitsze zagrożenia, więc nie wiedziała, czy taki spokój jest tu zwyczajny.

Najbardziej obawiała się półludzi. Gdyby w lasach czaiły się te hordy, to magia Nicci nie na wiele by się przydała. Mord-Sith mogłyby walczyć, no i ona sama miała miecz, lecz półludzie zwykle atakowali tłumnie.

Zastanawiała się, czy rozsądne było pozostawienie żołnierzy w cytadeli. Lecz nawet gdyby zabrała wszystkich – i to tak świetnych jak ci z Pierwszej Kompanii – to w tych niesamowitych lasach nie mieliby szans, gdyby czyhały tu takie nieprzeliczone hordy półludzi jak te, które Hannis Arc i imperator Sulachan rzucali na nich w przeszłości. Otoczyliby ich i zgnietli, mając taką przewagę liczebną.

Kahlan wiedziała, że jeśli coś takiego nadejdzie, nie będzie to walka, w której by mogły zwyciężyć. Musiały liczyć na to, że ten osobliwy futrzak przeprowadzi je bezpiecznie przez las, że zadba, by uniknęły poważniejszych potyczek.

Łowca biegł wąskim szlakiem; od czasu do czasu się zatrzymywał i odwracał ku nim, czekał, aż go dogonią. Był na swoim terenie i najwyraźniej nie przejmował się czyhającymi tu niebezpieczeństwami. Kahlan nie wiedziała, czy to dlatego, iż miał pewność, że się obroni, czy też dlatego, iż był przekonany, że ucieknie przed wszystkim, co mu zagrozi.

Żadna z pięciu kobiet nie podzielała tej pewności siebie zwierzaka.

ROZDZIAŁ 5

Łowca biegł przodem, a one podążały za nim brzegami leniwie płynących strumieni, przez labirynt małych stawków stojącej wody, gromadzącej się wśród leżących na ziemi uschniętych gałęzi i liści. Głęboki cień, rzucany przez gęsto rosnące olbrzymie sosny, sprawił, że wzdłuż strumyka powstało coś w rodzaju ścieżki. Miejscami, tam gdzie woda z pluskiem płynęła po skałach, rósł gęsty zielony mech. Gdzie indziej zwalone, gnijące pnie drzew tworzyły coś w rodzaju stopni, po których się wspinały, kiedy pogórze zaczęło się wznosić na spotkanie wciąż odległych gór.

Teren po obu stronach wznosił się jeszcze wyżej. Miejscami skalne ściany wyrastały wysoko i otaczały je. Las po obu stronach był gęsty, ze splątanym gąszczem krzaków i ciernistych pnączy. Łowca wybierał szlak wijący się brzegiem strumienia. Gęste kępy drzew i – miejscami – strome nagie skalne ściany zmuszały je do przechodzenia przez strumień, żeby uniknąć trudnej wspinaczki. Niekiedy musiały brnąć przez rozmokłą ziemię naturalnych teras. Łatwiej było się posuwać przez splątany gąszcz krzaków.

Podmokły teren, choć nie idealny, to przynajmniej był na tyle otwarty, że względnie łatwo było maszerować. Na pustkowiach Mrocznych Ziem rzadko trafiały się prawdziwe, wykorzystywane przez ludzi ścieżki, a drogi jeszcze rzadziej. Kahlan w przeszłości musiała podróżować przez o wiele trudniejsze tereny, toteż doceniała to, że Łowca prowadził je najłatwiejszą z dostępnych dróg.

Zwierz, przechodząc przez strumień, z gracją kota przeskakiwał z kamienia na kamień. W wielu miejscach z łatwością by się przemknął przez luki w ciernistych chaszczach, lecz trzymał się szlaku, którym i one mogły podążać. I tak niekiedy kobietom trudno było przekroczyć bystry strumyk po śliskich kamieniach. Czasami trzymały się za ręce – ludzka wstążka nad spienioną wodą.

Od czasu do czasu słyszały jakieś głosy z gąszczu po obu stronach i ze wzgórz na przedzie. W niektórych z tych chrapliwych okrzyków Kahlan rozpoznała nawoływania kruków. Wszystkie pięć popatrywały w stronę, skąd dochodziły bardziej niepokojące odgłosy, ilekroć jakieś niewidoczne zwierzę warknęło lub wrzasnęło.

Łowca rzadko raczył tam spojrzeć, a nawet i wtedy bardziej to wyglądało na zaciekawienie niż strach. Zazwyczaj, czekając na nie cierpliwie, siedział i lizał sierść szorstkim językiem. Kahlan przypuszczała, że las był jego siedliskiem i że był obeznany z jego głosami i dźwiękami; one zaś nie były.

Domyślała się, że krzepki zwierz w razie potrzeby skoczyłby w gąszcz, żeby umknąć przed niebezpieczeństwem. Poza tym sam był drapieżnikiem – groźne pazury i zębiska, silne mięśnie. Nigdy nie widziała, jak poluje czy walczy, lecz spokojna pewność siebie świadczyła o tym, że musiał być, jak jego matka, ostrym przeciwnikiem i żarliwym obrońcą.

Kiedy zrobiło się tak ciemno, że trudno było cokolwiek zobaczyć i jeszcze trudniej przemierzać kamienisty teren, Nicci zapaliła magiczny płomyk – uleciał z jej dłoni i trzymał się za Łowcą. Nie był zbyt jaskrawy, ale na tyle oświetlał drogę, że łatwiej było im iść. Łowca podniósł wzrok, przelotnie przyjrzał się płomykowi, uznał, że nie jest groźny, i ruszył dalej.

W miarę jak wchodzili wyżej, spękane skałki zaczęły ustępować miejsca pokaźniejszym kamiennym wychodniom. Czasami skalne występy sterczały z mchu, trawy i zarośli, jakby uwięzły wśród plątaniny korzeni. Łowca zatrzymywał się niekiedy, siadał na skale lub grubym korzeniu, przyglądał się idącym za nim mozolnie kobietom. Taka wspinaczka pozbawiała je tchu. Gdy tylko się z nim zrównywały, Łowca ruszał dalej, jakby chciał je ponaglić, jakby nie chciał marnować czasu. Chociaż były wykończone, to żadna z nich się nie poskarżyła, nie poprosiła o odpoczynek.

Im wyżej wchodziły, tym bliżej szlaku zstępowały mroczne lasy, aż czasem kroczyły roślinnym tunelem, stale brzegiem strumyka pieniącego się na głazach, spadającego z kamiennych płyt, upstrzonych zielonym i brązowym szlamem.

Kiedy Łowca był daleko przed nimi, spomiędzy drzew po lewej wyłonił się nagle jakiś człowiek, wytrącając je z zamyślenia.

Był bez koszuli, tylko w obszarpanych spodniach. Wystające żebra pokrywała krew, spodnie też były zakrwawione.

Początkowo tak zdumiał się na ich widok, kiedy chwiejnie wyszedł spośród drzew, jak one się zdziwiły, widząc jego. Chociaż najwyraźniej był ciężko ranny i oszołomiony, to gdy je zobaczył, w jego oczach natychmiast pojawiła się nienawiść i żądza krwi. Jego zachowanie, jak również sznury kości i zębów owinięte wokół kosmyka na czubku wygolonej głowy świadczyły o tym, że to półczłowiek.

Bez zwłoki skoczył ku Kahlan.

Miecz wysuwał się z pochwy z charakterystycznym dźwiękiem, lecz Laurin błyskawicznie chwyciła napastnika za sterczącą kitkę. Szarpnęła jego głowę w tył i zręcznym ruchem przecięła mu szyję.

Upadł ciężko na kolana u stóp Kahlan, miecz zawisł nad nim. Obie dłonie przyciskał do ziejącej rany w szyi. Kahlan przepełniał gniew starożytnego oręża. Domagał się przemocy, lecz nie było wątpliwości, że napastnik już nie jest groźny. Odsunęła się, kiedy upadł na ziemię – nogi zostały na brzegu strumienia, tors zanurzył się w płytkiej wodzie. Kiedy woda go oblewała, z ziejącej rany dobywały się bąbelki powietrza. Krew spływała strumieniem.

Laurin była zakłopotana.

– Wybacz, Matko Spowiedniczko. Byłam zbyt powolna. – Chwyciła w dłoń Agiel wiszący na złotym łańcuszku wokół nadgarstka. – Ale to nie działa bez więzi z lordem Rahlem. Dlatego musiałam użyć noża. A to spowalnia.

– Byłaś wystarczająco szybka i tylko to się liczy – powiedziała Kahlan, mocno chwytając miecz i przepatrując mroczne lasy w poszukiwaniu innych napastników; spodziewała się, że lada chwila stamtąd wychyną. – Poza tym, skoro nie wiadomo, jakie tajemne moce mógł mieć, to tylko nóż był właściwą bronią – dodała, a serce jej się tłukło.

Trzy Mord-Sith stanęły tyłem do niej, otaczając ją ochronnym kręgiem; każda trzymała nóż.

– Wyczuwasz jeszcze kogoś? – wyszeptała Kahlan do Nicci.

Czarodziejka spojrzała w mrok.

– Nie. Ale to nie oznacza, że nikogo tam nie ma. Sądzę, że czasem potrafią się osłonić tajemną magią.

Kahlan wiedziała, że półludzie zwykle wyją, rzucając się do ataku. Nie słyszała z lasu żadnych wrzasków.

Łowca wrócił i usiadł na skałce kawałeczek przed nimi. Spojrzał na leżącego w strumieniu mężczyznę i ziewnął.

– Nie wygląda na zaniepokojonego – stwierdziła Kahlan.

– Może to był maruder – odezwała się Cassia. – Skoro granica padła i półludzie się wydostali, to z pewnością jacyś muszą łazić po lasach Mrocznych Ziem.

– To całkiem możliwe – zgodziła się Kahlan. – Lecz jesteśmy na odludziu. Równie dobrze mogło z nim być wielu innych.

Cassia dała znak dwóm pozostałym Mord-Sith i wszystkie trzy pospiesznie zniknęły w mrokach, żeby to sprawdzić. Nicci stanęła na niewielkiej skałce, powoli się okręcała, próbując za pomocą daru wyczuć, czy jest więcej wrogów.

Mord-Sith raz-dwa wróciły.

– Pusto – powiedziała Vale.

Pozostałe dwie kiwnęły głowami, potwierdzając, że również nic nie widziały.

Kiedy Łowca się odwrócił i ruszył w drogę, całkiem spokojny, Kahlan wymieniła spojrzenia z Nicci.

– Myślę, żc wiedziałby, gdyby było ich więcej – stwierdziła Nicci.

– Miejmy nadzieję, że się nie mylisz – powiedziała Kahlan, ruszając za zwierzakiem.

Lecz na wszelki wypadek nie wsunęła miecza do pochwy.

ROZDZIAŁ 6

Wędrowały do późnej nocy bez dalszych niespodzianek. Nieustanny strach, że każdy dźwięk może oznaczać atak, szarpał im nerwy. Kahlan kilka razy dobywała miecza, grzesząc nadmierną ostrożnością. Żadna z nich nie lekceważyła możliwości niespodziewanego ataku. Spięte i czujne szły za Łowcą przez coraz bardziej wznoszący się teren.

Łowca rzadko wydawał jakiś dźwięk i wręcz magicznie unikał nastąpienia na coś, co by skrzypnęło czy trzasnęło. Poruszał się jak duch. One też usiłowały być bezszelestne, lecz o wiele gorzej im to wychodziło.

Kiedy zostawiły daleko za sobą zwłoki półczłowieka, zaczęły się utwierdzać w przekonaniu, że był sam.

Nie wszyscy półludzie wędrowali grupami. Niektórzy samopas polowali na dusze, sądząc, że w pojedynkę mają większe szanse. Zachłannie pragnęli duszy i nie mieli zamiaru się dzielić lub czekać na swoją kolej. Kiedy osaczali ofiarę, to chociaż polowali w grupach, każdy walczył na własny rachunek.

Wychudzony mężczyzna pewnie osłabł z głodu. Poza tym była noc. W ciemności łatwo się przewrócić i poważnie zranić.

Były tak wyczerpane, iż Kahlan wiedziała, że błędem byłoby iść przez cały czas. Lecz ilekroć pomyślała o odpoczynku, przypominała sobie Richarda leżącego w ich sypialni w cytadeli. Nie będzie miał szansy, jeśli się nie dowiedzą, jak mu pomóc.

– Daleko jeszcze do kryjówki wiedźmy? – zapytała Cassia, szukając oparcia dla stopy wysoko na skalnym występie.

Kahlan uświadomiła sobie, że nie bardzo wie. Trudno jej

było myśleć. Ostatniej nocy, przed ceremonią pogrzebową, niewiele spała, dręczona rozpaczą. To była długa i niemal bezsenna noc. Wędrówka przez las też zrobiła swoje i Kahlan ledwo się trzymała na nogach.

Usiłowała sobie przypomnieć, jak daleko jeszcze to może być. Kiedy ostatnio opuszczała dolinę, w której mieszkała Red, była zrozpaczona i zdenerwowana. Red jej powiedziała, że wkrótce Kahlan zabiją. Zestresowana tym wszystkim, co się działo – nie mówiąc już o śmiertelnej zmazie, jaką z Richardem w sobie mieli – nie za bardzo zwracała uwagę na to, gdzie jest. Myślami przebywała gdzie indziej. Po prostu szła za Richardem i pozostałymi, nie mogąc zapomnieć o słowach Red, o ostrzeżeniu, że Nicci zabije Richarda, jeśli Kahlan pierwsza nie pozbawi jej życia.

– Nie za bardzo wiem – przyznała w końcu. – Przełęcz jest w górach, więc chyba nie dojdziemy tam wcześniej niż za dzień, może więcej. Przepraszam, ale jestem zbyt zmęczona, żeby jasno myśleć.

– Z tego, co pamiętam, wynika, że masz rację – odezwała się Nicci.

– To długa droga – powiedziała Cassia, pochylając się, żeby pomóc Kahlan we wspinaczce.

– Czyli będziemy musiały trochę się przespać – orzekła Nicci. – Wolałabym nie być taka wykończona, kiedy wreszcie do niej dotrzemy.

– Chyba masz rację – przyznała Kahlan, docierając na szczyt skałki.

Wzięła kawałek suszonego mięsa, który podała jej Cassia. Nicci dotarła na górę i też wzięła kawałek.

– Łatwo o błąd, kiedy jest się zmęczonym, a zwłaszcza tak wyczerpanym – powiedziała Kahlan. – Gdyby tamten półczłowiek nic był sam, nie poszłoby nam tak łatwo. Z półludźmi każdy błąd może się okazać fatalny w skutkach i wtedy nie miałybyśmy okazji porozmawiać z Red.

Nicci najwyraźniej oceniała, jak bardzo Kahlan jest zmęczona.

– No i naprawdę musimy jasno myśleć, rozmawiając z wiedźmą. Najważniejsze to dowiedzieć się, czy można jakoś pomóc Richardowi. Nie wolno nam popełnić najdrobniejszego błędu.

– Z całą pewnością – przyznała Kahlan.

Oderwała zębami kęs suszonego mięsa. Dobrze było coś zjeść. Kahlan od jakiegoś czasu nie tylko nie spała, ale i nie jadła. Dotarło do niej, że jest głodna. Pomyślała, że muszą się tym zadowolić – chyba że Łowca okaże się godny swojego imienia i upoluje im królika lub coś innego. Lecz niechętnie myślała o poświęceniu czasu na sen, a tym bardziej na gotowanie posiłku. Żałowała, że nie przyszło jej na myśl, żeby wziąć więcej prowiantu. Czas był istotny i tak się jej spieszyło, żeby dotrzeć do Red i dowiedzieć się, jak pomóc Richardowi, że nawet o tym nie pomyślała. Na szczęście trzy Mord-Sith wykazały rozsądek i zabrały co nieco, zanim dołączyły do niej i Nicci.

Czarodziejka znowu się jej przyglądała.

– Naprawdę uważam, Kahlan, że lepiej nam się będzie maszerować, jeżeli się prześpimy.

– Ale ja nie...

– Język zaczyna ci się plątać – dodała Nicci. – Naprawdę chcesz tak bełkotać z Red? Ja też niewiele spałam i czuję, jaka jestem słaba. Ty musisz się czuć jeszcze gorzej.

Kahlan westchnęła i rozejrzała się. Zobaczyła zagłębienie w niedużej skałce i tam się zatrzymała.

– Może i powinnyśmy się przespać choć parę godzin.

– I ja bym wolała się nie zatrzymywać – mruknęła Nicci, zrezygnowana. – Ale jeśli chociaż trochę nie odpoczniemy, to zmniejszymy nasze szanse dotarcia do Red.

Kahlan wiedziała, że rozmowa z wiedźmą zawsze jest bardzo męcząca. Nie chciałaby być na wpół śpiąca i przegapić coś ważnego albo jakiś niuans.

– Dobrze – powiedziała na koniec. – Połóżmy się tutaj i spróbujmy przespać z godzinę lub dwie.

Cassia wskazała na siebie, Laurin i Vale.

– Wy śpijcie. My będziemy kolejno czuwać, żeby każda z nas też mogła trochę odpocząć.

Kahlan była zbyt zmęczona, żeby się sprzeczać. Kiedy kiwnęła głową, trzy Mord-Sith szybko nacięły balsamicznych gałązek na posłanie. Przysypały je suchą trawą. Nie było to idealne posłanie, lecz wystarczało, żeby się zdrzemnąć.

Cassia wspięła się na skałkę nad nimi i objęła pierwszą wartę. Usiadła, obejmując ramionami podciągnięte kolana, i przypatrywała się lasom. Przesłonięty chmurami księżyc na tyle oświetlał niebo, że można było dostrzec drzewa. Nie było tak jasno, żeby wędrować, ale do pełnienia warty wystarczało. W takich sytuacjach słuch często się przydawał bardziej niż wzrok, bo nocą dźwięki niosą się na dużą odległość.

Łowca, siedząc na pobliskiej skale, przyglądał się ich poczynaniom. Był równie ciekawski jak kot i obserwował wszystko, co robiły, szykując się do krótkiego snu. Poruszał uszami, śledząc ich ruchy. Ziewnął, jakby i on nie miał nic przeciwko drzemce.

Kahlan opadła na legowisko obok Nicci, gdy tylko ona i obie Mord-Sith się umościły. Nie było to najwygodniejsze z posłań, ale była taka zmęczona, że wydawało się w sam raz.

Nicci zgasiła mały płomyk i ogarnął je mrok. Kiedy oczy się przyzwyczaiły, to Kahlan się przekonała, że dzięki księżycowi podświetlającemu chmury widzi więcej, niż się spodziewała. Poczuła ulgę, że Mord-Sith będą coś widzieć, stojąc na warcie.

Żałowała, że nie ma koca, który by ją chronił przed chłodem nocy. Ale nie chciała rozpalać ogniska. Ogień przyciągnąłby uwagę każdego, kto by się znalazł w pobliżu, a dym byłby widoczny z daleka. Gdyby miały spać dłużej, poprosiłaby Nicci, żeby rozgrzała kilka kamieni. Lecz nie było aż tak zimno i już zasypiała.

Leżała zwinięta w kłębek, żeby nie tracić ciepła, i rozmyślała o tych wszystkich nocach, kiedy spała w lesie z Richardem. O wspaniałych chwilach, kiedy była w niego wtulona.

Zaczęła cicho płakać i Łowca podkradł się ku niej, mrucząc; zwinął się w kłębek i przytulił do niej.

Z wdzięcznością położyła dłoń na zwierzaku i zasnęła, myśląc o Richardzie.

ROZDZIAŁ 7

Kiedy Kahlan się obudziła, z ulgą stwierdziła, że zbliżający się świt dopiero zaczyna rozjaśniać niebo. Usiadła i zobaczyła Vale, która budziła dwie pozostałe Mord-Sith. Nicci kucała przy strumyku, ochlapując twarz zimną wodą.

Słabe światło świtu wystarczy, żeby widziały teren, i Nicci nie będzie musiała zapalać płomyka, żeby oświetlał im drogę. Kahlan przeciągnęła się i ziewnęła. W dzień będą widzieć napastników. Będą mogły uciekać lub walczyć w razie potrzeby.

Chociaż wiedziała, że musiały przespać parę godzin, to miała uczucie, że było to tylko parę minut. Potrzebowała więcej snu, ale przynajmniej trochę lepiej się czuła. Wstała i powiedziała sobie, że to musi wystarczyć.

– Wygodne posłanie nam przygotowałyście – powiedziała znużonym głosem do trzech Mord-Sith. – A teraz w drogę.

Odwzajemniły uśmiech, a Kahlan ruszyła ku Łowcy siedzącemu na skałce i przyglądającemu się im. Gdy tylko zobaczył, że wstały i idą rządkiem, zeskoczył ze skałki, oczekując, że za nim pójdą.

Kahlan bolały plecy od spania na ziemi i była cała zesztywniała. Położyła dłoń na brzuchu i uśmiechnęła się, czując ciepło w miejscu, gdzie Łowca się do niej tulił.

Kiedy pojaśniało pod zasłaniającymi niebo stalowoszarymi chmurami, dotarły na drugi koniec grani, skąd miały dobry widok na bezkresny las. Przygnębiający widok – rozciągające się poniżej odludzie i wznoszące się za nim ogromne góry.

– Osada tych ludzi mieszkających w pobliżu wiedźmy leżała w kotlinie – powiedziała Nicci.

Kahlan potaknęła, przybita tym, że góry wciąż były tak daleko za pofałdowanym lesistym terenem.

– To oznacza, że jeszcze daleka droga przed nami.

Otrząsnęła się z ogarniającej ją beznadziei, skupiając się na tym, co powie Red, kiedy już do niej dotrą. Nie mogą zawieść.

Łowca potruchtał w dół stoku, oglądając się na nie, jakby mówił: „No dalej, za mną".

Bez słowa ruszyły za nim. Stok doprowadził je do zalesionej kotliny pomiędzy urwistymi wzgórzami. Choć nie były to góry, to i tak trudno było im wędrować.

Mimo trudnego terenu Łowca znalazł im drogę i do późnego ranka doszły dość daleko, aż trafiły na niemożliwą do przebycia rozpadlinę, wyglądającą jak pęknięcie przecinające las. Przeciwległa krawędź nie była daleko, ale rozpadlina była za szeroka, żeby ją przeskoczyć.

Wszystkie pięć patrzyły na płynący dnem rwący strumień. Chociaż ze ściany sterczały korzenie, to były za cienkie, żeby się ich przytrzymywać, a grunt nie był na tyle stabilny, żeby ryzykować schodzenie. Kahlan nie miała pojęcia, jak zejdą z urwiska. A nawet gdyby to zrobiły, to przeciwległa ściana nie wyglądała na dogodną do wspinaczki.

Zanim zaczęły się rozglądać za bezpieczniejszą przeprawą, Kahlan zobaczyła po drugiej stronie rozpadliny Łowcę. Zmarszczyła brwi, zastanawiając się, jak przeszedł. Kiedy się zorientował, że go dostrzegła, zaczął podbiegać w jej lewo, jakby chciał, żeby poszły w tę stronę.

– Sprawdźmy, gdzie nas kieruje – powiedziała Kahlan, ruszając brzegiem skarpy. – Najwyraźniej wie, którędy da się przejść.

Skraj urwiska miejscami się obsunął, pociągając za sobą drzewa. Gdzie indziej musiały wejść w las, żeby ominąć nieprzebytą plątaninę ciernistych krzaków rosnących wśród drzew tuż nad urwiskiem. Niektóre z nich pochylały się nad przepaścią, starając się zyskać dostęp do światła. Niekiedy zwieszały się z nich pnącza, ale nie wydawały się na tyle mocne, żeby Kahlan zaryzykowała przeprawienie się za ich pomocą na drugą stronę.

Kiedy wyszły z lasu, Kahlan zobaczyła Łowcę siedzącego

na pniu drzewa, które spadło ponad rozpadliną. Czekał pośrodku tej „kładki", póki nie nabrał pewności, że go zauważyły. Kiedy już wiedział, że mu się przyglądają, odwrócił się i przeszedł na drugą stronę, dobitnie im demonstrując, że właśnie tak powinny zrobić.

Łowca bez trudu przeszedł po zwalonym pniu. Nie tylko był mniejszy, ale i w razie potrzeby mógł wykorzystać pazury. Gdyby się ześliznął, był wystarczająco szybki, żeby się pazurami wczepić w drewno. Ale wcale nie wyglądało na to, że się boi, że spadnie. Podobnie jak kot, nie miał lęku wysokości.

Kiedy Kahlan zerknęła w przepaść, puls jej przyspieszył.

– Łowco! – zawołała. – Nie możemy przejść po pniu jak ty!

Usiadł i spojrzał na nią, jakby pytał, niby czemu nie mogą.

Kahlan wiedziała, że nie da rady. Zrobi po pniu parę kroków, jak przy przechodzeniu przez wąski strumyk, żeby się nie zamoczyć, lecz nie przemaszeruje po leżącej nad przepaścią kłodzie na taką odległość. A na dodatek wilgoć i padająca mżawka sprawiały, że pień był śliski. Już sama myśl o przejściu tędy przyprawiała ją o szybsze bicie serca.

– Jakieś pomysły? – zapytała, patrząc na Nicci. – Nie możemy przejść jak on.

– Właśnie, że możemy – odezwała się Cassia.

Bez żadnych wyjaśnień usiadła okrakiem na pniu i zaczęła się przesuwać, przytrzymując się rękami i nogami. Raz-dwa znalazła się po drugiej stronie. Wstała i uśmiechnęła się do nich.

– Widzicie? To łatwe.

Vale potrząsnęła głową, jakby to było niemądre, i przeszła po pniu, rozkładając ręce na boki dla zachowania równowagi – jakby robiła coś takiego przez całe życie.

– Nie musisz przejść jak ona! – zawołała Cassia. – Jeżeli zrobisz tak jak ja, przekonasz się, że to nie takie trudne!

Kahlan wiedziała, że nie mogą sobie pozwolić na zwłokę. Usiadła i przesunęła się po kłodzie. Kora pod dłońmi była szorstka. Żywica oblepiała jej ręce, kiedy tak się przemieszczała nad przepaścią, starając się patrzeć na obie Mord-Sith, które już były po drugiej stronie, a nie w dół.

Cassia miała rację. Wkrótce wszystkie znalazły się na miejscu. Okazało się to o wiele łatwiejsze, niż Kahlan sądziła, kiedy po raz pierwszy zobaczyła Łowcę na drugim brzegu przepaści.

Kiedy wreszcie się znalazły na szlaku, znowu weszły za Łowcą w las. Wkrótce dotarły do kolejnej grani, lecz ta biegła powyżej wąskiej doliny – wilgotniejszej, bo rosły tu przeważnie drzewa liściaste, a nie sosny i świerki. Łowca przyspieszył i pomknął w dół stoku; najwyraźniej chciał, żeby i one się pospieszyły.

Schodząc stokiem, zostawiły za sobą poszarpane skałki i wkroczyły na równiejszy teren. Rosła tu bujna trawa, usiana kwiatami. Im dalej szły, tym więcej pojawiało się klonów, jesionów i dębów. Łowca zniknął, kiedy się przekonał, że za nim idą. Kahlan zmarszczyła brwi, patrząc, jak znika wśród drzew. To nie było do niego podobne – tak zniknąć jej z oczu.

Pomyślała, że może sprawdza, czy coś im nie zagraża, albo bada jakiś osobliwy zapach, na przykład woń półludzi. Jakakolwiek była przyczyna, trochę ją zaniepokoiło, że tak nagle przepadł w lesie. Wysunęła nieco miecz, sprawdzając, czy luźno chodzi w pochwie. Potem pozwoliła mu opaść.

Kiedy wyszły spośród gęściej rosnących drzew pod majestatyczne dęby, dostrzegły coś przed sobą. Ktoś stał na żwirowym brzegu płytkiego strumienia.

Kahlan zobaczyła Łowcę siedzącego w cieniu na skalnej półce, po prawej, obok krystalicznie przejrzystej, powoli płynącej wody.

– Czuję aromat gotowania – odezwała się Vale.

Kahlan też to wyczuła. Widziała smużki dymu z paleniska.

– To wiedźma – powiedziała cicho Nicci, nie odrywając wzroku od sceny przed sobą.

– Jesteś pewna? – szepnęła Kahlan. – Z tej odległości nie widzę kto to.

– Nie muszę jej widzieć – wyjaśniła Nicci. – Dzięki darowi wyczuwam jej moc. Nie można się pomylić.

– To irytujące – mruknęła Cassia. – Nie cierpię magii.

Kahlan, nie mając ochoty ustalać żadnego planu, ruszyła

ku widocznej w dali postaci. Miała zamiar się dowiedzieć, czy Red zdoła im pomóc, a jeśli tak – to skłonić ją, żeby to zrobiła. Tylko tyle i aż tyle.

Kiedy podeszły bliżej, Kahlan dostrzegła, że coś się piecze na paru rożnach nad żarzącymi się węglami. Wiedźma pochylała się, wzruszając węgle grubym patykiem.

Znalazły się jeszcze bliżej i Kahlan zobaczyła, że Red jest w eleganckiej szarej sukni, kompletnie niepasującej do tego odludzia na Mrocznych Ziemiach. Byłaby o wiele bardziej odpowiednia na bal w pałacu. Przemoczona i ubłocona, z rękami upaćkanymi żywicą – poczuła się jak żebraczka.

Niesamowite, błękitne jak niebo oczy Red sprawiały, że gęste czerwone loki wydawały się jeszcze bardziej ogniste. Neutralna szarość sukni uwydatniała oszałamiającą barwę oczu i włosów wiedźmy. Kahlan wiedziała, że Red nazywano tak wcale nie od koloru włosów.

Wiedźma wreszcie podniosła na nie swoje przeszywające błękitne oczy.

– Ach, jesteś, Matko Spowiedniczko. W samą porę.

– W porę na co? – spytała podejrzliwie Kahlan, zatrzymując się w pobliżu.

Red się rozejrzała i rozłożyła ręce, jakby to się rozumiało samo przez się.

– Na lunch, rozumie się.

– Spodziewałaś się nas? – zapytała Kahlan.

Red się zachmurzyła.

– Tak, oczywiście. – Skinęła ku skałce, na której siedział Łowca. – Wysłałam po ciebie twojego małego przyjaciela.

Kahlan kiwnęła głową.

– Domyśliłam się, że po to się zjawił. – Wskazała w swoją prawą stronę. – To Cassia, Laurin i Vale. – Uniosła drugą rękę. – A to jest Nicci.

Red uśmiechnęła się pobłażliwie.

– Tak, wiem, czarodziejka, którą miałaś zabić.

Kahlan zignorowała przyganę w głosie.

– Mam nadzieję, iż nie masz mi za złe, że je ze sobą przyprowadziłam.

Red wzruszyła ramionami.

– Rozumie się, że nie. Mam własną ochronę. Nie pożałuję ci twojej. Prawdę powiedziawszy, z uwagi na pogarszające się sprawy, uważam, że to oznaka rozsądku.

– To o tym muszę z tobą porozmawiać... o stanie spraw i o tym, o co toczy się gra. Co wszyscy możemy stracić.

– Tak, tak, ale może teraz byście sobie przysiadły na skałce? Lunch jest gotowy.

Kahlan i Nicci wymieniły spojrzenia.

– Przygotowałaś lunch dla nas wszystkich? – zapytała Kahlan.

– Tak – odparła Red. – Oczekiwałam waszej piątki i wiem, że jesteście głodne. Nie byłoby rozsądnie dyskutować z pustym żołądkiem o świecie umarłych.

ROZDZIAŁ 8

Na brzegu strumienia leżało wystarczająco wiele kamieni, żeby każda z nich mogła sobie wybrać siedzisko w pobliżu ognia. Kahlan miała na uwadze sprawy ważniejsze niż lunch, lecz danie pachniało apetycznie, a ona wprost umierała z głodu.

Red rozszczepionym patykiem zsunęła mięso z rożnów na płaski kamień, gdzie już stygł stosik upieczonych kawałków. Te ilości pożywienia świadczyły o tym, że gotowała cały ranek. Było tam mnóstwo najróżniejszych rzeczy – gotowane jajka, króliki, ryby; wydawało się, że jest tego więcej, niż dadzą radę zjeść. Z boku leżało nawet trochę owoców dzikiej śliwy.

Red zachęciła je gestem, podając każdej zaostrzony, rozdwojony patyk.

– Częstujcie się. Wiem, że to była wyczerpująca podróż i że przyda się wam wszystkim solidny posiłek.

Cassia spojrzała na Kahlan. Kiedy ta lekko skinęła jej głową, Cassia i Laurin nabiły na patyk królicze mięso. Kahlan zaczęła od paru jajek. Nicci wybrała kawałek ryby.

– Wąż! – powiedziała z zachwytem Vale, kiedy znalazła na stosiku długi pasek mięsa. – Nie jadłam węża od dziecka. To moje ulubione mięso.

– Wiem – powiedziała wiedźma, odkładając na bok patyk „pogrzebacz". – Dlatego je przygotowałam.

– Dziękuję – odezwała się Vale, trzymając pasek mięsa w palcach; odgryzła kęs i żuła z wyraźnym zadowoleniem. – Pyszne – pochwaliła.

Red się uśmiechnęła.

Żwir chrzęścił pod stopami Kahlan, kiedy szła do kamienia po drugiej stronie warstwy węgli, przed którą siedziała Red. Skałka wiedźmy była trochę wyższa od pozostałych, toteż patrzyła na nie nieco z góry. Kahlan widziała wystarczająco wiele królowych, żeby zrozumieć, w czym rzecz. Jako Matka Spowiedniczka była wyższa rangą od wszystkich monarchiń, lecz w tej chwili nie miało to dla niej znaczenia. Niech Red się puszy, skoro jej to sprawia przyjemność.

Kahlan nadtłukła skorupkę jajka i zaczęła je obierać.

– Co tutaj robisz? – Niespiesznie się rozejrzała. – Co cię tu sprowadziło?

– Ty, ma się rozumieć, Matko Spowiedniczko.

– Na pewno nie tylko – stwierdziła Kahlan, nie kupując tego wyjaśnienia. – Wędrowałyśmy, żeby się z tobą spotkać tam, gdzie mieszkasz. Tam, gdzie się ze mną zobaczyłaś ostatnio. Dlaczego zjawiłaś się tutaj?

– No cóż. – Red niedbale skinęła dłonią. – Trochę tam teraz nieporządnie. Nie przejmuję się tym, ale wolałabym tam nie przyjmować gości.

Kahlan spojrzała spod oka, zdejmując skorupkę z czubka jajka.

– Co to niby za nieporządek? To górska przełęcz. Jaki tam może panować bałagan?

Odgryzła kęs jajka, a Red przez chwilę przypatrywała się jej swoimi błękitnymi jak niebo oczami.

– Pamiętasz, jak ci opowiadałam, skąd się wzięło moje imię?

Kahlan zjadła jajko, obierała drugie. Przyjemnie było jeść coś ciepłego i świeżego.

– Owszem. Powiedziałaś, że nazwano cię tak, bo czasami sprawiałaś, że ta górska przełęcz była czerwona od krwi.

Wiedźma uśmiechnęła się leciutko.

– To prawda.

– Chcesz powiedzieć, że miałaś kłopoty? – zapytała Nicci.

Red ją zignorowała i popatrzyła na Mord-Sith w czerwonych skórzanych uniformach – barwa ta miała maskować krew. Krew, z której Mord-Sith nic sobie nie robiły, lecz która źle działała na innych. Wszystkie trzy pogryzały mięso nabite na rozdwojone patyki, ale nie odrywały wzroku od wiedźmy. Kahlan na tyle dobrze odczytywała mowę ciała Mord-Sith, że wiedziała, iż uważają Red za zagrożenie. Była przyzwyczajona do towarzystwa tych kobiet chroniących ją i Richarda. Rada była, że są przy niej. Te trzy, jak większość Mord-Sith, były równie prostolinijne, jak śmiertelnie niebezpieczne.

Kahlan ogromnie brakowało Cary, lecz nie tak bardzo jak Richarda.

– No wiesz – podjęła na koniec Red, przenosząc wzrok na Kahlan – ...demon.

– Demon? – wtrąciła się znowu Nicci. – Jaki demon?

Deprymujące spojrzenie wiedźmy spoczęło na czarodziejce.

– Ten, którego miejsce jest w zaświatach. Który zjawił się na tym świecie, gdzie nie powinno go być. Ten, który zakłóci równowagę pomiędzy życiem a śmiercią.

– Masz na myśli Sulachana – orzekła Nicci, ani trochę niespeszona spojrzeniem Red.

– Oczywiście.

– Cóż więc nam powiesz o tym Sulachanie? – spytała Nicci.

– Zamierza naginać moce Grace, póki ich nie złamie. W swoich czasach...

– Wiemy – stwierdziła czarodziejka, zlizując z palca białe drobiny rybiego mięsa. – Co to ma wspólnego z nieporządkiem w twojej siedzibie?

Red machinalnie nawijała na palec pasmo czerwonych włosów, przypatrując się Nicci z odrobiną dezaprobaty.

– Jesteś bardzo arogancka, nieprawdaż?

Nicci wzruszyła ramionami, nabijając na patyk kolejną porcję ryby z leżącego na kamieniu stosiku.

– Nie przyszłyśmy z towarzyską wizytą – odparła, na powrót siadając. – Jeśli mamy odesłać demona w zaświaty, gdzie jego miejsce, to liczy się każda chwila. Czas jest bezcenny, przynajmniej na tym świecie. Coś mi się nie wydaje, żebyśmy miały go mnóstwo do stracenia.

Red kiwnęła głową.

– Z tego, co widziałam w nurcie czasu, wynika, iż demon wie, że uciekliście tym, których za wami posłał. Chciał, żeby zginęli wszyscy żołnierze. Życzył sobie, żeby lorda Rahla,

Matkę Spowiedniczkę i wszystkich pozostałych z darem pojmano i przyprowadzono do niego. Miał plany co do was i wpadł w furię, że mu się wymknęliście. Demon wiedział, dokąd się kierujecie, toteż wysłał za wami kolejne oddziały półludzi. Bardzo liczne. Sądził, że tym razem go nie zawiodą.

Kahlan kątem oka spojrzała na Nicci. To były ważne wieści. Liczyła się z tym, że Sulachan może wysłać za nimi kolejne hordy, lecz nie wiedziała, że to zrobił.

– I co się stało? – spytała.

– Szlak, którym zmierzaliście do Saavedry, poprowadził was jedyną w tej części gór przełęczą. Jeśli półludzie chcieli was dopaść, to musieli iść tą samą drogą i najpierw przejść przez moją siedzibę.

Kahlan przełknęła trochę jajka. Nicci na chwilę przestała jeść rybę.

Cassia szeroko otworzyła oczy.

– Półludzie cię wypędzili?

Wiedźma spojrzała chmurnie na Mord-Sith.

– Nikt mnie nie wypędził.

– Jak blisko są? – zapytała Nicci. – Kiedy do nas dotrą?

Red splotła palce na kolanie.

– Chyba nie rozumiecie.

Kahlan rozumiała.

– Zabiłaś ich. Wszystkich.

Nicci podejrzliwie popatrywała to na Kahlan, to na Red.

– Wiedźma nie może robić niczego, co by zmieniło ważne wydarzenia.

– To prawda. – Red się uśmiechnęła. – Nie oddziałujemy na wydarzenia w nurcie czasu, na wydarzenia dużej wagi, jak to ujęłaś. Widzimy je i staramy się to wykorzystać, by pomóc osobom, których one dotyczą, lecz owe wydarzenia muszą przebiec swoim tokiem. I tak na przykład powiedziałam Matce Spowiedniczce, że powinna cię zabić. Wybrała inną drogę. Chociaż byłam temu przeciwna, decyzja należała do niej. Nie mogłam cię sama zabić, mogłam jej tylko powiedzieć, co się stanie, jeśli tego nie zrobi. Nurt czasu potoczył się tak, jak się tego obawiałam. Stało się to, przed czym ostrzegałam.

Cassia zmarszczyła brwi i spojrzała na nią, zanim odgryzła kolejny kęs króliczego mięsa.

– Skoro wiedziałaś, że stanie się coś złego, że lord Rahl umrze, i nic nie zrobiłaś, żeby temu zapobiec, to odpowiadasz za jego śmierć.

– Tak mogłoby się wydawać temu, kto nie pojmuje takich spraw, lecz nam nie wolno osobiście wkraczać. Taka już dola wiedźm. Chociaż komuś, na przykład tobie, takie działanie wydałoby się właściwe, to ktoś taki nie dostrzega, że bezpośrednie oddziaływanie na przebieg wydarzeń wystawia na niebezpieczeństwo samą Grace.

Cassia najwyraźniej nie była usatysfakcjonowana tą odpowiedzią.

– Niby jak? – dopytywała się.

– Grace może się wydawać nieskomplikowana – powiedziała wiedźma – lecz jej złożoność przekracza zrozumienie większości ludzi. Demon pojmuje takie sprawy. Stara się zniszczyć Grace, wykorzystując tkwiące w niej moce. I tak na przykład wykorzystał krew Richarda, żeby rozerwać zasłonę. Takie działania są groźne dla stabilności Grace, a tym samym i dla świata życia. Dotyczy to też wiedźmy. Trudno wyjaśnić zasady naszego życia komuś, kto nie ma specyficznego daru wiedźm, lecz uwierz mi na słowo, że tak jak i tobie nie wszystko mi wolno.

Cassia popatrzyła na siostry Mord-Sith.

– Nie mamy żadnych nakazów. Poza wypełnianiem poleceń.

– Twój Agiel działa?

– Nie.

– To dlatego, że do jego działania potrzebna jest więź z lordem Rahlem. A nawet kiedy działa, to obowiązują pewne zasady. I tak na przykład nie możesz go użyć przeciwko Spowiedniczce, chyba że chcesz umrzeć straszliwą śmiercią.

Cassia wpatrywała się w mięso na patyku, nie odpowiedziała.

Red zatoczyła krąg ręką.

– Moje restrykcje są związane z naturą wszelkich rzeczy i istnieją z ważnego powodu. Jedna z nich stanowi, że możemy, jeśli zechcemy, wykorzystywać to, co ujrzymy w nurcie czasu, by pomóc osobom, których te wydarzenia dotyczą, ukazać im, jaki mają wybór, lecz nie wolno nam wpływać na te wydarzenia. Można by rzec, że pełnimy funkcję doradców. Gdybyśmy się osobiście wmieszały w sprawy, same podjęły działania, to zniszczyłybyśmy równowagę, ponieważ działałybyśmy, kierując się tym, co widzimy. To pozbawione przeciwwagi użycie mocy, a każda moc musi mieć swoją przeciwwagę, bo inaczej stanie się destrukcyjna. Straciłybyśmy o wiele więcej, niż mogłybyśmy zyskać.

– Podziałałaś na wojska imperatora Sulachana – wytknęła jej Cassia. – Matka Spowiedniczka powiedziała, że ich zabiłaś.

– To co innego. Armia półludzi poszła drogą, która ją zaprowadziła do mojej siedziby. To uświęcona ziemia. To wszystko zmienia. Gdy tylko się zjawili, chcieli mnie rozedrzeć na strzępy i pożreć, sądząc, że tym sposobem przywłaszczą sobie moją duszę. Zabiliby mnie, żeby skraść coś, czego ukraść nie można. Równowaga w naszej naturze pozwala nam odpowiedzieć na bezpośrednie zagrożenie naszego życia. – Wiedźma patrzyła lodowato. – Moja przełęcz poczerwieniała od ich krwi – dokończyła tonem mrożącym krew. – Ich ciała leżą w stosach, stały się pożywieniem dla moich robali.

Cassia w końcu przełknęła kęs królika.

– Twoich robali?

– Nie pytaj – powiedziała jej cicho Kahlan. – Czyli wszystkich zabiłaś? – zwróciła się do Red, chcąc wrócić do tematu.

– Prócz jednego. – Wiedźma otrząsnęła się ze wspomnień. – Obawiam się, że po tym wszystkim przełęcz wygląda jak krwawa jatka. Ich krew płynie strumieniami i wszystko zalewa. Że już pominę milczeniem trzewia i gnijące zwłoki. Zapaszek jest dość nieprzyjemny, możecie mi wierzyć. Miejsce niezbyt się nadaje do przyjmowania gości, dopóki z tamtych nie pozostaną tylko zbielałe kości pod trawą. Poza tym zjawiając się tutaj, spotkałam się z wami mniej więcej w połowie drogi, oszczędzając wasz cenny czas.

Red popatrzyła na Nicci.

– Martwiłaś się o upływający czas. Widzę nurt czasu, rozumie się, toteż wiem, jak pilna potrzeba was do mnie sprowadza, i postanowiłam wam pomóc.

– Czy to nie naruszenie zakazu bezpośredniego udziału? – zapytała Cassia.

Red uśmiechnęła się pobłażliwie.

– Nie. To nie tak działa. Przyszłam, żeby doradzić. Właśnie po to istnieję.

– Co to znaczy, że zabiłaś wszystkich prócz jednego? – dociekała Kahlan.

– To dość skomplikowane, lecz w zasadzie chodzi o to, że kiedy bezpośrednio mieszam się w wydarzenia, to chociaż mam prawo się bronić, muszę zostawić przy życiu jednego z wrogów.

Kahlan pomyślała, że to dość osobliwe.

– Czemu?

– Dla przeciwwagi tego, co się stało. Nawet jeden wystarcza, żeby zapewnić równowagę.

Kahlan to nie zadowoliło.

– Jak życie jednego może zrównoważyć zabicie całej hordy?

Red wskazała gestem pięć siedzących przed nią kobiet.

– Musiałam zostawić jednego, żebyście go zabiły, ponieważ to was ścigała ta horda. To wy tkwicie w centrum wydarzeń. Musiałam wam zostawić jednego, żeby zabicie go zapewniło wam bezpośredni kontakt z wydarzeniami w nurcie czasu. Przez to stałyście się ich częścią. W tym jest równowaga, a nie w liczebności.

Wiedźma znowu patrzyła na Nicci.

– A co do zabijania i wydarzeń w nurcie czasu, to zdajesz sobie sprawę, że Matka Spowiedniczka radykalnie zmieniła ten nurt, oszczędzając cię. Świadomie postanowiła ocalić ci życie.

Nicci nie okazała emocji.

– Jedyna słuszna decyzja.

– A niby dlaczego? – zdziwiła się Red.

– Jej mąż ocalił moją duszę.

Red wreszcie znowu leciutko się uśmiechnęła.

– Może będziesz miała okazję się zrewanżować.

ROZDZIAŁ 9

I po to tu jesteśmy – odezwała się Kahlan, pragnąc już przejść do rzeczy. – Zabito mnie, jak przepowiedziałaś, ale wróciłam ze świata umarłych. Chcemy, żebyś nam pomogła uczynić to samo dla Richarda.

Red wpatrywała się w nią bez wyrazu.

– Nie zrobiłaś tego, co powinnaś była zrobić. I przez to Richard Rahl stracił życie, tak jak ostrzegałam.

W głosie wiedźmy pojawiła się ostra nuta.

– Był naszą jedyną szansą na powstrzymanie Sulachana i ocalenie naszego świata. Powiedziałam ci, jak go uratować, a mimo to postanowiłaś nie pójść za moją radą. Teraz jest w łapach demonów, wleczony coraz głębiej w wiekuisty mrok.

– Wiem o tym. Pragniemy, żebyś nam pomogła sprowadzić go z powrotem. Żebyś nam powiedziała, co możemy uczynić.

Red zmrużyła oczy.

– Nic nie możecie zrobić. On nie żyje.

– Ja też nie żyłam – stwierdziła Kahlan. – Skoro wróciłam, to może jest sposób, żeby i on wrócił.

Wiedźma pokręciła głową.

– Mówiłam ci, jak uratować mu życie. Zrezygnowałaś z tej szansy, jaką podpowiadał nurt czasu. Jedyne, co możemy teraz zrobić, to spróbować uwolnić jego duszę ze szponów zła w zaświatach, żeby miał szansę przeszkodzić Sulachanowi z tamtej strony. Tę jedną możliwość dostrzegam w nurcie czasu.

Kahlan zrobiła, co w jej mocy, żeby się opanować.

– Całe moje życie walczyłam dla innych. Walczyłam, żeby mogli żyć i decydować o własnym życiu. Teraz walczę dla siebie, o to, bym mogła żyć tak, jak chcę… z Richardem.

Red spochmurniała.

– Dałam ci szansę ocalenia go, Matko Spowiedniczko. Zrezygnowałaś z niej. Dokonałaś wyboru. I przez to stracił życie.

Kahlan zacisnęła pięści.

– Nie ty jedna masz swoje restrykcje, nie ty jedna musisz dbać o równowagę rzeczy. I ja muszę żyć wedle własnego wyczucia, co oznacza życie. Nie mogę zabić niewinnej osoby. Nie mogłam zgładzić Nicci, bo zaprzeczyłabym sama sobie, temu, co mi drogie.

– Jesteśmy blisko punktu zwrotnego – odezwała się Nicci, zanim Kahlan wszystko zaprzepaściła. – Kiedy rozpętają się takie moce jak te, którymi włada Sulachan, to nic i nikt nie zdoła ich zagnać tam, gdzie ich miejsce. Kiedy wszystko wymknie się spod kontroli, to kres będzie tylko kwestią czasu. Życie, wszelkie istnienie, zostanie zniszczone. Imperator Sulachan i Hannis Arc butnie uważają, iż będą w stanie zapanować nad siłami chaosu, wykorzystać je do władania tym, co powstanie. Łudzą się. Twoje umiejętności czerpią z Grace. Sulachan chce nagiąć i złamać moce Grace. To zagraża całemu światu życia, a to oznacza, że i tobie.

– Wiem, o co chodzi – odezwała się ostrzegawczo Red. – W tym przypadku każde działanie jest niebezpieczne.

– Co masz na myśli? – zapytała Kahlan.

Wiedźma pochyliła się ku nim.

– Zamierzacie ingerować w świat umarłych, w moce zaświatów.

– A niby po co twoim zdaniem tu jesteśmy? – warknęła Kahlan.

Red zamrugała.

– Żeby pomóc duszy Richarda uciec z pułapki, w której się znalazła, i dotrzeć do dobrych duchów. Jeśli to uczyni, będzie miał szansę pokierować tymi siłami i pozbawić Sulachana mocy. A to magia tak subtraktywna, jak i tajemna: obie stanowią moce zaświatów. Jeżeli Richard zdoła coś zrobić z tamtej strony zasłony, to może zdołamy zatrzymać mrok, który wkrótce zniszczy świat życia. Tym samym dopomożesz temu, którego tak kochasz, odnaleźć wieczysty spokój.

– Może się nad tym trudzić i po tej stronie zasłony – upierała się Kahlan. – Chcemy, żeby jego dusza wróciła do świata życia.

Red na chwilę odebrało mowę z gniewu.

– On nie żyje!

– Proroctwo powiada, że tylko on może zapobiec ponuremu losowi, jaki Sulachan i Hannis Arc szykują światu.

– Tak, proroctwo tak powiada. Nurt czasu ukazuje mi, że tylko on może to zrobić. Lecz z tamtej strony. Tak, wedle tego, co widzę w nurcie czasu, może przeszkodzić Sulachanowi. Teraz to jedyny sposób, skoro nie żyje.

Kahlan otarła oczy drżącą dłonią. Zanim zdążyła coś powiedzieć, ubiegła ją Nicci.

– Mieszkałam w Pałacu Proroków, Red. Bardzo długo. I wtedy, jak wszystkie Siostry, studiowałam proroctwa. Wiele z nich mówi o Richardzie, rozmaicie go nazywając. Napotykałam wzmianki o nim w tekstach liczących tysiące lat, chociaż wtedy nie w pełni to rozumiałam i nie łączyłam z nim. Lecz nasza ksieni wiedziała, kim on jest, i chroniła Richarda, jeszcze zanim się urodził. Wiedziała, że jest kamykiem w stawie, tym, który się narodzi, żeby zrobić to, co powinno być zrobione. Wiele proroctw mówiło o nim jako o jedynej osobie, która powstrzyma kogoś o mocy imperatora Sulachana, kończąc samo proroctwo. Nie mówiły, jak tego dokona, tylko że on jeden może to zrobić. Richard jest naszą jedyną szansą. Jedynie on może ocalić świat życia. A żeby to zrobić, musi być tutaj, w świecie istot żywych. Nawet pierwsza Spowiedniczka, Magda Searus, dostrzegała to trzy tysiące lat temu i zrobiła, co było w jej mocy, żeby mu pomóc.

Nicci wskazała pierścień z Grace na palcu Kahlan i podjęła:

– Pierwsza Spowiedniczka wysłała ten pierścień poprzez czas. Zadbała, żeby Richard go znalazł wraz z wieścią, że to on ma walczyć o to, co reprezentuje symbol na pierścieniu, walczyć w wojnie rozpętanej przez Sulachana w jej czasach. Ów pierścień, ów obowiązek zatoczyły teraz krąg: od pierwszej Spowiedniczki do ostatniej. Sulachan zagrażał ludziom w czasach Magdy Searus, jak zagraża życiu w naszych czasach, wróciwszy z zaświatów. Matka Spowiedniczka, potomkini pierwszej Spowiedniczki, przybyła do ciebie, przytłoczona odpowiedzialnością, którą dźwiga poprzez wieki, żeby prosić cię o pomoc, o radę, jak zrobić to, co zrobić należy. Jeżeli jej nie pomożesz, to dusza Richarda będzie stracona na wieki. A my stracimy naszą jedyną szansę. Wszyscy umrzemy. Ty umrzesz. Nie tylko umrzesz, lecz i wpadniesz w łapy Opiekuna zaświatów. Żeby działać, Richard musi przebywać w tym świecie. Tak powiada każde proroctwo.

Red poczerwieniała, pochyliła się ku czarodziejce.

– Zaczynasz pojmować, co widziałam w nurcie czasu? Zaczynasz dostrzegać, dlaczego powinna była zrobić to, co jej mówiłam? Gdyby tak postąpiła, to Richard by żył.

– Wcale nie! – zaprotestowała Nicci, gwałtownie wstając. – Nie rozumiesz? Twoje pole widzenia jest zawężone, bo nie możesz dostrzec tego, co Richard by zrobił. Jego działania zamazują w nurcie czasu to, co wynika z jego czynów. Co by się stało, gdyby Matka Spowiedniczka zrobiła, jak jej radziłaś?

Red wykonała gniewny gest.

– Richard by żył, żeby powstrzymać Sulachana.

– Wcale nie. I w tym rzecz. Widzisz nurt czasu i to niekiedy cię zaślepia. Nie dostrzegasz działań Richarda, bo on jest kamykiem w stawie. Nie widzisz, co jeszcze znajduje się w nurcie czasu.

Red trochę ochłonęła, skrzyżowała ramiona na piersiach.

– Słucham.

Nicci wskazała Kahlan.

– Co by się stało, gdyby mnie zabiła? I tak by ją zamordowano, jak to widziałaś, nieprawdaż?

– No tak.

– I nie byłoby mnie tutaj, żeby uleczyć jej ciało.

– Tak – zgodziła się Red. – I nie mogłabyś odebrać życia Richardowi. Żyłby.

Nicci stanowczo potrząsnęła głową.

– Nie. Ledwie przez chwilę.

Wiedźma przez moment chmurnie patrzyła na Kahlan, a potem znowu spojrzała na Nicci.

– O czym ty mówisz?

– Richard sam by to zrobił. Gdyby mnie tam nie było, odebrałby sobie życie, żeby iść za Kahlan. Kiedy poprosił, żebym zatrzymała jego serce, powiedział mi, że nie chce żyć w świecie, w którym jej nie ma. Powiedział, że jeśli tego nie zrobię, to przebije się mieczem. Gdyby mnie tam nie było, żeby uleczyć jej ciało zaraz po tym, jak ją zasztyletowano, i zatrzymać serce Richarda, to Kahlan by nie żyła, jej ciało byłoby tak uszkodzone, że nie mogłoby być siedzibą dla duszy, i nikt nie byłby w stanie go uleczyć. A Richard i tak by odebrał sobie życie, żeby ruszyć do świata umarłych i albo spróbować znaleźć sposób na przywrócenie jej życia, albo chronić ją przed mrocznymi demonami, żeby mogła zyskać wiekuisty spokój, a on żeby mógł tam z nią być.

Red zrobiła kilka kroków, rozmyślając. Kahlan nie widziała jej twarzy. Po chwili wiedźma się odwróciła.

– Drogie duchy – wyszeptała. – Możesz mieć rację. Jest taki uparty i jak coś postanowi, to koniec. Kieruje się wolną wolą i ma dar, toteż nie można przewidzieć, jak wywołane przez niego fale podziałają na innych ludzi i inne wydarzenia. Gdyby zrobiła, jak radziłam, to równie dobrze mogłoby się stać tak, jak mówisz: obydwoje by nie żyli.

– Wiem, że tak by było – powiedziała Nicci. – Nie dlatego, że widzę wydarzenia w nurcie czasu, lecz dlatego, że znam serce Richarda. Często mawiał, że poszedłby po Kahlan w zaświaty. Mówił to szczerze. Śmiertelnie poważnie. Odebrałby sobie życie, żeby pójść za tym, co było dla niego najważniejsze, cenniejsze od życia. Gdyby stało się po twojemu, to my troje byśmy nie żyli. A tak Kahlan i ja nadal żyjemy. Co oznacza, iż możemy spróbować odmienić bieg spraw. Gdyby tak się nie stało, to nie byłoby już nadziei. Lecz teraz, skoro żyjemy i możemy działać, to istnieje szansa. Należy powstrzymać Sulachana i Hannisa Arca, zanim zrealizują swoje szalone zamiary. Możesz się znać na nurcie czasu, Red, lecz ja wiem więcej o proroctwach, niż ty kiedykolwiek się dowiesz, i powiadam ci z absolutnym przekonaniem, że naszą jedyną nadzieją, że twoją jedyną nadzieją, jest Richard.

ROZDZIAŁ 10

Tak, Richard nie żyje, ale i ja byłam martwa – odezwała się Kahlan. – Wróciłam, więc i on powinien wrócić. Musi być na to jakiś sposób. To nasza jedyna szansa.

Red powoli potrząsnęła głową.

– Widziałam, że się zbliżasz, ale ponieważ chodzi ci o Richarda, a ja niezbyt wyraźnie widzę otaczające go wydarzenia, to sądziłam, że chcesz mojej pomocy w uwolnieniu jego duszy z łap mrocznych demonów. Myślałam, że tego właśnie pragniesz. Zamierzałam pomóc ci uwolnić jego duszę, żeby mógł nas wspierać zza zasłony, a potem znaleźć spokój u dobrych duchów.

– To za mało – powiedziała Kahlan. – Musisz nam pomóc sprowadzić jego duszę z powrotem do tego świata, przywrócić mu życie, żeby mógł powstrzymać Sulachana.

Red wyglądała na zirytowaną i zdesperowaną.

– Ale to nie jest tak, jak było z tobą. Bardzo krótko byłaś martwa. On zaszedł już za daleko. Czasami, jeśli uczyni się to dość szybko, można kogoś wyciągnąć zza zasłony. Lecz w tym przypadku minęło zbyt wiele czasu. Richard jest poza zasięgiem.

– Wiesz, że miałam w sobie śmiertelny jad Zaszytej Służki – odezwała się Kahlan. – Skażony śmiercią sprowadzoną na ten świat. Dla przeciwwagi ta zmaza w świecie umarłych miała w sobie iskierkę życia. Richard, tak jak ja, miał w sobie za życia zmazę śmierci. To oznacza, że w jego duszy nadal tkwi iskierka życia. Przynajmniej na jakiś czas.

Red kręciła głową, nie podnosząc wzroku.

– Rozumiem, jak coś tak niezwykłego mogło się udać w twoim przypadku. Różnica polega na tym, że on zbyt długo nie żyje. Twoje ciało uzdrowiono i niemal natychmiast doń wróciłaś. Jego dusza może i nadal ma w sobie tę iskierkę, ale łączność pomiędzy światami szybko słabnie, w miarę jak ciało się rozkłada. Jego dusza, nawet z ową iskierką, nie miałaby do czego wrócić.

– Owszem, miałaby – upierała się Kahlan. – Nie wiesz, co się wydarzyło, żeby to odmienić.

Red się odwróciła, marszcząc brwi.

– O czym ty mówisz?

– Opat Dreier miał dar oraz potężne tajemne moce. Te same, których użyto, żeby stworzyć półludzi. Udało mi się go nakłonić, żeby je wykorzystał i zawiesił procesy rozkładu w ciele Richarda.

– Zawiesić procesy rozkładu? – Wiedźma wyraźnie nie mogła w to uwierzyć. – Jak to?

Kahlan wstała.

– Półludzie, tacy jak ci, którzy się zjawili w twojej kotlinie, żyją niezwykle długo, bo noszą w sobie więź z zaświatami. Imperator Sulachan był niegdyś potężnym czarodziejem. Odebrał im dusze i wysłał je, żeby się błąkały pomiędzy światami, zagubione na wieczność. Potem, wykorzystując do tego potężną czarną magię, związał ich pozbawione dusz ciała z zaświatami, żeby czas nie oddziaływał na nie tak, jak wpływa na wszystko, co żyje. Imperator zamierzał wykroczyć poza śmierć. Ponieważ po jego powrocie nie żyłby nikt, kogo znał, żaden z jego poddanych, to nie miałby narodu, nad którym mógłby panować, ani żadnej armii, żeby narzucić swoją władzę. Żeby temu zapobiec, chciał, żeby półludzie czekali na powrót jego duszy z zaświatów, gotowi mu służyć.

– To prawda... – Red zmarszczyła brwi. – Pamiętam, żc kiedy nadeszli przez przełęcz, gdzie mieszkam, wyczuwałam w nich tę przerażającą więź z elementami zaświatów.

Kahlan zbliżyła się do niej.

– Ta więź, wolna od wpływu czasu, sprawia, że nie starzeją się tak jak zwyczajni ludzie. Nie pozwala czasowi oddziaływać na ich żyjące ciała.

– Tak samo było z tymi, którzy mieszkali w Pałacu Proroków – dodała Nicci, stając obok Kahlan. – Nathan Rahl żył tam blisko tysiąc lat. Ksieni była niemal jego rówieśnicą. I ja przeżyłam tam kilka pokoleń tych, którzy pozostawali poza działaniem zaklęcia chroniącego pałac. Więź z nieznającymi upływu czasu elementami zaświatów naprawdę działa. Jestem tego żywym dowodem. Nathan Rahl także. Oraz półludzie.

– Opat Dreier, wykorzystując w ten sam sposób swoje tajemne moce, mógł związać ten element zaświatów z ciałem Richarda, żeby pozostawało takie samo jak w chwili śmierci – wyjaśniła Kahlan. – On nie żyje, ale czas nie niszczy jego ciała. Dreier powiedział, że Richard będzie tak trwał całkiem długo. Jego ciało nie jest do końca martwe. Można by rzec, że życie w nim zostało zawieszone.

– Bo ja wiem... – Red nadal wątpiła, marszcząc czoło w zadumie.

– A ja wiem – oznajmiła Kahlan. – Wystarczyłoby, żebyś dotknęła ciała Richarda, by się przekonać, że to prawda. Wygląda, jakby żył i tylko spał. Tyle że nie oddycha, jego serce nie bije. Lecz nie zesztywniał tak jak umarli wkrótce po śmierci, krew też nie spłynęła w dół ciała. I język mu nie spuchł. Pozostaje taki sam jak za życia, jak w chwili śmierci, choć jego siła życiowa, dusza, jego więź z Grace jest za zasłoną.

Red spojrzała pogardliwie na Kahlan.

– To dość ważny element. Podstawowy.

– Wiem, lecz Richard jest teraz chroniony, póki nie wymyślimy, jak na powrót sprowadzić do ciała jego duszę. Ono czeka, gotowe na jej przyjęcie.

– Pojmujesz całe znaczenie tego, co mówi Matka Spowiedniczka? – zapytała Nicci wiedźmę. – Istnieje więź sięgająca z tego świata, z ciała Richarda, w zaświaty, gdzie znajduje się jego siła życiowa. Grace nadal istnieje. Jej linie wciąż biegną nietknięte poprzez zasłonę, przynajmniej póki Sulachan nie zniszczy tego, co symbolizuje Grace. Lecz na razie śmierć jest w tamtym świecie, a życie w tym. Jak dotąd istnieje równowaga.

– Ale ta równowaga nie może i nie będzie trwać – powiedziała Red.

– Istotnie – przyznała Nicci. – Dlatego musimy działać, i to szybko, póki możemy.

– O ile to naprawdę możliwe. Pojęcie takich złożonych powiązań i trwających w równowadze elementów to jedno. Wpływanie na nie to całkiem inna sprawa. Sama nadzieja tego nie dokona.

– To nadzieja płynąca z tego, co już się stało. – Nicci zrobiła gest ku południowemu zachodowi. – Sulachan wrócił ze świata umarłych. A przynajmniej jego demoniczny duch, lecz jego ciało nie było tak chronione jak Richarda, toteż nie mógł się z nim w pełni zespolić. Jego duch powrócił do wyschniętych zwłok.

– To prawda… – szepnęła Red.

Nicci nachyliła się ku niej.

– A jak Sulachan tego dokonał? Jak sprowadził z powrotem swego ducha? Wykorzystał krew Richarda. Proroctwo nazywa Richarda siewcą śmierci. W tym przypadku Sulachan wykorzystał to, żeby przejść z powrotem do świata życia. W ciele Richarda nadal jest krew siewcy śmierci.

Red uniosła brew, patrząc na czarodziejkę, a potem zaczęła chodzić tam i z powrotem, splótłszy dłonie za plecami. Żwir chrzęścił pod jej butami, kiedy powoli kroczyła ku strumykowi i z powrotem.

– Kamyk w stawie, siewca śmierci, lord Rahl, mąż Kahlan… ten tak wiele razy i na tyle sposobów wspominany w proroctwach, ten, który ma powstrzymać Sulachana, musi wrócić ze świata umarłych – upierała się Nicci. – Skoro to o nim mówi proroctwo, to musi istnieć jakiś sposób, bo inaczej proroctwa z tysięcy lat nie miałyby sensu.

– Chyba że są to fałszywe proroctwa – mruknęła Red. W końcu przestała się przechadzać i wlepiła spojrzenie w Nicci. – Ale to by wyjaśniało wiele rzeczy, które widziałam w nurcie czasu i które nie miały dla mnie żadnego sensu.

– Czyli coś wiesz – odezwała się Kahlan, podchodząc do wiedźmy.

– Może błędnie myślałam – szepnęła na poły do siebie Red i znowu zaczęła chodzić tam i z powrotem.

Kahlan przez chwilę słuchała chrzęszczenia żwiru, a potem straciła cierpliwość.

– Co przez to rozumiesz?

– Chciałabym go wyraźniej widzieć, dostrzegać, jak nurt czasu go opływa. Twój mąż przez tysiące lat mieszał w proroctwach. Mąci to, co widzę.

– Powinnaś jednak coś dostrzegać. Przedtem widziałaś związane z nim wydarzenia. Jeśli widzisz cień, to wiesz, że coś go rzuca. Co potrafisz ujrzeć? – drążyła Kahlan. – Może od tego moglibyśmy zacząć.

Red rzuciła jej zatroskane spojrzenie.

– Nie mam elementów potrzebnych, żeby to zrozumieć.

– Co zrozumieć? – pytała Kahlan. – Zastanawiałaś się, jak mogłabyś nam pomóc?

Red głęboko odetchnęła.

– Może. Chyba zaczynam rozumieć, co powinnyście zrobić. – Podeszła do strumyka, przez chwilę patrzyła w wirującą wodę. – Jeśli mam rację, to powinnyście się obawiać tego, co powiem.

– A cóż to takiego? – zapytała Kahlan.

Wiedźma wreszcie wróciła do nich i zanim odpowiedziała, przez chwilę badawczo się wpatrywała w twarze Kahlan i Nicci.

– Niech umarli do was przemówią.

– A jak mamy ich do tego skłonić? – rzuciła natychmiast Kahlan, pewna, że zrobi wszystko, co trzeba, żeby sprowadzić Richarda.

Red położyła jej dłoń na ramieniu, odwróciła błękitne oczy, zapatrzyła się w to, co tylko wiedźma może zobaczyć.

– Muszę was na chwilę opuścić – powiedziała cicho. – Podtrzymujcie ogień. Będzie ciemno, kiedy wrócę. Jedzcie, odpoczywajcie i czekajcie na mój powrót.

– Dokąd idziesz?! – zawołała za nią Kahlan.

– Muszę spojrzeć w nurt czasu, poszukać potrzebnych wam odpowiedzi – wyjaśniła Red, idąc ku drzewom.

Łowca zeskoczył ze skałki i ruszył za nią, znikającą już w mroku.

ROZDZIAŁ 11

Kahlan szybko się podniosła, widząc Red wychodzącą spośród dębów. Nicci stanęła przy niej. Mord-Sith trzymały niedaleko wartę i ruszyły ku nim, kiedy zobaczyły wiedźmę.

– Co miałaś na myśli? – zapytała niecierpliwie Kahlan. – Zobaczyłaś, co musimy zrobić?

Chociaż było ciemno, ogień dawał tyle światła, że zobaczyły zatroskaną minę Red. Wyglądała na zmęczoną. Nie było jej całe popołudnie i sporo godzin po zachodzie słońca. Kahlan się obawiała, że może już nie wrócić.

– Nie ty – powiedziała wiedźma do Kahlan i zatrzymała się przed Nicci – Ty.

– Ja? – spytała czarodziejka. Raz-dwa otrząsnęła się z zaskoczenia. – Dobrze, jeśli to pomoże sprowadzić Richarda. Co mam zrobić?

Red, głęboko zamyślona, zrobiła parę kroków ku strumykowi, jakby się zastanawiała, jak to wyjaśnić.

– To nie jest łatwe do wykonania, o ile w ogóle możliwe – powiedziała, wracając. – Chcemy sprowadzić duszę ze świata umarłych. Żeby czegoś takiego dokonać, będziemy potrzebować ogromnego wsparcia. Czegoś takiego nie da się zrobić bez pomocy innych.

– Jakich innych? – dopytywała się Kahlan.

– Umarłych – wyjaśniła Red, wciąż zapatrzona w dal.

Nicci wciągnęła powietrze.

– Nie rozumiem. Jak umarli mogą nam pomóc?

– Chcesz powiedzieć, że potrzebna nam pomoc dobrych duchów? – zgadywała Kahlan.

Red się odwróciła i przez chwilę na nią patrzyła, potem rzekła:

– Richard przepadł w świecie umarłych. Żeby mu pomóc, należy go najpierw odnaleźć w tych wiekuistych mrokach. To bardzo specyficzne zadanie. Żeby go znaleźć, potrzebujemy spirytystki.

– Spirytystki? – zapytała Nicci, nagle niezadowolona.

– Tak. Nurt czasu zazwyczaj nie ujawnia tego, czego się szuka, ale tym razem udało mi się wypatrzeć czynniki otaczające potencjalne wydarzenia. Niekiedy nurt jest silny i obfituje w szczegóły, co mi mówi, że coś jest ustalone i niemal pewne. Taki był, kiedy zobaczyłam, jak odbierasz życie Richardowi po tym, jak zabito Matkę Spowiedniczkę. Był niewyraźny w tym, co dotyczyło Richarda, ale wiedziałam, co się stanie z wami dwiema. Nurt, który ujrzałam tym razem, był ledwie cienką niteczką i niewiele mogłam dostrzec. To wskazuje, iż istnieje jedynie niewielka szansa, że wydarzenia tak się potoczą. Czas płynie jak rzeka, wybierając najłatwiejszy bieg. Takie cieniutkie niteczki to zazwyczaj cofki w czasie i nie bierze się ich pod uwagę, jako że jest mało prawdopodobne, iż zapoczątkują nowy bieg. Istnieją tylko po to, żeby ukazać bogactwo możliwości, a nie prawdopodobieństwo. To suplement pozwalający wolnej woli zrównoważyć proroctwo. Żeby się dopełniło, cała seria wydarzeń musi nastąpić w określony sposób. Żeby taka niteczka stała się mocniejsza, trzeba najpierw odnaleźć Richarda. A tylko spirytystka potrafi go odszukać.

Kahlan patrzyła to na Nicci, to na Red.

– Kto to taki ta spirytystka?

Nicci spojrzała na nią.

– Kobieta mająca dar, która potrafi wchodzić w mrok świata duchów i szukać konkretnych dusz. Ma dar ich odnajdywania i rozmawiania z nimi.

– Chcesz powiedzieć, że rozmawia z umarłymi – dopowiedziała Kahlan.

– To sedno sprawy – przyznała Nicci.

Kahlan wzruszyła ramionami.

– No dobrze. Gdzie znajdziemy którąś z tych spirytystek?

– Obawiam się, że nigdzie – stwierdziła Nicci. – Żadna nie została przy życiu.

Kahlan popatrzyła na Red, blask ognia migotał w jej mądrych oczach.

– Jak możemy skorzystać z pomocy spirytystki, skoro wszystkie nie żyją?

– Powiedziałam. Musicie porozmawiać z umarłymi.

– Mówisz zagadkami – zdenerwowała się Kahlan. – Jak możemy porozmawiać z umarłymi, skoro potrzebujemy do tego spirytystki, a jej nie ma.

Red pochyliła głowę ku Nicci.

– Tylko ona może to zrobić.

Kahlan też na nią popatrzyła. Czarodziejka zmarszczyła brwi.

– Co masz na myśli? – zapytała. – Nie jestem spirytystką.

– Byłaś Siostrą Mroku.

Nicci jeszcze bardziej spochmurniała.

– No i?

Red posłała jej karcące spojrzenie.

– A czymże zajmują się Siostry Mroku? Światem umarłych. Działały na rzecz zaświatów. Chciały sprowadzić samego Opiekuna do naszego świata.

Nicci cofnęła się o krok.

– Nie jestem już kimś takim. Nie jestem Siostrą Mroku.

Red z irytacją machnęła dłonią.

– Wszystkie poza tobą nie żyją. Ponieważ postanowiły pozostać na mrocznej ścieżce. I to kosztowało je życie. Ty dokonałaś innego wyboru, bo Richard wskazał ci drogę. Teraz powinnaś wykorzystać swoją wiedzę, żeby mu pomóc odnaleźć drogę powrotną. Nadal masz te same uzdolnienia. A tu wykorzystasz je w słusznej sprawie.

– Jakie uzdolnienia? – zapytała podejrzliwie Kahlan.

– Czarodziejka nie może wniknąć w zaświaty tak, jak to potrafi biegły czarodziej. – Red pochyliła głowę ku Nicci, ale na nią nie spojrzała. – Dlatego Nicci, tak jak inne Siostry Mroku, zabiła czarodzieja i ukradła jego dar, by zeń korzystać w mrocznych obrzędach dla Opiekuna. Siostry Mroku, mające dar czarodzieja, mogą nawiązać kontakt z tymi z zaświatów. Opiekun nawiedził ją raz we śnie, jak wszystkie Siostry, i obdarzył przywilejem dostępu do mroków. – Red wreszcie na nią spojrzała. – Nieprawdaż?

Ogień syczał i trzaskał, a obie kobiety długo na siebie patrzyły.

– Co to ma wspólnego ze spirytystką? – zapytała na koniec groźnie Nicci.

– Chciałyście wiedzieć, jak sprowadzić Richarda – powiedziała cichym, niemniej groźnym głosem wiedźma. – Przekazuję wam, co ujawniła owa niteczka w nurcie czasu. Nie twierdzę, że można to zrobić. Powiadam jedynie, że jeśli ma się to dokonać, to powinnaś zrobić to, co do ciebie należy. Potrzebujemy pomocy dobrych duchów, żeby go ocalić i pomóc mu się dostać na linię Grace, aby mógł wrócić. Lecz zanim to nastąpi, trzeba go najpierw odnaleźć w wiekuistych ciemnościach. Mroczne demony owinęły skrzydłami jego duszę i ukryły go. – Spojrzała prosto na Kahlan. – Czyż nie tak, Matko Spowiedniczko?

Kahlan przełknęła ślinę, wspominając tę okropną chwilę.

– Niestety tak.

– Jeśli chcesz go odnaleźć, żeby móc sprowadzić go z powrotem – powiedziała Red do Nicci – to musisz się najpierw skontaktować ze spirytystką w zaświatach i poprosić ją o pomoc.

Nicci ciężko westchnęła.

– Dobrze. Załóżmy na chwilę, że mi się to uda. Jak ona się nazywa?

– Ta, której potrzebujesz, ma na imię Naja.

– Naja! – zdziwiła się Kahlan. – Naja Moon?

Red potaknęła.

Kahlan oparła lewą dłoń na gardzie miecza Richarda.

– Richard mówił, że to ona zostawiła napisy w chronionych magicznymi osłonami pieczarach Stroyzy. To tam znalazł ten pierścień. Naja znała Magdę Searus i czarodzieja Merritta.

Wiedźma znowu potaknęła.

– To ją widziałam w nurcie czasu. – Głęboko odetchnęła. – Rzecz w tym, że była potężną czarodziejką. To ona niegdyś pomagała imperatorowi Sulachanowi w jego ohydnych knowaniach, lecz czyniła to pod groźbą śmierci i wreszcie uciekła. Przyszła do Nowego Świata, żeby pomóc pokonać Sulachana. Rozumiała, do czego on dąży, i była niezmiernie pomocna dla tych w Nowym Świecie.

– Więc czemu to taki problem? – zapytała Kahlan. – Nicci musi się jakoś skontaktować z Nają Moon w zaświatach, tak? Naja wie, jak odnaleźć Richarda?

– Tak, może to zrobić. – Nicci ubiegła Red. – Problem w tym, że trudno odnaleźć duchy obdarzone taką mocą.

– Jest jeszcze gorzej – dodała Red. – Sulachan był w zaświatach. Naja zwróciła się przeciwko niemu i pewnie chciał się zemścić za tę zdradę. Ludzie tacy jak Sulachan zabierają urazy na tamten świat. Naja zapewne chciała trwać w wieczystym spokoju i mogła ukryć swoją duszę.

– Rozumiem to – stwierdziła Nicci. – Nie chciałabym, żeby mnie znalazł w zaświatach czarodziej o mocy Sulachana.

Kahlan przetarła dłonią oczy.

– Możemy ją odszukać czy nie? – zniecierpliwiona spytała dość ostro czarodziejkę.

– Być może, lecz tylko wtedy, kiedy mi pomoże pomniejsza czarodziejka, pomniejszy duch – przyznała w końcu Nicci. – Ktoś mniej uwikłany w sprawy Sulachana i w świat umarłych. Ktoś, kto pojmuje, jak się poruszać na granicy życia i śmierci.

– Isidore – powiedziała wiedźma, kiwając głową. – Nazywa się Isidore. To ona jest ci potrzebna.

Nicci jeszcze bardziej się nachmurzyła.

– Zobaczyłaś to w nurcie?

– I ona żyła w tych samych czasach i znała Magdę. Była utalentowaną spirytystką. Nurt czasu ujawnił mi, że Isidore brała niegdyś udział w tej samej walce i dzięki temu, dzięki takim powiązaniom, będzie potrafiła odnaleźć Naję w mrokach.

Nicci westchnęła.

– Jedyny problem w tym, że nie jestem pewna, czy dam radę to zrobić, czy zdołam się otworzyć na zaświaty i porozumieć z duchami.

Red się jej przyglądała.

– Masz na myśli to, że nie masz pewności, czy chcesz to zrobić.

Nicci nie odpowiedziała.

Kahlan chwyciła ją za ramię.

– To dla Richarda. Mówiłaś mi, że zrobisz wszystko.

Nicci przełknęła ślinę.

– Wiem. Ale to jest…

– Co? Czym to jest? Nie warto tego zrobić dla Richarda? To właśnie chcesz powiedzieć? Że to nie jest coś, co byś chciała dla niego zrobić?

Nicci potrząsnęła głową.

– Nie, nie w tym rzecz. Po prostu… nie masz pojęcia, co to oznacza.

Kahlan pomyślała, że wie, co to oznacza. Że Nicci będzie musiała wrócić we własny wewnętrzny mrok, w czasy, kiedy była Siostrą Mroku, w miejsce, z którego wyrwał ją Richard.

– To jedynie początek – odezwała się cicho wiedźma. – Odnalezienie jednej spirytystki, żeby pomogła odnaleźć drugą i żeby obie mogły odszukać Richarda, to dopiero początek. Kiedy już go odnajdą, trzeba go będzie wyrwać mrocznym demonom. Nawet Naja nie ma takiej mocy, chociaż może potrafi go znaleźć.

Kahlan coraz bardziej przytłaczały te wszystkie narastające komplikacje.

– No to kto ma taką moc?

Red poruszyła dłonią, nie odpowiadając na pytanie.

– Wszystko po kolei. Zanim zyskamy nadzieję na dokonanie tych innych rzeczy, należy znaleźć Isidore, a potem ona powinna wskazać Naję, żeby ta udała się w mrok i dowiedziała, gdzie demony ukrywają Richarda. Niewielka szansa, że uda się nam dokonać choć tego. Za wcześnie więc trapić się o to, co trzeba będzie zrobić, gdy się go już odnajdzie. Żeby odpowiedzieć na takie pytania, muszę głębiej zajrzeć w nurt czasu.

Kahlan spojrzała na Nicci.

– No to zaczynajmy. Nie traćmy już ani chwili.

Red dotknęła jej ramienia, chcąc ją uspokoić.

– Żeby Nicci mogła to zrobić, musimy najpierw wrócić tam, gdzie trzymacie ciało Richarda.

– Idziesz z nami?

Red była spięta i poważna.

– Jeśli nie uda się nam sprowadzić Richarda, to nie ma nadziei na powstrzymanie Sulachana. A jeżeli się nie powstrzyma jego i Hannisa Arca, to wszyscy zginiemy. Jeżeli mogę jakoś pomóc w tym dziele, to nie mogę pozwolić, by szansa umknęła, nie udzielać rad. Być może zdołam wam podpowiedzieć, jakie decyzje trzeba będzie podjąć.

Kahlan skinęła głową.

– Dziękuję. Twoja pomoc będzie doceniona.

– Powinnaś wiedzieć coś jeszcze – powiedziała wiedźma, patrząc to na Kahlan, to na Nicci. – Jeżeli on wróci, to stanie się tak dlatego, że ktoś odda za niego życie. Ktoś z własnej woli wymieni swoje życie na jego. Ktoś, kto go kocha.

– Nie podoba mi się to – mruknęła Nicci.

Już okazała swoją niechęć do wykorzystania po raz ostatni swojego mrocznego daru w rozpaczliwej próbie porozumienia się z duchami w zaświatach. Kahlan wiedziała, że taka próba może być ogromnie niebezpieczna.

– To niesprawiedliwe – powiedziała przybita. – Nie możemy egoistycznie kogoś poprosić, żeby umarł, aby Richard mógł żyć.

Red potrząsnęła głową.

– Nie. Nie żeby Richard mógł żyć, ale żeby wszyscy mogli żyć. To równowaga, która musi być zachowana, podobnie jak wtedy, gdy darowałam życie jednemu półczłowiekowi za tych wszystkich, których zabiłam. Na pozór to się nie zeruje, lecz przyczynia się do zachowania równowagi. Światy życia i śmierci dążą do niej. W tym przypadku jedno życie zostanie poświęcone za te wszystkie, które zostaną ocalone.

Kahlan rozpaczliwie pragnęła, żeby Richard powrócił. Lecz nie chciała, żeby ktoś zajął jego miejsce w zaświatach.

– Znajdźcie sobie kąt do spania – doradziła im Red. – O brzasku ruszamy do cytadeli. – Obejrzała się na Mord-Sith. – Nie musicie trzymać warty. Tej nocy wszystkie jesteście bezpieczne.

ROZDZIAŁ 12

Czujki dostrzegły Kahlan idącą z towarzyszkami przez las i dały znać żołnierzom Pierwszej Kompanii znajdującym się bliżej cytadeli. Kiedy sześć kobiet przeszło przez łukowate przejście w kamiennym murze, powitali je zbrojni żołnierze.

Pochodnie oświetlały ich pełne napięcia twarze. Wszyscy najwyraźniej poczuli ulgę, że Kahlan bezpiecznie wróciła i znowu jest pod ich ochroną. W migotliwym blasku widziała ciemnozielony mech rosnący w spoinach pomiędzy kamiennymi blokami, mokrymi od mżawki. Kiedy szły brukowanym placem, nadbiegło jeszcze więcej żołnierzy, żeby je powitać; włosy mieli wilgotne i posklejane w strąki.

– Matko Spowiedniczko! – zawołał major Fister, unosząc rękę. – Chwała dobrym duchom, że cię do nas bezpiecznie przyprowadziły!

Kahlan, zbyt zmęczona marszem przez lasy Mrocznych Ziem, by się wdawać w długie rozmowy, po prostu skinęła głową na powitanie. Wiedziała, że czeka je trudna noc, i myślami była przy zbliżającej się ciężkiej próbie.

Daleko w górach przetoczył się grzmot. Major zrównał się z Kahlan. Po kilku krokach obejrzał się przez ramię, upewniając się, że nikt inny go nie usłyszy.

– Kim jest ta stara kobieta, którą przyprowadziłaś?

Kahlan odchyliła lekko kaptur i obejrzała się, chcąc zobaczyć, gdzie Fister patrzy. Red, podobnie jak Nicci i Mord-Sith, też osłaniała głowę kapturem, chroniąc się przed fatalną pogodą. Chociaż nic na ten temat nie powiedziała, Kahlan wiedziała, że wiedźmy są skryte i tajemnicze, i przypuszczała, iż Red nie chce, żeby ludzie się jej przyglądali.

– To wiedźma – szepnęła, pochylając się ku majorowi z nadal odchylonym kapturem. – Radzę się trzymać od niej z daleka.

Major Fister ukradkiem zerknął za siebie, a potem się wyprostował.

– Działo się coś, kiedy nas nie było? – zapytała Kahlan.

Major odkaszlnął.

– Mieszkańcy Saavedry są zaniepokojeni obecnością d'harańskich wojsk. Uważają, że sprowadzamy na nich kłopoty.

– Czemu tak myślą? – zapytała Kahlan, nie patrząc na Fistera.

– No cóż – westchnął strapiony. – Niestety kręcą się tu półludzie.

Kahlan chwyciła go za rękaw i zatrzymała.

– Półludzie? Ilu...

– Nie sądzę, żeby to była duża grupa – powiedział, chcąc ją uspokoić. – Nie zaatakowali cytadeli.

Nicci dołączyła do Kahlan.

– Gdzie się pojawili?

– Na obrzeżach miasta. Wygląda na to, że to drapieżcy grasujący po Mrocznych Ziemiach, a nie liczny oddział. Doniesiono o paru napadach, ale nie były skoordynowane. Ostatnio zaatakowali poprzedniej nocy. Kilkoro naszych ludzi usłyszało krzyki i pobiegli sprawdzić, co się dzieje. Dwóch półludzi napadło parę staruszków. Żołnierze raz-dwa się z nimi rozprawili.

– A napadnięci?

Major Fister tylko potrząsnął głową.

– Te dwa obdartusy, które się wdarły do ich domku, wyglądały na samotnych łowców.

Kahlan wpatrzyła się w mrok, ale nie dostrzegła niczego, co by zapowiadało kłopoty.

– Gdyby to była jedna z grup wysłanych przez Sulachana i Hannisa Arca, to nie byłoby ich tylko dwóch.

Nicci potaknęła.

– Richard mówił, że są rozmaite szczepy półludzi, nie tylko Shun-tuk, których Hannis Arc wykorzystuje do walki.

– Masz rację – powiedziała Kahlan. – Brama w murze

otaczającym trzecie królestwo stoi otworem, toteż mogą wychodzić i polować na mających dusze. Takie miasteczko jak Saavedra, na uboczu, to dla nich pokusa nie do odparcia.

Musieli uczynić coś, żeby powstrzymać zalewające świat szaleństwo. Jeśli nie jest za późno, to Richard będzie mógł temu zaradzić. Jeżeli nie uda się im sprowadzić go z powrotem, to wszystkich czeka taki los jak parę staruszków.

– Rozstawiłem w mieście żołnierzy, żeby mieć pewność, iż nikt się nie zakradnie – powiedział major. – Opowiedzieliśmy mieszkańcom o półludziach grasujących na Mrocznych Ziemiach. Uważam, że lepiej, kiedy zna się prawdę.

Kahlan przytaknęła.

– Oczywiście. Gdzie jest ciało Richarda?

– W sypialni, na najwyższym piętrze, gdzie kazałaś nam go położyć.

– Nie pozwoliliście nikomu wejść, rozumie się?

– Tak jest, Matko Spowiedniczko. Nikt poza mną tam nie wchodził, no i czuwają tam żołnierze. Załodze cytadeli zakazano wstępu na wyższe piętra. Cała cytadela jest zamknięta i dobrze strzeżona.

Kahlan nie miała zastrzeżeń do żadnego z żołnierzy Pierwszej Kompanii. Walczyła wspólnie z nimi. Bez wahania powierzyłaby im tak swoje życie, jak i Richarda. Lecz zagrażały inne niebezpieczeństwa. Nie znała większości służby. Ci ludzie całe życie służyli Hannisowi Arcowi. Chociaż wyglądali na wdzięcznych za wyzwolenie spod jego władzy, to nie miała pewności, wobec kogo są lojalni.

Samantha, młoda czarodziejka, też pozostawała na swobodzie. Przysięgła Richardowi zemstę. Zaczęła od ugodzenia Kahlan nożem w serce. Richard najpierw zajął się Kahlan, więc Samancie udało się uciec. Żołnierze, choć znakomici, nie mogą zatrzymać czarodziejki obdarzonej taką mocą.

Wartownicy stojący po obu stronach wielkich dwuskrzydłowych drzwi otworzyli je i wpuścili ich do paradnego westybulu. Olbrzymią komnatę oświetlał ciepły blask lamp i ogień płonący w kominkach. Łagodne światło ukazywało kosztowne dywany i gobeliny o intensywnych barwach, gustowne fotele i sofy o stonowanych obiciach oraz niewielkie mahoniowe stoliki ustawione w pobliżu foteli. Woń płonącego drewna maskowała zapaszek stęchlizny.

Kahlan zobaczyła żołnierzy na galerii, strzegących zamkniętych drzwi i holi. Inni patrolowali w dolnej galerii, za kamiennymi kolumnami. Ciężkie zasłony zaciągnięto na noc. Parę kobiet w szarych sukniach i w fartuchach czekało przy paradnych dwudzielnych schodach, na wypadek gdyby były potrzebne. Wszystko wyglądało spokojnie, lecz tyle im zagrażało – żeby już nie wspominać o stanie Richarda – że Kahlan nie potrafiła się choć trochę odprężyć.

Kolejni żołnierze stali na warcie obok spiralnych słupków poręczy schodów. Kiedy Kahlan zaczęła wchodzić po stopniach, Nicci nachyliła się ku niej i szepnęła:

– Powinni opuścić najwyższe piętro.

Kahlan obejrzała się na nią przez ramię.

– Całe piętro?

– Tak.

Kahlan nie zaprotestowała, nie poprosiła o wyjaśnienie.

– Słyszałeś, co powiedziała, majorze. Odwołaj żołnierzy i pozwól nam się zająć Richardem.

Fister obejrzał się na Red wchodzącą po schodach przed trzema Mord-Sith. Kiedy napotkał spojrzenie jej przeszywających błękitnych oczu, pospiesznie odwrócił wzrok, a twarz mu leciutko pobladła.

– Tak jest, Matko Spowiedniczko.

Dał znak jednemu z towarzyszących mu żołnierzy.

– Biegnij przodem i każ wszystkim wyjść z komnaty i stać przed nią na straży, póki nie przyjdziemy. Mają zniknąć z całego piętra.

Żołnierz przyłożył pięść do serca i pobiegł po trzy stopnie naraz.

Major Fister podrapał się w głowę, wyraźnie nieswój.

– Co zamierzacie uczynić z lordem Rahlem, o ile wolno mi spytać?

Kahlan namyślała się przez chwilę. Nie chciała za dużo powiedzieć.

– Co tylko zdołamy – wyjaśniła zwięźle.

Właściwie sama więcej nie wiedziała. Nicci rozmyślała

przez całą powrotną drogę do cytadeli. Nie chciała powiedzieć ani słowa o tym, co będzie musiała zrobić. Żadna z nich nie pragnęła usłyszeć, co konkretnie Siostra Mroku robiła podczas kontaktów z zaświatami. Cokolwiek to było, wyprowadzało Nicci z równowagi, a nie była ona kimś, kogo łatwo zdenerwować. Kahlan pozostawiła czarodziejkę jej własnym myślom.

Zatrzymała się przed drzwiami komnaty, w której leżał Richard.

Dwaj żołnierze Pierwszej Kompanii stali tu na warcie. Każdy trzymał pikę. Na piętrze było gorąco i potężne mięśnie ramion żołnierzy lśniły od potu.

– Opuściliśmy komnatę, Matko Spowiedniczko – powiedział jeden z nich.

Kahlan podziękowała skinieniem głowy.

– Czy reszta piętra też jest pusta? – zapytała Nicci.

– Tak jest. Tylko my tutaj zostaliśmy.

– No to idziemy – rzucił major, a potem odwrócił się ku Kahlan, starając się nie patrzeć na milczącą wiedźmę. – Gdyby któraś z was, panie, czegoś potrzebowała, to będziemy na dole.

Weszły do środka i Cassia zamknęła drzwi. Trzy Mord-Sith w milczeniu stanęły na straży, dla pewności, że nikt nie wejdzie, chociaż major przysiągł, że nikt im nie przeszkodzi. Mord-Sith rzadko dowierzały słowu innych.

Kandelabr z blisko dwudziestoma świecami i lampa na stole łagodnie oświetlały duży, gruby gobelin na jednej ze ścian. Przedstawiono na nim leśną scenę. Przypomniało to Kahlan lasy Hartlandu, gdzie pierwszy raz zobaczyła Richarda.

Komnata miała jedno okno; za romboidalnymi szybkami w ołowianych ramkach widać było tylko ciemność. Ciemny, rdzawy dywan tłumił ich kroki.

Łoże z baldachimem przykryte było niebiesko-zieloną narzutą ze złotym obszyciem. Ciężkie zasłony z tej samej tkaniny zebrano przy czterech filarach, przez co łoże wyglądało jak kaplica.

Richard spoczywał tam, jakby to było wystawienie zwłok. Kahlan pomyślała, że w pewnym sensie tak jest.

Stała nieruchomo w nogach łoża, wpatrując się w leżącego Richarda. Serce tak się w niej tłukło, że aż się chwiała.

Red odrzuciła kaptur, uwalniając pukle rudych włosów.

– Pozwolisz? – spytała cicho, wskazując Richarda.

Kahlan kiwnęła głową, bała się odezwać.

Red podeszła do łoża, na chwilę przyłożyła dłoń do twarzy Richarda. Nic nie powiedziała. Kahlan podejrzewała, że wiedźma chciała dotknąć jego ciała i za pomocą swojego daru potwierdzić to, co Kahlan jej mówiła o czarach Dreiera.

Zadowolona, bez słowa podeszła do okna i zapatrzyła się w ciemność. Kahlan zaś usiadła na brzegu łoża.

– Wróciłam – szepnęła ze łzami, ujmując w dłonie dużą rękę Richarda. – Idziemy po ciebie, Richardzie. Bądź silny.

ROZDZIAŁ 13

Nicci chwyciła róg dywanu i odrzuciła go, odsłaniając drewnianą podłogę.

– Możemy pomóc? – zapytała Cassia.

– Tak. – Nicci wskazała gestem. – Zabierzcie go. Podłoga musi być pusta.

Cassia i Vale szybko zrolowały dywan i umieściły pod ścianą. Pod spodem były sosnowe deski, spatynowane przez wieki, poznaczone zadrapaniami i rysami.

Kahlan uświadomiła sobie, że ta podłoga, cała cytadela, powstała w czasach, kiedy budowano wielki mur chroniący przed zagrożeniem ze strony Sulachana i jego trzeciego królestwa. Cytadela była częścią systemu obronnego mającego uchronić świat przed grozą zza muru.

– Zawieszono upływ czasu w ciele Richarda – powiedziała do niej przez ramię Red. – Tak jak mówiłaś.

– Czyli to działa? – zapytała Kahlan z nadzieją.

Red potrząsnęła głową.

– Po prostu stwierdzam, że gdyby tak nie było, to nie byłoby najmniejszej szansy.

– Co oznacza, że jest szansa – upierała się Kahlan.

Red uśmiechnęła się uprzejmie.

– Szansa.

Kahlan chciałaby wiedzieć, co wiedźma widziała w nurcie czasu. Ale po zastanowieniu uznała, że woli jednak nie wiedzieć. Niekiedy przyszłość przynosi tylko cierpienie.

Do komnaty wróciła zadyszana Laurin i nogą zatrzasnęła za sobą drzwi. Podała Nicci porysowaną i powgniataną miseczkę.

– Metal, jak sobie życzyłaś.

Nicci kiwnęła głową, wzięła miseczkę i tylko przelotnie na nią spojrzała, przekazując Kahlan.

– Na trzy palce powinno wystarczyć.

– Słucham? – zdziwiła się Kahlan.

– Potrzebuję trochę twojej krwi. – Nicci wyglądała na zdenerwowaną, wskazując punkt w miseczce. – O tyle, dotąd.

Kahlan stała, trzymając miseczkę i nie bardzo wiedząc, co robić. Przyglądała się, jak Nicci starannie wymierza krokami odległości.

Red wróciła od okna.

– Pomogę ci.

– Nie! – sprzeciwiła się Nicci, gwałtownie się odwracając. Podeszła do łoża i zgasiła lampę. – Nikomu poza nią nie wolno tego dotykać.

Red cofnęła ręce i przez chwilę przyglądała się Nicci spod oka, ale nic nie powiedziała. Kahlan wyjęła nóż z pochwy u pasa.

Nicci sprawdzała, czy okno jest porządnie zamknięte. Odwróciła się i zobaczyła, co zamierza Kahlan.

– Wstrzymaj się. Istnieje proroctwo mówiące *uświęcony jest miecz, kiedy tylko w nim nadzieja*. Sądzę, że może się to odnosić do tej nocy.

Kahlan spojrzała na Richarda, a potem na stojący przy ścianie, oparty o wezgłowie łoża miecz. Popatrzyła na czarodziejkę.

– To znaczy?

– Nie używaj noża. Weź miecz Richarda – poleciła cicho Nicci i znowu zaczęła chodzić tam i z powrotem.

Kahlan przeszył zimny dreszcz, kiedy usłyszała „miecz Richarda". Ta broń przelała tak wiele krwi w obronie życia.

Starając się o tym nie myśleć, schowała nóż i dobyła miecz z ozdobnej pochwy – charakterystyczny szczęk jedynej w swoim rodzaju klingi odbił się echem od kamiennych ścian komnaty. Usiadła na skraju łoża i postawiła miseczkę na kolanach, starając się nie myśleć o tym, ile jej krwi potrzebuje Nicci i co czarodziejka zamierza z nią zrobić.

Nie dając sobie czasu na zastanowienie, przeciągnęła klingą po wewnętrznej stronie nadgarstka. Miecz był tak ostry, że początkowo prawie nic nie poczuła. Nacięcie zaczęło boleć dopiero wtedy, kiedy polał się obfity strumień krwi.

Nicci starannie odmierzyła krokami odległości i umieściła na podłodze w dużym kręgu osiem świec. Szybkim gestem je zapaliła, a potem podeszła do łoża.

– Chyba już wystarczy – stwierdziła, zajrzawszy do miseczki. Położyła dłoń na nacięciu, krew spływała jej po palcach. Kahlan poczuła ukłucie wnikającej magii. – To powinno zasklepić ranę.

Miała rację. Rana natychmiast przestała krwawić, chociaż nadal pulsowała ostrym bólem.

Nicci wzięła miseczkę i wskazała Mord-Sith.

– Wy trzy poczekajcie za drzwiami, proszę. Strzeżcie ich. Nikogo nie wpuszczajcie. Nie otwierajcie, bez względu na to, co usłyszycie. W żadnym wypadku, zrozumiałyście?

Cassia zmarszczyła brwi.

– Bez względu na to, co usłyszymy? A co niby mamy usłyszeć?

– Bo ja wiem – mruknęła z roztargnieniem Nicci, odwracając się ku odsłoniętej podłodze. – Wrzaski umarłych, tego rodzaju rzeczy. Po prostu nie otwierajcie drzwi. Muszę tutaj wpuścić zaświaty. Komnata musi być zapieczętowana, żeby mrok nie wydostał się na zewnątrz.

Cassia rzuciła okiem na pozostałe Mord-Sith.

– Z przyjemnością dopilnujemy, żeby były zamknięte.

– A jeśli któraś z was zawoła o pomoc? – spytała Vale.

– O pomoc będziesz wołać wyłącznie ty, jeżeli otworzysz drzwi.

– No dobrze – powiedziała Vale. – Pozostaną zamknięte.

Kiedy Mord-Sith wyszły i zamknęły za sobą drzwi, Kahlan poczuła się osamotniona, chociaż była w komnacie z wiedźmą i czarodziejką. Obie kobiety zajmowały się sprawami, które nie do końca pojmowała. Co gorsza, Nicci ponownie zamierzała wykorzystać swoje umiejętności Siostry Mroku.

Popatrzyła na Richarda. Świadomość, że nie żyje, sprawiała, że czuła się nie tylko osamotniona. Czuła się opuszczona i zagubiona.

Kiedy wreszcie się odwróciła, zobaczyła, że Nicci zaczęła rysować jej krwią duży krąg. Zanurzała dłoń w świeżej krwi i malowała na podłodze kroplami skapującymi z palców.

– Co robisz? – zapytała Kahlan.

– Kreślę zewnętrzny krąg Grace – odparła czarodziejka, nie podnosząc wzroku. – Zaczynam od granicy zaświatów.

Jedno z najwcześniejszych wspomnień Kahlan z dzieciństwa – przyglądanie się, jak mający dar kreślą Grace. Rysowanie Grace było głęboko nabożnym czynem i inwokacją magii. Było ośrodkiem wielu spraw w życiu mających dar. Chociaż Grace wyglądała stosunkowo nieskomplikowanie, to jej złożoność wymagała wieloletnich studiów, jeśli się chciało prawidłowo z niej korzystać.

Chociaż można ją było narysować jedynie w dwóch wymiarach, to miała symbolizować wszystkie cztery – trzy fizyczne wymiary w przestrzeni i czwarty wymiar, czas. Przetworzenie tych czterech elementów w dwa wymiary Grace za pomocą daru było trudnym zadaniem.

Kahlan bardzo rzadko widywała, żeby ktoś ośmielił się wyrysować Grace krwią.

A tym bardziej jej krwią.

Wiedziała, że to przyzywa potężną magię, jak również mroczne moce, których nie należy przywoływać. Przypuszczała, że właśnie o to chodzi.

Grace należy kreślić w odpowiedni sposób, tak jak to robiła Nicci, zaczynając od zewnętrznego kręgu symbolizującego początek bezkresnego świata umarłych, znajdującego się poza owym kręgiem. Tam istnieje wyłącznie wieczność. Dlatego Grace zaczyna się owym kręgiem odgradzającym nicość. Tam, gdzie nic nie istnieje, zaczyna się Stwarzanie, początek czegoś.

Nicci zanurzyła dłoń w miseczce, szepcząc inkantacje w dziwnym języku, którego Kahlan nigdy nie słyszała. Czarodziejka posługiwała się purpurową dłonią jak pędzlem, zanurzając ją w razie potrzeby w miseczce, i szybko wyrysowała idealny kwadrat, odpowiadający zapamiętanym regułom; jego orientację pojmowała jedynie czarodziejka. Kwadrat, którego rogi muskały wewnętrzny obrys kręgu, symbolizował zasłonę pomiędzy światami życia i śmierci. Zawsze był rysowany jako drugi, żeby znajdował się na miejscu, by chronić świat życia przed mocami zaświatów.

Nicci znowu zanurzyła dłoń we krwi i wyrysowała mniejszy krąg symbolizujący początek życia, umieszczony w kwadracie tak, że dotykał środka każdego z czterech boków. Dzięki temu życie dotykało ograniczającej je zasłony, która stykała się także z początkiem zaświatów.

Czarodziejka znowu zanurzyła dłoń we krwi i wewnątrz mniejszego kręgu nakreśliła ośmioramienną gwiazdę. Symbolizowała ona blask Stwórcy. Od czubka każdego ramienia czarodziejka wyrysowała prostą krwawą linię przecinającą wewnętrzny krąg, kwadrat i zewnętrzny krąg. Cztery pierwsze promienie przebijały narożniki kwadratu, cztery ostatnie zaś przechodziły przez środek każdego z jego czterech boków.

Każdy promień, zaczynający się w czubku ramienia gwiazdy, przecinał wewnętrzny krąg, potem kwadrat i na koniec krąg zewnętrzny, kończąc się przy jednej z ośmiu świec. Gdy tylko promień sięgnął którejś z nich, jej płomień przez chwilę lśnił rozmaitymi barwami.

Nicci, w krwawej rękawiczce, spojrzała na Kahlan w miękkim blasku świec.

– Potrzebna mi kropla krwi Richarda. Posłuż się mieczem. Przynieś krew na ostrzu.

Mroczna barwa głosu czarodziejki zaniepokoiła Kahlan. Nie zastanawiając się nad poleceniem, podeszła do łoża, usiadła na jego skraju i położyła sobie na kolanach rękę Richarda. Czubkiem miecza nakłuła koniuszek palca. Wyciskała krew, aż utworzyła purpurową kroplę na czubku palca. Zebrała ją końcem miecza. Czuła, jak magia ostrza reaguje gniewem na dotknięcie krwi Richarda. Kahlan ostrożnie zaniosła miecz Nicci, uważając, żeby krew nie skapnęła, i nie pozwalając, żeby gniew miecza na nią podziałał.

Tej samej krwi użyto, żeby sprowadzić ducha Sulachana ze świata umarłych do świata żywych.

Kahlan trzymała miecz w otwartych dłoniach, podała go Nicci. Czarodziejka potrząsnęła głową, jakby nie chciała go dotknąć.

– Grace narysowano twoją krwią. To ty musisz to zrobić. Umieść kroplę krwi dokładnie pośrodku kręgu. Chociaż tego nie widać – rzekła z powagą Nicci – ów krąg ma precyzyjny punkt centralny, punkt, w którym zaczęliśmy istnieć, kiedy nas stworzono, kiedy zyskaliśmy duszę. Lecz w przeciwieństwie do zewnętrznego kręgu, który symbolizuje niemający końca początek, ten wewnętrzny jest skończony, ograniczony. Symbolizuje zewnętrzną granicę, śmierć i punkt początku.

Kahlan trzymała czubek miecza tuż nad podłogą w środku kręgu, pozwalając, żeby krew Richarda skapnęła.

– Teraz spajasz to wszystko krwią – odezwała się z cienia wiedźma. – Grace staje się realna.

Nicci potaknęła.

– Życie i śmierć są złączone w podobny sposób, jak magia addytywna i subtraktywna nawzajem się określają. Toteż tutaj istnieje w dosłownym sensie połączenie pomiędzy wszystkim, nawet czymś tak elementarnym jak światło i mrok. Padający na ziemię cień łączy się nie tylko z tym, co go rzuca, i tym, na co pada, lecz istnieje również poprzez negatyw, jaki tworzy. Toteż wszelkie rzeczy, nawet tak pozornie prosty cień, są nierozerwalnie powiązane, złączone ze sobą, tak pozytywne, jak negatywne. Są sobie nawzajem niezbędne, żeby istnieć. Tak jak my potrzebujemy mroku, żeby ukazać światło, tak zaświaty określają życie. Śmierć definiuje życie. Krew nadaje owemu symbolowi życia w Grace realność, której inaczej by nie miał. To wszystko symbolizuje Grace: elementy nie są odrębne, lecz połączone ze sobą.

– Niegdyś czarodzieje podróżowali pomiędzy światami – odezwała się Red, porażona widokiem krwawej Grace.

– Od tamtych czasów zapomnieli, jak się ślizgać po krawędzi pomiędzy światami życia i śmierci – powiedziała Nicci.

– Nie wszyscy – przypomniała jej Kahlan, przyciągając spojrzenie czarodziejki. – Richard już tego dokonał. Poszedł w zaświaty i wrócił.

Nicci potaknęła.

– Kolejna z rzeczy, jakie niegdyś potrafili czarodzieje, a on zdołał instynktownie powtórzyć. Kolejna rzecz, która go naznacza jako wybrańca.

– Możesz się tam udać? – zapytała Kahlan, zastanawiając się, jak czarodziejka zdoła się skontaktować z potrzebną im spirytystką.

Nicci odpowiedziała, przerywając panującą ciszę:

– Byłam Siostrą Mroku. Mimo to nie mogę wejść w zaświaty, jak Richard czy tamci dawni czarodzieje. Mogę jednak uchylić zasłonę i zajrzeć za nią.

Kahlan rozejrzała się po komnacie.

– Jak zamierzasz zajrzeć w świat duchów?

Nicci podniosła ręce, z wdziękiem odwracając dłonie. Zgasły wszystkie świece w komnacie, z wyjątkiem tych ośmiu wokół Grace. Komnata poza nimi jakby przestała istnieć.

– Wszystko związane z życiem Richarda, emanujące z jego krwi, oddziałuje na ciebie – powiedziała do Kahlan. – Wszystko, czym on jest, łączy się z tobą. Dlatego też istnieje poprzez ciebie. Tak sięgnę w głąb świata duchów: poprzez ciebie. – Czarodziejka skinęła dłonią. – Usiądź pośrodku, obok kropli krwi twojego męża.

Kahlan, z twarzą zalaną łzami, ostrożnie stąpnęła ponad krwawymi liniami Grace i usiadła.

– Żeby zajrzeć w świat duchów – powiedziała Nicci – muszę spojrzeć z tego świata do tamtego królestwa, istniejącego w tym samym miejscu, wokół nas, w tym samym czasie; w tym samym miejscu co istnienie, negatyw pozytywu, subtraktywność dla addytywności. Można by rzec, że to cień rzucany przez życie. Jesteśmy cząstką całości. Musimy jedynie zajrzeć za to, co nas otacza. – Wskazała świece. – Blask tych płomieni będzie naszym zakotwiczeniem w tym świecie, świecie życia, przypomnieniem o tym, co naprawdę istnieje.

Słowa Nicci przywołały u Kahlan dręczące wspomnienie o pobycie w tamtym mrocznym miejscu, gdzie wciągnięto jej duszę.

Nicci zamknęła oczy i zaczęła cichy zaśpiew w owym dziwnym języku. Kahlan zadrżała na myśl o tej potworności kontaktu ze światem duchów, o straszliwej udręce wywołanej utratą bratniej duszy.

Kiedy tak kołysał ją cichy, gardłowy zaśpiew Nicci, poczuła, jak przeszywa ją osobliwe mrowienie, jakby usiłowały przez nią jednocześnie przemówić tysiące odległych głosów. Głos Nicci nasilał lub osłabiał to uczucie.

Kahlan odczekała, aż czarodziejka umilknie, i zapytała:

– W jakim języku mówisz?

– To przeciwieństwo mowy Początku. Język umarłych – wyjaśniła cicho Nicci, nie otwierając oczu. – Używają go Siostry Mroku, żeby przywołać otaczający nas świat, którego nigdy nie widzimy. Mowa umarłych zawiera elementy subtraktywne, powodujące uchylenie zasłony zaświatów.

Na swój sposób było to sensowne. Sprawiło, że Kahlan, siedząc w centrum Grace, czuła się cząstką całości. Problemem będzie odszukanie tej, która była im potrzebna; odszukanie jej wśród tych wszystkich dusz, w mrokach za zasłoną, wśród głosów, które słyszała.

– Zaczekaj – powiedziała, zatopiona w myślach.

Nicci otworzyła oczy i spojrzała na nią.

– Powiedziałaś *uświęcony jest miecz, kiedy tylko w nim nadzieja*. Sądzę, że wiem, co należy zrobić.

Podniosła się i zdjęła z szyi Richarda amulet. W zamian położyła na jego ciele Miecz Prawdy. Umieściła ramiona na piersi i splotła mu palce wokół rękojeści ze splecionym ze srebrnych i złotych drucików słowem PRAWDA.

– Niech gniew miecza cię prowadzi – szepnęła. – Niech słuszny gniew miecza pozwoli ci odnaleźć na powrót sprawiedliwy gniew na to, co złe, i na tych, którzy chcieliby zniszczyć życie. Niech gniew poprowadzi cię na powrót do walki.

Poczuła, jak magiczny gniew miecza się wzmaga.

Kiedy skończyła, ostrożnie stąpając ponad krwawymi liniami, wróciła do centrum Grace. Ujęła amulet za łańcuszek i upuściła na rękę Nicci, kiedy ta odwróciła dłoń. Kahlan usiłowała nie myśleć o tym, że właśnie podała starodawny magiczny przedmiot Siostrze Mroku.

Nicci zawiesiła łańcuszek na szyi i pradawny amulet, wykonany przez samego Baraccusa, spoczął na jej sercu.

– Czas zatańczyć ze śmiercią – wyszeptała w ciemność.

ROZDZIAŁ 14

Hannis Arc, stojąc na mocno wydeptanej drodze, patrzył z niesmakiem na zamknięte bramy w murze otaczającym niewielkie miasteczko Drendon Falls. Masywne wrota blokowały drogę, strome urwiska wznosiły się za miasteczkiem, otoczonym zalesionymi górami – to wszystko dobrze je chroniło przed napaścią. Dzięki wodospadom zasilanym górskimi potokami, spadającym z urwisk za miasteczkiem, podziemnymi ciekami płynęło tyle wody, że mieszkańcy Drendon Falls wiedzieli, iż mogą zamknąć bramy i wytrzymać długie oblężenie.

Hannis Arc nie był zainteresowany obleganiem mieściny. Żołnierze ich straży obronnej, w większości zbrojni w łuki lub włócznie, stali na murach, gotowi odeprzeć każdy atak. Wszyscy obserwowali wroga z pozycji, które uznali za bezpieczne i – choć oczywiście spięci – nie wyglądali na zbytnio zaniepokojonych. Żaden z nich nie nasadził strzały na cięciwę ani nie trzymał włóczni w pogotowiu. Hannis Arc wiedział, że Drendon Falls w przeszłości wytrzymało oblężenia i nigdy nie zostało zdobyte.

Wróg nie miał, rzecz jasna, powodu, żeby wkładać wiele wysiłku w zdobycie miasteczka. Leżało ono przy mało ważnym szlaku handlowym, na słabo zaludnionych terenach D'Hary. Gdzie indziej czekały ważniejsze i bardziej opłacalne podboje. To właśnie, a nie mury, chroniło mieścinę. Oznaczało też, że systemy obronne nigdy nie były sprawdzane w boju.

W przypadku Hannisa Arca była to nie tyle sprawa zdobycia mieściny, ile kwestia honoru i szacunku. Nie powinien być zmuszany do podbijania ludzi, których już uważał za swoich poddanych. Najwyraźniej nie byli tego świadomi. Zamierzał ich oświecić.

– Ośmielacie się zamykać bramy? – zawołał do mężczyzny w skromnym stroju, wspartego obiema rękami na murze.

– Nie żywimy urazy ani do ciebie, ani do twoich ludzi – odkrzyknął tamten. – Ale dotarły do nas pogłoski o okropnościach, jakie nawiedziły inne miasta. Jako burmistrz Drendon Falls muszę przede wszystkim mieć na uwadze bezpieczeństwo mieszkańców. Nie posądzamy cię o nic, panie, i z pewnością nie chcemy cię urazić, lecz musimy, choćby i przesadnie, dbać o bezpieczeństwo i trzymać bramy zawarte.

Hannis Arc obejrzał się na imperatora Sulachana – jego jaśniejący duch wykrzywiał twarz dawno umarłej ziemskiej powłoki w ponurym uśmieszku.

Hannis Arc znowu spojrzał na stojącego na murze burmistrza.

– Wysłałem przodem ludzi z innych miejscowości, nakazując im, żeby przemówili do was właśnie w tej sprawie, żeby porozmawiali o waszym bezpieczeństwie. Mieli was poinformować, co was czeka, jeśli ty i mieszkańcy twojego miasta nie ukorzycie się i nie okażecie należytego szacunku.

Mężczyzna na murze rozłożył ręce.

– Niezmiernie szanujemy wszystkich, każdego jednako. Nie chcemy wojny.

– Wojna! – wykrzyknął Hannis Arc, parskając śmiechem. – To nie jest wojna. – Rozejrzał się z udawanym niedowierzaniem. – Nie ma żadnej wojny. Już dawno się skończyła. To kwestia władzy. Lojalności wobec imperium D'Hary.

– Jesteśmy lojalni wobec imperium D'Hary – upierał się burmistrz.

– Jestem lord Arc, władca D'Hary.

Tamten przez chwilę nie wiedział, co powiedzieć.

– Lord Rahl jest władcą D'Hary.

– Już nie. – Hannis Arc gestem dłoni skwitował tę niemiłą wzmiankę o długim szeregu władców z dynastii Rahlów. – Powiedziałem ci, że wojna się skończyła.

– Nie słyszeliśmy o walce o władzę – odkrzyknął burmistrz.

– Richard Rahl przebywa w świecie umarłych – rzekł imperator Sulachan głosem, na którego dźwięk zbrojni na murach cofnęli się o krok.

– Nie żyje...? – zapytał burmistrz. – Jesteś pewny?

– Moi słudzy w zaświatach pojmali jego duszę i zabrali ją w wiekuisty mrok.

Hannis Arc obejrzał się na milczących, podekscytowanych Shun-tuk, czekających spokojnie z tyłu. Tylko część z nich było widać wśród drzew. Byli tak liczni, że ich armia sięgała daleko w głąb zalesionej doliny, wypełniając ją całą.

– Naprawdę uważasz, że ta mieścina jest warta zachodu? – zapytał Sulachan spokojnym, chropawym głosem. – Nie powinniśmy iść na Pałac Ludu? To siedziba władzy, której pragniesz.

Hannis Arc nie obawiał się, że siedziba władzy imperium D'Hary mu ucieknie.

– Wkrótce tam dotrzemy.

Sulachan posłał mu ponure spojrzenie.

– Lepiej by się nam przysłużyło przejęcie wróżebnej machiny.

Hannis Arc odwzajemnił się podobnym spojrzeniem.

– To ja ją zbudziłem po tysiącleciach snu. Ja ją zbudziłem, żeby pomogła mi na powrót cię sprowadzić do świata życia. Poza mną jedynie Richard Rahl mógłby wykorzystać wróżebną machinę, a on nie żyje.

Sulachan wpatrywał się w niego martwymi oczami pałającymi groźnie za sprawą jego ducha.

– Mimo to lepiej by było...

– Nie przysporzy nam kłopotów, skoro Richard Rahl nie żyje. Teraz ja władam imperium D'Hary.

Duch przyglądał mu się przez chwilę.

– Będziesz władał dopiero wtedy, kiedy przejmiesz siedzibę władzy i zabezpieczysz wróżebną machinę. Z pomocą mojej armii, ma się rozumieć.

– W swoim czasie. – Hannis Arc spojrzał ku południowemu zachodowi, wyobrażając sobie, że niemal widzi ogromny pałac, zajmujący płaskowyż wyrastający z równin Azrith. – W przeciwieństwie do miejscowości mijanych po drodze Pałac Ludu nie tak łatwo zdobyć. A ty lepiej niż inni pojmujesz, jak ważne jest budzenie grozy we wrogach. To wszystko jest niezbędną cząstką planu mającego nam zagwarantować, iż nie napotkamy oporu przy przejmowaniu Pałacu Ludu. Lepiej złamać w nich ducha, zanim tam dotrzemy. To sprawi, że ochoczo nas powitają.

Duch chwilę nad tym dumał, a potem wzruszył ramionami.

– Nie spieszy mi się. Mam całą wieczność. Niech tak będzie, skoro tego chcesz.

– Chcę pałacu, z którego mógłbym władać. – Hannis Arc, coraz bardziej zirytowany, pochylił się ku królowi-duchowi. – Nie chcę być zmuszony do obrócenia gmachu w ruinę.

Oczy ducha znowu zapałały.

– Najważniejsze to zabezpieczyć wróżebną machinę.

– Richard Rahl nie żyje, więc praktycznie rzecz biorąc, jest zabezpieczona, skoro nie ma nikogo, kto mógłby z niej skorzystać. Zadbaj o to, żeby mroczne demony zawlokły go w nicość, a ja się zajmę wróżebną machiną.

– Powinieneś bardziej panować nad tym, co robisz. Wiele razy chciałeś się rozprawić z tym człowiekiem i zawsze ci się wymykał.

Hannis Arc gniewnie dźgnął się palcem w pierś.

– To ja wymyśliłem, jak wykorzystać Richarda Rahla i wróżebną machinę, krew i proroctwo, żeby cię tu sprowadzić. Tym razem to nie ja się nim zajmuję. To ty się starasz, żeby jego los został przypieczętowany. Richard Rahl dowiódł w przeszłości, że wiele ludzi pragnie mu pomóc. Tym razem jest w twoich rękach. W twoim królestwie. To ty powinieneś się martwić o to, żeby się nie wmieszał w nasze sprawy.

– Nie żyje.

– Ty też.

Hannis Arc nie znosił być pouczany przez człowieka, którego wydobył z nicości zaświatów i na powrót sprowadził do życia. Bez niego Sulachan na wieki by pozostał w wiekuistych mrokach. Imperator mógł sobie układać drobiazgowe plany i precyzyjnie zadbać o to, żeby wszystko było gotowe na jego powrót, lecz bez Hannisa Arca i jego umiejętności, bez starań, żeby każdy skrawek jego ciała wytatuowano niezbędnymi symbolami, kiedy to zbierał pradawne proroctwa i je studiował, wszystkie te plany na nic by się zdały.

Król-duch popatrzył na mury miasteczka i na stojących na nich ludzi.

– Uważam, że to zbędne – powiedział na koniec. – Lecz niech się stanie, skoro jest to twoje życzenie jako nowego władcy imperium D'Hary. Moje wojska Shun-tuk będą uradowane, mogąc spełnić twoje życzenie przesłania dobitnej i straszliwej wieści tym, którzy się znajdują przed nami.

– Dobrze. – Uśmiechnął się Hannis Arc, rad, że król-duch zrozumiał. – Czyli postanowione. Na ich przykładzie pokażemy, co czeka tych, którzy się ośmielą stawić opór swojemu władcy. W końcu łaskawie zaoferowałem im pokój. Dobrze będzie powiadomić innych, którzy mogliby nie okazać posłuszeństwa. Następstwa powinny być zarówno szybkie, jak i bolesne, żeby inni wiedzieli, iż nie pozwolę na taki brak poszanowania. Zadbaj, żeby twoi ludzie pozwolili zbiec paru świadkom, aby roznieśli wieści o tym, co się tutaj stało. Muszą pędzić przed nami i zanieść tę wiadomość do Pałacu Ludu.

Imperator wreszcie się uśmiechnął.

– A więc przedsmak tego, co spotka ten świat.

Hannis Arc uśmiechnął się i popatrzył na Vikę. Kiedy skinął jej głową, Mord-Sith wysunęła się naprzód. Ubrana w czerwony skórzany uniform, ostro kontrastowała z rozlewającym się za nią morzem Shun-tuk, na poły nagich, z twarzami i ciałami wysmarowanymi białym popiołem.

– Każ im przyprowadzić jeńców.

Vika skłoniła głowę.

– Wedle rozkazu, lordzie.

Podbiegła do Shun-tuk, coś powiedziała. Jeńcy raz-dwa zostali przywleczeni spośród drzew. Byli związani i zakneblowani, złamano w nich ducha. Niektórzy byli jak w transie na skutek nieustannego przerażenia. Inni wytrzeszczali oczy.

Hannis Arc odwrócił się ku mężczyźnie na murach.

– To mieszkańcy poprzedniego miasta, które nie pokłoniło się z szacunkiem swojemu lordowi Arcowi.

Z tymi słowy uniósł z rozmachem ramię całkowicie wytatuowane prastarymi symbolami. Niektóre zalśniły, kiedy przyzywał swoją moc.

A ta wyrzuciła w powietrze większość blisko setki jeńców – z wrzaskiem przelecieli ponad murem i runęli na ziemię po drugiej stronie.

Niektórzy uderzyli w mur, gruchocząc sobie kości. Osunęli się na ziemię; większość nadal żyła, ale nie byli w stanie uciec. Ci za murem krzyczeli z bólu.

Hannis Arc popatrzył na tych, co zostali. To byli ci z szeroko otwartymi oczami, gotowi zrobić wszystko, co się im każe.

Zanim mężczyzna na murze zdążył go o coś zapytać, imperator Sulachan uniósł dłoń ożywianą błękitnawą poświatą ducha.

Moc owego gestu rozbiła bramy. Odłamki belek zawirowały w powietrzu. Ostre kawałki żelaznych zawiasów i obejm poleciały na ziemię. Kurz wzbił się w górę, w gradzie spadających szczątków. Ludzie już uciekali. Właściwie nie mieli dokąd. Uwięzieni za murami czekali na to, co nadciągało.

Sulachan odwrócił się ku swojej armii Shun-tuk.

– Pożywcie się.

Masy półludzi z wyciem, od którego zadrżało powietrze, rozpaczliwie pragnąc zdobyć dla siebie dusze, ujrzały je tam i runęły do ataku.

Ludzie za murami wrzeszczeli, umykali, próbując się gdzieś schować. Shun-tuk mieli wprawę w znajdowaniu kryjących się dusz. Zamknięci w mieście stawali się łupem półnagich Shun-tuk, wlewających się przez wyłom w murach. Półludzie rzucili się na mieszkańców Drendon Falls i zaczęli ich rozdzierać zębami.

Dla tych, którzy teraz pomyśleli o zmianie sojuszu i pokłonieniu się Hannisowi Arcowi, było już za późno. Zaoferowano im tę możliwość, ale ją odrzucili. Teraz, chociaż padali na kolana, błagając o łaskę, przysłużą mu się inaczej. Posłużą jako przykład.

Hannis Arc odwrócił się ku grupie obszarpanych więźniów, mężczyzn i kobiet, brudnych, pokrytych kurzem i pyłem. Poruszył palcem i opadł sznur pętający im nadgarstki. Wypadły kneble.

– Idźcie do Pałacu Ludu i miejscowości po drodze. Opowiedzcie, co nadchodzi i że jedyną nadzieją na ocalenie jest pokłonienie się lordowi Arcowi i przyrzeczenie mu posłuszeństwa.

Jeńcy padli na kolana, zawodząc z ulgi. Stłoczyli się wokół niego, chwytając jego szatę drżącymi palcami, całując tkaninę, dziękując mu za łaskę. Wszyscy przysięgali mu dozgonne posłuszeństwo.

Hannis Arc był uradowany takimi dowodami szacunku.

– Już dobrze. Wystarczy. Ruszajcie w drogę.

Podnieśli się i pobiegli wypełnić jego polecenie.

ROZDZIAŁ 15

Niezliczone ręce wyciągały się z mroku, orząc palcami powietrze, starając się coś pochwycić, cokolwiek. Wszystkie te dłonie starały się ją dotknąć, zetknąć się z nią. Lecz choć tak rozpaczliwie usiłowały, to nie mogły jej dosięgnąć.

Nicci, chociaż miała zamknięte oczy, widziała te wijące się jak węże ramiona i palce. Syk umarłych jedynie nasilał otaczające ją poczucie śmierci. Spoza tej ściany ramion docierały do niej wrzaski innych.

Wiedziała, czyje to dusze.

Rozpoznała je.

To były dusze tych, których zabiła.

Nicci uniosła rękę, odpychając te z przodu, sięgające po nią; to byli ci, którzy zasłużyli na śmierć, lecz w swojej nienawiści do życia do końca nie pojęli, iż są martwi. Nie bała się, że ją pochwycą. Nie byli demonami i nie potrafili wciągać żyjących w mrok.

To byli winowajcy, którym wymierzyła sprawiedliwość.

Już nie mogli jej dosięgnąć.

Mocą umysłu chroniła delikatny blask ducha Kahlan przed stworami, które znowu chciały ją wciągnąć.

Nicci wiedziała, że mroczne demony chcą odzyskać Kahlan.

Na szczęście Richard przyciągnął ku sobie sługi Sulachana, odciągnął je od duszy Kahlan.

Niestety mroczne demony spowiły go ciasno czarnymi skrzydłami i Nicci nie miała nadziei, że sama go odnajdzie. Już wcześniej szukała za zasłoną i znalazła duchy, lecz nie była w stanie odszukać Richarda.

Sulachan pragnął, żeby go nigdy nie odnaleziono. Chociaż Nicci miała znaczącą moc, nie mogła się równać z tak złą istotą, zwłaszcza w jej królestwie.

Zadanie zdawało się niewykonalne. W mrokach roiło się od dusz; były liczne jak ziarnka czarnego piachu na plaży o północy i wszystkie nieustannie napływały i oddalały się niczym fale. Dusze tłumnie napływały zewsząd, kłębiły się wokół niej, tak że nie mogła zobaczyć, co jest za nimi. Ilekroć odsunęła te z przodu, pojawiało się ich jeszcze więcej.

Kiedy się zbliżyła i ją dostrzegły, wyginały się i odwracały, płochliwie się odsuwały. Wiedziała, co robią. Już kiedyś je widziała. Wyczuwały, że nie jest stąd, że zakłóca ich spokój, że jest ciemną mocą w świecie mroku.

Nie była stąd, więc usiłowały ją wypchnąć z wieczności w grozę tej ulotnej iskry, jaką było życie. Nie chciały, żeby im przypominano o tym, czego nie mogą na nowo mieć. Pragnęły, żeby je pozostawiono w spokoju, pozwolono powoli zapomnieć.

W nieznanym im blasku duszy Kahlan owe kłębiące się masy napływały przez mrok niczym gęste ławice ryb. Niezliczone zbiorowiska ciemnych tworów, złożone z milionów pojedynczych istot, zjawiały się tłumnie, żeby odgrodzić Nicci od tego blasku. Usiłowały ochronić ów blask przed jej mrokiem.

Chociaż piękno blasku doprowadzało ją do łez, to musiała odnaleźć drogę, a szczelnie otaczały ją dusze zamieszkujące mroki. Obawiała się, że odszukanie konkretnego ziarnka piasku na tej bezkresnej, czarnej plaży to niewykonalne zadanie.

Nicci poczuła, jak delikatne dłonie dotykają jej ramion.

To była wiedźma – stanęła za nią i położyła jej ręce na ramionach.

Kiedy to zrobiła, zmieniła się natura mroku, dusze zakłębiły się szaleńczo, cofnęły. Nicci uśmiechnęła się w duchu, bo znowu zobaczyła przewodni blask duszy Kahlan, emanujący z centrum Grace nakreślonej jej krwią. Wiekuista ciemność utworzyła fale, biegnące przez nicość od tkwiącej w centrum Grace kropli krwi Richarda.

Nicci uświadomiła sobie, że wiedźma wykorzystuje nurt czasu, żeby ukazać jej drogę poprzez pustkę. Warstwy mroku rojące się od dusz utworzyły fale, przelewające się i rozkołysane prądami głębinowymi powstającymi z niczego – przypominało jej to smugi dymu, wijącego się i kłębiącego w nieruchomym powietrzu. Lub krew kapiącą w nieruchomą, przejrzystą wodę.

To było przerażające, urzekające i piękne.

I wtedy, kierując się nurtem, który ukazywała jej wiedźma, dostrzegła pojawiający się z wiekuistej ciemności blask duszy.

To była dusza czarodzieja, którego zabiła. To jego moc sobie przywłaszczyła.

To się wydarzyło, kiedy została Siostrą Mroku.

To było coś nie do wybaczenia.

Blask duszy się rozproszył, a potem zestalił w jaśniejącą postać – stanęła przed Nicci, zatrzymała ją. Wiedziała, że dusze wykorzystywały swój blask, żeby przybrać rozpoznawalną postać.

Nicci nie wiedziała, co zrobić. Cóż mogłaby począć? Nie mogła błagać o wybaczenie. Nie miała prawa.

Wtedy dotknął ją blask owego ducha. Dotknął jej duszy. W tej chwili, w tym niezależnym od czasu kontakcie, wyczuła wszystko, co by jej powiedział.

Zapłakała, poruszona pięknem tego doznania. Uzyskał spokój. Powiedział jej, że chociaż opowiedziała się za złem, to w końcu dzięki jego darowi uczyniła o wiele więcej dobra, niż on by potrafił. Chociaż był to zły uczynek, to wreszcie zrobiła to jedno, co dało mu spokój. Postanowiła się zmienić, walczyć ze złem i zrekompensować wszelkie krzywdy, jakie wyrządziła innym.

Nicci nie zasługiwała na wybaczenie i on też to rozumiał. Powiedział jej, że nie mógłby jej udzielić wybaczenia, że zrodziło się ono w głębi jej duszy i że tylko to miało znaczenie. Spoglądała na piękny blask jego ducha i płakała nad tym, co mu uczyniła.

Powiedział jej, że teraz to ona ma jego dar, a on łączy się z nią duchem i pomaga jej w tym nowym powołaniu. Jej dążenia są jego dążeniami. Jego dar należy do niej.

Pogładził jaśniejącą dłonią włosy Nicci, jak zrobiłby to ojciec, uśmiechając się do ukochanej córki. Była to chwila przesycona tak czystą miłością i akceptacją, że Nicci znowu zapłakała.

Odsunął się na bok i gestem jaśniejącej dłoni zaprosił w dalszą drogę, życząc jej powodzenia w walce o świat życia, w której to sprawie – jak powiedział – godnie służyły oba dary: ten, z którym się urodziła, i ten, który sobie wzięła.

Poczuła się wyczerpana, umęczona owym spotkaniem i bolesnym smutkiem, które trwały ledwo mgnienie, lecz zarazem – w tym świecie bez czasu – całą wieczność. Miała wrażenie, że teraz zna go lepiej niż kiedykolwiek przedtem, że samą siebie zna lepiej, niż kiedykolwiek znała.

Słyszała, jak gdzieś tam Kahlan pyta, czy nic jej nie jest, ale była za daleko, żeby odpowiedzieć. Wiedźma odpowiedziała za nią, rzekła Kahlan, że Nicci nie ustaje w poszukiwaniach.

Czarodziejka, skupiona na swojej misji, wytężyła siły, by głębiej wniknąć w mrok, niesiona nurtem płynącym przez niekończącą się noc.

Po drodze widziała blask niezliczonych dusz. Wszystkie wyglądały jednakowo; niczym niebo usiane gwiazdami. Unosiły się na firmamencie w wieczystym ukojeniu. Nie wiedziała, jak wśród tych niezliczonych gwiazd odnajdzie tę jedną.

Lecz wtedy jedna z gwiazd się do niej zbliżyła.

– Jestem Isidore – powiedziała głosem jak słoneczny blask. – Wyczułam, że mnie wołasz.

Nicci ujrzała, jak blask z gracją się zbliża i przyjmuje niegdysiejszą postać. Nie mogła zapanować nad tym, co nagle wypełniło jej umysł. Nie dało się przekazać takiej obfitości.

– Muszę pomóc Richardowi – powiedziała wreszcie duszy. – Muszę odnaleźć Naję.

– Wiem – odrzekła Isidore. – Jestem tutaj, żeby cię poprowadzić.

Z tymi słowy oddaliła się od nurtu. Nicci pomyślała, że Isidore to jedna z najpiękniejszych istot, jakie kiedykolwiek widziała. Duch jaśniał niewinną, dziecięcą życzliwością i dobrocią. Jej uśmiech był niczym ciepły letni dzień.

Isidore prowadziła, Nicci sunęła za nią i razem wniknęły w obszar jeszcze mroczniejszy, z tunelami czerni w atramentowym mroku. To była chaotyczna wędrówka – zarazem w górę i w dół, pełna zakrętów i zwrotów, przez miejsca pozornie nie do przebycia.

W zakamarkach mroku, w pieczarze wieczności, napotkały inną duszę, która przybrała ludzką postać. Isidore delikatnie dotknęła ramienia owej postaci.

– Oto ta, której szukasz.

Nicci podpłynęła bliżej.

– Naja?

Duch spojrzał na nią chłodno, a nie z życzliwością, jak Isidore.

– Co jedna z twojego plemienia tutaj robi? Dlaczego mnie niepokoisz?

– Nie jest tak, jak się wydaje – powiedziała Nicci. – Przyszłam w przebraniu Siostry Mroku, bo inaczej się nie dało. Musiałam wykorzystać to, co znam i potrafię, żeby zrobić to, co trzeba.

– A cóż to takiego?

– To, czego pragnęłaś za życia, o co walczyłaś... trzeba powstrzymać imperatora Sulachana.

Duch z sykiem się cofnął, słysząc to imię.

– Suuuuulaaachan – rzuciła nienawistnie Naja. – Jego przeklęty duch grasuje po zaświatach z intencjami mroczniejszymi od śmierci.

– Wiem, że za życia starałaś się mu przeszkodzić. Ty, Magda Searus i czarodziej Merritt.

Kiedy wymawiała te imiona, ich jaśniejące duchy wyłoniły się z ciemności.

– Po co tu przybyłaś? – zapytał duch Magdy Searus.

Podobnie jak duch Isidore, jaśniał on wspaniałym, ciepłym blaskiem, który wzbudził podziw Nicci i przyniósł jej ukojenie.

Czarodziejka odwróciła się i uniosła ramię.

– Przybyłam, żeby jej pomóc – wyjaśniła, odsuwając się, żeby dostrzegli blask duszy Kahlan siedzącej pośrodku Grace, obok świecącej kropli krwi Richarda.

– Matka Spowiedniczka – wyszeptała Magda Searus z pełnym życzliwości szacunkiem, do jakiego zdolny jest jedynie dobry duch. – Przywiodłaś tu jej duszę?

– Jedynie drobinę jej wewnętrznego blasku – rzekła Nicci. – Aktywuje Grace, dzięki której przybyłam do was.

– A po co przybyłaś? – zapytała Magda.

Nicci wskazała kochającego ducha u jej boku.

– Z tej samej przyczyny.

– Dla jej ukochanego – pojął Merritt. – Tego jedynego, który, jak wiedzieliśmy, miał się pojawić.

– Tak – przytaknęła Nicci. – Sulachan uciekł z zaświatów i znowu chodzi po świecie życia. To Richard Rahl musi go powstrzymać. W tamtych czasach wszyscy staraliście się przeszkodzić imperatorowi i jego wojskom, przygotowywaliście drogę temu, kto miał się pojawić po was, temu, kto może powstrzymać demona.

– To już nie jest nasz świat – stwierdziła Naja, a oni temu przytaknęli.

– Richarda Rahla nie ma w tamtym świecie. Jest tutaj.

Ich twarze wyrażały rozpacz i niepokój.

Zaniepokojony Merritt podpłynął bliżej.

– To się nie miało stać. To on miał powstrzymać Sulachana. Żeby to uczynić, powinien być w waszym świecie. Z tego świata mu się to nie uda. Stąd nie zdoła wam pomóc. Nikt z nas nie zdoła.

– Wiem – odparła Nicci. – To dlatego tu przybyłam, dlatego musiałam wykorzystać mroczne talenty, które niegdyś służyły mi do czynienia zła, a teraz służą do walki o świat życia.

Blask duszy Nai przybrał postać, jaką niegdyś miała. Zbliżyła się.

– Jak to się mogło stać? Podjęliśmy wszelkie środki ostrożności, sterowaliśmy proroctwami, zostawiliśmy wszelką pomoc, jaką zdołaliśmy. Jak umarł?

Nicci spojrzała na wpatrzone w nią duchy.

– Zabiłam go – powiedziała, wskazując kruczoczarny nurt przed sobą. – Jak to zostało przepowiedziane w nurcie czasu.

Merritt znalazł się jeszcze bliżej. Nicci wiedziała, że się rozgniewał.

Tak na nią spojrzał, że się skuliła.

– Musiałam.

– Dlaczego?

Nicci znowu wskazała blask ducha Kahlan.

– Dla niej. Zamordowano ją. Piekielne sługusy Sulachana dopadły jej ducha i wlokły w głębię mroków. Richard poprosił, żebym zatrzymała jego serce, by mógł iść za nią, zająć jej miejsce i odesłać ją do świata życia. Było to dla niego ważniejsze od własnego dobra.

Cztery duchy wpatrywały się w nią z ogromnym smutkiem, płynącym ze zrozumienia i empatii.

– Zjawiłam się, żeby znaleźć sposób na sprowadzenie jego duszy do ziemskiej powłoki. Świat go potrzebuje. Ciało czeka na niego w świecie życia, złączone więzią z tym światem, żeby się nie zmieniło.

– Lecz skoro umarł, to jego duch jest tu, gdzie powinien być – odezwała się Naja.

– Normalnie tak by było. Lecz nie w tym przypadku. Richard, tak jak i Matka Spowiedniczka, został skażony jadem Zaszytej Służki, zawierającym zew śmierci. Ta zmaza ich zabijała. Ale w tym świecie życie naznacza go czymś, co tu nie przynależy. Richard tu nie przynależy, bo ma w sobie iskrę życia. Jego miejsce jest w świecie żywych.

– Wszyscy ludzie umierają – stwierdziła Naja.

– Tak, ale na niego jeszcze nie przyszedł czas, tak jak i na Matkę Spowiedniczkę. To tylko skutki mącenia Sulachana, wykorzystującego i przeinaczającego odgałęzienia proroctw i ciemne moce. Jak na razie miejsce Richarda jest w świecie żywych. Musi wrócić i powstrzymać Sulachana oraz walczyć w obronie życia, w przeciwnym razie zasłona zostanie rozdarta i oba światy się połączą.

Przez chwilę w świecie umarłych panowała cisza. Mogłoby się zdawać, że całą wieczność.

– Musimy sprawdzić, czy możemy mu pomóc – powiedziała na koniec Magda głosem pełnym współczucia. Jaśniejącą dłonią ducha wskazała blask duszy Kahlan. – Dla niej.

– Dla wszystkich – poprawiła ją Nicci.

Duch Nai się uśmiechnął.

– Słowa godne prawdziwej czarodziejki.

Duch Merritta przybliżył się do Nai.

– Musisz jej pomóc go odnaleźć. Lepiej niż inni znasz mroczne demony Sulachana. Pomagałaś mu je stworzyć. Teraz powinnaś pomóc je powstrzymać.

– Bo kiedyś służyłam złu, podobnie jak ona, kiedy była Siostrą Mroku? – spytała ironicznie Naja. – Uważasz, że wciąż potrzebuję rozgrzeszenia?

Magda, przepełniona współczuciem, potrząsnęła głową.

– Przyszłaś do nas, żeby walczyć ze złem Sulachana. Wiesz, że rozgrzeszenie rodzi się w głębi duszy. A teraz ona przyszła do ciebie po to samo. Rozumie, ponieważ powtórzyła twoją drogę.

Naja skinęła głową.

– Obie pracowałyśmy dla złej sprawy i z wielkim trudem się zmieniłyśmy. Obie naprawdę się zmieniłyśmy. – Popatrzyła na Nicci. – Teraz czynisz dobro. Pomogę ci.

Bezcielesne ramię objęło Nicci i pokierowało, a ona odwróciła się ku uśmiechniętym Magdzie i Merrittowi, podążającym za nimi. Niczego piękniejszego nie potrafiłaby sobie wyobrazić. Były w tym miłość i zrozumienie, spokój i radość, wiara w siebie i własne umiejętności, nadzieja i życzliwość.

Coś jej to przypominało. Początkowo nie wiedziała co. A potem pojęła. Przypominało jej blask, jaki widziała w Richardzie i Kahlan.

– Masz niezmiernie interesującą duszę – powiedziała do niej Naja, kiedy tak mknęli przez wieczność. – Dobrze ci się przysłuży w takim miejscu jak to.

ROZDZIAŁ 16

Chociaż ciemność zaświatów była mroczniejsza od najczarniejszej czerni, Nicci zaczęła wyczuwać, że wnikają w jeszcze mroczniejsze obszary. Tam, gdzie przedtem widziała blask dusz, teraz dostrzegała dusze dryfujące przez mrok, niekiedy tak ciemne, że trudno je było zobaczyć. A niektóre były ciemniejsze nawet od otaczającego je mroku. To był zatrważający widok.

– To nie będzie łatwe – powiedziała Naja, wciągając Nicci jeszcze głębiej w kłębiące się, czarne jak smoła chmury dusz wzbijające się z dołu.

– Co musimy zrobić? – zapytała Nicci.

– Mieć nadzieję, że dokonamy niemożliwego.

– A wiesz, jak to zrobić?

Duch Nai nie odpowiedział.

Nicci zaczęła się orientować, iż ciemne kształty je śledzą, dotrzymują im kroku, gromadzą się i dążą w dół razem z nimi.

Kiedy Naja zauważyła, że Nicci je obserwuje, przyciągnęła ją bliżej.

– Złe duchy – syknęła cicho.

– Jak będziemy walczyć z takimi duchami w ich świecie? – spytała Nicci, bardziej samą siebie niż Naję.

Naja uniosła ramiona, płynąc lekko przez wiekuistą noc, i jej dusza stopniowo zaczęła świecić coraz jaśniej. Był to niebiański widok. W blasku duszy Nai złe duchy cofały się w mrok.

– Nie możesz z nimi walczyć – rzekła Naja. – Nie z tymi. Chcą, żebyś to zrobiła. Chcą, żeby cię przepełniły odraza i wrogość. To tylko podsyca ich nienawiść. Blask zadaje im taki ból, jaki tylko one mogą odczuwać. To nienawiść, skierowana do wewnątrz i zżerająca ich dusze.

– Szkoda, że nie mogę tak jaśnieć – powiedziała Nicci na poły do siebie.

Duch Nai rozpromienił się ciepłym uśmiechem.

– Ależ możesz. Tyle że jeszcze tego nie dostrzegasz. Ja tak. Pewnego dnia i ty to ujrzysz.

Nicci nie powiedziałaby, że nie może się tego doczekać. Lecz zazdrościła tego poczucia spokoju, jakie widziała we wszystkich duchach. Od kiedy Richard wtargnął w jej życie, walczyła o pokój. Spokój i ukojenie, widoczne w tych duszach, dodawały otuchy, pozwalały dostrzec prawdziwy sens.

– Demony, które pojmały Richarda, nie przypominają tych – ostrzegła Naja. Nie są jedynie grzesznymi duszami. To dusze, które Sulachan zmienił w demony mające wypełniać jego rozkazy. To jego mroczna armia w zaświatach. Pomagałam mu w tym, toteż wiem, jakimi są przerażającymi stworami. Znam ich olbrzymią moc. Są niczym wilki mroku, z pazurami i zębami, którymi mogą pochwycić duszę i na zawsze zawlec w ciemne otchłanie królestwa Opiekuna.

Nicci popatrywała na boki, obserwowała mrok towarzyszący im, kiedy tak lekko spływały coraz głębiej.

– Jeżeli nawet odnajdziemy Richarda, ukrytego przez złe demony w wiekuistym mroku, to nie wiem, jak go wyrwiemy z ich szponów. Nie mam takiej mocy.

– Może Merritt mógłby pomóc? – zapytała Nicci. – Miał wielką moc.

Naja pochyliła się do przodu, wyciągając szyję i nabierając szybkości.

– Owszem i ma potrzebny do tego dar, ale nie ma niezbędnych powiązań.

– Powiązań?

– Musisz mieć tutaj przyjaciół – powiedziała zagadkowo Naja. – Duchy, które mają moc i właściwe powiązania.

Nicci nie bardzo wiedziała, co to oznacza, tyle że zdawało się sugerować, iż są w kłopotach.

– Co więcej – dodała Naja – nawet jeśli go znajdziemy i jakoś odbierzemy demonom, to my po tej stronie nie możemy odsyłać dusz do świata życia. Nie mamy takiej mocy. Kiedy czyjaś dusza znajdzie się tutaj, nie może powrócić.

Nicci wskazała blask duszy Kahlan.

– Kahlan wróciła.

Duch Nai posmutniał.

– Miała tutaj Richarda, on jej pomógł. Jest inny, niezwykły. To miałam na myśli, mówiąc, że potrzebujesz tu przyjaciół o właściwych powiązaniach. Zawsze był odmienny i zawsze mógł zrobić to, czego inni nie potrafili. Potrafił rozpoznać i wykorzystać wyjątkowe uwarunkowania tego stanu, żeby pomóc jej powrócić. Nawet jeśli go uwolnimy, będzie potrzebował pomocy z tamtej strony.

– Przecież wciąż ma w duszy iskierkę życia.

– Dzięki niej życie na nowo się w nim odrodzi, jak w przypadku Matki Spowiedniczki, lecz w przeciwieństwie do niej on nie ma tu nikogo, kto by pomógł go przywrócić w blask Grace, żeby mógł wrócić do świata żywych. Trzeba, by ktoś po tamtej stronie to dla niego uczynił.

Nicci rozmyślała przez jakiś czas, kiedy tak płynęły bez wysiłku przez wieczność.

– Wiedźma powiedziała, że ktoś powinien oddać za niego życie, żeby on mógł je odzyskać. – Nicci wpatrywała się w mrok. – Uczynię to. Oddam życie, żeby on mógł znowu żyć. Musi żyć. Świat go potrzebuje. Tylko on może pokonać Sulachana i Hannisa Arca. Uczynię to. Zostanę tutaj i umrę za niego.

Naja smutno popatrzyła na Nicci.

– Może to będzie konieczne. Lecz nie wiem, czy nawet to wystarczy.

Nicci czuła lęk i trwogę na myśl o umieraniu, o oddaniu jedynego życia, jakim ją pobłogosławiono; lecz zarazem nie było to już tak przerażające jak niegdyś ani tak ważne jak powrót Richarda. Kiedy w przeszłości wnikała w zaświaty jako Siostra Mroku, to w najmroczniejszych intencjach na rzecz Opiekuna. Naja wykonywała rozkazy Sulachana, ona – polecenia Sióstr Mroku wspierających Opiekuna. Świat umarłych był siedliskiem zła, napawającym ją lękiem i odrazą, chociaż pracowała nad jego zwycięstwem nad światem życia.

Ale już się jej taki nie wydawał. Mimo że się bała, wydawał się... pełen spokoju. Wyczuwała obszary wielkiego żalu i smutku, lecz były gdzieś daleko w mroku, daleko od niej. Nie były w stanie jej dosięgnąć – a przynajmniej nie wtedy, kiedy Naja ją wiodła i chroniła.

Ta podróż z dobrym duchem była czymś zachwycającym. Nicci pragnęła takiego poczucia ukojenia i zadowolenia.

Wyczuła coś i odwróciła się – zobaczyła ciągnące za nimi światełka.

– Dobre duchy – wyjaśniła Naja, kiedy spostrzegła spojrzenie Nicci. – Richard Rahl z wieloma się przyjaźnił. Na wieczność zachowają łączącą je z nim więź.

– Czy mogłyby nam pomóc? Powiedziałaś, że Richard potrzebuje przyjaciół.

Naja przez chwilę milczała.

– Nie – powiedziała na koniec. – Żaden z nich nie ma takiej mocy. One go jedynie darzą szacunkiem.

Duch Nai wskazał coś jaśniejącą ręką.

– Nareszcie. Tam. Widzisz je?

– Nie – zaprzeczyła Nicci, kręcąc głową i wytężając wzrok, by zobaczyć w czerni to, co jedynie duch mógł widzieć. – Co to?

– Demony – odparła cicho Naja, przybliżając się. – Mają go.

Nicci poczuła przypływ nadziei.

– Richard? To on jest w tych mrokach?

– Tak – powiedział uśmiechnięty duch, przyspieszając, żeby dogoniły prędko opadające w ciemność demony. – Zaczyna się walka. – Naja spojrzała na Nicci. – Walka, której nie wolno nam przegrać, bo na zawsze wszystko stracimy.

– Pomóżcie nam, drogie duchy – wyszeptała Nicci, kiedy w końcu ujrzała lecące ku nim ciemne, skrzydlate stwory z kłami i pazurami.

ROZDZIAŁ 17

To ciemność raniła. Nie był to ból, jaki czuł za życia. Był odmienny i o wiele gorszy. Przenikał nie tylko do kości, ale i wnikał w duszę.

To były mroki demonów, samego Opiekuna, ciemność pozbawionego nadziei wiekuistego zatracenia.

Richard się szarpał – jak się zdawało, przez wieczność – próbując wyrwać pazury wbijające mu się w ramiona i nogi, starając się wydostać ze spowijających i duszących go skrzydeł. Dusił się, lecz zupełnie inaczej niż za życia.

Dławił się w mroku. Jego dusza tęskniła za światłem. Dławił się, bo nie mógł zdobyć ani odrobiny światła. To były mroki potępionych dusz, na zawsze wypędzonych z blasku, dusz skazanych na wiekuistą mękę – bez odpuszczenia, bez możliwości ucieczki, wyswobodzenia się.

Ale mimo to było warto. Ocalił Kahlan od takiego losu, od straszliwej podróży w wieczność. Zrobiłby to dla niej ponownie, tyle razy, ile byłoby trzeba. To było wprost bezcenne. Żadna cena nie była zbyt wygórowana, żeby Kahlan była bezpieczna, żeby blask jej duszy ponownie się znalazł w świecie żywych. Świat potrzebował takiego blasku, żeby się przeciwstawić mrokom.

Trudno było dopatrzyć się w tym sensu. Żył tak dawno temu. Całą wieczność. Niekiedy wydawało mu się, iż może to właśnie jest życie – pełne udręki, lęku, grozy, beznadziei. Takie byłoby życie bez Kahlan. Dlatego za nią poszedł. Nie warto było bez niej żyć.

Coś się zmieniło. Zaniechał walki. Poczuł, jak szpony orzą mu ramię, jakby były odciągane, a demon rozpaczliwie wbijał je głębiej, zaczepiając o kości, chociaż w zaświatach nie było kości. Poczuł, że kły głębiej wbijają mu się w brzuch, chociaż brzuch był jedynie świetlną poświatą. Udręka przewyższała wszelki ziemski ból. To była udręka duszy.

I wtedy dostrzegł w otaczającej go ciemności świetlisty punkt. Mignął mu i znikł, jakby spowijające go skrzydła na mgnienie się rozchyliły, wpuszczając srebrzysty poblask – i potem znowu zamknęły. Richard wykorzystał tę okazję, by jeszcze gwałtowniej zawalczyć z dławiącym go mrokiem.

I znowu blask wniknął pomiędzy warstwy ciemnych skrzydeł – tym razem na dłużej – zanim zdołały się wokół niego zamknąć i odciąć światełko. Szarpnął się i dostrzegł okienko w ciemnościach, a w nim ciepły blask. Rozpaczliwie parł ku temu poblaskowi, odpychając krzepkie skrzydła, rozszerzając ów otwór. Odpychał atramentowoczarne skrzydła – lecz one znowu go spowijały.

Nagle oślepiający błysk sprawił, że mroczne demony zawyły z wściekłości i bólu. Poraził je kolejny rozbłysk w wiekuistej ciemności. Zębiska kłapały w mroku, kiedy demon usiłował je na nowo zatopić w Richardzie. Szpony sięgały ku niemu, chociaż je odciągano.

Kolejne błyski, jeden po drugim. Rozpoznał je, raczej po tym, jak je odczuwał. To było działanie magii. I tę magię Richard rozpoznał.

Demony wydały przerażający wrzask, jaki mógł się zrodzić wyłącznie w głębinach zaświatów. Głos potępionych duchów, które pojęły, co je czeka.

Rozbłyski nadlatywały z niesamowitą szybkością, jeden za drugim, uderzając w demony. W ciemnościach rozjarzyły się sznury blasku. Pękały skrzydła, trafiane błyskawicami. Wrzaski wydobywały się z rozdziawionych, zębatych paszcz. Jarzące się magiczne włócznie przeszywały parszywe cielska.

Jakaś postać wśliznęła się pomiędzy niego a demony, chroniąc go i osłaniając.

– Przykro mi, Richardzie – powiedział serdeczny głos. – Znowu jesteś w świecie umarłych.

Richard obejrzał się przez ramię na unoszącą się tuż za

nim postać. Otaczała go ramionami, z których spływała jaśniejąca biała szata. Promienna twarz patrzyła na niego ze smutnym uśmiechem. Rozpoznał ją.

To była kobieta, którą niegdyś zabił.

Zza otaczających go obronnym gestem ramion zobaczył ciemne, skrzydlate stwory z jarzącymi się czerwonymi ślepiami – zbliżyły się. Ramiona mocniej go objęły, zasłoniły przed demonami.

Za nimi wrzała zacięta walka. Mrok i blask, splecione ze sobą dwie strony mocy, uderzały ze straszliwą siłą, która zarazem tu nie pasowała, jak i była zupełnie na miejscu.

– Jesteś bezpieczny – zapewnił go serdeczny głos.

– Denna?

Uśmiechnęła się, słysząc swoje imię; szczególnie że to on je wymówił. Tak dawno temu widział ten uśmiech. Denna przecież dawno temu umarła. Widział już jej ducha. Już kiedyś mu pomogła.

Za chroniącym go dobrym duchem Richard zobaczył innego, którego nie rozpoznał. Zobaczył też postać, która nie była duchem. Poznał ją.

– Nicci?

– Jestem tutaj, Richardzie.

– Czy z Kahlan wszystko dobrze?

Nicci z ogromnym smutkiem pokręciła głową.

– Nie. Opłakuje cię. Życie bez ciebie jest dla niej równie nie do wytrzymania, jak dla ciebie było życie bez niej. Skazałeś ją na udrękę, której sam nie mogłeś znieść.

Richarda ogarnęło takie poczucie winy, jakiego jeszcze nigdy nie czuł. Tak bardzo chciał, żeby żyła, iż nie zastanowił się, czy dla niej takie życie będzie mieć jakąkolwiek wartość. Dla niego życie bez niej nie było nic warte; a dla niej – życie bez niego.

– Bratnich dusz nie należy rozdzielać – powiedział głos, który Richard rozpoznał.

– Zedd?

Duch się przybliżył. Chociaż nie przypominał Zedda, jakiego Richard pamiętał, to z pewnością był on. Jaśniał blaskiem, a jego świetlista dusza, jak u innych dobrych duchów, odwzorowywała postać, jaką miał za życia. To był jaśniejący duch jego dziadka.

Duszę Richarda wypełniła radość, kiedy patrzył na promienistego Zedda.

– Znowu wpadłeś w tarapaty, mój chłopcze. Przyszedłem ci pomóc.

– Nie rozumiem – powiedział Richard, wodząc wzrokiem po duchach, które znał, i po tych, których nie rozpoznawał.

– Nurt czasu potrzebował mnie tutaj – stwierdził stary czarodziej. – Wówczas tego nie wiedziałem, lecz moja śmierć miała swój sens. Właśnie tak. Żyłem i zrobiłem, co w mojej mocy, a teraz musiałem być tutaj dla ciebie, bo życie ogromnie cię potrzebuje. Tylko ja mogłem odciągnąć od ciebie demony.

– O czym ty mówisz? Jak to?

Wspaniale promienny duch Zedda się uśmiechnął.

– Trzeba było daru przeniesionego w zaświaty, a jeśli miał pomóc ci tutaj, to musiał być złączony poprzez krew.

– Trzeba wielu przyjaciół, żeby zyskać pomoc w takiej sytuacji – powiedział duch kobiety. – Jestem Naja – dodała, widząc jego zakłopotanie.

– Naja. Naja... jak ta kobieta która pisała na ścianach pieczar w Stroyzie?

– Ta sama. – Uśmiechnął się duch.

– To było strasznie dawno temu – stwierdził Richard.

Duch posłał mu nieodgadnione spojrzenie.

– Nie aż tak dawno. Tutaj się wydaje, że to było ledwie przed chwilą.

– Albo całą wieczność – odezwała się inna kobieta.

Richard i jej nie rozpoznał, lecz ponieważ była z Nają i towarzyszył jej inny duch, to chyba wiedział kto to.

– Magda Searus?

Uśmiechnięty duch przytaknął i uniósł jaśniejącą dłoń.

– A to jest Merritt, moja bratnia dusza. – Wskazała plejadę świateł za nimi. – Jest z nami i Baraccus. Wezwał go amulet, który niegdyś zrobił. Wszyscy się zjawiliśmy, żeby pomóc cię uwolnić.

Richard zobaczył ducha Baraccusa oraz towarzyszące mu miriady innych duchów. Swojego przyjaciela Warrena. Bena, męża Cary, i rzesze żołnierzy, teraz dobrych duchów, którzy walczyli wspólnie z nim w świecie życia.

– Złe moce się łączyły, żeby cię tu zatrzymać – powiedziała Naja. – Do tej bitwy trzeba było wielu dobrych duchów. Gdy tylko dziadek oderwał od ciebie demony, my mogliśmy zadbać o to, żeby na wieczność zniknęły w mrokach. Nie wrócą.

– Lecz zagrażają ci tutaj inne niebezpieczeństwa – wtrąciła się Magda.

– Musisz wrócić do świata życia – rzekła Nicci.

– I ty także – rozległ się cichy głos Nai. – Albowiem zbliżają się ci, którzy nigdy nie śpią i chodzą jak ludzie.

Nicci się odwróciła, zaniepokojona.

– Co...

Świetlisty palec Nai dotknął czoła Nicci.

I Nicci w jednej chwili zniknęła.

– Jak wrócę? Jest na to jakiś sposób? – zapytał Richard, wodząc wzrokiem po dobrych duchach. – Muszę zrobić pewne rzeczy w świecie życia. Ode mnie zależy los tak wielu ludzi. Muszę wrócić. Muszę im pomóc. Nie mogę pozwolić, żeby Sulachan postawił na swoim.

Duch Merritta uśmiechnął się porozumiewawczo.

– Oto gniew miecza. Rozpoznaję go. Towarzyszy ci. W twojej duszy, nawet w stanie śmierci, wrze słuszny gniew miecza, ponieważ jest z tobą złączony więzią. Jedynie właściwa osoba może tego dokonać. Tylko siewca śmierci może wnieść w zaświaty moc miecza i samo życie.

– Skoro jestem wybrańcem, to powinienem tam wrócić. Sulachan i Hannis Arc zamierzają zniszczyć świat żywych.

– Istotnie – potwierdziła Naja.

– Stąd nie mogę ich powstrzymać – powiedział Richard; jego duszę przepełniały niecierpliwość i zaniepokojenie. – Muszę wrócić.

– Słuszny gniew miecza oraz tkwiąca w tobie iskra życia nadal spajają cię ze światem żywych – stwierdziła Naja – lecz świat umarłych wciąż cię więzi. Skriny strzegą zasłony, żeby nikt stąd nie mógł wyjść.

Richard wspomniał, że kościana babka opowiadała mu, że

skriny, strażnicy zaświatów, zatrzymują w nich umarłych i nie pozwalają im przekraczać zasłony.

– Sulachan wrócił – zauważył.

– Dzięki twojej krwi – przypomniała mu Naja.

– Kahlan wróciła.

– Dzięki czemuś więcej niż tylko twoja krew – rzekła Naja.

– No to jak wrócę? – zapytał Richard otaczające go zbiorowisko jaśniejących duchów.

Wszystkie się w niego wpatrywały, lecz żaden nie zamierzał odpowiedzieć.

Zedd położył jaśniejącą dłoń na jej ramieniu i Naja wreszcie powiedziała posępnie:

– Musisz mieć żyjący most.

– A jak go znajdę?

– Nie ty – odrzekła Naja. – To on musi cię znaleźć.

– Nie rozumiem.

Zedd z wielkim smutkiem potrząsnął głową i zbliżył się do wnuka.

– Obawiam się, mój chłopcze, że ktoś będzie musiał oddać ci swoje życie i to ono będzie owym mostem. A duch tej osoby przyłączy się do nas w zaświatach.

– To jedyny sposób – potwierdziła Naja.

Jaśniejące ramię Denny objęło go opiekuńczo.

– Potrzebujesz pomocy innych, Richardzie. Potrzebne ci czyjeś życie.

– Nie – zaprotestował Richard, potrząsając głową i odsuwając się. – Nie mogę pozwolić, żeby ktoś za mnie umarł. Musi być jakiś inny sposób.

– Taki ktoś nie odda życia tylko za ciebie – pocieszał go Zedd. – Odda je za wszystkich, z miłości.

– Póki to się nie stanie, nie ma dla ciebie drogi powrotnej – powiedziała Naja. – A jeżeli to nie nastąpi, to nigdy nie wrócisz.

– Jeżeli zaś nie będziesz mógł wrócić – odezwała się Magda Searus – to los twojej bratniej duszy, losy całego świata znajdą się w rękach okrutnego Sulachana.

– I stąd nie będę mógł pomóc? – zapytał. W jego duszy narastał gniew. – Nic nie mogę zrobić?

Magda z ogromnym smutkiem pokręciła głową.

Denna objęła go, starając się pocieszyć. Lecz Richardowi nie przyniosło to ulgi.

Czuł gniew na Sulachana za to, że to na niego ściągnął; na niego i na wszystko, co żywe.

– Dobrze – szepnął Merritt. – Pozwól, by gniew cię przepełnił. Jeżeli kiedykolwiek będziesz miał okazję uczynić z niego użytek, będziesz gotowy do działania.

Richard sięgnął do rękojeści miecza i chociaż niemal mógł go dotknąć, miecza tu nie było. Znajdował się po drugiej stronie zasłony, w świecie życia. Kahlan tam była.

I Sulachan.

ROZDZIAŁ 18

Kahlan drgnęła, kiedy Nicci nagle otworzyła oczy. Red też się wzdrygnęła i gwałtownie cofnęła dłonie spoczywające na ramionach czarodziejki.

Twarz Nicci wyglądała szaro w blasku świec. Jej ręce drżały. Piękne rysy wyrażały udręczenie tym, czego doświadczyła. Wiedźma, chociaż nie tak pobladła jak Nicci, też była wstrząśnięta.

Kahlan nie mogła zobaczyć za zasłoną tego, co czarodziejka, lecz częściowo to wyczuwała i widziała napięcie w jej zalanej łzami twarzy. Bez wątpienia była to niezmiernie trudna wyprawa. To, czego Kahlan najbardziej pragnęła, to dowiedzieć się, czy się powiodło. Nicci nie dała żadnych wskazówek.

Otaczała je straszliwa, czarna jak atrament ciemność, zamykała je w kręgu blasku świec ustawionych w ośmiu czubkach Grace. Ciemność tłumiła też wszelkie dźwięki z otaczającego je świata życia.

Mrok zaczął się stopniowo cofać i Kahlan zaczęła dostrzegać ściany komnaty. Zobaczyła zarys okna. Zaczęła też słyszeć odległe dźwięki.

Kiedy ciemność wreszcie zniknęła, zabierając ze sobą zaświaty, Kahlan wreszcie zobaczyła łoże. Podniosła się pospiesznie, ostrożnie przestąpiła wyrysowane jej krwią linie i wydostała się z Grace. Znalazła się poza kręgiem świec i szybko podeszła do łoża. Przyklęknęła na brzegu i pochyliła nad Richardem, wypatrując oznak życia, spodziewając się – mając nadzieję – że zobaczy, jak się do niej uśmiecha.

Jego pozbawione życia ręce nadal trzymały miecz. Nie oddychał. Kahlan była przekonana, że Nicci zdoła coś zrobić i że Richard wreszcie zaczerpnie tchu. Wbrew wszystkiemu miała nadzieję, że jakimś sposobem wróci do życia, wróci do niej.

Miała nadzieję, że otworzy oczy i na nią spojrzy.

Lecz był równie nieruchomy i martwy jak przedtem.

Nic się nie zmieniło.

Kahlan czule dotknęła jego dłoni. Brakowało w niej ciepła. Oczy miał nadal zamknięte na świat życia. Jego dusza nie wróciła z wygnania.

– Drogie duchy – wyszeptała – czemu go do nas nie odesłałyście? – Poczuła spływającą po policzku łzę. – Potrzebuję go. Wszyscy go potrzebujemy.

Pamiętała mroczne demony spowijające go szponiastymi łapami i czarnymi skrzydłami. Pamiętała ów straszliwy widok – Richard porwany przez czarne stwory, wleczony w mrok.

Nicci podeszła i stanęła przy łożu.

– Kahlan... tak mi przykro.

Otarła łzę z policzka.

– Czemu się nie udało?

Wiedźma szybko podeszła do Nicci, wyczerpanej i zdezorientowanej.

– Co się stało?

Czarodziejka potrząsnęła głową.

– Trudno to wyjaśnić. – Spojrzała przez ramię na Red. – Z twoją pomocą udało mi się przynajmniej odnaleźć Isidore i Naję. A one zdołały dotrzeć do Richarda.

Kahlan chwyciła ją za ramię.

– Odnalazłaś Richarda?

Nicci potaknęła.

– Był w szponach złych demonów, tak jak mówiłaś. Zedd z wieloma innymi duchami przybył nam na pomoc. Wywiązała się bitwa duchów. Zedd pomógł uwolnić Richarda z łap mrocznych stworów. Wygraliśmy bitwę dzięki temu, że tam był.

– To czemu Richard nie wrócił? – zapytała Kahlan, starając się zapanować nad głosem i mocno bijącym sercem.

Nie mogła przestać myśleć o stosie pogrzebowym na placu cytadeli, czekającym na Richarda – gdyby ta ostatnia nadzieja zawiodła. Wracała groza, że będzie musiała go oddać płomieniom. Nie będzie w stanie żyć, jeśli spotka go taki los. Nie chciała żyć bez niego.

Nicci odwróciła wzrok.

– To nie wszystko. Nie mogli go odesłać. Powiedzieli...

Kahlan usłyszała odległy krzyk i odwróciła się od łoża, wpatrzyła w zamknięte drzwi. To był ten rodzaj krzyku, który przeszywał ją lodowatym dreszczem i sprawiał, że jeżyły się jej włoski na karku.

Red miała zamknięte oczy, jakby nasłuchiwała wewnętrznego głosu.

– Zjawili się.

Kahlan i Nicci spojrzały na wiedźmę.

– Kto?

– Ci, którzy nigdy nie śpią. Ci, którzy chodzą jak ludzie – powiedziała wiedźma i otworzyła błękitne oczy. – Są blisko.

Kahlan już miała zapytać, o kim Red mówi, kiedy za drzwiami noc rozdarły kolejne wrzaski. O wiele bliższe. Usłyszała ciężkie łupnięcia i odgłosy łamanych mebli.

Nicci chwyciła je za ramiona i pociągnęła ku Grace – dokładnie w tym momencie drzwi runęły do wnętrza komnaty, uderzając o ścianę, prawie wyrwane z zawiasów. Komnatę zasypał deszcz drzazg.

Z korytarza doleciał ryk i do komnaty wtoczył się jakiś człowiek. W łagodnym blasku świec Kahlan zobaczyła sześć połamanych włóczni i pęk noży sterczących z jego piersi i pleców oraz kilka złamanych kling mieczy, które przeszyły go na wylot. Krwi nie było.

Oczy stwora jarzyły się czerwienią w niemal zupełnej ciemności, jakby rozświetlone ogniami zaświatów. Spękana, wyschnięta skóra płatami zwisała z twarzy. Jego odzienie przypominało ziemię, w której dawno temu go pogrzebano. Przerosła je delikatna siateczka korzeni, a niektóre, większe, wrosły mu w nadgarstki. Robaki wiły się w otwartym brzuchu. Przez rozdarcia przegniłej koszuli widać było żebra.

Komnatę wypełnił mdlący smród, który stwór wniósł ze sobą.

To był prawdopodobnie jeden z umarłych, przywołanych z grobu przez sługi Sulachana. Siłę i wolę działania dawała mu czarna magia, nie życie.

Trzy kobiety się cofnęły, trzymając się poza jego zasięgiem. Żywy trup – z jedną kostką złamaną tak, że powłóczył stopą – chwiejnie szedł ku nim, rycząc. Oczy mu pałały nienawiścią i furią.

Wbiegł żołnierz i z całej siły przebił go włócznią. Kahlan usłyszała, jak grot rozszczepia kość – lecz nie wywołało to większego skutku niż reszta broni już sterczącej z umarlaka.

Kolejny krzepki żołnierz skoczył stworowi na plecy, starając się go powalić. Rozszalały trup chwycił go za ramię i zakręcił nim młynka, jakby mężczyzna był tylko dzieckiem. Zasuszona ręka śmignęła i rozdarła biedakowi pierś. Strumień krwi trysnął na ścianę. Chwilę później uderzyło o nią ciało żołnierza. Inny uskoczył za drzwi, żeby uniknąć łapy stwora.

Kiedy napastnik zwrócił się ku nim, Nicci uderzyła weń powietrzną „pięścią". Odrzuciło go ku drzwiom. Rozłożył ramiona, chwytając się futryny. Stojąca w korytarzu Laurin wbiła mu Agiel w plecy. Chociaż nie miał on mocy, to stwór zaryczał i gwałtownie się ku niej odwrócił. Uderzył ją tak mocno, że wyleciała w powietrze. Uderzyła o ścianę i ześlizgnęła po niej, nieprzytomna.

Żołnierz pchnął żywego trupa mieczem w pierś, ale to mu wcale nie zaszkodziło, podobnie jak kolekcja już tam tkwiących ostrzy. Drugi żołnierz ciął, starając się odrąbać rękę, lecz stwór, ożywiany pozaziemską siłą, bez wysiłku uchylił się przed ciosem. Żołnierze stale atakowali, lecz stwór zmuszał ich do cofnięcia się lub powalał. Ożywione trupy trudno było pokonać ziemską bronią.

Zanim więcej żołnierzy zdążyło się przyłączyć do walki, rzuciły się na nich od tyłu wyjące hordy półludzi pędzące korytarzem. Żołnierze musieli odpowiedzieć na ten nowy atak.

Kahlan popatrzyła przez komnatę na miecz Richarda leżący na jego ciele. Dłonie obejmowały rękojeść, tak jak je ułożyła. Miecz powstrzymałby te stwory ożywione czarną magią. Musiała tylko do niego dotrzeć.

Zanim zdążyła przebiec przez komnatę i sięgnąć po broń, żywy trup wszedł w głąb sypialni i zablokował jej dostęp do Richarda. Jarzące się w mroku czerwone ślepia zdawały się pałać jeszcze większą groźbą, kiedy tak obserwowały, jak robi uniki to w lewo, to w prawo.

Zanim Kahlan spróbowała ominąć warczącego stwora, Nicci odciągnęłą ją i wiedźmę jeszcze dalej, ponad liniami Grace, póki trzy kobiety nie znalazły się w samym centrum, obok kropli krwi Richarda. Czarodziejka najwyraźniej miała nadzieję, że Grace ochroni je przed pozaziemskimi mocami.

Stały tuż obok siebie, a stwór zatrzymał się przed kręgiem świec. Wydawało się, że nie bardzo wie, co robić, i że nie chce wejść w Grace, żeby się do nich dostać.

Kahlan się zastanawiała, jak długo potrwa ten jego opór. Zerkała na miecz, chociaż wiedziała, że ma niewielką szansę, żeby do niego dobiec. Żywy trup pewnie natychmiast by ją pochwycił.

Ale wiedziała również, że miecz mógłby powstrzymać zagrożenie.

W korytarzu wrzała walka. Kahlan migali półludzie pędzący ku sypialni i natychmiast zabijani przez żołnierzy z Pierwszej Kompanii. Niektórych półludzie powalali, ale innym udawało się odciągać stwory. Migały jej też czerwone uniformy Mord-Sith.

Już znowu miała podjąć próbę dostania się do miecza, kiedy przez wyważone drzwi wszedł do komnaty następny żywy trup, tym razem większy. Był bardziej zgniły niż ten pierwszy i cuchnął jeszcze gorzej. Na ucho opadał mu płat wyschniętej owłosionej skóry. Jedno ramię niezbyt sprawnie się poruszało. Mimo to nieźle sobie radził. Przyjrzał się pałającymi czerwienią oczami komnacie, łożu z leżącym Richardem i trzem kobietom stojącym w centrum Grace.

Wpadło kilku żołnierzy, siekąc zajadle napastników. Odrąbywali kawałki wyschniętych ciał, lecz to niewiele zaszkodziło stworom. Ten drugi potężnym zamachem sprawnego ramienia powalił paru z nich.

– Brak nam mocy, żeby ich powstrzymać – szepnęła Red, wykonując gesty mające rzucić jakieś zaklęcia. Ale nic to nie dało.

Nicci znowu uderzyła zestalonym powietrzem i pierwszy stwór chwiejnie się cofnął. Drugi się uchylił i kolejna próba czarodziejki skończyła się odłupaniem kolejnych drzazg z obrzeża wyłamanych drzwi.

– Jesteśmy bezpieczne w Grace? – zapytała Kahlan.

Jakby w odpowiedzi jeden ze stworów pobiegł przez komnatę. Rzucił się, machając ramieniem niczym wielkim hakiem, starając się pochwycić którąś z nich – zdążyły się na czas cofnąć. Już go nie odstraszały linie Grace wyrysowane krwią, stanął na nich.

Kiedy zrobił kolejny krok, rozdzieliły się. Nicci zaszła go z boku, raz po raz uderzając powietrzną „pięścią". Nie zatrzymało go to, ale przykuło jego uwagę. Znowu zasypała go ciosami i odrzuciła go na bok. Miał złamaną kostkę, więc się potknął, ale złapał się okiennego parapetu.

Gdy tylko znalazł się przy oknie, Nicci pomiędzy dłońmi wyczarowała kulę ognia czarodzieja. Zapłonął, rozświetlając komnatę żółto-pomarańczowym blaskiem. Kula płynnego ognia karnie pulsowała pomiędzy jej dłońmi, sycząc i przelewając się, gotowa uderzyć.

Nicci niemal natychmiast ją rzuciła. Śmiercionośny żar z rykiem mknął przez komnatę, zalewając wszystko oślepiającym światłem. Uderzył w stwora z łupnięciem, które Kahlan poczuła w piersi.

Płynny ogień eksplodował, oblewając stwora lepkim, białym żarem. Żywy trup buchnął płomieniami, które pomknęły w górę ściany i zakłębiły się na suficie.

Zanim podpaliły sypialnię, Nicci uderzyła kolejnymi powietrznymi „pięściami", ale tym razem stwór – bez skutku starający się ugasić płomienie – ich nie zauważył. Ściana powietrza potężnie go uderzyła i z sykiem płomieni wypchnęła za okno. Palące się ciało spadało w noc, oświetlając ściany cytadeli. Kahlan usłyszała łomot, z jakim uderzyło o ziemię.

Ogień był jednym z nielicznych sposobów powstrzymania żywych trupów.

Kiedy kobiety zajęły się drugim, dołączył do niego kolejny i znowu w komnacie były dwa czające się stwory.

Kahlan wiedziała, że Nicci nie rozprawi się z nimi tak jak z poprzednim, chyba że się znajdą w pobliżu okna. Poza tym ogień czarodzieja w komnacie mógłby je zamknąć w płonącym piekle, a także podpalić całą cytadelę i zabić wielu żołnierzy.

Czarodziejka uniosła dłonie i przywołała moc czarodziejskiego ognia. Potem skinieniem dłoni zgasiła palące się gobeliny, zanim było za późno.

– Poszczęściło ci się z tym wypchniętym przez okno – powiedziała Kahlan. – Ostrożnie, bo podpalisz łoże. My może zdołałybyśmy uciec, ale Richard na pewno nie.

Aż za łatwo byłoby przypadkowo zmienić łoże Richarda w stos pogrzebowy.

Kahlan rzucała się to w jedną, to w drugą stronę, starając się wyminąć powarkujących napastników. Musiała dostać się do miecza. Stwory kontrowały każdy jej ruch, blokując drogę do broni. A zarazem się zbliżały, spychając kobiety do rogu.

Kahlan widziała, że w korytarzu toczy się zażarta walka. Półludzie atakowali, wyli i wrzeszczeli. Żołnierze bezlitośnie siekli rzesze nadbiegających korytarzem półnagich napastników.

ROZDZIAŁ 19

Kahlan kierowała się ku łożu, starając się wyminąć najbliższego z dwóch żywych trupów, a ten za każdym razem blokował jej ruch. Bliżej niego dławiący odór rozkładających się zwłok był przytłaczający, utrudniał oddychanie. Trup nie odrywał od niej jarzących się czerwienią oczu.

Kahlan kątem oka dostrzegła czerwony uniform Mord-Sith, podchodzącej od tyłu do drugiego stwora. Mord-Sith były szybkie, lecz Agiel nie powstrzyma tego zagrożenia. Kahlan miała nadzieję, że kiedy tamta się o tym przekona, będzie wystarczająco zwinna, żeby uniknąć losu leżącego pod ścianą żołnierza.

Drugi stwór, skupiony na Kahlan, machnął do tyłu ręką, żeby zmieść Mord-Sith, jakby była drobną przeszkodą. Kiedy bezskutecznie starała się wyminąć bliższego napastnika, markując ruch najpierw w prawo, a potem w lewo, dostrzegła, że Mord-Sith się pochyla i ramię stwora prześlizguje się nad jej głową. Kiedy nie udało mu się jej pochwycić, kobieta wstała i wbiła mu w plecy coś, co Kahlan uznała za Agiel.

W jednej chwili w jego oczach zgasł czerwony żar.

Przez chwilę stał sztywno i nieruchomo, a potem poleciał do przodu i runął na podłogę. Nagle równie martwy jak w chwili, zanim czarna magia wydobyła go z grobu.

Wtedy Kahlan zauważyła, że Mord-Sith wcale nie trzyma Agiela, jak się jej zdawało, ale nóż. Nie był to jednak zwyczajny nóż. Już przedtem widziała podobny. Było to jedno z ostrzy stworzonych przez półludzi do zabijania żywych trupów. Chociaż w słabym świetle trudno było się zorientować, wiedziała, kto miał jeden z tych noży.

Kiedy Mord-Sith odwróciła się ku światłu i podniosła wzrok, ich oczy się spotkały. Kahlan mogła potwierdzić to, co już wiedziała. To była Cara.

Kobieta, nie tracąc czasu, znalazła się za drugim ryczącym żywym trupem zagrażającym Kahlan i dźgnęła go nożem w krzyż. Wyciągnęła ostrze i wbiła je jeszcze dwa razy – tak na wszelki wypadek. Kahlan słyszała, jak trzymająca nóż ręka Cary uderza w plecy tamtego.

Jarzące się czerwienią oczy zgasły. Zesztywniał. Przechylił się na złamaną kostkę i runął, ciężko uderzając w linie Grace wyrysowane krwią na drewnianej podłodze.

Kahlan podbiegła do Cary, chciała ją objąć, ale znieruchomiała. Mord-Sith była jakaś dziwna, chłodna. Wyglądała tak samo jak zawsze, jak Kahlan pamiętała. Była muskularna i wysoka, pełna wdzięku i kobieca. Długie blond włosy miała splecione w tradycyjny warkocz Mord-Sith. Na pozór nic się nie zmieniło.

Lecz w błękitnych oczach Cary było coś osobliwego, nie z tego świata.

Najwyraźniej wywalczyła sobie wejście do cytadeli. Była pokryta krwią, lecz czerwony uniform dobrze to maskował, a poza tym plamy krwi nie były niczym dziwnym u Mord-Sith. Kahlan widziała w korytarzu straszliwie okaleczone ciała, leżące jedno na drugim, krwawiące z ziejących ran. Większość zasiekli żołnierze. Niektórym brakowało rąk, nóg, a nawet głów. Jednak niektórych pokonała sama Cara.

W głębi słabo oświetlonego korytarza nadal widziała błyski stali – to żołnierze walczyli z nadbiegającymi półludźmi. Lecz napastników było mniej niż przedtem.

– Caro – odezwała się Kahlan, podchodząc ku niej. – Drogie duchy, jak mi ciebie brakowało. – Nie mogła powstrzymać łez. – Nawet nie wiesz, jak za tobą tęskniłam i co się stało.

Cara patrzyła z osobliwym wyrazem oczu.

– Wiem.

Kahlan wskazała łoże, dławiąc się szlochem.

– Caro... Richard nie żyje.

Cara nie spojrzała tam, nadal patrzyła jej w oczy.

– Wiem.

– Wszystkiego próbowałam…

– Wiem – powiedziała Cara, w jej głosie wreszcie zabrzmiało współczucie.

– To taka udręka, żyć bez niego.

– Wiem, Matko Spowiedniczko. I ja nieustannie czuję tę udrękę. Sprawia, że życie jest nie do zniesienia.

Kahlan skinęła głową.

– Tęsknię za Benem.

Chciała ją uściskać. Tak bardzo za nią tęskniła. Chciała jej wszystko opowiedzieć, wyjaśnić, co się stało i co zrobiły, starając się sprowadzić Richarda z powrotem. Ale nie mogła wykrztusić słowa. Coś w spojrzeniu błękitnych oczu Cary kazało Kahlan zachować dystans. To była i zarazem nie była Cara.

– Nic ci nie jest, Caro?

Wtedy Cara się uśmiechnęła – jak dawna Cara, którą Kahlan tak dobrze znała. To był uśmiech porozumiewawczy, pełen mądrości i pewności siebie, złagodzony nutką dziecięcej figlarności. Uśmiech kobiety, która w dorosłym życiu widziała to, czego nikt nigdy nie powinien zobaczyć, a mimo to wciąż miała w sobie radość, która przetrwała w najgłębszym zakątku jej udręczonego umysłu.

Uśmiech współczucia i determinacji, z nutą szaleństwa.

– Nic, Matko Spowiedniczko. Już wszystko dobrze. W końcu będzie, jak trzeba.

Kahlan zignorowała dziwne uczucie, podeszła i objęła ją. Cara była zimna jak lód. Mord-Sith wyciągnęła wolną rękę, po części odwzajemniła uścisk, potem się odsunęła.

– Teraz muszę odejść – rzekła Cara głosem matki czule przemawiającej do dziecka.

Kahlan zmarszczyła brwi.

– Odejść? Dokąd? Jesteś u siebie, w domu.

Cara potrząsnęła głową.

– Jeszcze nie, ale wkrótce będę.

Lodowatymi palcami delikatnie dotknęła policzka Kahlan. Potem po raz pierwszy skierowała się ku łożu, jakby zawsze wiedziała, że Richard tam jest. Stojąc przy nim, obejrzała się przez ramię.

– Nie płacz po mnie, Matko Spowiedniczko. Wiedz, że kocham was obydwoje i że robię to z własnej woli. Zaznam ukojenia. Tak miało być, tak musi być.

Kahlan chciała zapytać, o czym ona mówi, lecz nie była w stanie.

Cara, patrząc nań, rozpostarła ramiona nad Richardem. Przypominała Kahlan pełnego wdzięku ptaka, rozkładającego skrzydła. Albo dobrego ducha.

Kahlan nie mogła uwierzyć w to, co widzi. Mord-Sith otaczał blask, a właściwie ów blask był w niej. Biała świetlista szata, przypominająca skrzydła, spływała jej z ramion.

Tam, gdzie Cara, był i jaśniejący duch. Kahlan wiedziała, że to nie Carę widzi. Rysy były podobne, kobiece, lecz przecież inne.

Cara się pochyliła i zawiesiła złoty łańcuszek z Agielem na szyi Richarda. Przez chwilę dotykała dłonią jego policzka, po prostu na niego patrząc; i ona, i świetlista postać czule się do niego uśmiechały.

A potem się nachyliła i przycisnęła usta do jego ust, jakby go całowała, ale to nie był pocałunek.

Nicci podeszła do Kahlan i szepnęła:

– Daje mu tchnienie życia.

Kahlan potaknęła. Richard jej opowiadał, jak Mord-Sith dzielą ze swoją ofiarą oddech, kiedy ta jest na granicy śmierci. Dla Mord-Sith świętością było dzielenie jej bólu, tchnienia życia, kiedy ześlizgiwała się w śmierć – jakby pragnęły dostrzec zakazany obraz tego, co się znajduje na tamtym świecie. Kiedy nadejdzie pora uśmiercenia ofiary, dzielenie śmierci poprzez odczucie ostatniego oddechu i przyjęcie go w siebie. Kahlan myślała sobie, że dla niektórych był to groteskowo intymny gest – cząstka szaleństwa, jakie cechowało życie i świat Mord-Sith.

Richard wiedział, bo Denna dawała mu to tchnienie, kiedy był jej jeńcem – wykorzystywała je, żeby go utrzymać przy życiu, zachować na skraju śmierci, przedłużyć mękę.

Lecz Kahlan widziała też, jak Cara robiła to kobiecie, która dopiero co umarła. Początkowo myślała, że to jakiś odrażający rytuał Mord-Sith, lecz Cara jej wyjaśniła, że czasami można tak przywrócić komuś oddech.

Cara wydychała teraz to tchnienie w Richarda – jego pierś się unosiła, kiedy płuca wypełniały się jej oddechem, jej własną iskrą życia.

Cara cofnęła się odrobinę i pierś Richarda powoli opadła, a ona głęboko wciągnęła powietrze. Znowu przycisnęła usta do warg Richarda, zakrywając mu nos dłonią, wypełniając jego płuca głębokim, życiodajnym oddechem.

– O co tu chodzi? – szepnęła za nimi Red.

– Jest żywym mostem – powiedziała Nicci z twarzą zalaną łzami. – Osobą wedle duchów niezbędną, żeby Richard mógł wrócić.

Kahlan poczuła iskierkę nadziei zmieszanej z lękiem o Carę.

– Jest z nią duch, który jej pomaga – wyszeptała Red.

Nicci potaknęła.

– To duch Mord-Sith, widziałam w zaświatach, jak go chroniła.

– Denna – szepnęła Kahlan, tłumiąc szloch; ledwo mogła uwierzyć w to, co widzi.

A widziała dobrego ducha złączonego z Carą we wspólnym celu. To był obraz nadziei i miłości; zarazem strasznie było wiedzieć, co to oznacza dla Cary.

– To był jej wybór – odezwała się Nicci, jakby czytała w myślach Kahlan. – Robi to, co powinna, i to z własnej woli.

ROZDZIAŁ 20

Richard otworzył oczy, zachłysnął się oddechem.

Świat życia gwałtownie zaistniał.

Z nicości zaczęły się pojawiać wokół niego kształty, barwy, jasne światło. Początkowo wyczuwał jedynie ulotne ślady czegoś jeszcze; potem formy zaczęły się stawać dotykalne, materialne, jakby zawsze były w tym samym miejscu i tym samym czasie co pustka, w której – zdawało się – tak długo przebywał. Zadziwiające – tak sobie nie zdawać sprawy z tego, co tutaj cały czas było.

Zaczął rozpoznawać ściany, sufit, podłogę. Przestrzeń wokół niego, przedtem bezkresna, teraz miała swoje granice. Zamrugał, bo blask świec był zbyt jasny, barwy zbyt jaskrawe. Powietrze zdawało się zbyt gęste i ciężkie, ale chciwie je wdychał, wypełniał nim płuca.

Przy każdym wdechu i wydechu czuł, jak pozbywa się obcej pustki, zrywa więź z tamtym światem. Z każdym wydechem owa pustka się rozpraszała, znikała, a jej miejsce zajmowało powracające życie.

Tu było jego miejsce. Czuł nieskończoną rozmaitość świata życia, mógł ją smakować. Niektóre wonie były słodkim zapachem, który rozpoznawał i którym się upajał, inne zaś – wstrętnym odorem. Wszystkie się mieszały, tworząc różnorodność świata życia.

Powietrze wypełniające mu płuca było rozkoszne. Ciągle było mu go mało. To było wspaniałe. Miał wrażenie, że nigdy nie odzyska tchu. Wreszcie swobodnie oddychał. Czuł, jak z każdym głębokim wdechem pulsuje w nim krew. Ale i tak jeszcze nie nawykł do oddychania.

– Richard!

Uśmiechnął się, bo nic piękniejszego w życiu nie widział. Kahlan się nad nim nachylała. Była tym słodkim kwieciem, którego woń wdychał.

– Nic ci nie jest? – zapytała z twarzą zalaną łzami; w jej głosie lęk mieszał się z radością, jakby obawiała się uwierzyć, że naprawdę z nią jest, jakby się bała, że nieoczekiwanie znowu odejdzie.

– Byłem z umarłymi.

Potaknęła, śmiejąc się i płacząc; łzy płynęły z jej pięknych zielonych oczu.

– Wiem. – Na chwilę ujęła jego twarz w dłonie, jakby nie mogła uwierzyć, że to naprawdę on. Potem się obejrzała, chwyciła Nicci za rękę, przyciągnęła ją. – Nicci poszła w zaświaty, żeby znaleźć sposób na sprowadzenie cię do nas.

Richard dotknął dłonią czoła, bo znowu to wszystko zobaczył.

– Mroczne demony. Pamiętam je. – Dostał gęsiej skórki. – Otaczały mnie zewsząd.

Nicci potaknęła.

– Wiem. Widziałam.

Richard spojrzał w piękne oczy Kahlan, ukazujące również piękno jej duszy.

– Zedd tam był. Musiały się tam znaleźć, żeby mi pomóc, żeby mnie uwolnić ze szponów sług Sulachana. Powiedział mi, że to wszystko było konieczne, że jego czas na tym świecie dobiegł końca i że musiał pójść tam, gdzie mógł być mi pomocny.

Stojąca za Nicci kobieta z dziwnymi czerwonymi włosami kiwała głową.

– To wszystko było częścią nurtu czasu. Tak musiało się stać. – Zdawało się, że jej szarą suknią kołysze lekki wietrzyk, chociaż powietrze w komnacie było nieruchome. – Wydarzenia następowały, jak trzeba, żebyś mógł wrócić. Jeszcze nie było ci pisane opuścić ten świat. Proroctwo nadal żyje.

Chociaż nikt tego nie powiedział, Richard wiedział, że to wiedźma.

– Muszę zakończyć proroctwo, jeśli wszyscy mamy żyć.

Uśmiechnęła się bardzo osobliwie.

– Proroctwo pomogło tak uszeregować wydarzenia, żebyś mógł do nas powrócić. Nurt czasu ujawnił, że twój najbliższy krewny powinien tam być, żeby ci pomóc, bo inaczej byłbyś stracony na wieki. Miał się tam znaleźć pierwszy i czekać na ciebie.

Richard nie wiedział, czy to prawda czy nie. W jego przypadku proroctwa zawsze były źródłem kłopotów.

Kahlan zaczęła się łagodnie odwracać ku komuś pomiędzy nimi.

Richard, wciąż usiłując zaprowadzić ład w tym, co widzi, uświadomił sobie wtedy, że dlatego tak trudno mu oddychać, bo coś ciężkiego leży na jego piersi i lewym ramieniu. Zobaczył blond włosy i czerwony skórzany uniform. Zrozumiał i zdrętwiał. Wiedział, kto to, choć jej nie widział.

Kahlan ostrożnie zsunęła Carę z Richarda, położyła ją jak śpiące dziecko.

Gdy tylko ją zobaczył, pojął, że nie śpi. Z przerażeniem uświadomił sobie, co się właśnie stało. Przypomniał sobie ostrzeżenie, że ktoś musi umrzeć, żeby on mógł wrócić. Uniósł rękę i poczuł Agiel wiszący teraz na jego szyi.

– Caro, nie – wyszeptał ogarnięty przerażeniem. – Nie rób tego dla mnie. Proszę, nie.

Mówiąc to, wiedział, że już za późno. Już to uczyniła. Było po wszystkim, nie dało się tego cofnąć. Poświęciła się dla niego, jak zawsze przysięgała. Zawsze powtarzała, że odda za niego życie.

Kahlan przełknęła ślinę, czule dotknęła jego twarzy, otarła łzę.

– Jest teraz z Benem, Richardzie.

Richard objął Carę, uniósł jej zimne, bezwładne ciało, przytulił jej głowę i zapłakał z żalu.

– Nie chciałem tego. Drogie duchy, nie chciałem. Nie chciałem, żeby ktokolwiek to dla mnie zrobił.

Nicci dotknęła jego ramienia.

– Lecz ona to uczyniła, Richardzie. Chciała być mostem i pragnęła przejść po nim, żeby być z Benem.

Richard wpatrywał się w czarodziejkę i na koniec potaknął, zbyt wstrząśnięty, żeby mówić. Wiedział, jak ogromnie Cara tęskniła za Benem. Rozumiał cierpienie tych, którzy zostali. W końcu oddał życie, żeby pójść w zaświaty zamiast Kahlan. Ale i tak, chociaż wiedział, jak bardzo Cara pragnęła być tą wybraną, nie chciał, żeby ktoś – Cara – umarł, by on mógł wrócić.

Lecz to rozumiał.

Nie potrafił znieść myśli o życiu bez Kahlan, w świecie pozbawionym jej duszy. Cara całe życie czekała na miłość, a potem ją straciła. Teraz była z Benem i z innymi dobrymi duchami. Richard bolał nad tym, że ją utracił, lecz rozumiał, dlaczego to zrobiła.

– Spraw, żeby jej poświęcenie nie poszło na marne – szepnęła Kahlan. – Spraw, aby coś znaczyło.

Skinął głową, ostrożnie ułożył Carę na łożu. Widział łagodny blask ducha, który nadal w niej był, ducha siostry w Agielu, która się zjawiła, żeby jej towarzyszyć, pomóc uczynić to, co musiało się stać, i potem poprowadzić ją do tamtego świata, do czekającego ducha Bena.

Richard zamknął jej oczy, pocałował ją w policzek.

– Dziękuję, Caro. Denno, zadbaj o nią, proszę.

Jakby w odpowiedzi jaśniejący duch wrócił w zaświaty, gdzie było jego miejsce, gdzie kobieta znalazła ukojenie.

Tak wiele dobrych duchów mu pomogło. Wiedział, że rzadko tak czynią, lecz tym razem to duch z ich świata – Sulachan – był przyczyną kłopotów. Gdyby król-duch spełnił swe zamiary, zniszczyłby nie tylko świat życia, ale i spokój ich świata. To była walka o los obu tych światów.

Kiedy Richard usiadł i położył dłoń na rękojeści miecza, gniew natychmiast odpowiedział. Na myśl o tym, czemu zagraża Sulachan i człowiek, który mu pomógł wrócić do świata życia – Hannis Arc – zrodziła się furia miecza i złączyła z jego własnym gniewem.

Richard słyszał krzyki w korytarzu oraz szczęk broni używanej w wielkim gniewie. Żołnierze wywrzaskiwali polecenia. Inni krzyczeli z furii, walcząc. Jeszcze inni krzyczeli z bólu.

Aż za dobrze to znał.

Inni oddali życie, żeby on mógł o nie walczyć. Wiedzieli, że urodził się po to, by położyć kres temu, co się działo. Że pomagając mu, wspierają go w tej walce.

Jeszcze nigdy tak jasno nie widział swojego celu. Proroctwo czy nie, była to walka, do której się narodził. Imperator Sulachan rozpętał tę wojnę przed trzema tysiącami lat i powrócił do świata życia, żeby ją zakończyć. Richard urodził się po to, żeby mu przeszkodzić.

Nie miało już znaczenia, że proroctwo mieszało się w jego życie lub usiłowało decydować, co powinien zrobić. Teraz liczyło się tylko to, że był tym, kto ma zakończyć tę wojnę.

Wszystko musi mieć swoją przeciwwagę. W tej wojnie Richard był przeciwwagą dla Sulachana i jego wspólnika, Hannisa Arca. Lecz to nieubłagane dążenie do równowagi w walce o życie nie przesądzało, która strona zwycięży.

Chociaż dopiero wrócił ze świata umarłych i wiedział, że jakiś czas go tu nie było, Richard zaczynał mieć wrażenie, że odszedł jedynie na chwilę. Wiedział, że to dlatego, iż w zaświatach czas nie istnieje. Bywał tam już kilka razy i rozpoznawał to poczucie przerwanego życia.

Lecz teraz wrócił. Bitewne okrzyki i wrzaski rannych i umierających przyzywały jego gniew. Tę dzicz Sulachan i Hannis Arc wypuścili na świat. Umarło już tyle osób, które znał, które były mu bliskie. Cara była tylko ostatnią poległą wojowniczką. Należało to zakończyć, a tylko on miał szansę położyć temu kres.

Zsunął się z łoża i stanął, czując ciężar życia, ciężar odpowiedzialności, kipiące mu w żyłach siły witalne, czując radość i smutek, i obowiązek związany z odzyskanym życiem.

Życie było darem. Nie zmarnuje tego daru.

Richard uniósł miecz, dotknął nim czoła i zamknął oczy. W tle słyszał zapalczywe wrzaski atakujących nieprzyjaciół. Jego miecz stworzono po to, żeby odpowiadał na bitewne okrzyki; on narodził się po to, żeby dać odpór wrogom.

– Mieczu – wyszeptał – nie zawiedź mnie dzisiaj.

ROZDZIAŁ 21

Znowu zaczęło padać i zimne, wilgotne powietrze zrobiło się nieprzyjemne. Postrzępione, ołowiane chmury płynęły nisko. Żaden z żołnierzy się nie odzywał. Większość stała ze zwieszonymi głowami. Oni, jak wszyscy z Pierwszej Kompanii, znali Carę. Była osobistą obrończynią Richarda i Kahlan. Jej mąż, Ben, był ich generałem; to on poprowadził ich na Mroczne Ziemie, żeby znaleźć tych dwoje i na powrót sprowadzić do Pałacu Ludu. Ben zginął, pomagając im wyrwać się z pułapki Hannisa Arca w trzecim królestwie.

Pałac Ludu nadal był daleko, ich misja wciąż nie była skończona.

Stos pogrzebowy Cary stał się teraz tlącą się stertą drewna, z której biły fale ciepła i ulatywały smużki dymu, kłębiące się łagodnie w nieruchomym powietrzu. Dopełnił się straszny obowiązek, pozostały jedynie popioły i wspomnienia.

Chociaż Cara była jedną z wielu osób, jakie zginęły w walce z królem-duchem i Hannisem Arkiem, a przedtem z Jagangiem i Imperialnym Ładem, to dla wszystkich tu zebranych symbolizowała bratnie dusze, które utracili w tych zmaganiach, tych wszystkich, którzy zapłacili najwyższą cenę za to, w co wszyscy wierzyli. Była inspiracją i żarliwą obrończynią.

Richard nigdy nie zdołałby się odwdzięczyć Carze za to, że tak wiele razy chroniła Kahlan, kiedy on nie mógł przy niej być. Cara chyba lepiej niż ktokolwiek inny pojmowała wagę tego, że lord Rahl kocha nie tylko kobietę, ale i życie. Przez bardzo długi czas tak nie było. To jedna z przyczyn, dla której tak żarliwie go chroniła. Instynktownie wiedziała, że on, podobnie jak Kahlan, przyszedł na świat w konkretnym celu. A zadaniem Cary, podjętym z własnej woli, było chronić go i przez to stać się cząstką owej sprawy.

Teraz Richard był jak odrętwiały. Nie mógł uwierzyć, że Cara odeszła. Tak długo stała u jego boku, walcząc dla niego i razem z nim, że stała się dla niego siostrą, nieustannie obecną towarzyszką. A jeszcze większy ból sprawiała mu świadomość, że oddała własne życie, żeby on mógł żyć.

Czuł się winny, odpowiedzialny za jej śmierć.

Richard wiedział, że większość żołnierzy była zdumiona, że on powrócił z martwych, że znowu żyje i jest pośród nich. Lecz zarazem członkowie Pierwszej Kompanii spodziewali się, iż lord Rahl potrafi czynić takie niezwykłości, jakich oni nie umieją sobie wyobrazić. W końcu oni byli stalą przeciwko stali, on zaś magią przeciwko magii. Owa magia była dla nich absolutną tajemnicą, lecz wiele razy widzieli jej potęgę.

Żołnierze byli zaskoczeni, kiedy Richard wypadł zza wyłamanych drzwi, ponownie żywy, i znowu pospieszył im na pomoc w odparciu półludzi, którzy wdarli się do cytadeli. To była duża grupa, ale to nie ich się spodziewał. To nie byli Shun-tuk, wysłani przez króla-ducha i Hannisa Arca.

Należeli do plemienia półludzi, które się wybrało na łowy dusz, korzystając z tego, że w murze odgradzającym trzecie królestwo powstał wyłom. Byli równie chętni do pożerania żyjących w nadziei, że zdobędą dla siebie duszę, ale nie byli tak skuteczni w walce jak legiony Shun-tuk. Ale i tak nie tylko wdarli się do cytadeli, lecz też zabili wielu mieszkańców Saavedry.

Richard poprowadził żołnierzy do miasta, żeby wybić napastników do nogi. Nie było trudno ich znaleźć. Nie uciekali przed żołnierzami. Wyłaniali się z budynków i uliczek, widząc w Richardzie i żołnierzach Pierwszej Kompanii sposobność do zdobycia dla siebie duszy. Lecz zamiast zdobywać dusze, byli zabijani tak sprawnie i bezlitośnie, jak to potrafili tylko żołnierze Pierwszej Kompanii i Richard.

Nie mieli takiego pożegnania jak Cara. Dla setek martwych półludzi wykopano dół. Nikt nie wygłosił mowy. Nikt nie będzie za nimi tęsknił. Nikt nie będzie o nich pamiętał.

Richard odwrócił się ku stojącym za nim trzem Mord-Sith i zdjął z szyi Agiel Cary.

– Nosiłem Agiel wielu kobiet, które dla mnie umarły – powiedział, starając się panować nad głosem. – Ale tego nie dam rady nosić. Tylko by mi przypominał, na jak wiele sposobów ją zawiodłem. Chciałbym ci go ofiarować, Cassiu, w nadziei, że nie przysporzy ci bólu, lecz przekaże cząstkę siły Cary.

Cassia skinęła głową, nie dowierzając swemu głosowi. Jak większość Mord-Sith, nie wiedziała, jak reagować, kiedy okazywano jej szacunek. Porwane za młodu i wyszkolone na Mord-Sith, były traktowane jak trzymane na uwięzi dzikuski; bito je, żeby były agresywne i bezwzględne i wypełniały rozkazy.

Richard wsunął łańcuszek na pochyloną głowę Cassii, przez chwilę obracał w palcach czerwony Agiel, a potem pozwolił mu spocząć na jej piersi. Wyjął blond warkocz spod łańcuszka i przełożył jej przez ramię, podziwiając Agiel Cary.

– Lordzie Rahlu – powiedziała Cassia, odzyskawszy głos i patrząc na niego. – Nie jestem równa Carze. Nie jestem...

Dotknął palcem jej warg, uciszając ją.

– Owszem, jesteś, Cassiu. Ty, Laurin i Vale dokonałyście tego samego wyboru: postanowiłyście być wolne. To pokazuje waszą siłę. Jesteś osobą o wyjątkowych talentach i umiejętnościach. Wyjdzie nam na dobre, jeżeli będziesz po prostu sobą, nie starając się do nikogo upodobnić.

Cassia skinęła głową; wyraźnie poczuła ulgę.

– Będę go nosić z dumą. Da mi siłę podobną do tej, jaką ona miała. – Tu wskazała Laurin i Vale. – We trzy będziemy tak silne, jak była Cara.

Richard się uśmiechnął.

– Miejmy nadzieję, że nie będziecie sprawiać trzy razy więcej kłopotów.

Leciutko się zachmurzyła.

– Nie sprawimy żadnych kłopotów, jeśli pozwolisz, byśmy cię strzegły, jak tylko my to potrafimy.

Mord-Sith zawsze uważały, że to one najlepiej wiedzą, jak

chronić lorda Rahla. Richard wymienił z Kahlan porozumiewawcze spojrzenia. Odpowiedziała lekkim uśmiechem, co dodało mu otuchy.

Cassia chwyciła w dłoń własny Agiel zawieszony na złotym łańcuszku na przegubie. Wahała się przez chwilę.

– Nie rozumiem, lordzie Rahlu. Wróciłeś i wydajesz się zdrowy, a nasze Agiele nadal nie działają. Nie ma więzi dającej im moc. Wciąż nic nie czujemy.

Nicci, słysząc to, podeszła szybko.

– Jak to?

Cassia wzruszyła ramionami.

– Nie działają. Nie czujemy więzi z lordem Rahlem, przez co nie wyczuwamy mocy naszych Agieli. Jest tak jak przedtem.

Nicci popatrzyła na pozostałe Mord-Sith. Kiwnęły głowami, potwierdzając, że i one tego nie czują.

Czarodziejka spojrzała podejrzliwie na Richarda i dotknęła dłonią jego czoła. Natychmiast ją cofnęła.

Wstrząśnięta, odrzuciła na plecy długie blond włosy.

– Nadal masz w sobie zmazę po dotknięciu Zaszytej Służki. – Wskazała Kahlan. – Kiedy ona wróciła, zmazy już nie było, została w zaświatach. Ty nadal ją masz.

Zabrzmiało to jak oskarżenie. Richard, chociaż robił, co w jego mocy, żeby to zignorować, wciąż czuł ból wywoływany przez zagnieżdżoną w nim śmiertelną chorobę. Kiedy walczył z napastnikami, gniew miecza stłumił ów ból. Teraz miecz spoczywał w pochwie i Richard na nowo cierpiał.

– Usunąłem z Kahlan tę zmazę, kiedy byłem z nią w zaświatach. Nie umiem wyjaśnić, jak to zrobiłem. Po prostu to zrobiłem. Lecz nie mogłem usunąć jej z siebie. Nadal we mnie jest.

Kahlan w panice chwyciła go za ramię.

– Nadal masz w sobie chorobę? Wróciłeś do świata życia tylko po to, żeby umrzeć? Richardzie, nie możesz…

– Wróciłem. – Przerwał jej. Miał na głowie ważniejsze sprawy i nie chciał się teraz tym zajmować. – I to się liczy. Chociaż nadal mam w sobie zmazę śmierci, to wróciłem, żeby powstrzymać Sulachana i Hannisa Arca.

– O ile tak długo pożyjesz – mruknęła Nicci. – Richardzie, lepiej ode mnie wiesz, że ten jad cię zabije, jeśli się go nie usunie.

– Wiem.

– Nie rozumiem, czemu nie mogłeś go zostawić w świecie umarłych – odezwała się Kahlan, zrozpaczona i przerażona. – To idealne miejsce na pozbycie się tego jadu. Świat umarłych jest doskonałym polem ograniczającym dla zmazy śmierci.

– Nie mogłem tego zrobić. – Gestem uciął tę dyskusję; i tak był już w okropnym nastroju z powodu Cary. – Słuchaj, wróciłem. To się liczy. Sulachan jest jak zmaza śmierci skażająca świat życia. Musimy wszystkich uchronić przed zgubą, nie tylko mnie. Po to wróciłem. To jest najważniejsze. Pobyt w świecie umarłych przynajmniej trochę osłabił chorobę. Dzięki temu zyskałem parę dni.

Rozwścieczona Nicci ledwo nad sobą panowała.

– Parę dni? Jesteś pewny czy tylko tak sobie powiedziałeś?

– Czułaś to. Na razie nie jest tak intensywne jak przedtem. Pewnie znowu się nasili, ale na krótko mi się poprawiło. Trochę potrwa, zanim wrócę do poprzedniego stanu. To daje mi więcej czasu.

Nicci, woląc nie wierzyć mu na słowo, przytknęła palce do skroni Richarda. Poczuł mrowienie magii wnikającej w głąb czaszki, potem niczym maleńkie błyskawice spływającej po kręgosłupie do ramion i czubków palców; kłuło, kiedy spływała do stóp.

Czarodziejka cofnęła dłonie, odrobinę uspokojona.

– Ma rację. Choroba nie jest tak nasilona, ale za parę dni będzie.

Kahlan spojrzała niecierpliwie ku południowemu zachodowi.

– Musimy go doprowadzić do pola ograniczającego w Pałacu Ludu, żebyś mogła usunąć zmazę.

Nicci się zawahała.

– Sądzę, że pałac może być za daleko.

– Są tutaj konie – odezwała się Kahlan, nie chcąc się łatwo poddawać.

Richard potaknął.

– Owszem, ale Sulachan i Hannis Arc też tam idą i mają nad nami sporą przewagę. Nawet jeżeli pogalopujemy konno ku pałacowi, nie będzie łatwo ominąć ich wojska. Co gorsza, jeżeli dotrą tam przed nami, co jest bardzo prawdopodobne, to przedarcie się przez hordy na płaskowyżu, żeby się dostać do pałacu, będzie bardzo trudne.

Kahlan, rozczarowana i zirytowana, skrzyżowała ramiona na piersiach i pokręciła głową.

– Nadal nie rozumiem, czemu nie mogłeś zostawić w zaświatach tego jadu, jak to zrobiłeś w moim przypadku. Dlaczego się nie udało?

– Równowaga – powiedział Richard.

– Co takiego? – spytała Kahlan, patrząc na wiedźmę.

– Wiele spraw musiało być w równowadze, żeby on mógł wrócić do świata życia. Pewnie i ta do nich należy.

Kahlan najwyraźniej nie zamierzała się z tym pogodzić.

– Nie rozumiem…

Wiedźma nagle chwyciła Richarda za ramię i szarpnęła.

– Musisz się przesunąć.

Richard zmarszczył brwi, kiedy ona go ciągnęła.

– Dlaczego?

– Tamta wieża strażnicza upadnie tu, gdzie stoisz.

ROZDZIAŁ 22

Richard nie pojmował, czemu wiedźma tak nagle nabrała przekonania, że wieża się przewróci. Pozwolił się jej odciągnąć, ale obejrzał się na solidną budowlę z ciężkich kamiennych bloków. Powstała w tym czasie, co cytadela, podczas wielkiej wojny, i była równie solidna jak skała, z której ją zbudowano. Tkwiła w tym miejscu przez tysiące lat, strzegąc drogi z Saavedry. Parę wież po drugiej stronie cytadeli pilnowało mrocznego lasu.

Jak wiele rzeczy w tej części Mrocznych Ziem, była elementem zabezpieczeń powiązanych z murem odgradzającym trzecie królestwo. Ta konkretna wieża strażnicza okazała się nieoceniona – żołnierze Pierwszej Kompanii mogli dostrzec nadciągających półludzi. Richard nie potrafił sobie wyobrazić, czemu solidna wieża, która przetrwała tak długo, miałaby nagle się przewrócić. Wystarczająco dużo wiedział jednak o wiedźmach, żeby tej uwierzyć.

Richard nie znał tej kobiety. Wcześniej Kahlan sama poszła do Red, toteż on zobaczył ją dopiero po powrocie z zaświatów. Pomogła Nicci w wędrówce przez mroki, żeby czarodziejka tam znalazła sposób na jego powrót.

– Szybko! – warknęła Red, niezadowolona, że jest tak powolny. – Odsuńcie się!

Kiedy Richard zobaczył, że żołnierze ani drgnęli i są zdezorientowani, dał im znak wolną ręką.

– Cofnąć się! Wszyscy!

Wreszcie rozproszyli się na jego rozkaz.

– Co się dzieje? – zapytała Kahlan, idąc za Richardem i Red oddalającymi się pospiesznie od stosu pogrzebowego.

Zanim Red zdążyła odpowiedzieć, Richard poczuł, że ziemia zaczęła drżeć. Resztki stosu pogrzebowego się zapadły, w wilgotne powietrze wzbiły się iskry i dym.

Jeden z kamiennych bloków u podstawy wieży nagle eksplodował, odłamki poleciały przez plac. Kawałki skały odbijały się od bruku, o włos mijając ludzi. W powietrze wzbiły się kłęby kurzu. Richard usłyszał trzask pękającego granitu i eksplodował kolejny blok u podstawy wieży. Uniosła się chmura kawałków kamieni, zasypując ich drobnymi odłamkami.

– Uciekać! – wrzasnął major Fister do dwóch ludzi na wieży. – Szybko! Natychmiast uciekajcie!

Richard obejrzał się w samą porę, żeby zobaczyć, jak wieża zaczyna się chwiać, a obaj żołnierze znikają w środku, żeby zbiec po spiralnych schodach. Dwa bloki u podstawy zostały zniszczone i budowla, jęcząc, zaczęła się przechylać.

Dwaj żołnierze wypadli z wąskiego wejścia akurat wtedy, kiedy od jego narożników rozbiegły się pęknięcia. Ile sił w nogach pognali przez plac.

Kolejna eksplozja rozbiła trzeci blok podstawy i z głośnym trzaskiem pękającego kamienia wieża runęła. Z przeraźliwym łoskotem zwaliła się na plac, dokładnie na stos pogrzebowy Cary. Od wstrząsu rozpadły się kamienne bloki, z których ją zbudowano. Mniejsze i większe odłamki poleciały we wszystkie strony, lecz większość utworzyła stertę gruzu.

Stało się to w mgnieniu oka. W jednej chwili wieża stała, a w następnej kamienne bloki eksplodowały i już leżała na placu. Kłęby kurzu wirowały w wilgotnym powietrzu nad ziemią.

Gdyby się w porę stamtąd nie usunęli, to wszyscy by zginęli. Ostre odłamki poraniły niektórych żołnierzy. Jeden klęczał, zaciskając dłonie na krwawiącej ranie głowy. Gdyby Richard został na miejscu, to zostałby pogrzebany pod szczątkami wieży.

Kiedy się odwrócił do wiedźmy, ta spojrzała mu w oczy.

– Nurt czasu.

Richard wystarczająco dużo wiedział o wiedźmach i nurcie czasu, w który patrzyły, żeby zrozumieć, co miała na myśli. To było swego rodzaju proroctwo.

– Dobrze by było, gdybyś następnym razem mogła spojrzeć trochę dalej w ów nurt – powiedział.

– To było zawirowanie, które dopiero co się pojawiło. Związane z tobą wydarzenia są nieprzewidywalne i chaotyczne.

Major Fister wsparł się pod boki. Ze zdumieniem patrzył na gruzy.

– Lordzie Rahlu, skąd wiedziałeś, że wieża się zawali?

Richard zmarszczył brwi.

– Red mi powiedziała.

Major przekrzywił głowę.

– Red?

– Wiedźma – wyjaśnił Richard.

Major się rozejrzał.

– Wiedźma? O czym ty mówisz?

– Kobieta z rudymi włosami.

Major mocniej zmarszczył brwi i znowu się rozejrzał.

– Wiedźma była tu wczoraj, ale nie widziałem żadnej kobiety o rudych włosach.

Richard też się rozejrzał. Wiedźma zniknęła. Milczała podczas ceremonii i kiedy patrzyli na płonący stos. Właściwie nie odzywała się całe popołudnie, przemówiła dopiero wtedy, kiedy kazała mu się odsunąć, bo wieża zaraz runie.

Popatrzył na Kahlan.

– Zniknęła.

Posłała mu spojrzenie mówiące, że się tego spodziewała.

– Powiedziała mi, że wiedźmy muszą się trzymać z dala od wydarzeń, bo inaczej wprowadziłyby do nich zamęt. Zostawiła w naszych rękach to, co należy teraz zrobić.

– Chciałabym wiedzieć, kto wywołał te zawirowania – rzekła zaniepokojona Nicci, ignorując zakłopotanie majora tym, że nie widział wiedźmy.

Richard już ruszał z miejsca. Wiedział, kto się wmieszał, wywołując zakłócenie w nurcie czasu. Obejrzał się przez ramię, słysząc tupot butów, i zobaczył idący za nim oddział żołnierzy.

– Czekajcie tutaj. Wszyscy.

Żołnierze niechętnie się zatrzymali, pozostając w pobliżu brukowanego placu zasypanego gruzami. Nicci, Kahlan i trzy Mord-Sith zignorowały jego polecenie. Musiał schwytać osobę odpowiedzialną za ten wypadek i nie chciał się zatrzymywać, żeby się z nimi sprzeczać, lecz wiedział, że nie może pozwolić, by mu towarzyszyły.

Nie poszedł drogą, lecz w przeciwnym kierunku, okrążając cytadelę. Wątpliwe, żeby była w mieście. Pewnie wyszła z lasów.

– Myślisz to, co ja? – spytała Kahlan, przyspieszając, żeby nadążyć za jego długimi krokami.

Richard przytaknął.

– To musi być ona.

– Kto? – zapytała idąca z tyłu Cassia. – O kim mówicie?

– Samantha – wyjaśniła Nicci.

Mord-Sith skrzywiła się podejrzliwie.

– Masz na myśli tę młodą czarodziejkę, która zadźgała Matkę Spowiedniczkę?

– Otóż to – potaknął Richard, nie odwracając się.

– Jak mogłaby zrobić coś takiego? – dopytywała się Cassia.

– Pada i jest mokro – odezwała się Nicci, nie chcąc, żeby Mord-Sith rozpraszała Richarda przepatrującego wszystkie zakamarki. – Samantha potrafi wykorzystać magię, by podgrzać wodę zawartą w litych obiektach, takich jak drzewa czy nawet skały, przez co rozszerzają się i pękają.

– Nigdy o czymś takim nie słyszałam – stwierdziła Cassia.

– Lord Rahl wspaniałomyślnie ją tego nauczył – poinformowała Nicci z nieukrywanym niezadowoleniem.

– Nauczyłem się tego od ciebie – przypomniał jej Richard.

Nicci skrzywiła się z niezadowoleniem, ale nie odpowiedziała. Richard zwolnił, zbliżając się do przejścia w murze na obrzeżach cytadeli. Ogrodom daleko było do tych, które Richard widywał, lecz labirynt żywopłotów, kamienne ścieżki i kwiatowe rabaty były przepyszne jak na małe miasteczko Saavedra. Hannis Arc kazał o nie dbać nie dlatego, że lubił tu spacerować i patrzeć na kwiaty, lecz dlatego, że świadczyły o tym, jaki jest ważny.

Richard zwolnił i uniósł rękę, zatrzymując wszystkie kobiety.

– Chcę, żebyście tu zaczekały. Nie żartuję. Ona jest niebezpieczna.

– Z pewnością – powiedziała Nicci. – I chce się na tobie zemścić.

– I dla tej zemsty z przyjemnością by was zabiła. Tak jak zadźgała Kahlan, żeby mnie zranić.

Kahlan błagalnie położyła mu dłoń na ramieniu.

– Richardzie, ona już to zrobiła. Zabiła mnie. Teraz chce zgładzić ciebie.

– Kahlan ma rację – odezwała się Nicci. – W ogóle nie powinieneś tam iść, żeby się z nią spotkać, a już tym bardziej sam. Ona tego właśnie chce. Moglibyśmy odwrócić jej uwagę i powstrzymać ją...

– Powiedziałem, że macie tu zostać. – Szorstki ton głosu Richarda sprawił, że umilkły.

Wiedziały, że nie jest w nastroju do sprzeczania się z nimi, a także iż nie wolno im marnować czasu i pozwolić Samancie odejść. Gdy tylko Richard się upewnił, że nie będą się upierać, ruszył ku przejściu w murze prowadzącemu na błotniste pola okalające tereny cytadeli, trzymały las na odległość i utrudniały potajemne zakradnięcie się napastnikom. Bramy nie było. Hannis Arc budził większy strach niż to, co było na zewnątrz.

Richard uniósł o parę cali miecz, sprawdzając, czy luźno chodzi w pochwie. Pozwolił mu opaść i wychylił się z przejścia, patrząc w obie strony. Stojąc w sklepionym korytarzyku, spojrzał na rozmiękłą połać traw, szukając czegoś, czego tam nie powinno być.

Dostrzegł ją w oddali, wśród sitowia.

Samantha stała jak posąg wśród wyższych od niej traw. W połowie drogi do leżącego za bagniskiem mrocznego lasu. Richard się odwrócił i uniósł dłoń ku Kahlan, Nicci i trzem Mord-Sith, dając im znak, że mają zostać na miejscu.

– Jeżeli mnie wyminie, to nie pozwól jej znowu dopaść Kahlan. Rozumiesz? – powiedział do Nicci.

Nicci przez chwilę patrzyła mu w oczy, a potem odpowiedziała:

– Nie po to poszłam po ciebie w zaświaty, żeby ta paskudna dziewucha cię zabiła.

– Pytałem, czy zrozumiałaś.

Nicci na moment mocno zacisnęła wargi. Potem skrzyżowała ramiona na piersi.

– Tak.

– To dobrze. Dziękuję.

– Wróciłeś do świata życia, żeby się zająć ważnymi sprawami – napomniała go Kahlan. – Samantha nie jest jedną z nich.

– Nie będę mógł zająć się Sulachanem, jeśli Samantha nas wszystkich pozabija, nieprawdaż?

Kahlan nie wyglądała na zadowoloną, ale nic nie powiedziała. Wiedziała, że ma rację. Młoda kobieta wymuszała takie rozwiązanie. Nie mieli wyboru.

Kiedy uznał, że kobiety nie ruszą się z miejsca, Richard wyszedł na zewnątrz.

ROZDZIAŁ 23

Idąc ku młodej czarodziejce przez podmokłą łąkę, wśród gęstych traw i trzcin, napominał się, że powinien panować nad gniewem. Samantha wbiła Kahlan nóż w serce, a nic go tak nie rozwścieczało jak krzywda Kahlan. Lecz wiedział, że nie powinien się teraz na tym skupiać.

Sprawiedliwy gniew może być cenną bronią, lecz musi być uzasadniony. Gniew na zło. Na krzywdy. Należy się nim posługiwać jak każdym orężem. Z rozsądkiem i mądrością płynącymi z dojrzałości. Trzeba się nim posługiwać ostrożnie, bo może wyrządzić krzywdę nie tylko złym, ale i niewinnym. Wiedział, że niekiedy umiejętności wykorzystywania gniewu nabywa się szybciej niż wyczucia, kiedy się nim nie posługiwać – tak jak młodzieniec nabiera sił, zanim na tyle zmądrzeje, żeby nie dać się łatwo sprowokować.

Samantha była jego przyjaciółką, wiele razy mu pomogła i nawet wykorzystała swój gniew, żeby ocalić życie jemu i wielu porządnym ludziom, lecz rozsądek nie zawsze studził jej złość. Czasami gniew brał górę. Kiedy się wymykał spod kontroli, dziewczyna była zdolna do wszystkiego, do skrzywdzenia każdego, nawet tak prawego jak Kahlan.

Z pewnością można było zrozumieć, iż rozwścieczył ją widok Richarda zabijającego jej matkę, lecz nie znała wszystkich faktów. Znała za to jego i powinna wiedzieć, że nie skrzywdziłby nikogo – a zwłaszcza jej matki – bez bardzo istotnego powodu. Miał nadzieję, że wychodząc z cytadeli, żeby porozmawiać z Samanthą, zdoła przemówić jej do rozsądku.

Kiedy tak szedł wśród wysokiego sitowia, kęp błękitnej werbeny i bagiennej trojeści, widział czekającą na niego

Samanthę. Masę czarnych loków schowała pod kapturem, osłaniając je przed ciągłą mżawką. Nagie, kościste ramiona osłaniała peleryna. Pomyślał, że musi marznąć. Ale wiedział też, że gniew rozgrzewa ludzi, każąc im zapomnieć o zimnie. Stała nieruchomo; wlepiała w niego czarne oczy, kiedy tak szedł wśród traw pochylonych pod ciężarem wilgoci.

Gąbczasty grunt pokrywała splątana sieć zbitych, zeschłych źdźbeł. Miejscami ziemia zapadała się pod jego stopami i przejrzysta woda zalewała mu czubki butów. Nakazał sobie ostrożność, nie mógł się potknąć. Wolałby nie upaść i nie leżeć na ziemi przed stojącą nad nim Samanthą. Już udowodniła, że jest zdolna do wszystkiego.

– Samantho! – zawołał poprzez zasłonę sitowia, kiedy był jeszcze dość daleko od niej. Starał się mówić serdecznym tonem, jaki pamiętała. – Muszę z tobą porozmawiać!

Kiedy wyszedł zza zasłony traw, odezwała się głuchym głosem, niemal zawarczała:

– Mam na imię Sammie. To ty nazwałeś mnie Samanthą. Mama nazywała mnie Sammie. Wszyscy w Stroyzie tak mnie nazywali. To jest moje imię: Sammie. Nie chcę imienia od ciebie.

– No dobrze, Sammie – powiedział, torując sobie drogę wśród wysokich kęp sitowia i niższej trawy, cały czas się do niej zbliżając. – I tak musimy porozmawiać.

– Nie ma o czym. Zabiłeś moją matkę.

– To nie takie proste.

– To proste. Nie żyje. I to ty ją zabiłeś. Widziałam na własne oczy.

Pomyślał, że jest coś dziwnego w tej młodej kobiecie, że otacza ją jakieś lśnienie, że jest ono i w jej dużych czarnych oczach, lecz w tym ponurym świetle nie miał pewności, czy to prawda, czy tylko jego wyobraźnia. Często widywał otaczającą czarodziejki aurę mocy, widział, jak groźnie iskrzy. Lecz mógł to zobaczyć tylko wtedy, kiedy jego własny dar działał. Nadal miał w sobie zmazę śmierci, więc był pozbawiony daru. Ale i tak był pewny, że coś widzi, chociaż nie wiedział co.

Zatrzymał się, kiedy był na tyle blisko, by z nią rozmawiać i nie musieć przy tym wrzeszczeć. Nie zamierzał podchodzić bliżej, jeśli nie będzie musiał. Wiedział, jaki dziewczyna ma charakterek, no i naprawdę zabił jej matkę.

– Nie rozumiesz, Samantho. Powinnaś mnie wysłuchać.

– Sammie.

– Wbiłaś Kahlan nóż w serce.

– Bo zabiłeś moją mamę. Zasłużyłeś sobie na to. Chciałam, żebyś cierpiał tak samo jak ja. Chciałam ci odebrać wszystko, co dla ciebie ważne, tak jak ty mi odebrałeś.

Richard napomniał się, żeby mówić spokojnie, tak jak wiele razy do niej przemawiał. Zerwał parę żółtych pączków z kwitnącej margerytki i rozcierał je w palcach, dobierając słowa.

– Twoja matka nie była taka, jak ci się zdawało, Sammie. Nie była po naszej stronie, choć tak uważaliśmy, po stronie porządnych ludzi z twojej wioski.

– Była obrończynią naszych ludzi.

– Zabiła twoje ciotki. Zabiła Zedda.

Samantha na moment zmarszczyła brwi, a potem popatrzyła jeszcze gniewniej.

– Kłamiesz.

– Nie, to prawda. – Richard wyrzucił pączki margerytki i wyjął z kieszeni spodni małą czarną książeczkę. Pokazał ją Samancie. – To książeczka podróżna twojej matki. Książeczki podróżne są dziełem pradawnej magii, pozwalają przesyłać i odbierać wiadomości.

– No i?

– Książeczka podróżna Ludwiga Dreiera była sprzężona z książeczką twojej matki. Zapewne od niego ją dostała. W ten sposób się porozumiewali. Pracowała dla niego od lat. Na długo przedtem, nim o tym powiedziała, wiedziała wszystko o tracącej moc granicy. Tak naprawdę nie zamierzała nikogo ostrzegać. Ona i Dreier trzymali to w tajemnicy, bo chcieli, żeby zło się wymknęło. Chcieli władać. Chcieli władzy dla siebie. Wykorzystywali upadającą granicę do osiągnięcia swoich celów.

Samantha cały czas kręciła głową, kwestionując to, co mówił.

– Mama była czarodziejką, opiekowała się Stroyzą. Nie

interesowała jej nawet tak niewielka władza. Nie chciała nikim rządzić.

– Tylko udawała. Podobnie jak Ludwig Dreier ukrywał swoje moce, póki nie nadszedł odpowiedni czas. To wszystko było częścią ich planu. Nikt nie znał ich tajemnicy.

– Wszystko sobie wymyśliłeś. Znałam mamę o wiele lepiej niż ty.

Richard ponownie pokazał jej książeczkę podróżną.

– Wszystko jest tutaj. Wszystkie jej rozmowy z Dreierem. Te książeczki są połączone. Co ktoś pisze w pierwszej, pojawia się w drugiej. Twoja matka miała tę, a Dreier drugą. W jej książeczce podróżnej są wszystkie ich rozmowy i knowania, sięgające kilku lat wstecz. Są tutaj wieści od Ludwiga Dreiera, przekazywał Irenie, co ma dla niego zrobić, i obiecywał nagrody za lojalność i oddane usługi.

– Wykorzystywał ją?

Richard potrząsnął głową.

– Nie będę cię okłamywał, Samantho. Dobrze wiedziała, co robi, i czyniła to chętnie, z własnej woli. Nie oszukiwał jej. Była jego wspólniczką w spisku o przejęcie władzy.

Samantha odgarnęła z twarzy pukiel czarnych włosów.

– Tak mówisz.

– Ona tak mówi, własnymi słowami.

Samantha tylko się wpatrywała w książeczkę, którą trzymał w ręku, i nic nie mówiła, więc Richard podjął:

– Ludwig Dreier doradzał jej, jak ma traktować ludzi, co mówić i jak postępować. Mówił jej, czego się ma dla niego dowiedzieć. Przekazywała mu te wiadomości. Była skora do pomocy i bardzo chciała, żeby ich plan się powiódł. Pozwoliła, żeby Hannis Arc ją pojmał, by być bliżej niego i donosić, co czyni, aby przywołać z martwych króla-ducha. Powiadamiała go o postępach Arca i o tym, co się działo w trzecim królestwie. Nakazał jej, by nie zdradziła nigdy i nikomu swoich tajemnych mocy. Nigdy nie wiedziałaś, że je ma, nieprawdaż? Bo nie chciała, żebyś się o tym dowiedziała. Pisała do niego w trakcie całej naszej wędrówki, zawiadamiając go, gdzie jesteśmy. Powiadomiła Dreiera, jak to działa na naszą korzyść, byśmy myśleli, że jest jedną z naszych. Twoja matka nas zdradziła, Samantho. Przekazała Dreierowi, że Kahlan i ja potrzebujemy pola ograniczającego, żeby można było nas uleczyć. Okłamała nas, Samantho, mówiąc, że takie pole jest tutaj i że je widziała. Słyszałaś, jak to mówiła. Nie było tu żadnego pola ograniczającego. Użyła tego kłamstwa, żeby nas nakłonić do pójścia do cytadeli, gdzie Dreier zastawił na nas pułapkę. Przekazał jej, gdzie niby w cytadeli mieści się pole ograniczające i jak się tam dostać, żeby nas sprowadzić do lochów, gdzie mógłby nas pojmać. Zastawił pułapkę, a ona nas w nią wprowadziła.

– Kłamstwa. Mama by czegoś takiego nie zrobiła.

Richard ponownie uniósł książeczkę.

– Wszystko jest tutaj, Samantho, spisane jej słowami, jej własną ręką. Twoja matka i Dreier rozmawiali o tym, że nie można pozwolić, by ktokolwiek z mających dar w Stroyzie się dowiedział, że granica zanika. Pisała do Dreiera, powiadamiając go, że zabiła własną siostrę i jej męża, kiedy wyruszyli sprawdzić, czy doniesienia o Jit są prawdziwe. Napisała mu, że wrzuciła ich ciała w bagnisko, by wyglądało na to, że zginęli w trakcie wyprawy do kryjówki Jit. Dreier odpisał, że wyśle żołnierzy po jej drugą siostrę, Millicent, i jej męża, Gylesa, i sprowadzi ich do opactwa, by mieć pewność, że nie będą się wtrącać. Zamęczył ich tam, lecz to był zamysł twojej matki. Samantho, musisz poznać prawdę, chociaż jest bolesna. A prawda jest taka, że twoja matka powiadomiła Dreiera, że twój ojciec zaczyna zadawać zbyt wiele pytań. Nie było żadnego ataku półludzi. Nie zabili twojego ojca i nie porwali jej. To twoja matka go zabiła.

Samantha zacisnęła pięści.

– Kłamstwo! To wszystko kłamstwa!

– To jest prawda. To ona zabiła Zedda. Napisała w swojej książeczce *stary czarodziej robi się podejrzliwy*. Opisała Dreierowi, jak zmyliła Zedda i potem go zabiła. Nazywała go nieznośnym staruchem. Znałaś Zedda. Wiesz, jakim był zacnym człowiekiem. Pozbawiła go głowy tylko dlatego, że był dobry. To wszystko jest tutaj, Samantho. Spisane jej własnymi słowami. Możesz dostać jej podróżną książeczkę i sama to przeczytać.

Samantha skrzyżowała ramiona na piersi.

– Powiedziałam ci, że mam na imię Sammie.

– Sądziłem, że wyrosłaś z tego imienia, kiedy wzięłaś na siebie obowiązek chronienia twojej wioski i ostrzeżenia mieszkańców, że granica zanika. – Wskazał kciukiem przez ramię. – Pomogłaś mi ocalić wszystkich tych ludzi. Pomogłaś mi, Samantho. Postąpiłaś właściwie. Mieszkańcy Stroyzy podziwialiby te czyny. Zmieniłaś się z dziewczynki w młodą kobietę i postąpiłaś, jak należało. Wyrosłaś na Samanthę. Oto chwila, kiedy musisz wybrać. Możesz albo otworzyć oczy na bolesną prawdę, uznać fakty, albo możesz pozostać dzieckiem. To chwila, w której musisz wybrać, czy pozostaniesz Sammie, dzieckiem unikającym prawdy, czy staniesz się kimś więcej: Samanthą, dzielną młodą kobietą, którą podziwiałem.

ROZDZIAŁ 24

Nadal krzyżowała chude ramiona na piersi.

– Jestem Sammie. Takie imię nadała mi mama. Tak nazywali mnie moi ludzie. Sammie, nie Samantha. Nie chcę imienia, które zamierzasz mi narzucić. Nie masz prawa nadawać mi imienia.

Richard westchnął.

– Może choć w tej sprawie masz rację. Jeśli nie chcesz poznać prawdy, chociaż dotyczy twojej matki, zwłaszcza że dotyczy twojej matki, to może wciąż jesteś dziewczynką, Sammie, i wbrew temu, co sądziłem, nie dorosłaś jeszcze do imienia Samantha. Lecz nie możesz stale zamykać oczu na prawdę.

– Nie zamykam oczu na prawdę. Nie wierzę w żadne twoje słowo. Nie wierzę, że cokolwiek z tego, co powiedziałeś, jest prawdą. Znam prawdę. A prawda jest taka, iż jesteś kłamcą. Wszystko, co powiedziałeś o mojej matce, to kłamstwa, wymyślone po to, żeby przesłonić prawdę, iż ją zamordowałeś.

– Dlaczego miałbym krzywdzić twoją matkę, jeśli niczemu nie zawiniła, w co tak pragniesz wierzyć? Czemu miałbym to zrobić? – Richard znowu pomachał podróżną książeczką. – Wszystko jest tutaj. Sama możesz to przeczytać.

– Spodziewasz się, iż pomyślę, że to czegokolwiek dowodzi? Znalazłeś książeczkę i sam wpisałeś te kłamstwa. Zrobiłeś to, żeby mama wyszła na złą kobietę, bo była mało ważną osobą z małej wioski, a ty się uważasz za dużo ważniejszego od nas, bo jesteś lordem Rahlem. Wymyśliłeś to, żeby usprawiedliwić zamordowanie mojej mamy

Richard skinął głową.

– Zabiłem ją. Ale to nie było morderstwo i nie żałuję tego. Wolałbym, żeby to się nie musiało tak skończyć, lecz nie żałuję, że ją zabiłem. Mordowała niewinnych ludzi i zasłużyła na śmierć. Dostała to, na co sobie zasłużyła. Nie będę przepraszał za słuszny postępek.

– Tak twierdzisz. Wymyśliłeś tę historię, żeby wyglądać na kogoś szlachetnego, i spisałeś to wszystko, żeby zatuszować swoją zbrodnię. Zamordowałeś zacną kobietę i teraz szargasz pamięć o niej, bo pragniesz być kimś ważnym, wielkim ważnym władcą ludu D'Hary.

– Samantho, tak długo razem wędrowaliśmy, że powinnaś mnie znać, znać moje serce. Powinnaś wiedzieć, że bym cię nie okłamał. Chociaż prawda może być bolesna, to nigdy bym jej przed tobą nie zataił. Mówię ci prawdę. Powinnaś dojrzeć i ją zaakceptować. Nie możesz zawsze żyć w kłamstwie. To, że twoja matka była zła, nie oznacza, że i ty taka jesteś ani że musisz upierać się przy kłamstwie. Mój ojciec był złym człowiekiem. Rozumiem to i wiem, że nie jestem nim, tak jak ty nie jesteś swoją matką. Stoisz na własnych nogach i decydujesz o własnym życiu. Nadal możesz być kobietą, za jaką i ją uważałaś. To chwila, kiedy powinnaś się okazać godna szacunku i zacząć używać rozumu, żeby ujrzeć prawdę, którą masz przed oczami, chociaż może to być trudne.

Samantha zadarła brodę.

– Nie wierzę w twoje zmyślone historie.

– Prawda jest taka, że twoja matka w tej książeczce naradza się z Dreierem, co powinni zrobić, kiedy ty się staniesz podejrzliwa.

Spojrzała na książeczkę, a potem na niego.

– I jakie kłamstwo na ten temat wymyśliłeś?

– Żadne. Sama możesz to przeczytać. Dreier napisał twojej matce, że być może będzie cię musiała wyeliminować, tak jak innych, którzy zaczęli coś podejrzewać. Twoja matka mu odpisała, że gdy tylko uwięzi nas w cytadeli, będzie mógł sam się tobą zająć i zrobić, co zechce, żebyś nie stała się dla nich kłopotem.

Znowu zacisnęła pięści.

– Nie zrobiłaby tego! Kochała mnie!

Richard spojrzał surowo na młodą kobietę.

– Byłaś w łańcuchach, w lochu, bo tego chciała. Jak myślisz, czemu cię pojmano z Kahlan, ze mną i Nicci? Dreier chciał nas dopaść, a ona mu to umożliwiła. Zamierzała pozwolić Dreierowi, żeby użył swoich mrocznych mocy i zadręczył cię na śmierć, tak jak to uczynił z wieloma innymi, których przyprowadzono do jego opactwa, i jak uczyniłby z nami, gdybyśmy nie uciekli. Był bezlitosny, a twoja matka mu cię wydała, wiedząc, z jakim okrucieństwem się ciebie pozbędzie. Gdybyśmy się nie wyrwali, toby cię zamęczył na śmierć, bo twoja matka chciała się ciebie w ten sposób pozbyć. Byłaś dla niej kulą u nogi.

Samantha przez chwilę stała nieruchomo; napinała jedynie mięśnie żuchwy i ramion, zaciskając pięści.

Nagle wyszarpnęła ręce spod peleryny i skierowała ku niemu. Richard miał nadzieję, że tak nie zareaguje, ale na wszelki wypadek był gotowy.

Już trzymał dłoń na gardzie miecza, pozwalając, żeby wnikał weń jego gniew. Kiedy zobaczył, że dziewczyna zaczyna kierować ku niemu magię, w mgnieniu oka dobył ostrza. Charakterystyczny szczęk stali wypełnił mroczne powietrze i poniósł się nad trawiastymi błotami.

Wyładowanie magii, iskrząc i hucząc niczym błyskawica, strzeliło ku niemu z jej wyciągniętych rąk. Dudnienie pioruna strząsnęło krople wody z otaczających ich traw.

Richard, trzymając gardę miecza w prawej dłoni, drugą ręką chwycił czubek klingi i trzymał oręż jak tarczę. Błyskawica z hukiem uderzyła w miecz, wybuchając deszczem iskier i otaczając Richarda rozbłyskami. Grzmot poniósł się nad okolicą, odbił echem od zalesionych wzgórz.

Kiedy Samantha zobaczyła, że Richardowi nic się nie stało, warknęła z wściekłości i cisnęła kolejny grot mocy, tym razem niebiesko-biały i grubszy. Leciał ku niemu, iskrząc i rzucając wtórne wyładowania pałającej żarem mocy, zalewając trawy i sitowie jaskrawym blaskiem. Richard ugiął kolana, szykując się na cios.

Kiedy piorun trafił w miecz, siła uderzenia odrzuciła Richarda o krok. Błysk jarzącej się mocy, rozszczepionej przez ostrze, rozpadł się na deszcz migotliwego światła, spadający po obu stronach Richarda. Wyładowanie było tak gorące, że podpaliło trawy i sitowie, chociaż były wilgotne. Zielone źdźbła na krótko zrobiły się jaskrawożółto-pomarańczowe i zaraz zmieniły w popiół. Potrzaskujący ogień wywołał piekielny żar, płomienie wzbiły się w niebo. I gasły, w miarę jak moc się rozpraszała.

Samantha powoli opuściła ręce, patrząc na coś za nim. Richard, nadal osłaniając się mieczem, spojrzał przez ramię, chcąc zobaczyć, w co się wpatruje Samantha.

To była Kahlan, idąca wśród sitowia, wdzięcznie odgarniająca je z drogi. Na koniec stanęła u boku Richarda, Matka Spowiedniczka w każdym calu.

Samantha wpatrywała się w nią coraz większymi oczami. Wbiła Kahlan nóż w serce i z pewnością nie spodziewała się, że ujrzy ją żywą.

– Zabiłam cię. Wiem, że zabiłam.

– Z pewnością – odezwała się Kahlan. – Na szczęście Richard nie pozwolił ci zostać morderczynią. A teraz próbuje zapobiec temu, żebyś na zawsze zboczyła ze słusznej drogi.

Twarz Samanthy wyrażała lodowaty spokój. Richard aż za dobrze znał tę minę. Nic nie przemówi dziewczynie do rozsądku.

Ponownie uniosła ramiona.

– Teraz znowu cię zabiję, ale tym razem zadbam o to, żeby nie mógł cię sprowadzić.

Richard stanął przed Kahlan i uniósł miecz, żeby odbić oślepiająco pomarańczowy płomień pędzący z rykiem ku nim. Obydwoje odwrócili twarze od jaskrawego blasku i żaru, skuleni za osłoną miecza.

Kiedy znowu podnieśli wzrok, Samanthy już nie było. Richard dostrzegł ją, znikającą w mrokach lasu.

– Muszę za nią iść – powiedział.

Zrobił pierwszy krok, lecz czyjaś dłoń chwyciła go za rękaw, szarpnęła w tył.

– Nie, nie pójdziesz za nią – powiedziała Nicci przez zaciśnięte zęby, dając mu do zrozumienia, że mówi serio.

– Muszę ją powstrzymać – tłumaczył, uwalniając rękaw. – Znowu za nami pójdzie.

Nicci spojrzała na niego karcąco.

– Czyżbyś zapomniał, Richardzie, że ta dziewczyna może rozsadzić wszystkie te drzewa? Jeżeli wejdziesz do lasu, zniszczy go, a ciebie razem z nim. Nie zostanie z ciebie nic, co moglibyśmy złożyć na stosie pogrzebowym. Zmienisz się w pył.

– Wiesz, że ona ma rację, Richardzie – odezwała się Kahlan. – Nie rób tego, co właśnie zrobiła Samantha, nie unikaj prawdy, bo jest nieprzyjemna. Musimy korzystać z rozumu. Mamy poważniejsze zmartwienia. Musimy powstrzymać Sulachana. Nie Samanthę.

Richard wiedział, że obie mają rację. Nie powinien pozwolić, żeby Samantha odwracała jego uwagę. Dał jej okazję zaakceptowania prawdy. Ci, co nie chcieli dojrzeć prawdy, nie byli na nią głusi.

Na koniec skinął głową.

– Chciałbym porozmawiać z Red.

Kahlan pokręciła głową.

– Odeszła.

– Zniknęła jak duch – potwierdziła Nicci.

Richard się skrzywił.

– Jak to wiedźma.

– Pomogła ci, na ile zdołała – powiedziała Kahlan. – Nie mogła nas wesprzeć bardziej.

Richard ciężko westchnął.

– Pewnie masz rację. Znajdźmy Mohlera, skrybę. Nie mamy pojęcia o wielu rzeczach i przez to nie nadążamy za tym, co się dzieje. Musimy wyprzedzać Sulachana i Hannisa Arca, jeśli mamy ich powstrzymać. Są tutaj proroctwa, dzięki którym Hannis Arc sprowadził Sulachana ze świata umarłych. Chcę wiedzieć wszystko, co on wiedział. Wszyscy wiemy, co zrobił Hannis Arc, lecz brakuje nam kluczowych elementów, by wyjaśnić, jak to zrobił. Jeśli mam go powstrzymać, muszę je odnaleźć.

Kahlan uśmiechnęła się do niego, a potem wzięła go pod rękę i ruszyli ku cytadeli.

– Oto Poszukiwacz, którego znam.

ROZDZIAŁ 25

Na najwyższym piętrze cytadeli stary skryba obejrzał się przez ramię, unosząc latarnię ku dębowym drzwiom. Ciężkie żelazne okucia nadawały im wygląd wrót do skarbca lub lochu.

– To tutaj, lordzie Rahlu – powiedział. – To jest... był gabinet biskupa Arca. To sala przepowiedni, w której zawsze trzymano wszystkie proroctwa, gdzie najczęściej pracował.

Richard nie był zbyt zadowolony, że musi się zagłębić w niejasności proroctw, lecz musiał się dowiedzieć, z jakich informacji korzystał Hannis Arc, kiedy knuł sprowadzenie imperatora Sulachana z zaświatów. Najwyraźniej coś, z czego korzystał, zadziałało, bo inaczej imperator przebywałby dalej w świecie umarłych.

Mohler odgiął palec ręki, trzymającej metalowe kółko latarni, i dotknął nim drzwi, uśmiechając się do Richarda, Kahlan, Nicci i Mord-Sith. Richard pomyślał, że to uśmiech przepraszający, a nie pełen zadowolenia.

– Jak wszyscy skrybowie przede mną, niemal całe życie spędziłem, pracując tutaj, poświęcając się zgromadzonym tu przepowiedniom. Dbałem o stare i spisywałem nowe, dostarczane biskupowi Arcowi.

Richard przeniósł wzrok ze starego skryby na drzwi.

– Miejmy nadzieję, że jest w nich coś, co pomoże nam go powstrzymać.

Zgarbiony skryba kiwnięciem głowy przyznał mu rację i pochylił się jeszcze bardziej, żeby wybrać właściwy klucz z całego ich pęku, który zawsze miał przy sobie. Długim kosmykom siwych włosów nie za bardzo udawało się zakryć czubek łysej głowy i rozsiane na czaszce ciemne plamy. Richard wziął latarnię z ręki Mohlera, żeby mu ułatwić znalezienie właściwego klucza i otwarcie drzwi.

Mohler wreszcie wsunął w zamek odpowiedni klucz i poruszył nim w specjalny sposób. Popchnął ciężkie drzwi do środka i wziął latarnię od Richarda, a potem wprowadził ich do komnaty. Już w środku, otoczony blaskiem latarni niczym kokonem, wyjął z żelaznego, przymocowanego do ściany w pobliżu drzwi pojemnika długi patyczek i zapalił go od płomienia latarni, zamknął jej szklaną pokrywę; potem obszedł komnatę dokoła, zapalając płonącą drzazgą żywicznego drewna świece i lampy. Każdy płomyk przydawał odrobiny światła i w końcu oświetliły komnatę.

Nie było okien, przez które mogłaby zajrzeć tu noc. Belki wysokiego sufitu ozdobiono rzeźbieniami. Tynkowane ściany pociemniały przez wieki od sadzy, która nadała im cętkowaną jasnobrązową barwę.

Laurin zamknęła drzwi i stanęła przed nimi. Dwie pozostałe Mord-Sith stanęły po obu stronach; strzegły ich, żeby nikt nie mógł im przeszkodzić.

Biorąc pod uwagę rozmiary cytadeli, sala przepowiedni była o wiele obszerniejsza, niż Richard się spodziewał, chociaż nie dorównywała wielkością wielu podobnym salom, które widział wcześniej. Cytadela była początkowo więzieniem dla tych, którzy się urodzili z darem mrocznej magii wydostającej się zza granicznego muru, trzymano ich tutaj aż do egzekucji, toteż wydawało się dziwne, że tak dużo miejsca przeznaczono na przepowiednie.

Richard przypuszczał, że początkowo sala mogła mieć inne przeznaczenie, lecz z czasem ci, którzy kierowali cytadelą – jak wielu ludzi – coraz bardziej interesowali się proroctwami. Proroctwo, nawet fałszywe, dawało tym, którzy je poznali, władzę nad ludźmi.

Mohler, jakby w odpowiedzi na pytającą minę Richarda, wskazał księgi zapełniające półki biblioteki po lewej stronie.

– Sądzę, że początkowo, przed wiekami, spisywano tutaj informacje uzyskiwane od skazańców. Wszystkie te księgi zawierają nazwiska i rodzinne powiązania. Myślę, że naczelnicy z tamtych czasów próbowali w ten sposób powstrzymać rozprzestrzenianie się zarazy wydostającej się z trzeciego królestwa. Lecz w pewnym momencie proroctwa stały się ważniejsze i księgi zostały zapomniane, a wraz z nimi cel istnienia cytadeli.

Richard skinął głową.

– Myślę, że więźniowie przejęli więzienie, by tak rzec. I kiedy już objęli panowanie, zaczęli wierzyć, iż proroctwa to dla nich sposób na zmienienie ich siedziby w ośrodek władzy.

– Proroctwa z pewnością były obsesją Hannisa Arca – potwierdził Mohler. – I władza również. Zwłaszcza ród Rahlów.

– Czemu miałby się tak przejmować rodem Rahlów? – spytała Kahlan.

Mohler spojrzał na nią.

– Wymordowali mu rodzinę, kiedy był mały.

Richard potaknął.

– Niektórzy z moich przodków wymordowali mnóstwo ludzi i narobili nam mnóstwo wrogów.

– Hmmm – mruknęła Nicci, rozglądając się. – To z pewnością nie dorównuje krypcie z proroctwami w Pałacu Proroków.

– Miejmy nadzieję, że to, co tutaj jest, okaże się dla nas cenne – powiedziała Kahlan.

Mimo wszystkich świec i lamp, które zapalił Mohler, sala przepowiedni była dość mroczna i ponura, co więcej, była zdecydowanie osobliwa. W rozległej komnacie porozmieszczano rozmaite dziwaczne rzeczy. W szklanych witrynach umieszczono kolekcje małych przedmiotów. W rozmieszczeniu gablot, witryn, posągów i postumentów Richard nie mógł się dopatrzyć żadnego porządku – lecz widział, że ustawiono je na kratownicy, przez co przypominały figury na ogromnej szachownicy. Na obrzeżu komnaty porozstawiano wyściełane fotele – wygodne miejsce do wypoczynku lub lektury.

Richard zmarszczył brwi i rozglądał się po komnacie, starając się dopatrzeć w tym jakiegoś sensu, lecz na koniec uznał, że pewnie nie miało w tym być żadnego sensu. Nie wszystko musiało być sensowne. Czasami ludzie stawiają nowe nabytki do kolekcji tam, gdzie znajdą miejsce. Najprawdopodobniej wszystkie te przedmioty – od marmurowych posągów po zegary słoneczne z brązu – były wstawiane do komnaty, w miarę jak się pojawiały. Kolekcjonowane przez zaburzony umysł, który wstawiał zegar słoneczny do komnaty bez okien. A może Hannis Arc lubował się w chaosie.

Szli powoli, w milczeniu, mijając szklane gabloty z mieszaniną osobliwości. Były tam kości dziwnych stworzeń, których Richard nie rozpoznawał; zwyczajnie wyglądające kamienie; figurki zrobione ze słomy, odziane w nieudolnie uszyte stroje; posążki ludzi i zwierząt ustawionych w sielskie sceny; mechaniczne urządzenia, których przeznaczenia nie potrafił odgadnąć.

Chociaż one akurat na swój sposób przypominały mu o Reguli, wróżebnej machinie. Regula była pełna skomplikowanych mechanizmów.

Półki witryn zapełniały skrzyneczki o najrozmaitszych rozmiarach oraz fiolki, całkowicie pokryte symbolami w mowie Początku. Richard przyjrzał się paru szkatułkom i przetłumaczył sobie w myślach niektóre z tych symboli – stwierdził, że każdy przedmiot opowiada historię, podobnie jak scenki utworzone z figurek.

Nicci, patrząc w jedną z kasetek, pokręciła głową.

– Wolę nie myśleć, gdzie Hannis Arc mógł zdobyć niektóre z tych rzeczy.

Kiedy spojrzała na Mohlera, wzruszeniem ramion dał do zrozumienia, że nie zna odpowiedzi.

– On nie zgromadził ich wszystkich. Niektóre z tych przedmiotów były tu już za czasów mojej młodości. Wiem, że niekiedy coś dodawał, lecz niektóre były tu, zanim się urodziłem.

W różnych miejscach w komnacie ustawiono wypchane zwierzęta. Poza zwykłymi stworzeniami w zwyczajnych pozach – jak jeleń stojący na suchej trawie, rodzina bobrów na stercie patyków, drapieżne ptaki z rozpostartymi skrzydłami na gałęzi – był również niedźwiedź stojący na tylnych łapach, z paszczą szeroko otwartą w niesłyszalnym ryku, z wystawionymi pazurami, jakby stale gotowy do ataku.

W całej komnacie, zgodnie z siatką kratownicy, rozmieszczono postumenty, pozornie bez żadnego ładu. Na każdym z nich – czy to kamiennym, czy rzeźbionym drewnianym – leżała ogromna otwarta księga w skórzanej oprawie. Niektóre księgi ozdobiono złocistym liściem. Większość była bardzo stara i zniszczona. Na pewno trudno byłoby je przenosić – ze względu na rozmiary, a także dlatego że wyglądały na bardzo kruche – toteż stale spoczywały na postumentach, a nie na którejś ze stojących pod tylną ścianą półek. Były otwarte w rozmaitych miejscach – tam, gdzie dokonano ostatnich wpisów. Tylko parę było otwartych blisko początku.

Stoły w pobliżu postumentów były zawalone stertami zwojów. Richard rozwinął kilka i potwierdził swoje domysły, że to proroctwa dostarczone do cytadeli, żeby Mohler je wpisał do odpowiednich ksiąg. Nieliczne z tych przepowiedni wyglądały na złożone, większość była prostsza niż typowe proroctwa, które czytał. Woskowe pieczęcie na wielu zwojach nie były złamane – zwoje czekały na swoją kolej, żeby je rozwinięto i spisano z nich przepowiednie.

Kahlan opowiedziała mu, w jaki potworny sposób, torturując pojmanych, Ludwig zdobywał proroctwa. Możliwe, że przynajmniej dla niektórych z tych zwojów ktoś poniósł śmierć z rąk Ludwiga Dreiera. Znalezienie się na łasce takiego szaleńca musiało być przerażające.

A mimo to, co dziwne, wyglądało na to, że Hannis Arc niespecjalnie się spieszył, żeby się zapoznać z tymi wszystkimi nowymi proroctwami. Richard zaczynał podejrzewać, że coś innego musiało przykuć uwagę biskupa, co oznaczało, iż proroctwa nie były najważniejszą rzeczą w tej komnacie i nie zajmowały Arcowi większości czasu. Richard się zastanawiał, co też by to mogło być.

Mohler uniósł rękę o powykrzywianych palcach, wskazując otwarte księgi.

– To praca całego mojego życia, lordzie Rahlu. To w nich zapisywałem proroctwa dostarczane z Mrocznych Ziem. – Delikatnie położył dłoń na jednym z otwartych tomów, z pełną respektu miłością. – To w tych księgach spisywałbym wszystkie proroctwa dostarczane do cytadeli, jak przez pokolenia robili moi poprzednicy.

– Czy wszystkie proroctwa przychodziły od Ludwiga Dreiera? – zapytał Richard.

– Właściwie to tylko niewielka ich część przychodziła od opata. Był przekonany, iż jest najważniejszym dla biskupa źródłem proroctw, ale tak nie było. Większość zwojów, a nawet wielkich ksiąg, dostarczono z rozmaitych terenów Mrocznych Ziem. Wielu wysłanników z cytadeli udawało się do miast i bardziej odosobnionych wiosek, a nawet do chowańców, żeby zebrać przepowiednie od wszystkich obdarzonych talentem prorokowania. Każdą dostarczoną przepowiednię zapisywałem w tych księgach.

– Spisałeś wszystkie te księgi? – zapytała Kahlan.

– O nie – powiedział i zaśmiał się. – Pracowałem z tymi księgami, dodawałem do nich wpisy, ale są one ode mnie starsze o wiele stuleci. Zawierają pracę długiego szeregu skrybów, którzy byli przede mną, sięgającego parę tysięcy lat wstecz, niemal do czasu, kiedy budowano cytadelę, jak sądzę. Wszystko jest tutaj spisane. Tak jak moi poprzednicy, pracowałem nad tym całe życie. Od młodości wpisywałem do tych ksiąg nowe proroctwa, przeważnie dla biskupa Arca.

Richard, wiedząc co nieco o proroctwach, nie bardzo wierzył, że te księgi spisanych przepowiedni były źródłem wiedzy i mocy Hannisa Arca. Proroctwa, jak przypuszczał, były bardziej folklorem, a nie prawdziwymi przepowiedniami, i nie mogły zapewnić kunsztu na takim poziomie.

– Czym się kierowałeś, decydując, do której księgi wpisać nowe proroctwo? – zapytała Nicci. – Do ciebie należała decyzja, gdzie powinny się znaleźć?

Mohler wydawał się trochę zdziwiony tym pytaniem.

– Są klasyfikowane i wpisywane w zależności od tematu. Zapisuję je w księdze odpowiedniej dla tematu proroctwa.

Richard wymienił z Nicci spojrzenia, a potem popatrzył na otwarte księgi, rozmieszczone w komnacie.

– Właśnie zacząłem porządkować proroctwa w Pałacu Ludu. Ale trzeba prawdziwego proroka, żeby odczytał przepowiednię i określił jej temat.

– Naprawdę? – zapytał Mohler i oczy mu pojaśniały. – Nie miałem pojęcia, że interesujesz się takimi sprawami. Biskup

Arc nigdy nie dbał o prozaiczne aspekty mojej pracy. Obchodziło go tylko czytanie nowych proroctw, kiedy już je spisałem. Czy w Pałacu Ludu jest wiele ksiąg z przepowiedniami?

Richard uniósł brew.

– Księgi z tej komnaty nie zapełniłyby małego kącika w jednej z mniejszych bibliotek. Jest tam mnóstwo bibliotek. Niektóre z nich są takie wielkie jak ta cytadela.

Mohler szeroko otworzył oczy.

– Naprawdę? Ogromnie chciałbym kiedyś taką zobaczyć.

– Mam nadzieję, że kiedyś to nastąpi – powiedział Richard. Zmarszczył brwi, przechodząc do tego, czego naprawdę chciał się dowiedzieć. – Czemu te proroctwa są spisywane według tematu, a nie chronologii? Chronologia jest najważniejsza. W końcu proroctwo jest nieistotne, jeśli dotyczy wydarzenia sprzed tysięcy lat lub takiego, które zajdzie za tysiące lat. Musisz wiedzieć, jakiego czasu dotyczy proroctwo, żeby wiedzieć, czy jest istotne dla tego, co się dzisiaj dzieje. Tylko wtedy można proroctwo powiązać, a co ważniejsze – umieścić w kontekście.

Mohler wyglądał na kompletnie oszołomionego.

– Rzadko mogłem ustalić chronologię, lordzie Rahlu, dlatego jako kategorię musieliśmy wybrać temat. Zawsze tak było.

Richard nie chciał mu mówić, że praca całego jego życia była nie tylko chybiona, ale i kompletnie bezwartościowa. Lecz nie mógł też tego tak zostawić.

– Temat zapisany słowami wprowadza w błąd, chyba że masz dar i możesz potwierdzić, iż istotnie wiąże się on z ukrytym proroctwem. Masz dar?

Mohler dotknął palcem warg.

– Nie, lordzie Rahlu. Lecz umiem czytać, toteż znam temat.

Richard potrząsnął głową.

– Problem w tym, że słowa nie są proroctwem.

Stary skryba szeroko otworzył oczy.

– Nie są? Jak to możliwe?

– Znaczenie proroctwa jest ukryte w znajdującej się pod słowami warstwie magii. Większość ludzi nie pojmuje tego, że słowa nie prorokują. Są jedynie środkiem przywołania znaczenia prawdziwego proroctwa. I tak na przykład przepowiednia mówiąca, że będzie padać, może tak naprawdę oznaczać, że spadnie deszcz krwi. Lub że zbiory będą dobre. Tylko prorok potrafi ujrzeć wizję prawdziwego proroctwa osłoniętego słowami. Słowa wyzwalają wizję, lecz jej nie ujawniają.

Mohler rozejrzał się po komnacie, patrząc na pracę całego swojego życia, speszony i zagubiony, zapewne po raz pierwszy w swojej karierze.

– Nawet wykorzystując słowa – odezwała się Nicci – proroctwo często zawiera odnośniki do wielu tematów. Jak określasz, do której księgi tematycznej je wpisać?

– Musiałem robić, co w mojej mocy, pani. Kierowałem się doświadczeniem i rozsądkiem. – Mohler wskazał jedną z ksiąg. – Na przykład w tej księdze wszystkie proroctwa dotyczą rodu Rahlów, temat szczególnie interesujący Hannisa Arca. – Popatrzył na Richarda. – Chcesz powiedzieć, że praca całego mojego życia jest na nic? Że kategorie są bez znaczenia?

Richard westchnął, patrząc na otwarte księgi na postumentach.

– Nie mam co do tego pewności. Mogę ci tylko powiedzieć, iż proroctwo powiada, że to ja powinienem je zakończyć, cokolwiek to znaczy. Toteż domyślam się, że ostatecznie, jeśli mi się uda, one wszystkie nie będą miały żadnego znaczenia.

– Coś takiego – szepnął do siebie Mohler, patrząc na księgi, jakby po raz pierwszy ujrzał proroctwa w nowym świetle. – I pomyśleć, że biskup Arc spędził tu szmat swojego życia.

Najbardziej trapiło Richarda to, że Hannis Arc nie pomagał w przyporządkowywaniu proroctw do konkretnych ksiąg, co mogło jedynie oznaczać, że nie był tak zainteresowany przepowiedniami, jak Mohler wierzył. Coś innego przykuwało uwagę Hannisa Arca i było źródłem jego wiedzy.

– Ludzie, którzy z tego wszystkiego korzystali, właściwie nie mieli pojęcia, co robią – rzekła Nicci, bardziej z tym obeznana niż Richard. – Z tego, co mówisz – zwróciła się do Mohlera – wynika, że teksty, zbierane od każdego z „talentem do przepowiadania”, są w większości fałszywymi przepowiedniami.

Skryba się zaniepokoił.

– Fałszywymi, pani?

Nicci potaknęła, wodząc wzrokiem po księgach.

– Prawdziwe przepowiednie pochodzą od czarodziejów, proroków, a nie od ludzi ze wsi, którzy wyobrażają sobie, iż mają talent, i wymyślają proroctwa. Takie osoby zwykle mają głowę nabitą wizjami biorącymi się z marzeń, życzeń, lęków, a najczęściej z płodnej wyobraźni. Prorocy są czarodziejami, czarodzieje zaś w tych dniach i wieku trafiają się niezmiernie rzadko. Prorokowanie jest wśród nich jeszcze rzadsze. Proroctwo powinno być czytane przez innych mających choćby zwykły dar, a przede wszystkim przez innych czarodziejów mających dar prorokowania. Prawdziwe proroctwo jest dziełem czarodziejów, a nie zwykłych ludzi.

Mohler zachmurzył się, zatroskany.

– Chcesz powiedzieć, że to... że to nie są prawdziwe proroctwa?

Nicci wzruszyła ramionami.

– Jeśli często wygłaszasz przepowiednie, to jedna może się okazać prawdziwa, lecz to przypadek, a nie zasada. Ludzie skupiają się na tej, która się spełni, i potem dają wiarę innym, które ich zdaniem po prostu jeszcze się nie spełniły, lecz zapominają o setkach czy nawet tysiącach podobnych, które okazały się fałszywe. Wygląda na to, że to się stało obsesją nielicznych, którzy tak naprawdę nie pojmowali proroctw, ale przekazali swoją wiarę w te „przepowiednie" swoim następcom. To rodzaj przesądów, nic więcej. W Pałacu Proroków wiele lat pracowałam nad proroctwami przechowywanymi w podziemiach. Były to proroctwa spisane przez czarodziejów będących prawdziwymi prorokami. Z doświadczenia mogę ci powiedzieć, że chociaż mogło tam być kilka klejnotów, to większość była zwykłymi kamieniami.

Richard myślał tak samo. Zastanawiał się, co Hannis Arc naprawdę robił w tej komnacie. Skoro te proroctwa są w większości bezużyteczne dla jego celów i niewiele warte, to skąd Hannis Arc się dowiedział, jak ożywić imperatora Sulachana?

ROZDZIAŁ 26

Richard spojrzał na skrybę.

– Gdzie Hannis Arc pracował przez większość czasu? Mówiłeś, że sporo czasu poświęcał na pracę tutaj. Co robił?

Zażenowany Mohler wzruszył ramionami.

– Nie byłem wtajemniczony w to, co konkretnie tutaj robił. Nie rozmawiał ze mną o takich sprawach, byłem tylko skrybą. Wiem jednak, że lubił badać stare dokumenty. A przynajmniej najczęściej go przy tym widywałem. Wczesnym rankiem zaczynałem wpisywać proroctwa do ksiąg, a on zwykle przychodził później. Mnóstwo pracy wykonywał nocami, kiedy już wyszedłem.

Starzec wskazał duże biurko w pobliżu postumentów z księgami proroctw. Było zawalone najróżniejszymi rzeczami – od zdobionych kościanych przedmiotów i ogarków świec po linijki i cyrkle oraz dokumenty i sterty starych zwojów. Gruba świeca w srebrnym lichtarzu stała na stercie zniszczonych ksiąg. Warstwy wosku ściekały po nich, czyli księgi te służyły wyłącznie jako podstawka pod świece.

– Czasem podchodził do ksiąg i czytał proroctwa, które zapisałem. Przypuszczam, że robił to i wtedy, kiedy mnie już nie było, ale nie mam pewności. Nie mogę też powiedzieć, że widziałem, iż robi to ze szczególną uwagą. Myślę, że po prostu je przeglądał, szukając czegoś, czym potem by się dokładniej zajął. Kiedy tu byłem, lubił niekiedy grać ze mną w szachy. – Skryba wskazał na mały postument z szachownicą, na której stały białe i czarne figury. – O, tu. Ale najczęściej pracował przy tym biurku.

Richard, stojący za szerokim meblem, zauważył, że na najbliższym postumencie po drugiej stronie leży księga zawierająca według Mohlera proroctwa dotyczące rodu Rahlów. Hannis Arc miał stąd dobry widok na znajdującego się za księgą z proroctwami wypchanego niedźwiedzia stojącego na tylnych łapach. Biskup najwyraźniej lubił symbolizm. Teraz rozmieszczenie przedmiotów w tej komnacie zaczynało się wydawać bardziej sensowne.

Biskup wydawał się osobą mającą obsesję na punkcie symboliki.

Znajdujące się w komnacie księgi z proroctwami były ogromne, także dlatego, że razem zawierały setki tysięcy stronic. Przytłaczała już sama myśl o ich przeglądaniu, żeby spróbować znaleźć to, czym Hannis Arc się zajmował, lub odkryć wskazówkę, jak go powstrzymać. Niewielką liczbę proroctw już było trudno przeczytać. Ilość zebranych tutaj była przeogromna. Lecz Richard nie sądził, by proroctwa, zbierane w taki osobliwy sposób, były tym, co naprawdę interesowało Hannisa Arca.

Znowu spojrzał na biurko i rozwinął leżący z boku blatu kruchy zwój, wyglądający na bardzo stary. Pergamin był pokryty zbierającym się przez wieki kurzem oraz ciemnymi, okrągłymi plamami pozostawionymi przez kubki i lichtarze, obciążające go, żeby się nie zwijał.

Richard był zaszokowany, kiedy zobaczył, co napisano wyblakłym atramentem.

Nicci się zdumiała, widząc jego minę.

– O co chodzi? Co zobaczyłeś?

Richard tylko wpatrywał się w zwój, pokryty skomplikowaną siatką linii łączących konstelacje elementów tworzących mowę Początku. Trochę się przesunął, kiedy Nicci i Kahlan pospiesznie obeszły biurko, żeby się przekonać, co tak przykuło jego uwagę.

– To mowa Początku używana przez Regułę – orzekła Kahlan. – Wróżebna machina wypisuje proroctwa w tym języku.

Richard przytaknął, wodząc wzrokiem po symbolach, już próbował tłumaczyć.

– W tym samym języku Naja Moon zostawiła napisy w pieczarach Stroyzy.

– Ciekawa jestem, czy to oznacza, że pochodzą z czasów wielkiej wojny, kiedy Naja i imperator Sulachan żyli – stwierdziła Kahlan, nachylając się i bacznie patrząc na zwój, który Richard rozpostarł na biurku. – Co tam napisano?

Zamiast odpowiedzieć, wyprostował się i popatrzył na Mohlera.

– Jest tu więcej takich zwojów? Napisanych tym samym językiem?

Mohler wyciągnął szyję, żeby rzucić okiem na zwój. Najwyraźniej go rozpoznał.

– Tak, jest ich więcej. Tam jest kolejny – wskazał – w tamtej stercie. To ten ciemniejszy. Biskup Arc nazywał je zwojami ceruleańskimi.

– Zwojami ceruleańskimi? – zapytał Richard. – Jesteś pewny?

– Tak. On umiał je odczytać, lecz ja nie umiem. Wiele czasu spędzał nad nimi. Ilekroć dostawał nowy, tygodniami pracował nad nim od rana do nocy. Ale to się bardzo rzadko zdarzało. Zazdrośnie strzegł tych zwojów. Lata temu zwykł badać każdy szczegół nowych proroctw, które dla niego spisywałem. Co prawda wciąż od czasu do czasu się pojawiał i przeglądał moje najnowsze wpisy, ale z latami jego zainteresowanie proroctwami malało i w końcu niemal całkowicie skupił się na zwojach. Czasami posługiwał się przy nich tymi instrumentami, robiąc jakieś pomiary. Kiedy pracował do późnej nocy i zostawiał je na wierzchu, to odkładałem je na miejsce, kiedy przychodziłem rankiem, ale poza tym nigdy nie miałem z nimi do czynienia.

Kahlan oderwała wzrok od zwoju.

– Wiesz, co oznacza „ceruleański"?

Mohler pokręcił głową.

– Tak je nazywał, ale nigdy nie wyjaśnił mi znaczenia.

– To prastare słowo – powiedział Richard. – Znaczy „niebieski", od nieba.

Nicci przelotnie zmarszczyła czoło.

– Niebieski?

Richard potwierdził mruknięciem, bezwiednie skubiąc dolną wargę, głęboko zadumany nad rzeczami, które zobaczył w komnacie, gdzie Hannis Arc spędzał większość czasu. Były tu zakurzone artefakty sprzed wieków, większość pewno pochodziła sprzed czasów Hannisa Arca. Chociaż komnata służyła głównie katalogowaniu i spisywaniu proroctw, to biskup nie zadał sobie trudu, żeby otworzyć wszystkie świeżo dostarczone przepowiednie. Skoro najwyraźniej nie czytał ich dokładnie, to wcale się aż tak proroctwami nie interesował. Lub prawdopodobnie zrozumiał, że przepowiednie niemających daru, które codziennie dostarczano do cytadeli, nie są prawdziwymi proroctwami i w większości są bezużyteczne.

Wyglądało na to, że jego uwaga skupiała się na zwojach ceruleańskich. Richard się zastanawiał, czy aby Hannis Arc nie traktował zbierania proroctw jako pretekstu do wysyłania ludzi w poszukiwaniu zwojów lub ksiąg spisanych w mowie Początku. W końcu Mroczne Ziemie miały bogatą historię z czasów wielkiej wojny. Pieczary w Stroyzie były pokryte zapiskami z tamtych czasów.

– Niekiedy – odezwał się Mohler – gdy się zjawiałem rankiem, biskup Arc wciąż tu był, pracując nad nowym zwojem ceruleańskim, i dostrzegałem wtedy, że miał więcej tych dziwacznych tatuaży. Biskup nie lubił, kiedy się odzywałem, zanim do mnie przemówił, toteż nigdy o nie nie pytałem. Kiedy graliśmy w szachy, nie lubiłem patrzeć na te dziwne symbole, którymi był wytatuowany.

Nicci założyła za ucho długi pukiel blond włosów i nachyliła się, żeby się dokładniej przyjrzeć zwojowi na biurku.

– Był dobry w szachach?

Mohler potaknął.

– O tak. Był mistrzem.

– Zatem jest tu więcej takich zwojów, z podobnymi symbolami? – zapytał Richard, niecierpliwie dźgając palcem zwój. – Jest tu więcej tych ceruleańskich?

Mohlera trochę dziwiło zainteresowanie Richarda starymi zwojami.

– Tak. Niektóre są napisane w troszkę innym języku, ale

dość podobnym. Wszystkie są o tam. – Wskazał na szafkę pod kamienną ścianą. – Pozwól, że ci je pokażę, lordzie Rahlu.

Skryba przeczłapał przez komnatę, przechodząc pomiędzy rodzinką wypchanych bobrów i marmurowym posągiem kobiety w szacie niczego niepozostawiającej wyobraźni.

Richard spostrzegł, że Hannis Arc od swojego biurka niezbyt dobrze widział posąg, za to miał dobry widok na skrzętnie pracujące bobry – przegryzały pnie drzew, rozłupywały na drzazgi i kawałki, z których budowały tamę na strumyku.

Mohler dotarł do szafki i otworzył wysokie, rzeźbione drzwiczki, ukazując rzędy schowków: w prawie każdym znajdował się co najmniej jeden zwój, a w niektóre upchano po kilka. Wyglądały na równie stare jak ten na biurku. Wiele miało ciemne, kruszące się brzegi. Z pobieżnej oceny wynikało, że w szafce musiało być blisko sto ceruleańskich zwojów.

Richard wyjął jeden i ostrożnie rozwinął, żeby mu się przyjrzeć. Zaczynał się kątami azymutu, których nie rozpoznał. Sądził, że obserwacje sfery niebieskiej miały pokazywać pozycje gwiazd. Nie miał pewności, jak to robiono, ale przypuszczał, że mogła to być metoda ustalania chronologii, kluczowego elementu proroctw. Jeśli tak, to zwoje sprawiały, iż proroctwa robiły wrażenie niefachowych i niekompletnych. Zapewne była to zaawansowana metoda, której znajomość z czasem utracono.

Zaraz na początku, po informacjach o kątach azymutów, Richard zobaczył symbole mówiące o proroctwie, tyle że nie stanowiły one proroctwa. Raczej mówiły o proroctwie jako takim, jakby było czymś żywym.

Osobliwie wskazywały na proroctwo, lecz jedynie w zawoalowany sposób, wykorzystując to, co mówiły objaśnienia głównego tematu zwoju. Richard nie miał jeszcze pewności, co mogłoby być owym tematem.

Ponieważ w mowie Początku każdy symbol tworzył całościowy koncept, podobny do całego zapisanego zdania – nie był jedynie odpowiednikiem słowa w innym języku – to odszyfrowanie znaczenia tych wszystkich tajemniczych znaków zajęłoby sporo czasu.

Richard zwinął zwój i podał Nicci. Wyjął inny i rozwinął, trzymając go w rozpostartych rękach. I ten był zapisany symbolami, lecz chociaż język był bardzo podobny, to nie był mową Początku. W zasadzie był bardziej zawiły, prymitywny, spisany rodzajem gwary. Richarda przeszył dreszcz, kiedy sobie uświadomił, że to wygląda na język poprzedzający ostateczną formę mowy Początku. Rzut oka przekonał go, że powinien przynajmniej z grubsza się zorientować, co tu napisano, a może i przetłumaczyć całość.

Wodził wzrokiem po symbolach – i one dotyczyły proroctwa, lecz w odmienny sposób. Zmarszczył brwi, wpatrując się w zwój, starając się pojąć, co tu napisano.

– Spójrz tutaj – odezwała się Nicci, pochylając się i wskazując symbol. – Czy to nie symbol oznaczający Regulę?

Richard zrobił wielkie oczy, pojmując, że istotnie tak jest.

– Z całą pewnością.

Pospiesznie starał się odczytać, co zwój mówi o Reguli. W takim improwizowanym tłumaczeniu trudno się było dopatrzeć wiele sensu. Niepokój nie pozwalał mu jasno myśleć.

Nicci znowu coś wskazała.

– Spójrz na tę formułę.

Richard się zdumiał.

– Chyba jeszcze nigdy tego nie widziałem. Coś o śmierci, lecz nie wiem, co to znaczy.

– Rozpoznaję ten konkretny zestaw wyrażeń – stwierdziła Nicci. – Posługiwały się nimi Siostry Mroku. Odnoszą się do zaświatów. – Popatrzyła na Richarda kątem oka. – Mówi o świecie umarłych.

– Teraz rozumiem – potaknął Richard, rozwijając zwój. – Mówi o wygnaniu.

– O wygnaniu? – zapytała Kahlan, stając przy nim i zerkając na symbole. – Wygnaniu do świata umarłych? Uważasz, że to tak jak ze Świątynią Wichrów, odesłaną w zaświaty?

Richard dostał gęsiej skórki.

– Nie. Nie w zaświaty. Tu chodzi o wygnanie ze świata umarłych.

– Wygnanie ze świata umarłych? – Kahlan pokręciła głową. – A cóż to może znaczyć?

– Nie wiem – odparł Richard, zwijając zwój i zaczynając wyciągać inne ze skrytek; podtrzymywał je w zgięciu ręki. – Pomóż mi je przenieść na biurko.

– Ile? – zapytała Nicci.

– Wszystkie.

Kahlan popatrzyła na niego:

– Wszystkie?!

– Tak. Przenieśmy je na biurko. To po nie tu przyszliśmy. Nie w proroctwach jest to, czego szukamy, a w tych ceruleańskich zwojach. To właśnie wykorzystał Hannis Arc, żeby sprowadzić Sulachana ze świata umarłych.

– Jesteś pewien? – zapytała Kahlan.

Richard machnął jednym zwojem.

– Jak myślisz, czemu na całym ciele wytatuował sobie te symbole? To musi mieć związek ze zwojami, a nie z proroctwami. W zwojach są elementy i symbole łączące się z czarną magią. Wspominają o Reguli. Wszystko wiąże się z tymi zwojami. Muszę wiedzieć, co w nich wszystkich napisano. Muszę się zabrać do tłumaczenia, żeby się przekonać, co Hannis Arc wie i co robi.

– Richardzie, nie mamy na to czasu – odezwała się Kahlan mitygująco.

Przestał wyciągać zwoje ze skrytek i popatrzył na nią.

– O czym ty mówisz?

– O zmazie w tobie. Musimy ją usunąć, bo inaczej umrzesz, zanim zdołasz cokolwiek z tego wykorzystać, żeby powstrzymać Sulachana i Hannisa Arca. Najpierw trzeba cię uleczyć.

Richard znowu zaczął wyjmować zwoje i upychać je pod drugim ramieniem.

– Nie zdążymy na czas do Pałacu Ludu. Już ci to mówiłem, jest za daleko. Lecz może istnieje inny sposób. Może te zwoje pomogą nam rozwikłać tę sprawę.

Kiedy pospiesznie wyjmował zwoje z szafki, zobaczył, że Nicci i Kahlan wymieniają spojrzenia. Rozumiał ich niepokój, lecz wiedział, że zostało mu niezbyt dużo czasu do chwili, kiedy działanie jadu tak się nasili, że nie będzie mógł jasno myśleć. I wkrótce potem jad go zabije.

Wiedział też, że nawet w najbardziej sprzyjających okolicznościach nie dotrą na czas do Pałacu Ludu. A gdyby nawet dotarli, to półludzie Sulachana mogli już otoczyć płaskowyż i nie pozwolą im się tam dostać. Nie przebiją się przez całą armię imperatora.

Ruszył ku biurku z naręczem zwojów, pozostali za nim, również obładowani zwojami.

Musiał się dowiedzieć, co się dzieje. Musiał wiedzieć, jak Hannis Arc sprowadził Sulachana zza zasłony. Coś takiego nie powinno być możliwe. Umarli mieli tacy pozostawać. Wiedział, że odpowiedzi na te pytania są kluczem do wszystkiego.

I tak na przykład, nawet gdyby w grę wchodziły jakieś wyjątkowe okoliczności, to on i Kahlan nie powinni byli wrócić do życia. A przecież tak się stało. Wszystko miało sens i zarazem go nie miało. Nie naprawdę. Przypuszczał, że te wydarzenia były powiązane ze wszystkim, co dotyczyło Hannisa Arca i imperatora Sulachana.

Richard przypomniał sobie, że kościana babka, Adie, opowiadała mu o skrinie, mocy, stanowiącej część zasłony pomiędzy życiem a śmiercią. Mocy strzegącej obu stron zasłony. Moc skrina odpychała wszystkich od linii zetknięcia się świata życia i świata umarłych.

Skrin nie pozwalał duchom z zaświatów wracać do świata życia.

No to jak Sulachan wrócił?

Richard musiał znaleźć odpowiedź na to pytanie.

ROZDZIAŁ 27

Kahlan znalazła się w holu i idąc po plamach wpadającego przez okna światła wczesnego poranka, widziała Vale i Laurin, w czerwonych skórzanych uniformach, stojące na straży przed drzwiami sali przepowiedni. Zapewne stały tak całą noc, dbając, żeby nikt nie przeszkadzał Richardowi.

Żołnierze Pierwszej Kompanii trzymali straż we wszystkich korytarzach cytadeli, zawsze gotowi do działania, gdyby pojawiły się jakieś kłopoty. Kiedy Kahlan wracała z kuchni, major Fister poprosił ją, żeby go wezwała, gdyby czegoś potrzebowała. Zapewniła go, że to zrobi.

Vale odsunęła się od drzwi i wyciągnęła rękę, proponując, że weźmie tacę.

– Nie, dziękuję – powiedziała Kahlan. – Zaniosę.

Vale odsunęła się i ją przepuściła.

– Przespałaś się choć trochę, Matko Spowiedniczko?

Kahlan skinęła głową.

– Tak, na szczęście. – Nie był to długi sen, ale lepsze to niż nic. – A wy?

Vale wskazała Laurin.

– Trochę odpoczywałyśmy na zmianę.

Kahlan w to nie uwierzyła. Mord-Sith za nic nie zeszłyby z posterunku, a już zwłaszcza teraz, kiedy tak ważne było to, co Richard robił w sali przepowiedni. Mord-Sith niewiele wiedziały tak o magii, jak i o prastarych zwojach, lecz nietrudno było zauważyć, że Richard jest podekscytowany tym znaleziskiem.

Kahlan od wieków była na nogach. Rozpacz wywołana powrotem do świata żywych tylko po to, żeby się dowiedzieć, iż

Richard oddał za to własne życie, była nie do wytrzymania. Świadoma, że Richard nie żyje, zdołała zasypiać jedynie na chwilę. Dodatkowo wyczerpał ją wysiłek związany z pomaganiem Nicci, kiedy ta poszła po niego w zaświaty.

A potem euforia, że Richard wrócił z mrocznego królestwa, została przyćmiona tym, że Cara oddała życie, by to umożliwić.

Szalona huśtawka emocji była ogromnie wyczerpująca. Ulgę, że Richard znów z nimi był, umniejszało to, że nadal nosił w sobie zmazę śmierci, żeby już nie wspomnieć o udręce długiego stania przy stosie pogrzebowym Cary. Kahlan padała z nóg. Brak snu sprawiał, że nie potrafiła jasno myśleć.

Kiedy Richard powiedział, żeby poszła odpocząć, nie miała siły się sprzeczać. Chciała, żeby on też przespał się choć parę godzin, ale odparł, że musi zostać i pracować, starać się zrozumieć, co jest w zwojach i co mogą mieć wspólnego z wydarzeniami. Napomniała go, że potrzebuje snu, aby trzeźwo myśleć. Richard na to, że długo sobie wypoczywał, kiedy był martwy. Rozbawił ją tym.

Nicci i trzy Mord-Sith zapowiedziały, że zostaną i będą nad nim czuwać, więc Kahlan ustąpiła i poszła do sypialni trochę się przespać. Zasnęła, gdy tylko się położyła. Nie wypoczęła tak, jak miała nadzieję; zapewne dlatego, że nie było przy niej Richarda. Lecz nawet tak krótki sen dobrze jej zrobił.

– Wspaniale pachnie – powiedziała Laurin o przyniesionych przez Kahlan na tacy jajkach na bekonie. – Dopilnuj, żeby lord Rahl wszystko zjadł. Musi mieć siłę, jeśli ma być magią przeciwko magii.

Kahlan uśmiechnęła się i skinęła głową.

– Poprosiłam ludzi z kuchni, żeby i wam trochę przynieśli. Wkrótce powinni tu być. Chcę, żebyście się najadły. Wszystkie trzy musicie być silne, żeby go chronić.

Otworzyła drzwi, a Laurin obiecała, że na pewno coś przekąszą. Wewnątrz cichej, pozbawionej okien komnaty spojrzała na nią Cassia trzymająca straż przy drzwiach. Kahlan zobaczyła Nicci, zwiniętą w wyściełanym fotelu, twardo spała, z ręką przerzuconą przez podłokietnik. Skryba poszedł się położyć tuż przed Kahlan i jeszcze nie wrócił.

– I jak? – szepnęła Kahlan, żeby nie zbudzić Nicci.

Cassia spojrzała przelotnie na Richarda, a potem odpowiedziała:

– Nie mam pewności, ale nie sądzę, że dobrze idzie.

Kahlan się zaniepokoiła.

– To znaczy?

Cassia zacisnęła wargi, zastanawiając się, jak to wyjaśnić.

– Sama nie wiem. Wygląda na to, że jest w naprawdę fatalnym nastroju.

– Czemu? Co się stało?

– Właściwie nic. Nie wiem, w czym rzecz – powiedziała Cassia. – Za mało go znam, żeby wiedzieć, jaki zwykle jest, lecz z kolei na tyle długo przy nim jestem, by wiedzieć, że zazwyczaj się tak nie denerwuje. Rzekłabym, że rozzłościło go coś, co czyta.

– Powiedział coś? – spytała Kahlan.

– Nie, nic. – Cassia przesunęła dłonią po długim blond warkoczu, który przerzuciła przez ramię. – Ale widzę, jak od czasu do czasu napinają mu się mięśnie szczęk, kiedy zgrzyta zębami. Raz widziałam, jak zbielały mu kłykcie, tak mocno zaciskał dłoń na gardzie miecza.

Kahlan ani trochę się to nie spodobało.

– Hm, może poczuje się lepiej, jak coś zje.

Cassia przytaknęła.

– Mam nadzieję. Musi mieć siłę. Ledwie mogę uwierzyć, że znowu go tu mamy. Chcę, żeby pokonał tę chorobę i był zdrowy. Żeby zawsze był z nami.

Kahlan, tak dobrze znająca Carę, rozumiała, co oznaczało dla Mord-Sith to, że taki lord Rahl jak Richard wkroczył w ich życie. Uniosła Agiel Cary wiszący na łańcuszku na szyi Cassii.

– Rozumiem. Jestem siostrą w Agielu.

Cassia, szeroko otwierając oczy, pochyliła ku niej głowę.

– Tak?! Naprawdę?

Kahlan się uśmiechnęła i potaknęła.

– Siostry w Agielu wiedzą, co dla niego najlepsze. Musimy się trzymać razem i dbać o niego.

Cassia uśmiechnęła się porozumiewawczo.

– Słusznie mówisz.

Kahlan postawiła tacę z boku biurka, żeby nie przeszkadzała Richardowi.

– Słońce wzeszło – powiedziała. – Jest zbyt pochmurno, żeby je widzieć, ale na zewnątrz jest jasno. Przyniosłam ci śniadanie.

Richard przelotnie na nią spojrzał i krótko się do niej uśmiechnął.

– Zjedz coś, Richardzie. Powinieneś jeść.

Bez słowa rzucił okiem na tacę i wziął kawałek bekonu. Jadł i dalej czytał leżący przed nim zwój. Świeca w ciężkim srebrnym lichtarzu obciążała jeden róg, latarnia drugi. Nieporządne sterty leżały na całym blacie. Za biurkiem stał na tylnych łapach wypchany niedźwiedź, górował nad nimi, wystawiał pazury i wściekle łypał, zastygły w bezgłośnym groźnym ryku.

Richard skończył jeść i nadal czytał. Kahlan podała mu drugi kawałek bekonu. Wziął go, wymruczał podziękowanie i czytał, nie odrywając wzroku od zwojów.

Kahlan oparła się biodrem o biurko, skrzyżowała ramiona na piersi.

– Dowiedziałeś się czegoś?

– Aż za dużo – burknął.

– To znaczy?

– To znaczy – powiedział, nie patrząc na nią – że zaczynam żałować, iż powróciłem ze świata umarłych.

Kahlan chwyciła drewniany podłokietnik i obróciła krzesło tak, że Richard znalazł się naprzeciwko niej. Nie zamierzała pozwolić się ignorować. Kiedy zaczął protestować, włożyła mu do ust widelec z jajecznicą.

– Musisz jeść, żeby mieć siłę – pouczyła go. – Zwalczanie tkwiącego w tobie jadu to nieustanny wysiłek. Musisz jeść.

Jadł i patrzył jej w oczy. Wiedziała, że temu się nie mógł sprzeciwiać. Raz za razem nabierała jajecznicę na widelec i karmiła Richarda, jak tylko przełknął. Kiedy zjadł większość, podała mu kubek herbaty i uśmiechnęła się.

– Lepiej?

Przełknął, nie odrywając od niej szarych oczu drapieżcy.

– Tak, dzięki. Nawet nie wiedziałem, jaki jestem głodny. – Wskazał stertę zwojów. – To mnie pochłonęło.

Oderwał się trochę, więc Kahlan liczyła na to, że będzie bardziej rozmowny.

– Zechcesz mi o tym opowiedzieć?

Głęboko westchnął.

– Sam nie wiem. Mam wrażenie, że cały świat stanął na głowie. Okazuje się, że to, czego się w ostatnich latach nauczyłem i uważałem, że znam, ledwo muska powierzchnię. Było to prawdą, lecz tylko w pewnym sensie. Okazuje się, że nic nie jest takie, jak sądziłem. Nie miałem pojęcia, co tak naprawdę dzieje się pod powierzchnią, a nawet ile jest pod powierzchnią. Mam uczucie, że trzymano mnie w niewiedzy.

– Naprawdę? Od kiedy?

– Pamiętasz dzień, kiedy cię pierwszy raz zobaczyłem i powiedziałem ci, że jacyś ludzie idą za tobą?

– Oczywiście.

– Od wtedy.

Kahlan posłała mu karcący uśmiech.

– Nie może być aż tak źle, Richardzie. Spójrz, ile już przezwyciężyliśmy. Poza tym, nawet jeśli coś wyczytasz w tych zwojach, to wcale nie oznacza, że to prawda. Ile razy sądziliśmy, że coś rozumiemy, a potem się przekonywaliśmy, że to nieprawda?

– To, niestety, okazało się prawdą.

– Jak możesz być tego pewny?

– Inaczej imperator Sulachan nie wróciłby do świata życia. Ty byś nie żyła, gdyby to nie była prawda. Ja bym nie żył. Nie mam pojęcia, jak wiele jeszcze jest nie tak, jak myślałem.

– A co jest nie tak, jak myślałeś?

– Wszystko.

ROZDZIAŁ 28

Wszystko – powtórzyła Kahlan. – To znaczy?

Richard odchylił się do tyłu i ciężko westchnął, bębniąc palcami o podłokietnik krzesła; najwyraźniej zastanawiał się, od czego zacząć.

– Wiesz, skąd się bierze proroctwo? – zaczął.

Kahlan uznała, że to osobliwe pytanie.

– Prawdziwe proroctwa pochodzą od proroków – odpowiedziała.

– Nieżyjących proroków.

Kahlan pochyliła ku niemu głowę.

– O czym ty mówisz?

– Kiedy prorok, czarodziej mający dar prorokowania, wpada w trans i nawiedza go proroctwo, pochodzi ono od umarłych proroków z zaświatów. To jest źródło proroctw.

Kahlan przez chwilę się w niego wpatrywała.

– Nie mówisz poważnie.

Richard spojrzał na nią spod zmarszczonych brwi.

– W mowie Początku symbol oznaczający „proroctwo" można przetłumaczyć dwojako. Jedno znaczenie to „proroctwo", a drugie to „głos umarłych".

Odwrócił się w stronę biurka i przesunął ręką ponad innym rozwiniętym zwojem, przytrzymywanym po obu stronach wielkimi księgami.

– Te zwoje są pełne informacji o naturze świata życia i naturze zaświatów. Nigdy nawet nie pomyślałem, że w jednym miejscu może się znajdować taka ilość wszechstronnych informacji. W tych zwojach jest ich więcej, i to ważnych, niż we wszystkich bibliotekach Pałacu Ludu. Tak jakby to wszystko, co wcześniej znaleźliśmy, czego kiedykolwiek szukaliśmy i czego się nauczyliśmy, ledwo musnęło powierzchnię tego, co zawierają te zwoje.

Kahlan wcale się to nie spodobało.

– To znaczy?

Richard ze znużeniem rozmasował skronie czubkami palców.

– Jest tutaj wszystko, co się wydarzyło, od kiedy cię spotkałem, od kiedy się obydwoje urodziliśmy. Te zwoje splatają ze sobą luźne wątki. Wiążą wszystko razem.

– Wszystko? – Kahlan nie mogła tego pojąć. – Richardzie, nie wiem, do czego zmierzasz. Wszystko... jak na przykład co?

Spojrzał w sufit.

– Od czego mam zacząć?

– Wybierz jakieś miejsce i zacznij – powiedziała tak spokojnie, jak tylko zdołała.

Opuścił głowę, wbił w nią wzrok.

– Jest tu powiązane wszystko: od szkatuł Ordena, poprzez Sulachana i Regulę, i Hannisa Arca, aż do mnie. Nie wiem, jak mam zacząć, a nawet jak w ogóle ci to wytłumaczyć.

Kahlan skrzyżowała ramiona na piersi.

– Jedno po drugim, Richardzie. Zacznij od Reguli. Co zwoje mówią o wróżebnej machinie?

Richard spojrzał na nią spod oka.

– Regula to przejaw mocy zaświatów. To jakby sama śmierć w naszym świecie, wśród nas, żywych.

Uniosła dłoń, uciszając go.

– Od początku. Jest zagrzebana pod Pałacem Ludu. Skąd się wzięła? – zapytała, sama starając się zachować cierpliwość, żeby on się uspokoił. – Jak się tam dostała?

Richard przez chwilę stukał kciukiem o biurko.

– Jeszcze nie mam co do tego pewności. Trzeba się przekopać przez wiele ceruleańskich zwojów.

– Rozumiem, ale mówiłeś, że to jakby sama śmierć pośród nas. Musisz mieć jakiś powód, żeby tak twierdzić. Co to oznacza?

Pochylił się w przód.

– Regula, jej moc, to, co w pewnym sensie czyni ją żywą, została zesłana do świata życia, wypędzona z zaświatów.

Kahlan się skrzywiła.

– Wypędzona do świata życia? Z zaświatów? Przykro mi, Richardzie, ale nie rozumiem.

– Pamiętasz, że czarodzieje w czasach wielkiej wojny wysłali Świątynię Wichrów w zaświaty, by chronić zgromadzoną w niej niebezpieczną magię?

Kahlan miała dość niemiłe wspomnienia związane ze Świątynią Wichrów.

– Nie mogłabym o tym zapomnieć, nawet gdybym próbowała.

– Częścią tego układu – mówił Richard, gestykulując – przeciwwagą, było to, iż świat życia przyjmie moc Reguli i ukryje ją tutaj.

Kahlan spojrzała na niego spod przymrużonych powiek.

– Chwileczkę. Co to jest? Czym jest Regula? Jaką moc tutaj zesłano?

– To zbiorcza moc prorokowania z zaświatów. Jej obecność tutaj daje możliwość prorokowania. Pozwala proroctwom zaistnieć w tym świecie. Krzewi prorokowanie.

Kahlan ucisnęła palcami czoło, na chwilę umilkła. Nie mogła pojąć, o czym on mówi.

– Powiadasz, że dlatego mamy proroctwa, iż Regula jest w naszym świecie.

Richard zdecydowanie kiwnął głową.

– Tak.

Kahlan nie mogła uwierzyć, że on mówi poważnie. Zarazem widziała, że tak jest, i to ją przerażało. Wskazała zwój.

– Richardzie, dla mnie to brzmi tak, jakby w tych prastarych zwojach były po prostu mity, no, wiesz, takie moralizujące opowieści. Już przedtem słyszałeś podobne od ludu w Dziczy, pamiętasz?

Zatoczyła krąg skierowaną ku niebu dłonią, splatając opowieść tak, jak ludzie z Dziczy zawsze robili.

– Opowieści o tym, że słońce i księżyc były niegdyś kochankami i stworzyły trawiaste równiny jako tajemne, uświęcone miejsce, gdzie mogły być razem. Powiadają, że tak powstał świat: został stworzony po to, żeby słońce i księżyc mogły lec ze sobą, z dala od gwiazd. Dlatego tamtejsze ludy, na przykład Błotni Ludzie, tak czczą swoje równiny, wierząc, iż są uświęcone pocałunkami słońca i księżyca. Ich opowieść o słońcu, księżycu i trawiastych równinach pod nimi to baśń, mająca nauczyć dzieci, że należy szanować ziemię. To moralizująca opowiastka. Nie wierzą, że tak było.

Kahlan znowu wskazała zwój.

– Tak to dla mnie brzmi: jak bajka. Przestroga, żeby się mieć na baczności przed proroctwami i nie pozwalać, żeby kierowały naszym życiem. Założę się, Richardzie, że tym właśnie są wszystkie zwoje: bajkami.

Przez chwilę się w nią wpatrywał.

– Zwoje mówią o prastarej mocy Ordena.

– Zapewne też w formie baśni...

– Nie, nie w formie baśni, lecz wprost. – Przerwał jej. – Wyjaśniają, co się stało, co zrobiłem. Mówią, jak działa Orden, co zamierzałem zrobić i dlaczego to zrobiłem. Moc Ordena najwyraźniej istniała już przed zwojami, one zaś o niej mówią, o wydarzeniach, które w przyszłości będą z nią związane, i o mnie.

Kahlan pochyliła się ku niemu, szeroko otwierając oczy.

– Te prastare zwoje mówią o tobie?

– Nie konkretnie, ale tak. Nie wymieniają mojego imienia. Pamiętasz proroctwa mówiące o mnie jako o siewcy śmierci?

– Oczywiście.

– To coś w tym rodzaju. Określają mnie w sposób, z którym już wcześniej się zetknęliśmy, jak „kamyk w stawie”, są to nazwy, które mogą się odnosić jedynie do mnie. Mówią na przykład, że siewca śmierci wykorzysta moc Ordena, żeby zainicjować fazę zmian...

– Co zainicjować? Co to za faza zmian?

Richard zamilkł, żeby zebrać myśli.

– Moc Ordena jest wcześniejsza od zwojów, lecz ludzie, którzy je spisali, wiele o niej wiedzieli. Żeby sobie ułatwić zrozumienie struktury Ordena i wszystkiego, z czym się łączy, posługiwali się między innymi proroctwami uzyskanymi z zaświatów. Wyjaśniają, że moc Ordena może nagiąć naturę istnienia. Pamiętasz tę księgę o teorii ordenicznej, którą znalazłem? Pamiętasz, że wspominała, iż moc Ordena, zamknięta w szkatułach, może zdeformować naturę istnienia?

Kahlan przekrzywiła głowę.

– Chodzi ci o to, jak zagiąłeś istnienie, żeby światy znalazły się w jednym miejscu i jednym czasie, aby wypędzić czcicieli Imperialnego Ładu do ich świata bez magii?

– Otóż to. – Richard rozprostował na biurku jedną stronę zwoju i stuknął palcem w miejsce tuż przy brzegu. – W zwoju nazywają to spektralnym zagięciem. – Spojrzał na Kahlan. – Moc Ordena inicjuje spektralne zagięcie, co oznacza, iż deformuje naturę istnienia. Dlatego mogłem umieścić oba światy w jednym miejscu i jednym czasie. To właśnie spektralne zagięcie.

Kahlan wzruszyła ramionami.

– To było dobre posunięcie, czyż nie? Zakończyło wojnę.

Richard potrząsnął głową.

– Kupiło nam trochę czasu w jednej fazie wydarzeń. Zakończyło walkę, co było dobre i konieczne, lecz zarazem rozpętało wielką wojnę. Poprzez cykl wydarzeń spowodowany przez to spektralne zagięcie na nowo rozpętała się wielka wojna z czasów Magdy Searus i Merritta. Tamta wojna toczyła się nie tylko pomiędzy Nowym Światem i Starym Światem, lecz, co ważniejsze, pomiędzy światem życia i światem śmierci. Wykorzystałem moc Ordena, żeby w ten konkretny sposób zakończyć wojnę z Imperialnym Ładem, ale spektralne zagięcie wpływa na całe istnienie, a nie tylko na to, co zrobiłem, żeby wypędzić czcicieli Imperialnego Ładu. Owo spektralne zagięcie, które zainicjowałem, było absolutnie konieczne, lecz nadal działa. Zwoje ceruleańskie nazywają to przemieszczeniem się gwiazdy, bo zmienia naturę wszystkiego, naturę samej egzystencji, świata, całego świata życia. Posłużyłem się mocą zawartą w szkatułach, uwolniłem ją, żeby zakończyć wojnę. Czyniąc to, zainicjowałem spektralne zagięcie, przemieszczenie się gwiazdy. Twórca miecza wiedział, że należy to zrobić, bez względu na cenę. Dlatego stworzył klucz. Wiedział, że to zainicjuje przemieszczenie się gwiazdy, i zdawał sobie sprawę, że ceną będzie spektralne zagięcie, które doprowadzi do ostatecznej walki, którą również będę musiał stoczyć. W pewnym sensie była to przepowiednia uzyskana z zaświatów, by stworzyć sytuację, która wymusi to zdarzenie.

– Stworzyli samospełniające się proroctwo?

– W pewnym sensie, lecz jedynie jako narzędzie dla mocy Ordena, by mogła uczynić to, co powinna.

Kahlan zakręciło się w głowie.

– Co jeszcze? Na co wpływa ta moc, to przemieszczenie się gwiazdy?

– Na zasłonę.

Kahlan dostała gęsiej skórki.

– Na zasłonę.

– Tak. Zasłona to moc, siła rozdzielająca świat życia i świat umarłych. To linia w Grace oddzielająca życie i śmierć. Te światy nie mogą się mieszać. Zasłona temu zapobiega. Tę moc Adie nazywała skrinem. Pamiętasz, jak nam opowiadała o skrinie? Moc skrina to moc zawarta w zasłonie, zatrzymująca dusze po tamtej stronie. Sprawiająca, że umarli pozostają nieżywi. Lecz spektralne zagięcie, zainicjowane przez moc Ordena, osłabiło nie tylko czas i przestrzeń, żeby złączyć dwa odrębne światy, bym mógł wypędzić ludzi Imperialnego Ładu, ale i zasłonę. I tak to wywołane przeze mnie złączenie się odrębnych światów w jednym miejscu i czasie objęło też światy życia i śmierci. Jedyna różnica w tym, że zasłona to dużo silniejsza moc, bo oddziela istnienie od nieistnienia, toteż oznaki jej osłabienia pojawiły się dużo później. Łączy się to z zaświatami, toteż zniekształceniu uległ i czynnik czasu. W zaświatach czas nie ma znaczenia. Osłabienie zasłony umożliwiło Hannisowi Arcowi sprowadzenie imperatora Sulachana ze świata zmarłych. I pozwala Sulachanowi na ożywianie zmarłych.

Richard stuknął palcem w zwój.

– To z tych zwojów Hannis Arc się dowiedział o skutkach osłabienia zasłony. Autorzy tych zapisków z proroctw, które uzyskali z zaświatów, wiedzieli, co się wydarzy. Zwoje zapowiadały, co zrobią Hannis Arc i Sulachan, wykorzystując to, co uczyniłem dzięki mocy Ordena.

Kahlan z trudem łączyła to w całość, a z jeszcze większym trudem pojmowała wszelkie implikacje.

– Drogie duchy. – Tylko tyle zdołała powiedzieć.

– Tak, lecz wszystko dąży do równowagi i to najważniejsze, co można wyczytać ze zwojów. Wydarzenia mogą przechylić szalę w jedną lub drugą stronę, bo dążą do stanu równowagi.

– Jak? – zdołała zapytać Kahlan.

– Przeciwwagą dla szkód, które może wyrządzić Hannis Arc, jest to, że osłabienie zasłony przez spektralne zagięcie pozwoliło mi udać się w zaświaty i odesłać twoją duszę do świata życia. Pozwoliło Nicci pójść w zaświaty po pomoc dla mnie. Sprawiło, że Zedd i inni, którzy już tam byli, mogli pomóc mnie uwolnić ze szponów demonów Sulachana. No i umożliwiło mi to powrót do świata życia. To zrównoważyło czyny Hannisa Arca, ponieważ to ja mam być przeciwwagą dla tego, co robią on i Sulachan. Przeciwwagą dla powrotu imperatora do świata życia jest mój powrót tutaj, żeby z nim walczyć. A w ogólniejszym sensie to część większej równowagi. W zwojach ceruleańskich znajduje się proroctwo...

– Chwileczkę, wydawało mi się, że powiedziałeś, iż proroctwa pochodzą ze świata umarłych. Jak zwoje mogą zawierać proroctwa, skoro są wcześniejsze od Reguli, a więc i od pojawienia się proroctw w tym świecie?

– Ponieważ czerpią informację bezpośrednio ze świata umarłych oraz ze świata życia. Są niebieskimi zwojami, toteż, by tak rzec, czerpią tak z pustki nocnego nieba, jak i z nieba za dnia. Innymi słowy, czerpią z obu stron, z tego, co jest po obu stronach zasłony, z obu światów. Podobnie jak dawni czarodzieje mieli dar tak magii addytywnej, jak i subtraktywnej, tak i ci, którzy zapisali te zwoje, byli obdarzeni talentami, jakich ani ty, ani ja nawet nie potrafimy sobie wyobrazić. Mieli nie tylko dar zwyczajnej magii addytywnej i subtraktywnej, lecz były one też sprzężone z przeciwieństwem mrocznej magii. Czerpali ze świata, w którym czas istnieje, oraz z tego, gdzie on nie istnieje. „Ceruleański" w znaczeniu „niebieski" również się odwołuje do przemieszczenia się gwiazdy, będącego tym spektralnym zagięciem zainicjowanym użyciem mocy Ordena. To ja skrzesałem tę iskrę.

– Chcesz powiedzieć, że to przypomina rozpalenie ogniska, żeby się ogrzać i ugotować posiłek, a potem nadlatuje nagły podmuch wiatru, rozsiewa dokoła iskry i podpala cały otaczający cię las: i to, co było dobre, zmienia się w bardzo złe.

Richard leciutko się skrzywił.

– Można to i tak ująć. Lecz w tym przypadku zapłonął cały świat.

Kahlan objęła głowę dłońmi.

– Głowa mnie od tego boli.

Richard zaśmiał się krótko.

– Nie wiesz nawet połowy. Ledwo musnąłem powierzchnię. To o wiele bardziej skomplikowane, niżby wynikało z moich słów, a jak dotąd opowiedziałem ci tylko o paru najistotniejszych sprawach.

Kahlan opuściła ręce i wpatrzyła się w niego.

– Chcesz powiedzieć, że tam jest więcej?

– Niestety tak – powiedział Richard. – I robi się coraz gorzej.

ROZDZIAŁ 29

Hannis Arc o tym wszystkim wiedział – powiedział Richard. – Najwyraźniej już dawno temu wpadły mu w ręce niektóre z tych zwojów i wyczytał w nich o wyzwoleniu mocy Ordena w celu uzyskania spektralnego zagięcia. Z czasem zebrał więcej takich zwojów i zaczął wykorzystywać to, czego potrafił się z nich nauczyć, do kształtowania wydarzeń zgodnie z własnymi zamiarami. Pojął, że daje mu to sposobność sprowadzenia z powrotem Sulachana.

– To Hannis Arc dał Rahlowi Posępnemu ostatnią szkatułę Ordena – stwierdziła Kahlan, starając się to wszystko sobie poukładać. – Chcesz powiedzieć, że zrobił to, żeby umożliwić spełnianie się tego proroctwa? Tego, w którym gra główną rolę i na którym by skorzystał?

– Otóż to. Przesuwał pionki jak figury na szachownicy, żeby się wydarzyło to, o czym mówią zwoje. Jakby czyniąc to, widział proroctwo i je urzeczywistniał. Mohler powiedział, że był mistrzem w grze w szachy, myślał i wykonywał rzeczywiste ruchy. Chciał otworzyć portal za pomocą spektralnego zagięcia, bo potrzebował pomocy Sulachana w podporządkowaniu sobie świata życia, toteż dał Rahlowi Posępnemu trzecią szkatułę Ordena, tym samym włączając je do gry. Wykonywał ruchy, które dużo później przynosiły skutki. Wiedział ze zwojów, że oddanie Rahlowi trzeciej szkatuły zapoczątkuje wydarzenia, o których mówiło proroctwo. W przeciwieństwie do nas wiedział, czym naprawdę jest moc Ordena. Hannis Arc przesuwał pionek, wiedząc z proroctwa, że jeśli szkatuły Ordena są w grze, to pokonam Rahla Posępnego i w rezultacie stanę się lordem Rahlem władającym imperium D'Hary, które zostanie wciągnięte w wojnę z Imperialnym Ładem. Wiedział, że wykorzystam moc Ordena, by zakończyć tę wojnę, będącą częścią większej wojny, którą Sulachan rozpoczął dawno temu. W końcu to Sulachan stworzył Nawiedzających Sny. Imperator Jagang był potomkiem Nawiedzających Sny, żeby mógł rozpocząć wojnę, którą ja zakończę, wykorzystując moc Ordena. Mocą tą posłuży się potem Hannis Arc i kiedy przemieszczenie się gwiazdy osłabi zasłonę, sprowadzi Sulachana ze świata umarłych.

Kahlan ściskała głowę dłońmi.

– Drogie duchy. I cały czas czerpali z tej wiedzy o wykorzystaniu mocy Ordena?

Richard przytaknął.

– Hannis Arc przesunął ten pionek dawno temu, dając szkatułę Rahlowi Posępnemu, żeby zapoczątkować łańcuch zdarzeń, który na koniec doprowadzi mnie do wykorzystania mocy Ordena, ponieważ nie miał do niej klucza, a zwoje mówiły, że ja będę go mieć. Dzięki temu miał zyskać to, na czym mu najbardziej zależało: władzę nad światem życia. Sulachan też miał dostać to, czego chciał, i wrócić ze świata umarłych, w czym dopomógł, stwarzając Nawiedzających Sny, i tak dalej, i tak dalej.

– Lecz w ten sposób realizował proroctwo, które jeszcze nie powstało – sprzeciwiła się Kahlan. – Właściwie to je kreował. Stwarzał samospełniające się proroctwo.

Richard uśmiechnął się do niej.

– Otóż to. Proroctwo to moc z zaświatów…

– Chwileczkę. Jak może być mocą z zaświatów? Już to przedtem powiedziałeś, ale nie sądzę, żeby tak było. Proroctwa wygłaszają prorocy. Hannis Arc znalazł to proroctwo i podjął działania, żeby dopilnować, by wszystko przebiegło tak, jak zapowiadało.

– Ale samo proroctwo pojawiło się z zaświatów – dopowiedział Richard. – Proroctwo to artefakt ze świata umarłych.

Kahlan potrząsnęła głową.

– Proroctwa wygłaszają prorocy w tym świecie, nie w świecie umarłych.

Richard pochylił się ku niej.

– Tak zawsze myśleliśmy. I to jest klucz do wszystkiego.

Wskazał zwoje.

– Proroctwo pochodzi z zaświatów, od dusz umarłych, prorocy w świecie życia zaś potrafią je przenieść do naszego świata.

Kahlan głęboko odetchnęła, żeby zapanować nad narastającą frustracją.

– Nie rozumiem. Jak mogą się tam pojawiać? W świecie umarłych, od duchów?

Richard znowu się nachylił, niemal zachwycony tym, co odkrył.

– I tu wszystko zaczyna się komplikować.

– Zaczyna? Richard, nie...

Uniósł dłoń.

– Najpierw mnie wysłuchaj, a potem szerszy obraz zacznie nabierać sensu.

Mocno zacisnęła wargi i zamilkła. Znała Richarda i wiedziała, że nie zwykł zbaczać z tematu.

– Zaświaty są wieczne, więc czas nie ma tam znaczenia – zaczął spokojnym głosem. – Zawsze pojmowaliśmy przynajmniej tyle. Czas nie ma znaczenia w tym wiekuistym świecie, ponieważ nie ma tam ani początku, ani końca, toteż nie ma jak zmierzyć odcinka wieczności. Tak?

Kahlan skinęła głową.

– Tak.

– Jeden dzień lub tysiąc lat to jedno i to samo, bo skoro nie ma początku ani końca, to nie ma jednostek pomiaru czasu, nie ma jak odmierzyć dnia, roku, wieku.

– I?

– I w zaświatach, gdzie nic się nie zmienia i nie ma przyszłości jako takiej, bo nie ma ograniczeń i jednostek czasu, przyszłość jest tym samym co teraźniejszość. Nie może tam być jutra, toteż nie może być i przyszłości. Przyszłość w świecie umarłych jest tym, co zwoje nazywają „wiekuistym teraz".

Kahlan potarła czoło.

– Wiekuiste teraz?

– Tak. W zaświatach jest wyłącznie „teraz". – Richard

uniósł palec dla podkreślenia tych słów, w czym bardzo przypomniał Kahlan Zedda. – Czas to pojęcie mające sens jedynie w tym świecie, gdzie wszystko ma początek i koniec: dni, lata, życie. Dusze w zaświatach nigdy nie umierają. Są wieczne. W zaświatach nie ma elementów niezbędnych do utworzenia pojęcia czasu. Nie ma tam wczoraj, bo zaświaty wiecznie są takie same, niezmienne, monotonne i jednostajne. Z tego samego powodu nie może być jutra. Zgoda? Słońce tam ani nie wschodzi, ani nie zachodzi. Zawsze jest identycznie. Nie ma tam „dni", żadnej miary czasu, żadnego jego końca. Rozumiesz, o co mi chodzi? Zawsze jest wiekuiste teraz. Skoro „teraz" w zaświatach to wieczność, nie ma tam przyszłości, bo w miejscu pozbawionym czasu nie można czegoś takiego określić. To oznacza, iż to, co my, w naszym świecie, uznalibyśmy za dziejące się w przyszłości, w wieczności zaświatów dzieje się w owej jednorodnej „zupie" wiekuistego teraz. Myślimy o wydarzeniach dziejących się w przyszłości, bo w naszym świecie mamy czas, dziś i jutro, lecz tam nie możesz o tym myśleć tak samo.

Kahlan zagłębiła się we wspomnienia.

– Pamiętam, jak tam byłam. Nie potrafię sobie przypomnieć żadnego poczucia, ile to trwało. Po prostu byłam. Zawsze, stale, niezmiennie.

– No właśnie. W wiekuistym teraz zaświatów wszystko dzieje się jednocześnie i składa się na moc znaną jako Regula. Regula, można by rzec, jest sumą wszystkiego: wszystkiego, co może się wydarzyć, wszystkiego, co się wydarzy. Kiedy moc Reguli została zesłana do tego świata, uwięziona w skrzyni zakopanej w Pałacu Ludu, to wpasowała przyszłość – to, co znamy jako proroctwo – w naszą teraźniejszość, bo dla Reguli nie ma ani przyszłości, ani przeszłości. Regula, jako moc zaświatów, nie może odróżniać dziś od jutra lub dnia i roku od dziś. Wie tylko, co się stanie, zna całość wydarzeń, lecz nie zna pojęcia czasu, toteż nie wie, kiedy to się wydarzy albo które z tych zdarzeń zajdzie, bo wszystko ciągle się zmienia. Czyli kiedy Regula mówi, że strop się zawali, to dla niej już się to stało. To nie jest przepowiadanie, tylko relacjonowanie.

Kahlan zmrużyła oczy, starając się to sobie ułożyć w głowie.

– To bez sensu. Nie rozumiem.

– Proroctwo to wpasowanie przyszłości w teraźniejszość. Wszystko, co się wydarza, nieustannie zmienia całość wiedzy Reguli. Są tam wydarzenia nieosadzone w czasie. Bez czasu nie ma przyszłości, toteż wszystko dzieje się teraz. To jest ta specyficzna moc, którą kontroluje Regula.

Kahlan spojrzała na niego spod oka.

– I tak nazywają to zwoje? „Wiekuiste teraz"?

– Tak. W tym miejscu robi się to bardziej skomplikowane, więc powinnaś mnie uważnie wysłuchać, a potem się przekonasz, jak wszystko do siebie pasuje.

Kahlan dała mu znak, żeby mówił dalej; starała się słuchać z otwartym umysłem.

– Zatem w zaświatach czas nie istnieje i panuje tam wiekuiste teraz. Lecz w naszym świecie, gdzie czas istnieje, ujawniając przyszłość, tak naprawdę nie wskazujesz na przyszłość jako taką. Włączasz przyszłość do teraźniejszości. To aspekt zaświatów, nie świata życia. Proroctwo wpasowuje to, co ma się stać, w to, co znamy teraz, w wiekuiste teraz.

Richard najwyraźniej wyczytał z twarzy Kahlan, że się pogubiła, więc ujął to odrobinę inaczej.

– Proroctwo ukazuje nam przyszłość w danej chwili, prawda? Jeżeli czytamy przepowiednię dotyczącą przyszłego wydarzenia, powiedzmy, że królowa będzie mieć dziecko, to owo przyszłe wydarzenie jest „ściągane" ze swojego miejsca w przyszłości do naszej teraźniejszości. Rozumiesz, co mam na myśli? Tak więc, kiedy czytasz proroctwo, czytasz, co się wydarzy, czyli przyszłość jakby staje się teraźniejszością. Dlatego określa się to jako wiekuiste teraz. W pozbawionych czasu zaświatach nieustannie panuje wiekuiste teraz. Lecz w naszym świecie wypacza to naturę czasu. To element zniekształcający. Element zaświatów. W naszym świecie przyszłe wydarzenia nie powinny zdarzać się teraz. To skażenie z zaświatów przenikające do naszego świata. To dlatego zawsze instynktownie nie znosiłem proroctw, bo tak naprawdę są elementem zaświatów. Proroctwo to coś, co w swoim naturalnym stanie nie zawiera elementu czasu.

Należy do świata umarłych, skąd się wzięło, gdzie nie ma czasu. To element śmierci jako takiej. Zawsze intuicyjnie pojmowałem, że proroctwo zawiera w sobie śmierć. A dlatego intuicyjnie to pojmowałem, że jestem wybrańcem.

Kahlan pochyliła ku niemu głowę.

– Wybraniec. Chcesz powiedzieć „kamyk w stawie"?

– Tak. Przeciwwagą proroctwa jest wolna wola. Teraz po raz pierwszy możemy zrozumieć dlaczego. Kierowanie się wolną wolą udaremnia to „wiekuiste teraz", odsuwając odeń przyszłość, odsuwa „bezczasowość", unieważniając przepowiednię poprzez wykorzystanie wolnej woli. Wolna wola, swobodny wybór to przeciwwaga proroctwa. To aspekt świata życia równoważący zaświatowy aspekt proroctwa. Proroctwo to element świata umarłych, natomiast wolna wola to element świata życia. Zmarszczka w tym spektralnym zagięciu powstała dawno temu, lecz w zaświatach te tysiące lat zawierają się w wiekuistym teraz. Toteż spektralne zagięcie, przemieszczenie się gwiazdy, zainicjowane wyzwoleniem przeze mnie mocy Ordena, wywołuje rozbiegające się fale nie tylko w przestrzeni, ale i w czasie.

Kahlan wskazała biurko.

– Ale wszystko, co zrobiłeś, żeby zapoczątkować te wydarzenia, zostało zapowiedziane w proroctwie i spisane w tych zwojach.

Richard uśmiechnął się do niej przebiegle.

– Oczywiście, że tak. Sulachan wysłał proroctwa do tego świata za pośrednictwem proroków, żeby je spisali, by Hannis Arc mógł je przeczytać i wszystko zainicjować, włączając do gry szkatuły Ordena. To wszystko jest elementem wielkiego planu Sulachana. Jeszcze za swego życia zaczął wszystko przygotowywać. Bardzo dawno temu, zanim Sulachan się pojawił, dobre duchy w zaświatach, znając zagrożenie, chciały uchronić moc Reguli przed niewłaściwym użyciem, toteż odesłały ją do tego świata i ukryły. Tak im się przynajmniej zdawało. Lecz ponieważ Regula jest częścią wiekuistego teraz i w nim istnieje, nie można dokładnie ustalić, kiedy tak naprawdę się pojawiła w naszym świecie. Duchy nie wiedziały, że kiedy ją tu odesłały, to owa moc naruszyła granicę pomiędzy światami, umożliwiając proroctwom przenikanie do naszego świata. Regula już nie była zamknięta w zaświatach i proroctwo przedostawało się przez zasłonę po liniach Grace.

– Czyli dobre duchy wcale nie postąpiły tak dobrze, jak im się zdawało – stwierdziła Kahlan. – Odsyłając tu Regulę, stworzyły groźny problem.

Richard wzruszył ramionami.

– One przebywają w wiekuistym teraz, gdzie istnieje cała możliwa przyszłość. Być może ujrzały przyszłość, w której narasta coś jeszcze straszniejszego i niebezpieczniejszego, niż możemy sobie wyobrazić, więc ukryły Regulę w naszym świecie, żeby zapobiec tej okropnej przyszłości. Gdyby tego nie zrobiły, to może świat życia skończyłby się już przed tysiącami lat. Tak czy inaczej, bez względu na to, czym się wtedy kierowały dobre duchy, Regula została odesłana do tego świata. A ponieważ jest częścią wiekuistego teraz, to nie zachowuje się tak jak coś, co pochodzi stąd, no i nie można precyzyjnie ustalić, kiedy się pojawiła w naszym świecie. Wiadomo za to, że jakiś czas później, kiedy się już, by tak rzec, zakorzeniła w naszym świecie, dowiedział się o niej Sulachan i zbudził jej moc, zapoczątkowując obfity napływ proroctw do świata życia. Wszystkie te tysiące ksiąg spisanych od czasu wielkiej wojny, które znaleźliśmy w bibliotekach, to rezultat owej pożogi, tajemna część planu Sulachana. To w ten sposób schwytał w swoją sieć ród Rahlów, a potem Hannisa Arca, żeby mu pomagali w jego wysiłkach. Pojawili się czarodzieje, prorocy, którzy sięgnęli do tego strumienia proroctw płynących po liniach Grace i sądząc, że dobrze czynią, zaczęli je wykorzystywać, nieświadomi, że płyną przez zasłonę z zaświatów. Nie wiedząc o tym, czerpali z wiekuistego teraz i skażali nasz świat mocą zaświatów. Dopóki Regula jest w naszym świecie, póki działa, będzie skażać ten świat proroctwami.

ROZDZIAŁ 30

Kahlan rozmasowała ramiona. Zrobiło jej się zimno, kiedy zaczęła do niej docierać potworność tego, co Richard wykrył. Było to tak przytłaczające, że poczuła się malutka i nic nieznacząca, jakby była drobinką pyłu w niezmierzonym wszechświecie. Podejrzewała, że właśnie tak było.

– Niechętnie to mówię, Richardzie, ale to zaczyna mieć sens. To pasuje do niejasnych przeczuć, jakie zawsze miałam co do rzeczy, które nie wydawały się właściwe. Po raz pierwszy w moim życiu wszystkie te wątpliwości i pytania zaczynają nabierać sensu.

– Dobrze. Rad jestem, że to pojęłaś, bo to jeszcze nie wszystko, a zrozumienie podstaw pomoże ci się w tym zorientować. – Richard głęboko zaczerpnął powietrza i podjął: – Kreacja nie wpływa na zaświaty, toteż nie są one uporządkowane. To raczej chaos w czystej postaci. Można by rzec, iż skoro to śmierć, to są one przeciwieństwem kreacji. To antykreacja. Nie są ani złe, ani dobre. Nie mają integralnej natury, która by je definiowała. Nie mają wewnętrznego ładu. To pustka, w której nie istnieje czas, kształtowana przez dusze, które w niej trwają. Proroctwo, jako moc po części zawierająca pewne elementy Grace, jest wypowiadane przez dusze z zaświatów trwające w wiekuistym teraz. Muśnięte przez Grace w chwili zaistnienia, są z nią połączone nawet wtedy, kiedy przechodzą za zasłonę. To w ten sposób duchy, dusze umarłych trwające w świecie, w którym proroctwo jest częścią ich wiekuistego teraz, przesyłają je nam za pośrednictwem proroków w świecie życia. Płynie ono po liniach Grace przenikających rozdzielone zasłoną światy.

Jedne dusze są dobre, inne złe, niektóre błyskotliwe, inne głupie: takie, jakie były za życia. Nasze dusze są sumą tego, czym jesteśmy. To oznacza, iż proroctwo jest tworem tak mądrych, jak i głupich dusz, dobrych i złych, wybierających z homogennej mieszaniny wiekuistego teraz to, co odpowiada ich wrodzonej naturze. Ciążą ku temu, co im pasuje. I to wszystko miesza się w proroctwo stające się mocą Reguli. Ten zbiorowy umysł, sieć życia i duchów, tworzy to, co niebieskie zwoje nazywają czasową falą przepowiedni. Wszystkie przepowiednie są prawdziwe, lecz zarazem nie mogą takie być.

Kahlan przesunęła dłonią po twarzy.

– Skoro wszystko nie może być prawdą, to jak się to określa?

– Nie określa się. W tym cała rzecz. W wiekuistym teraz nie ma to znaczenia, bo wszystko się zawiera w homogenicznej mieszaninie, lecz tutaj to się wymyka spod kontroli i załamuje. To jedna z mocy nienależących do tego świata, nie pasuje tutaj, lecz przenika przez zasłonę, którą osłabiło spektralne zagięcie. To, co zwą *Rachubą zmierzchu*, mierzy owo pogorszenie się stanu zasłony.

Kahlan przekrzywiła głowę.

– *Rachuba zmierzchu*? Mierzy na ile osłabła zasłona?

– Tak. Rachuba zmierzchu się zaczęła, jak po odwróceniu klepsydry, od zainicjowania przez spektralne zagięcie przesunięcia się gwiazdy. Można by rzec, że *Rachuba zmierzchu* jest piaskiem w niebieskiej klepsydrze, odmierzającym czas naszego istnienia. Unicestwienie tego świata przez spektralne zagięcie niszczące zasłonę obejmie i świat życia, i nasze dusze. Proroctwo to znak ostrzegający, że otworzyła się wyrwa w zasłonie pomiędzy światami. Samo istnienie proroctw jest złowieszczym ostrzeżeniem, że przesypuje się piasek *Rachuby zmierzchu*. Proroctwo to skażenie natury czasu w naszym świecie, a mierzy je *Rachuba zmierzchu*.

Kahlan się zaniepokoiła.

– Ile czasu mamy?

– Żeby na to odpowiedzieć, potrzebujemy pewnych formuł zenitu, zwanych kalkulacjami wyłomu przez przemieszczenie się gwiazdy.

– Chcesz powiedzieć, że już przedtem było jakieś przemieszczenie się gwiazdy? – spytała Kahlan. – Że to się już kiedyś stało?

– Najwyraźniej. Zwoje tylko ogólnikowo mówią o wcześniejszych wydarzeniach, lecz wspominają, że jeśli chce się wykreślić owe linie czasowe dla świata przy przemieszczeniu się gwiazdy, to między innymi są niezbędne szablony tajemnych map sfery niebieskiej, zwane formułami ryftu siódmego poziomu. Nie mam bladego pojęcia, co to znaczy i gdzie to znaleźć, no i jak z tego korzystać, gdybym to znalazł.

Kahlan popatrzyła na czarodziejkę śpiącą w wyściełanym fotelu.

– No a Nicci? Sądzisz, że ona wie?

Richard westchnął i potrząsnął głową.

– Równie mało o tym wie, co ja. Ale powiedziała, iż charakter tego wszystkiego świadczy o tym, że musiałbym korzystać ze swojego daru, by pracować nad którąkolwiek z tych kalkulacji. Czyli nawet gdybym miał komponenty, to nic by mi z tego nie przyszło. Ale tak naprawdę to już nie robi zbyt wielkiej różnicy, bo wszystko – to, że Sulachan wrócił do tego świata, a granica wokół trzeciego królestwa padła – wskazuje, że czas nam się gwałtownie kończy. To, co się teraz dzieje, to faza końcowa. Chociaż wydaje się, że proroctwa zawsze były, to w kosmicznej mierze czasu pojawiły się na tym świecie mgnienie temu. Ale kiedy to się stało, to pozbawiona czasu natura zaświatów zaczęła kraść nam czas. Kraść nam życie. Proroctwa to otwarty łącznik pozbawiający nas wolnej woli, życia, istnienia.

Kahlan pstryknęła palcami.

– I o to chodzi w tym, że możesz nas ocalić, jedynie kończąc proroctwo.

Richard się uśmiechnął, rad, że to pojęła.

– Właśnie. Tak naprawdę oznacza to, że muszę zakończyć proroctwo w tym świecie, zamykając przejście, które otwarto pomiędzy światami.

– Ty je otwarłeś.

– Tak – przyznał Richard. – Kiedy użyłem mocy Ordena, to była faza wstępna wszystkiego, co dawno temu uruchomił

Sulachan, przysyłając proroctwo ze świata umarłych. Całość jest ściśle powiązana tysiącami najróżniejszych nitek. – Głęboko westchnął. – I wszystkie te nitki łączą się ze mną.

Kahlan odgarnęła włosy z twarzy.

– Czyli jeśli zakończysz proroctwo, to naprawdę zapieczętujesz spektralne zagięcie i dopełnisz przemieszczenie się gwiazdy.

Znowu potaknął.

– Pozwalając życiu zacząć nową erę. Tę stronicę należy odwrócić, pozwolić życiu zacząć na nowo. Należy zamknąć otwarty dla proroctw przepust. Tylko tak można dopełnić przemieszczenie się gwiazdy. Kiedy to się stanie, życie wejdzie w nową fazę. Będzie mogło dalej istnieć.

– A bez tego?

Richard przeczesał włosy palcami.

– Jeśli nie zdołam zakończyć proroctwa, to zasłona dalej będzie zanikać, do czego dążył Sulachan, i chaos zaświatów pochłonie wszystko. Sulachan, ponieważ to zrozumiał i potrafił tym pokierować, uważa się za władcę zaświatów. Sądzi, że scali wszystko w jeden świat, w którym życie i śmierć będą współistnieć, on zaś będzie władać tym nowym światem dusz. Lecz nie rozumie, albo o to nie dba, że kiedy zasłona w końcu zupełnie zaniknie i światy się połączą, to wszystko, nawet wieczność zaświatów, dobiegnie kresu. Nastąpi, by tak rzec, śmierć wszystkiego, tyle że zaświaty nie mogą „umrzeć”, bo już są martwe. Toteż wszystko, tak świat życia, jak i świat śmierci, przestanie istnieć.

– Jak wieczność może się skończyć? – zapytała Kahlan. – Przecież jest wiekuista.

– Pomyśl o tym tak: cień istnieje, ponieważ coś go rzuca. Jeżeli to, co rzuca cień, przestanie istnieć, to i cień zniknie.

Richard potrząsnął głową.

– Oba światy istnieją póki trwa równowaga, póki życie i śmierć, owe przeciwstawne moce, są rozdzielone zasłoną. Wieczność świata umarłych jako taka, bez świata życia, jest sprzecznością, jak cień, którego nic nie rzuca, a sprzeczności nie mogą istnieć. Innymi słowy, jak coś może być martwe, skoro nie ma życia? Świat umarłych jest definiowany przez świat żywych, toteż kiedy on dobiegnie kresu, zaświaty przestaną istnieć. Nie ma świata życia, nie ma świata śmierci.

– Jak zaświaty mogą przestać istnieć, skoro nie istnieje w nich pojęcie kresu? – drążyła Kahlan.

– Właściwie się nie skończą, bo, technicznie rzecz biorąc, nie ma w zaświatach istnienia, które mogłoby się skończyć: wszystko po prostu zniknie. Będzie tak, jakby nigdy nie istniały. Tak jak cień znika, kiedy nie ma co go rzucać. Nie zostanie po nich ślad. Wiekuiste teraz zniknie, jakby nigdy nie istniało.

Odchylił się na oparcie, bębniąc palcami o biurko.

– Chyba że temu zapobiegnę.

Kahlan, przytłoczona tym wszystkim, złożyła ręce na podołku.

– Umierasz, Richardzie. Masz w sobie zmazę śmierci. Jak zamierzasz nam pomóc?

Richard przez chwilę się zastanawiał. Wreszcie powiedział, spokojnie, lecz zdecydowanie:

– Na wiele sposobów jestem w to wszystko zamieszany: od korzystania z proroctw, poprzez kierowanie się wolną wolą, po wykorzystanie mocy Ordena. Nie mogłem nie skorzystać z tej mocy. Proroctwa z czasem się starzeją i zniekształcają, pojawiają się wśród nich odgałęzienia, które nigdy się nie spełniają, lub fałszywe czy złe przepowiednie. Takie ułomne proroctwa zatruwają życie mocą zaświatów. Czarodzieje, osoby mające dar, są już nieliczni, chociaż niegdyś było ich wielu. Sam dar także zanika wśród ludzi. Magia subtraktywna już zanikła pośród tych nielicznych, którzy mają dar. Świat umierał od tysięcy lat, a my nie zdawaliśmy sobie z tego sprawy, a przynajmniej nie pojmowaliśmy dlaczego. Proroctwo to piętno naznaczające wszystko, co odchodzi w niebyt. Ja jeden mogę to powstrzymać. Muszę to powstrzymać.

Kahlan przetarła twarz dłonią. Im dłużej o tym rozmyślała, tym więcej powiązań zaczynała dostrzegać; zaczynała pojmować, jak wszystko jest nierozerwalnie splątane, lecz Richard nadal nie odpowiedział na pytanie, jak zdoła cokolwiek powstrzymać, jeżeli umrze.

– Jak jesteś złączony z Sulachanem? – zapytała.

Popatrzył na nią tym swoim wzrokiem drapieżcy.

– Jestem żywym mostem, po którym Sulachan stamtąd wyszedł. Podobnie jak Cara była żywym mostem, dzięki któremu mogłem wrócić zza zasłony. Moja krew, krew siewcy śmierci, sprowadziła tu nieżywego imperatora.

– A Hannis Arc? Jak jest w to wplątany?

– W zasadzie czerpie z tego korzyści, a tym samym umożliwia to wszystko. Z tego, co wiem, wynika, że odliczanie Rachuby zmierzchu może dobiec kresu po upływie jednego życia lub nawet po dziesięciokrotnie dłuższym czasie. Chce w tym okresie władać światem.

– Czemu Sulachan miałby mu pomóc?

Richard spojrzał na nią.

– Jestem żywym mostem, ale Sulachan potrzebował kogoś po tej stronie, kto by zainicjował ciąg zdarzeń koniecznych do sprowadzenia go tutaj. Potrzebny był mu ktoś po tej stronie zasłony, kto, by tak rzec, przesuwałby pionki na szachownicy. Hannis Arc włada czarną magią i dokładnie wie, co trzeba zrobić, żeby wykonać tak niezwykłe zadanie.

Kahlan uniosła ręce w geście frustracji, a potem opuściła je na kolana.

– Red mi powiedziała, że Sulachan i Hannis Arc są niczym dwie żmije gryzące się w ogon. Rozumiem, że Hannis Arc potrzebuje Sulachanowej armii półludzi, żeby podbić imperium D'Hary, ale po co Arc imperatorowi, już będącemu w naszym świecie?

Richard spojrzał jej w oczy.

– Wiesz, że całe ciało Hannisa Arca pokrywają wytatuowane symbole?

– Oczywiście.

Wskazał na zwoje.

– Te tatuaże to elementy ciemnej mocy zapisanej tutaj. Między innymi to one pozwoliły mu ściągnąć Sulachana z zaświatów.

– Ale już wrócił. Po co się cackać z Arkiem?

Richard się uśmiechnął.

– Jedynie zaklęcia wytatuowane na ciele Arca utrzymują Sulachana w naszym świecie. Są jego kotwicą. I zarazem zbroją biskupa chroniącą go przed imperatorem. Póki Sulachan nie zakończy niszczenia zasłony i scalania światów umarłych i żywych, potrzebuje tych zaklęć, żeby pozostać w naszym świecie. Zakotwiczają, by tak rzec, jego ducha w świecie życia i nie pozwalają, żeby moc skrina ściągnęła go na powrót w zaświaty. Jeśli Hannis Arc umrze, to zaklęcia stracą swoją moc. Moja krew sprowadziła tu Sulachana, lecz zatrzymują go tutaj zaklęcia wytatuowane na Hannisie Arcu.

Kahlan się ucieszyła.

– Czyli gdyby ktoś zabił Hannisa Arca, to jednocześnie pozbyłby się Sulachana. Może oddział żołnierzy Pierwszej Kompanii? – Pstryknęła palcami. – Może łucznicy by go ustrzelili z płaskowyżu, kiedy zacznie oblegać Pałac Ludu.

– Obydwóch chronią potężne ciemne moce. – Richard odwrócił wzrok i zanim odpowiedział, postukał palcem w zwój. – Jedynie Serce Wojny może powstrzymać Sulachana i jedynie Serce Wojny może zabić Hannisa Arca.

Kahlan nie była pewna, czy dobrze zrozumiała.

– O czym ty mówisz?

Richard wyciągnął zwój z leżącej na boku sterty i rozwinął go na biurku.

– Ten symbol oznacza „serce wojny". W tym zwoju napisano, że jedynie osoba, którą w tekście zwie się Sercem Wojny, może odesłać Sulachana w zaświaty, zabić Hannisa Arca i zakończyć proroctwo, by zamknąć spektralne zagięcie, dopełniając przemieszczenie się gwiazdy, zanim skończy się *Rachuba zmierzchu*, kładąc wszystkiemu kres.

Kahlan spojrzała na niego spod oka.

– Sama wiem, to ktoś, kogo znamy.

Richard przytaknął.

– Siewca śmierci, kamyk w stawie i wszelkie inne określenia wskazywały na mnie już wieki temu. Serce Wojny to prastare określenie jedynego w swoim rodzaju czarodzieja. To taki, który dowodził w wojnie, władał mieczem w sprawiedliwym gniewie... i spełnił parę innych wymogów.

– Jakich?

– Tylko jeden jedyny czarodziej jest prawdziwym Sercem Wojny. Taki czarodziej wojny, który ma w sercu wojnę, musi mieć i przeciwwagę dla niej.

Kahlan zmarszczyła brwi.

– A co jest w twoim sercu przeciwwagą dla wojny?

– Miłość do prawej osoby. Jestem siewcą śmierci. Ty jesteś przeciwwagą dla tego, co jest we mnie. Równoważysz to doniosłością życia, tego, co w nim ważne, o co warto walczyć, jesteś moją miłością i przez to miłością życia. Jesteś moją bratnią duszą. Dopełniasz mnie. Sprawiasz, że jestem kompletny. Dzięki temu wszystkiemu jestem całkowicie oddany walce o życie. To kazało mi pójść po ciebie w zaświaty. I ostatnia wymagana cecha, czyniąca ze mnie Serce Wojny. Zwoje mówią, że prawdziwym Sercem Wojny jest jedynie ten, co z własnej woli poszedł w zaświaty, żeby zająć miejsce ukochanej, jedynie on może zakończyć proroctwo i zamknąć spektralne przemieszczenie, nadając życiu nowy bieg, wolny od zakusów zaświatów. Jestem tym, kto ma w sercu wojnę, czarodziejem wojny, jedynym, który może uśmiercić obie te żmije i proroctwo. Oni walczą o władzę. Ja, po części dlatego, że cię kocham, walczę o to, co w życiu piękne i szlachetne. Dlatego ceruleańskie zwoje nazywają mnie Sercem Wojny.

ROZDZIAŁ 31

Jedyny problem – przerwał milczenie Richard – to że, jak wspomniałaś, mam w sobie jad, przez który mój dar nie działa. Dlatego nie mam pojęcia, jak zdołam uczynić choć jedną z tych rzeczy, które powinny być zrobione. – Uniósł rękę i opuścił ją na rozwinięty zwój. – Pozbawiony daru nie mam broni przeciwko takim wrogom.

Kahlan otarła łzę z oka i wstała.

– Masz swój umysł, Richardzie. Ileż to razy Zedd powtarzał, że to wszystko, czego ci trzeba? Umysł jest twoją bronią. Zawsze był. Dzięki niemu to wszystko pojąłeś.

Uśmiechnął się tym specjalnym uśmiechem przeznaczonym wyłącznie dla niej i to wystarczyło za odpowiedź. Duszą był przy walce. Powinnością Serca Wojny była walka.

– A ja pamiętam – dodał – jak Zedd mi mówił, że nic nigdy nie jest łatwe i proste.

– A kiedyś było?

– Nie. – Znowu się uśmiechnął, tym razem z odrobiną smutku i tęsknoty za dziadkiem. – Pewnie nie.

Kahlan skrzyżowała ramiona na piersi i chodziła tam i z powrotem. Nicci dalej spała. Czarodziejka większość nocy pomagała Richardowi tłumaczyć zwoje, toteż Kahlan sądziła, że już wie to wszystko, co jej właśnie wyjaśnił.

Cassia, trzymająca straż przy drzwiach, słyszała, co Richard mówił oraz co razem z Nicci roztrząsali nocą. Sprawiała wrażenie, iż jest dumna z tego, że jest Mord-Sith chroniącą Serce Wojny. Czy Mord-Sith w ogóle miewały okazję, żeby walczyć dla lorda Rahla, który z kolei walczył o nie? Naprawdę był magią przeciwko magii.

Tyle że teraz nie mógł z niej korzystać.

Kahlan w końcu się przed nim zatrzymała.

– Czyli nie mamy wyboru. Musimy jak najszybciej wrócić do Pałacu Ludu. Dostać się do pola ograniczającego. Nie zdołasz uczynić żadnej z tych ważnych rzeczy, jeśli będziesz martwy. Najpierw musimy usunąć z ciebie ten jad.

Richard przeczesał palcami gęste włosy.

– Wiem, że to wygląda na właściwe rozwiązanie, Kahlan, ale pałac jest po prostu za daleko. Czuję, jak jad się we mnie rozlewa, i wiem, ile mi mniej więcej zostało czasu, a ile potrwałaby jazda do pałacu. Nie zdążylibyśmy, i to nawet wtedy, gdybyśmy nie musieli najpierw jakoś ominąć Sulachana, Hannisa Arca i tych wszystkich półludzi.

Kahlan rozpostarła ramiona w geście frustracji.

– A mamy jakąś inną możliwość, niż spróbować? Nie pożyjesz długo, mając w sobie tę zmazę, a jeżeli umrzesz, Sulachan zwycięży. Musimy spróbować, Richardzie. Może jad nie rozprzestrzenia się tak szybko, jak myślisz. Przecież powiedziałeś, że po pobycie w zaświatach zmaza trochę osłabła. Może zaświaty na tyle spowolniły jej działanie, że zdążysz do pałacu. Poza tym musisz to zrobić. Sam mówiłeś, że w zwojach napisano, iż jesteś przeciwwagą dla tego, co zamierzają zrobić Sulachan i Hannis Arc.

– Tak – powiedział Richard z westchnieniem, popatrując na rozpostarty na biurku zwój. – Lecz zwoje nie mówią, która strona zwycięży.

– Nie możesz zwyciężyć, jeśli jad cię zabije, nieprawdaż? To oznacza, że musimy tam dotrzeć – upierała się Kahlan. – I tyle. Wszystko od tego zależy.

Cisza się przedłużała. Richard powoli wstał z krzesła. Kahlan aż za dobrze znała tę jego minę. Wyczytywała z niej, że rozważa coś w myślach, próbując dopasować wszystkie części układanki. Że może właśnie znalazł ów brakujący element.

Ale w przeszłości to „coś" nie zawsze bywało tym, co ona chciała usłyszeć. Ta mina oznaczała, że właśnie wpadł na jakiś szalony pomysł. Zwykle wskazywała na kłopoty i kierowała ich w zupełnie nieoczekiwaną przez Kahlan stronę.

Lecz wiedziała też, że szalone pomysły Richarda często okazywały się rozwiązaniami, których potrzebowali.

– No i? – Ujęła go za ramiona, spojrzała mu w oczy. – O czym myślisz?

Nie spojrzał na nią, zapatrzony w dal, pogrążony w myślach, i właściwie jej nie słysząc. Kahlan rozpoznawała i ten stan. Wiedziała, że wciąż bada powiązania, sprawdza wszystkie możliwości, chadza drogami, ścieżkami i ślepymi zaułkami, starając się dowiedzieć, dokąd prowadzą. Próbował się przekonać, czy jest jakiś inny sposób i czy naprawdę znalazł właściwą drogę.

Podobnie postępuje gracz w szachy. Nie wykonuje ruchu, póki nie sprawdzi każdego możliwego rezultatu, jaki mu przyjdzie na myśl. Pewnie, czasem i tak przegrywa, ponieważ nie pomyślał o tym jedynym fatalnym skutku.

– To za daleko – powiedział do siebie z dziwnym grymasem i w końcu na nią spojrzał. – Sama powiedziałaś, że musimy tam dotrzeć na czas. Ale to za daleko, żeby zdążyć.

– No więc?

– Czas. – Chwycił ją za ramiona jak przed chwilą ona jego. – Oni też nie będą mieć wystarczająco dużo czasu.

– Kto? – Patrzyła na niego ze zdumieniem.

Richard zignorował ją i szybko podszedł do fotela, w którym spała zwinięta w kłębek Nicci. Pociągnął ją za stopę.

– Obudź się. Nicci, obudź się.

Czarodziejka przebudziła się raptownie.

– O co chodzi? Co się stało?

– Wyjeżdżamy.

Nicci przetarła oczy i popatrzyła na Kahlan, oczekując wyjaśnienia. Kahlan wzruszyła ramionami.

– Cassia! – zawołał Richard.

Mord-Sith natychmiast się zbliżyła.

– Słucham, lordzie Rahlu?

– Znajdź majora Fistera. Przekaż mu, że potrzebujemy koni dla nas i dla dwunastu żołnierzy. Przydadzą się też zapasowe. Musimy natychmiast wyruszyć. I powiedz mu, że chcę zabrać z nami tych przewodników, co poprzednio, tych, którzy dorastali na Mrocznych Ziemiach.

Cassia była zdezorientowana.

– Wyruszamy? Dokąd?

– Pospiesz się! – krzyknął na nią. – Nie ma czasu do stracenia. Idź natychmiast. Ruszaj. – Ale zawołał ją jeszcze, kiedy już prawie była przy drzwiach. Odwróciła się ku niemu. – I znajdź Mohlera – dodał. – Powiedz, że jest mi potrzebny.

Cassia pospiesznie przyłożyła pięść do serca, potem odwróciła się i wybiegła. Dwie pozostałe Mord-Sith zerknęły zza drzwi, starając się określić powód tych wrzasków.

Zanim zdążyły zapytać, Cassia chwyciła je za ramiona, odwróciła i powiedziała, żeby pomogły jej znaleźć majora Fistera i przewodników. Wszystkie trzy popędziły korytarzem, mijając zdumionych żołnierzy Pierwszej Kompanii.

– Powiedział ci o Sercu Wojny? – zapytała Nicci Kahlan.

Richard znowu chodził tam i z powrotem, zatopiony w myślach.

– Tak. I o „najważniejszych wydarzeniach", jak to ujął.

Nicci przez chwilę patrzyła, jak Richard wędruje pomiędzy biurkiem a drzwiami, potem skierowała błękitne oczy na Kahlan.

– Wiem, że to wszystko wydaje się naciągane. Początkowo w to wątpiłam, ale muszę ci powiedzieć, Kahlan, że im dłużej czytałam, tym wyraźniej sobie uświadamiałam, że on ma rację. Co do wszystkiego. Przez większość życia studiowałam proroctwa i teorię prorokowania. I nigdy przedtem nie patrzyłam na to pod tym kątem. Nigdy też tak sobie tego nie wyobrażałam. Mam uczucie, że po raz pierwszy w życiu zaczynam rozumieć proroctwa, naprawdę pojmować w fundamentalny sposób.

– Czyli jesteś przekonana, że proroctwa naprawdę biorą się z zaświatów?

Nicci znowu przez chwilę przyglądała się Richardowi.

– Przedtem, zanim to wszystko wyczytaliśmy, nigdy bym w to nie uwierzyła. Rzecz nie w samej lekturze, ale w umieszczaniu wszystkiego w kontekście, odczytywaniu, jak wszystko się łączy, kiedy cofamy się w czasy sprzed wielkiej wojny, którą rozpętał imperator Sulachan. A teraz nie mogę uwierzyć, że nigdy tego nie podejrzewałam. W tym i części dotyczącej mnie.

Kahlan zmarszczyła czoło.
– Ciebie?
Czarodziejka potaknęła.
– Nie sądziłam, że to, iż go zabieram do Starego Świata, jest częścią proroctwa zapisanego w zwojach.
– Nic o tym nie wiem. Nie miał czasu, żeby mi wszystko opowiedzieć – poskarżyła się Kahlan.
Nicci uniosła palec, prosząc ją o cierpliwość.
– Richardzie! – zawołała. – O czym rozmyślasz? Co się dzieje?
Pospieszył ku nim.
– Jeszcze nie jestem pewien.
– Rozumiem – powiedziała Nicci. – Dosiądziemy koni i popędzimy do Pałacu Ludu. Masz rację, to najsensowniejsze.
To nie było pytanie i najwyraźniej wiedziała, że nie to jest jego zamiarem. Nicci z całą pewnością wiedziała, że Richard nie miał zamiaru próbować dostać się na czas do Pałacu Ludu. Był temu zdecydowanie przeciwny. Myślał o czymś innym, ale nie mówił im o czym. Kahlan była trochę zdumiona, że Nicci tak dobrze wie, jak wyciągnąć z niego prawdziwe zamiary.
– Po co jest ta budowla? – zapytał czarodziejkę i zatoczył krąg ramieniem. – Ta cytadela. Czemu tu stoi?
Nicci splotła dłonie za plecami.
– To więzienie. Miano tu przetrzymywać do momentu egzekucji każdego, kto miał tajemną moc, która mogła się wydostać jedynie zza muru granicznego trzeciego królestwa. Uśmiercenie takich osób było jedynym sposobem powstrzymania szerzenia się zarazy. W przeciwnym razie byłoby tak, jakby mur graniczny już upadł.
– Racja – powiedział, kiwnąwszy głową, wodząc wzrokiem od jednej do drugiej. – A jakie było zadanie Stroyzy?
Kahlan wzruszyła ramionami i tym razem to ona odpowiedziała:
– To pierwsza linia obrony, mieli wysłać ostrzeżenie, że granica została naruszona i że półludzie oraz osoby z tajemnymi mocami się wymykają. Mieli obserwować, a gdyby granica trzeciego królestwa padła, iść do Aydindril i ostrzec radę czarodziejów w Wieży Czarodzieja.

– Od wieków nie było w Wieży rady czarodziejów, ale mieszkańcy Stroyzy o tym nie wiedzieli – rzekł Richard. – Wciąż sądzili, że rada rządzi Nowym Światem. Jak mieli tam dotrzeć na czas i ostrzec ich, zanim półludzie zaatakują? Ludzie po drugiej stronie granicy pochodzili ze Starego Świata. Kierowaliby się ku siedzibie władzy, tak jak teraz Hannis Arc i Sulachan. Tyle że wtedy była to Wieża Czarodzieja, a nie Pałac Ludu. No to jak mieszkańcy Stroyzy mieli sobie z tym poradzić? Jak dotrzeć do Wieży przed hordami półludzi?

– Domyślam się, że musieliby się spieszyć – odezwała się Kahlan, nie do końca pojmując, do czego on zmierza.

– Mieszkańcy Stroyzy żyją na uboczu, z dala od dróg, a nawet przetartych ścieżek – stwierdził Richard.

Kahlan wzruszyła ramionami.

– I dlatego ludzie z czasów wielkiej wojny umieścili trzecie królestwo na najbardziej odległych terenach. Chcieli, by leżało tak daleko od cywilizacji, jak to tylko możliwe.

Richard potaknął.

– Słusznie. Lecz i tak są drogi bliższe granicy niż Stroyza. Nawet dróżki blisko Stroyzy prowadzą do innych miejscowości, na potrzeby handlu i zaopatrzenia, a nie ku Aydindril i Wieży. Tamtejsi mieszkańcy żyją w pieczarach i nie używają koni. Jak powiedziała mi Ester, Stroyza jest ich domem i nie mają dokąd iść, toteż podróż nie jest w ich życiu ważna.

– Może niegdyś podróżowali – odezwała się Nicci – lecz zapomnieli, jak hodować konie, podobnie jak zatracili wiele rzeczy, o których im powiedziano, wznosząc Stroyzę w czasach wielkiej wojny. W końcu nawet nie potrafią odczytać przekazów pozostawionych dla nich na ścianach pieczar, bo stracili umiejętność czytania mowy Początku.

– My możemy skorzystać z koni – powiedział Richard – a i tak nie dotarlibyśmy tam przed wrogami.

– Tylko dlatego, że mają nad nami sporą przewagę – orzekła Kahlan.

– Tak, ale nawet jeśli ich dogonimy, to musimy jakoś ich ominąć. Mają ogromną przewagę liczebną, tajemne moce. Mają powstałego z martwych króla-ducha. Tysiące, dziesiątki tysięcy półludzi. Idą ławą przez kraj. Co gorsza, Sulachan może ożywić tylu umarłych, ilu zechce. Jest czarodziejem o wielkiej mocy. Może ją wykorzystać. No to jak jakaś samotna osoba ze Stroyzy mogłaby wyminąć to wszystko, nie dać się złapać i dotrzeć do Wieży na tyle wcześnie, żeby mieli tam czas zmobilizować wojska i ochronić ludzi? Zanim mieszkańcy Stroyzy by się zorientowali, że granica została naruszona, już byłoby za późno, żeby na czas dotrzeć do Wieży.

Nicci podrapała się po policzku.

– Wygląda mi to na fatalne rozwiązanie sprawy granicy.

Richard potaknął.

– Zwłaszcza że ludzie w czasach wielkiej wojny, którzy zbudowali granicę i umieścili za nią półludzi i tajemne moce, jakich nie mogli zniszczyć, zdawali sobie sprawę, że granica wreszcie upadnie. Nie umieścili tu Stroyzy na wszelki wypadek, lecz dlatego, iż wiedzieli, że granica zawiedzie, i chcieli, żebyśmy zostali ostrzeżeni i mogli się bronić. Nie lekceważyli zagrożenia. Nie pozwoliliby, żeby los świata zależał od takiej niepewnej metody.

Kahlan w zamyśleniu marszczyła czoło.

– Faktycznie nie ma w tym za dużo sensu. – Podniosła wzrok. – Co sądzisz? Uważasz, że mieli jakiś inny sposób?

– Tak.

Zanim zdążył coś jeszcze powiedzieć, wpadł major Fister, przytrzymując miecz u biodra, żeby mu się nie obijał o nogę podczas biegu. Miał ze sobą kilku żołnierzy. Kahlan rozpoznała w nich zwiadowców z Mrocznych Ziem.

ROZDZIAŁ 32

O co chodzi, lordzie Rahlu? – zapytał zasapany major.

– Żołnierze szykują konie?

– Rozumie się. Teraz ładują zapasy. Mamy wreszcie zabrać ciebie i Matkę Spowiedniczkę do Pałacu Ludu?

Richard zbył to machnięciem ręki.

– Nie. Nigdy byśmy nie zdążyli. Tak jak nigdy by nie zdążył strażnik ze Stroyzy.

Major zmarszczył brwi, łapał oddech. Popatrzył na Kahlan i Nicci, a potem skierował zdumione spojrzenie na Richarda.

– No to dokąd jedziemy?!

– Do Stroyzy.

Kahlan już wiedziała, że to tam Richard chce się dostać. Ale nie miała pojęcia dlaczego.

– Stroyza! Z powrotem przez te zakazane, dzikie bezdroża i górskie przełęcze, które przebyliśmy, żeby się tu znaleźć?

– Irena mówiła, że przedtem docierała tu drogami. Nie wiem, czy naprawdę tu była, ale mogła mieć rację co do dróg. – Popatrzył na trzech żołnierzy. – To prawda? Są tu szlaki, którymi możemy dotrzeć do Stroyzy, zamiast wracać przez góry na tyłach Saavedry?

Wszyscy trzej bez namysłu potaknęli.

– Część trasy jest całkiem dobra – odezwał się jeden z nich – ale potem droga zaczyna zbaczać. Od tego punktu możemy skorzystać ze szlaków służących kupcom. Doprowadzą nas w pobliże Stroyzy. Nie jest to najłatwiejsza trasa, ale konno będzie o wiele łatwiej, niż wędrować pieszo przez góry i przedzierać się przez bezdroża.

– No to dobrze, musimy od razu ruszać.

Major przyłożył pięść do serca.

– Wedle rozkazu, lordzie Rahlu. Żołnierze będą gotowi, zanim dotrzesz do stajni.

Richard popatrzył na biurko.

– Nie, nie wszyscy. Chcę, żeby żołnierze się rozdzielili. Wezmę ze sobą tylko jakichś dwunastu. Liczniejsza grupa by nas tylko spowolniła.

Major odchrząknął.

– Pozwalam sobie mieć odmienne zdanie. Żaden z moich ludzi by nas nie spowolnił. Prędzej by umarli z wyczerpania. Poza tym przydadzą się, gdyby nas zaatakowali półludzie.

Richard posłał mu uśmiech.

– Rozumiem twoje obawy. – Wskazał na zwoje. – Ale te zwoje są dla mnie, dla nas wszystkich, niezwykle cenne. Już się znalazły w niewłaściwych rękach i to doprowadziło do tych wszystkich kłopotów, które teraz mamy. Za wszelką cenę musimy je zachować. Musimy je chronić za cenę życia. Zostaną zabrane do Pałacu Ludu, gdzie będą mi potrzebne. Póki to się nie stanie, muszą być strzeżone.

Major drapał się po głowie, patrząc na biurko ze stertami zwojów.

– Chcesz, żeby żołnierze już z nimi wyruszyli?

Za krzepkim majorem Kahlan dostrzegła wchodzącego do komnaty skrybę Mohlera. Stanął za żołnierzami, czekając, aż zostanie zawołany. Richard przywołał go naglącym gestem.

– Tak, lordzie Rahlu? Czym mogę ci służyć?

– Chcę, żebyś zebrał wszystkie ceruleańskie zwoje, także te zapisane podobnymi symbolami, i tak je zapakował, żeby je można bezpiecznie przewieźć.

– Przynosili je w skórzanych tubach – powiedział Mohler. – W jednej zmieści się sporo zwojów. Jeśli się je ciasno zwinie, nie zajmą więcej jak dziesięć, dwanaście tub.

– Są nieprzemakalne?

Mohler popatrzył na zwoje.

– Na tyle, żeby je uchronić przed deszczem, ale niewystarczająco, gdybyś je wrzucił do rzeki lub zanurzył w wodzie. Zwoje są bardzo stare, lordzie Rahlu, bardzo kruche.

– No dobrze – mruknął Richard. – Zapakuj je starannie na podróż, potem zapieczętuj tuby smołą i woskiem, żeby je lepiej chronić. Zapobiegnie to również ich otwieraniu.

– Potem zabrać je do pałacu? – zapytał major Fister.

Richard zastanawiał się przez chwilę.

– Jeszcze nie. W podróży będą mniej bezpieczne. Na razie tutaj będą lepiej chronione. W końcu to forteca. Hannis Arc i imperator Sulachan nie mają powodu, żeby tu wracać. Chcę, żeby na razie większość żołnierzy została tutaj i chroniła zwoje.

Major najwyraźniej był temu niechętny, ale nie protestował.

– Wedle rozkazu, lordzie Rahlu.

– I upewnij się, że żołnierze rozumieją, iż te zwoje są niezmiernie ważne dla powstrzymania Sulachana i półludzi. Nie mogą znowu wpaść w ręce wroga.

Major przyłożył pięść do serca.

– Zadbam, żeby pojęli powagę swojej misji.

– Znakomicie – powiedział Richard i skinął głową.

– Na razie będą tu strzeżone, a kiedy mamy je zabrać do pałacu?

– Kiedy zdołam powstrzymać Sulachana. Wtedy będzie można bezpiecznie z nimi podróżować. A jeśli mi się nie uda... cóż, sądzę, że wtedy nie będzie to miało większego znaczenia.

Major Fister nie zrozumiał, ale się nie dopytywał.

– Jeśli mogę prosić, lordzie Rahlu, chciałbym dowodzić żołnierzami, którzy pójdą z tobą. Zwoje mogą sobie być cenne, lecz nie są tak cenne jak ty. Ty i Matka Spowiedniczka jesteście moją najważniejszą powinnością. Proszę o dowodzenie oddziałem, który was poprowadzi do Stroyzy. O wiele lepiej bym się czuł, będąc tam.

– Oczywiście – odrzekł Richard. Przechylił się i spojrzał obok majora na trzy Mord-Sith. – Chcę, żebyście do nas dołączyły.

Cassia zmarszczyła brwi.

– A dlaczego uważasz, że zgodziłybyśmy się tutaj zostać?

ROZDZIAŁ 33

Kahlan się cieszyła, że opuszcza cytadelę. To było miejsce rozpaczy i tragedii. Cara tutaj umarła, jak i wielu innych. To, że Richard znowu był z nimi w świecie życia, nie mogło zatrzeć niewypowiedzianej zgrozy patrzenia, jak leży martwy, oglądania go na stosie pogrzebowym.

Lecz przede wszystkim chodziło o nawracające wspomnienie, jak omal nie rozkazała podpalić tego stosu. Wiedziała, że ta wizja będzie ją dręczyć przez całe życie i stanie się bogatą pożywką dla koszmarów.

Przepędziła to wspomnienie z myśli. Richard żył i to się liczyło. Nie powinna się rozwodzić nad przeszłością, nad tym, co mogło się stać. Musiała się skupić nad tym, co jest i co powinni zrobić teraz.

Cieszyła się, że opuszcza cytadelę, również z powodu zwojów, które znalazł tu Richard. Wciąż była zdenerwowana i poruszona tym, co ujawniły. Zaprzeczało to większości tego, czego się nauczyła od czarodziejów o miejscu magii w świecie. Zwoje do tego stopnia odmieniły jej pojmowanie wszystkiego, że czuła się zagubiona w znanym jej, jak sądziła, świecie. Jej poglądy zostały wywrócone do góry nogami.

Chętnie by odrzuciła to, co powiedział jej Richard, odmówiła dania wiary temu, co odkrył, i zaliczyła to do mitów lub naciąganych teorii, lecz wiedziała, że nie może tego zrobić. Nie tylko ufała w to, co Richardowi udało się przetłumaczyć i zrozumieć, ale też Nicci dodatkowo potwierdzała każde jego słowo. Nicci darzyła Richarda ogromnym zaufaniem i na tyle jej na nim zależało, że nie pozwoliłaby mu uwierzyć w coś, co nie byłoby prawdą.

Poza tym, o dziwo, Kahlan stwierdziła, że ta nowa wiedza podniosła ją na duchu. I chociaż ta prawda była ogromnie niepokojąca, to zarazem ekscytowało odkrycie nieznanego mechanizmu odpowiedzialnego za to, co wszyscy po prostu uważali za oczywiste. Jakby się zaglądało za zasłonę Początku.

Fascynujące, jak znakomicie rozjaśniło to wiele spraw, na przykład proroctwa, które zawsze brała za dobrą monetę i których nigdy nie kwestionowała. Trochę ją irytowało, że przez całe życie była wprowadzana w błąd przez rozmaite autorytety twierdzące, że mają absolutną pewność w tych sprawach. Odkrycia Richarda były jak znalezienie klucza do tego, co ogłoszono niepoznawalnym i wykraczającym poza zakres wiedzy zwykłych śmiertelników.

To był nowy świat, do którego będzie musiała się przyzwyczaić, z nowymi zasadami i nowymi wyzwaniami, lecz przynajmniej miała wrażenie, że wiedza dała im narzędzia, dzięki którym wszystko naprawią. Teraz wiedzieli, co naprawdę było nie tak, a to pomoże Richardowi zrobić to, co konieczne – zakończyć proroctwo.

Nie umknęła jej ironia przepowiedni, że to właśnie on ma zakończyć proroctwo. Można się w tym dopatrzyć romantycznej sprawiedliwości.

To, co Richard odkrył, już zaczęło rozplątywać proroctwo.

Nicci, pojmując prawdę zapisaną w zwojach, była nią wstrząśnięta. Czarodziejka była Siostrą Światła i większość życia spędziła w Pałacu Proroków, gdzie zajmowano się proroctwami i nauczaniem mających dar, jak się nim posługiwać. Lecz wszystko, czego się tam nauczyła i co, jak sądziła, wie, było oparte na nieporozumieniu i oszustwie. Richard, kiedy go tam zabrano, usunął pierwszą warstwę, rzucając nowe światło na proroctwo.

A teraz odkrył, że cała struktura proroctwa nie miała oparcia w rzeczywistości. Zwoje nie były mitami. To samo proroctwo wywodziło się z mitu.

Nicci, ma się rozumieć, nigdy nie sprzyjała proroctwom, toteż Kahlan sądziła, że czarodziejka nie jest tak zaszokowana tym, czego się dowiedzieli. Nicci zawsze im mówiła, że badanie proroctw było dla niej uciążliwym obowiązkiem i nigdy się w nich nie lubowała tak, jak wiele innych Sióstr. Były tam i takie, które spędziły setki lat w podziemiach Pałacu Proroków, poświęcając się studiowaniu proroctw, zachwycone tym, czego się – jak uważały – uczyły, i sądziły, że to pojmują.

Kahlan była ciekawa, co Siostra Verna pomyślałaby o tym, co ujawniły zwoje – jeśli jeszcze kiedyś się z nią spotkają. Teraz wiele Sióstr mieszkało w Wieży Czarodzieja w Aydindril. Kahlan sama była nieco zdezorientowana, gdy wiele rzeczy, które wedle siebie znała, okazało się błędnych, lecz podejrzewała, że wiele Sióstr byłoby oszołomionych i przerażonych tym, że ich cały świat, wszystko, w co wierzyły i nad czym pracowały, wcale nie było takie, jak sądziły. W żadnym razie.

Jak w przypadku każdej prawdy znajdą się tacy, którzy odmówią wiary i nawet nie zechcą spojrzeć na dowody.

Kiedy skręcili w główną ulicę przecinającą miasto, mieszkańcy Saavedry otwarcie się gapili na dwunastu wielkich żołnierzy Pierwszej Kompanii, siedzących dumnie w siodłach i wraz z trzema Mord-Sith w czerwonych skórzanych uniformach eskortujących lorda Rahla i Matkę Spowiedniczkę. Kahlan była ciekawa, czy większość tych ludzi chociaż wie, kim jest lord Rahl. W końcu przez większość swojego życia znali tylko jednego władcę – Hannisa Arca. Lord Rahl zawsze był daleki w odległej krainie.

Jechali przez miasto i tętent końskich kopyt na wilgotnym bruku niósł się echem po labiryncie wąskich uliczek i ciasno stłoczonych domów. Większość budynków była niska, bura, tylko te przy głównej ulicy miały piętro. Kahlan widziała, że drewniane ściany są pokryte wyblakłą farbą, o ile w ogóle były pomalowane, i upstrzone plamami ciemnej pleśni, od nieustającej wilgoci.

W sklepach na parterze sprzedawano głównie podstawowe towary, ale Kahlan wypatrzyła też luksusowe. Na Mrocznych Ziemiach chodziło przede wszystkim o utrzymanie się przy życiu i jedynie nieliczni mogli sobie pozwolić na zbytki. Całe miasteczko kuliło się i zwracało obronnie do wewnątrz, odwracając się plecami do otaczających je Mrocznych Ziem i żyjących tam stworów. W bocznych uliczkach stali przekupnie z małymi wózkami z chlebem, mięsem lub innymi produktami i ponuro patrzyli, jak przejeżdża kawalkada.

Zakryte chmurami niebo było ciemne i groźne, jak zawsze na Mrocznych Ziemiach. Kahlan nie mogła sobie przypomnieć, kiedy ostatni raz widziała słońce. Nieustanny mrok przytłaczał. Osiadająca mgła wsiąkała w wodze i odsłonięte części skórzanego siodła. Potrząsnęła kapturem peleryny, otrzepując go z nagromadzonej wody. Na szczęście było tylko nieco mglisto, nie padało.

Pospieszny stukot kopyt niósł się echem w „wąwozach" pomiędzy budynkami i Kahlan poklepała swoją gniadą klacz po szyi, na znak, że będzie ją dobrze traktować. Stare blizny na końskim zadzie świadczyły, że wcześniej jeźdźcy nie byli zbyt mili, nie obchodzili się z klaczą łagodnie. Koń zarżał i lekko potrząsnął łbem, na znak, że poczuł delikatną pieszczotę.

Richard dosiadał wielkiego czarnego wałacha, który w ogóle nie czuł jego ciężaru. Koń niekiedy tańczył, kiedy się zatrzymywali, i Kahlan uznała, że ma charakter. Richard wspaniale wyglądał na wierzchowcu. Dobrze było go znowu widzieć w siodle. Jego miecz lśnił w przyćmionym świetle na tle ciemnego stroju. Dobrze też było go widzieć z błyskiem determinacji w oczach, chociaż w szarych tęczówkach widać też było cień zmazy.

Zostawili miasteczko za sobą i chociaż Kahlan bardzo się cieszyła, że opuściła cytadelę, to jeszcze bardziej była rada, że wyjechali z przygnębiającej Saavedry. Dobrze było uciec przed tymi wszystkimi wlepionymi w nią oczami. Nie było jak się dowiedzieć, czy ktoś z gapiów nie był lojalny wobec Hannisa Arca albo i imperatora Sulachana. O ile się orientowała, mógł mieć wszędzie swoich sługusów.

Lecz poza osłoną miasteczka czekały inne niebezpieczeństwa. Nie wiadomo, kto mógł się przyglądać z liściastych mroków rozległych lasów porastających pustkowia. Major Fister był ogromnie niezadowolony, że wzięli tak mało żołnierzy. Wolałby więcej niż tuzin, na wypadek gdyby ich zaatakowali półludzie. Richard powiedział mu, że ich bezpieczeństwo zależy od szybkości i możliwości ucieczki, a nie od zajmowania pozycji i walki. Dlatego zabrali zapasowe konie, żeby mogli je zmieniać i dawać zwierzętom wypocząć.

Cassia zapewniła majora, że mając ze sobą trzy Mord-Sith, nie potrzebują więcej żołnierzy. Paskudnie się skrzywił, ale zmilczał. Członkowie Pierwszej Kompanii tradycyjnie byli pierwszą linią obrony lorda Rahla. No ale Mord-Sith także.

O ile Kahlan wiedziała, nigdy oficjalnie nie ustalono, kto ma pierwszeństwo. Mord-Sith były zdania, że żadne formalności nie są potrzebne. Uważały, że to one dzierżą palmę pierwszeństwa, i nigdy się z tym nie kryły.

Richard wraz z majorem i innymi oficerami Pierwszej Kompanii nigdy temu nie zaprzeczał. Nie widział takiej potrzeby. Zawsze było pełno wrogów do pokonania.

Gdy tylko wyjechali z miasteczka, Richard wysunął się na czoło i narzucił tempo, które każdemu by utrudniło ich zatrzymanie. Widok jadących za nim żołnierzy przypominał Kahlan szarżę kawalerii. Piesi półludzie byliby w bardzo niekorzystnym położeniu. Mieli jednak taką przewagę liczebną, że pewnie mogliby zatrzymać kolumnę gnających koni. Gdyby jakiś wróg się pojawił, przeszliby w galop. A dostanie się pod galopujące konie byłoby ostatnim błędem popełnionym przez napastnika.

Dotarli do rozdroża i Richard zatrzymał konia. Dwaj dorastający na Mrocznych Ziemiach żołnierze podjechali do niego.

– Którędy? – zapytał. – W lewo czy w prawo?

– W prawo wiedzie najkrótsza droga – odparł jeden z nich.

– W lewo może trochę dłuższa, ale łatwiej nią jechać – powiedział drugi.

Richard odwrócił się w siodle, popatrzył na Nicci.

– Wyczuwasz coś przed nami na tych drogach?

Nicci oparła dłonie na kuli siodła i popatrzyła w jedną i w drugą stronę.

– Nie – orzekła na koniec. – Nikogo nie wyczuwam. Ale to właściwie nic nie znaczy, bo oni potrafią maskować swoją obecność tajemną mocą. Jeśli tak zrobili, to nie mogłabym ich wyczuć.

Richard uderzał kciukiem o kulę siodła i patrzył w obie strony. Zastanawiał się. Kahlan wiedziała, że martwi się czymś innym niż półludzie. Obawiał się, że Samantha spróbuje ich dopaść na otwartym terenie, skoro mają do obrony zaledwie kilku żołnierzy. A oni i tak nie byliby przeszkodą dla młodej czarodziejki.

Kahlan podejrzewała, że nawet Mord-Sith nie zdołałyby jej powstrzymać. Choć Mord-Sith potrafiły przejąć dar danej osoby, gdy go użyła przeciwko nim, to nie do końca wiedzieli, jakie talenty ma Samantha, i trudno było powiedzieć, czy umiejętności Mord-Sith podziałałyby na nią tak jak na innych. Pewność za to mieli co do jednego – miała potężny dar i bardzo przemyślnie się nim posługiwała.

Największym problemem dla Mord-Sith było jednak to, że ich Agiele nie działały. Agiel był zależny od więzi z lordem Rahlem i póki Richard miał w sobie zmazę, Mord-Sith były w trudnej sytuacji. Kahlan nie wiedziała, jakie inne ograniczenia narzuca im ów brak więzi.

Wszyscy słusznie się niepokoili podróżą przez gęste lasy, wiedząc, do czego zdolna jest Samantha. Kahlan była zadowolona, że droga, którą jechali – przynajmniej jak dotąd – nie prowadziła ich przez wąwozy czy u podnóża urwisk. Samantha udowodniła, że może, gdy zechce, zwalić im na głowy całą górę.

– Wolę krótszą drogę – powiedział na koniec Richard, kierując konia w prawo. – Musimy dojechać jak najszybciej.

Z tempa narzucanego przez Richarda jasno wynikało, że nie podróżowaliby szybciej, wybierając lepszą, ale dłuższą drogę. Kahlan wiedziała, że Richard dotrze szybko do celu bez względu na utrudnienia. Zabrali zapasowe konie, więc mogli utrzymać szybkie tempo.

W miarę jak dzień mijał, droga zaczęła się wznosić zakosami po stokach coraz wyższych wzniesień. Była zbyt wąska i kamienista, by mógł się tu zmieścić wózek, a tym bardziej wóz. Wszyscy podróżni, musieli korzystać z koni lub jucznych mułów.

Drzewa o połyskliwych liściach czuć było zgnilizną. Kilka razy musieli się zatrzymywać, żeby żołnierze mogli zepchnąć z drogi zwalone pnie i gałęzie. Za każdym razem ciszę lasów przerywał łoskot ciężkich, wilgotnych, gnijących kłód spadających ze stromego zbocza.

Pod wieczór dotarli do zakrętu drogi okrążającej górę. Mieli stąd widok w niemal wszystkie strony, tylko nie za siebie. Teren nad ich głowami był zbyt stromy, żeby się obawiać ataku z góry. Każdy, kto by spróbował ich stamtąd zaatakować, z pewnością by spadł i się zabił. Nikt by się nie wdrapał z dołu, a przynajmniej nie w wielkiej liczbie i szybko.

– To nam daje dobry punkt obserwacyjny – orzekł Richard, stojąc w strzemionach, sprawdzając każdy kierunek i patrząc na rozciągające się w dole lasy. – Szybko się ściemnia. Zatrzymajmy się tu na noc i rozbijmy obóz. – Wskazał w tył. – Tam rośnie mnóstwo trawy dla koni.

– Twoim zdaniem najlepiej się zatrzymać na otwartej przestrzeni, gdzie półludzie mogą nas wypatrzyć? – zapytała Cassia.

– Wolę być tam, gdzie już z daleka zobaczymy, że nadchodzą. Nie mogą się do nas dostać, idąc na przełaj przez lasy, a jeżeli pójdą drogą, to nadejdą albo od przodu, albo z tyłu. Innej drogi tu nie ma. Dzięki temu łatwiej będzie się nam tutaj bronić, choć to niby otwarty teren. – Wskazał skalną ścianę u szczytu wybrzuszenia w stoku góry. – Możemy tu położyć parę plandek, osłonią nas, jeśli zacznie padać.

– Wygląda na to, że to będzie wilgotna i ciężka noc – odezwał się major Fister. – Może ogniska, żeby nie marznąć?

Richard się skrzywił.

– Nie podoba mi się pomysł rozpalania ognia, który można by zobaczyć lub wywąchać z odległości wielu mil. Nie zwabiłby niczego dobrego i byłby wskazówką dla każdego, kto nas szuka.

– Wykorzystam mój dar i nagrzeję kamienie – zaproponowała Nicci. – Przynajmniej będzie nam cieplej.

Richard kiwnął głową i zsiadł z konia.

– Wystawcie straże na obu kierunkach. – Trzymał wodze tuż przy wędzidle. – Nikt nie stoi w pojedynkę. Podwój wartowników i niech warty będą krótkie. Mamy wystarczająco wielu żołnierzy, żebyśmy wszyscy choć trochę się przespali.

– Słyszeliście – powiedział major Fister, zsiadając z konia.

Wszyscy zsiedli i zabrali się do przymocowywania plandek, które miały ich osłonić przed deszczem, i zbierania gałązek na prowizoryczne posłania, żeby nie musieli leżeć na ziemi.

Kahlan uśmiechnęła się do siebie. Wreszcie będzie mogła przytulić się do Richarda choć na parogodzinny wypoczynek. Taki wypoczynek, jakiego mogła się spodziewać przy *Rachubie zmierzchu* odliczającej czas pozostały do końca świata i kiedy półludzie polowali na dusze.

Richard objął ją w pasie i uśmiechnął się do niej.

– Może byśmy coś zjedli? Co ty na to?

ROZDZIAŁ 34

Richard delikatnie ściągnął cugle, zatrzymał konia. To nadzwyczaj posłuszne zwierzę, zazwyczaj chcące się przypodobać i chętnie słuchające, teraz rozdymało chrapy, rzucało łbem, parskało i nerwowo dreptało w miejscu. Pozostałe konie też były zaniepokojone.

Richard poklepał konia po łopatce.

– Ja też to czuję – szepnął pocieszająco. – I równie mało mi się to podoba jak tobie.

Wszyscy się zatrzymali, otaczając go. Trzy Mord-Sith ustawiły się tak blisko Richarda i Kahlan, jak tylko mogły. Zawsze chciały być najbliższym kręgiem ochronnym. Richard dawno temu pojął, że nie tylko zasługują na takie miejsce, ale i że jest o wiele mniej zamieszania, jeżeli pozwoli, by chroniły go w sposób, jaki uznawały za najlepszy. Żołnierze utworzyli zewnętrzny krąg, otaczając trzy kobiety w czerwonych skórzanych uniformach. Chcieli jako pierwsi stawić czoło nacierającemu wrogowi i powstrzymać go. Tak Mord-Sith, jak i żołnierze Pierwszej Kompanii byli zadowoleni, że jest po ich myśli.

Zanim któryś z koni zdążył wpaść w panikę i ponieść lub zrzucić jeźdźca, Richard dał znak, żeby wszyscy zsiedli.

– Co o tym myślisz? – zapytała Nicci, pochylając się ku niemu.

Richard powiódł wzrokiem wśród mroków pomiędzy drzewami i skalnymi wychodniami, wypatrując oznak zagrożenia.

– Nie ma wątpliwości, że przed nami leży coś nieżywego – odparł na koniec. – Pytanie, co lub kto to jest.

– I kto zabił – dodała czarodziejka.

Richard spojrzał na nią.

– Otóż to.

Nawet z tej odległości, jaka dzieliła ich od martwego ciała, smród był odrażający. Richard podejrzewał, że mogło to być martwe zwierzę, lecz włoski zjeżone na karku podpowiadały co innego.

Major Fister przytrzymał wodze konia, podchodząc bliżej, żeby szepnąć:

– Jesteśmy blisko wioski?

Richard potaknął. Teraz był na znanym terenie. Chronieni przez lesiste pogórze spojrzeli przez otwarte pola ku odległemu urwisku. Góra, gęsto porośnięta wczepioną w każdą szczelinkę roślinnością, wznosiła się ponad nagą, spękaną ścianą klifu.

– Nic nie słyszę – odezwał się Richard cicho, pochylając się ku Nicci. – Wyczuwasz coś? Powinnaś móc stąd wyczuć wszystkich mieszkańców, nieprawdaż? A przynajmniej żywy inwentarz, czyż nie?

Przestała patrzeć w dal i spojrzała na niego swoimi błękitnymi oczami.

– Gdyby byli tam jacyś żywi ludzie i zwierzęta, tobym wyczuła. – Wskazała gęsto rosnące drzewa wznoszące się ponad nimi po obu stronach. – Wyczuwam małe zwierzęta: jakieś ptaki, wiewiórkę tuż za zasięgiem wzroku, o tam, i tym podobne. Są myszy kryjące się pod warstwą liści, tak że nie możemy ich zobaczyć. – Pokazała palcem na pola. – Podobne małe zwierzątka są tam, ale po stronie wioski nic nie wyczuwam.

Richard wcale się nie zdziwił. To samo mówiła mu jego intuicja. Słowa Nicci były potwierdzeniem, jakiego potrzebował.

Dobył miecza.

W martwej ciszy szczęk stali zabrzmiał w wilgotnym powietrzu późnego dnia i poniósł się echem po polach, oznajmiając pojawienie się Miecza Prawdy.

– Pójdziemy tam i sprawdzimy. Konie nie lubią woni śmierci. Gdybyśmy je podprowadzili bliżej, mogłyby spanikować. – Wskazał mieczem. – Uwiążmy je tam. Związcie cugle, żeby mogły uciec w razie konieczności.

Podszedł jeden z żołnierzy i wziął wodze od Richarda patrzącego przez pole, by dojrzeć jakiś ruch, oznaki życia. Drugi wziął konia Kahlan. Nicci i Mord-Sith podały wodze swoich koni trzeciemu żołnierzowi.

Pozostali dobyli broni.

Kahlan pogładziła szyję gniadej.

– Dobrze się nią zajmijcie – powiedziała z uśmiechem do żołnierza. – Wspaniale mnie niosła.

Odwzajemnił uśmiech i skinął głową, a potem zaprowadził klacz do niewielkiego prześwitu w lesie.

Richard już był we władzy gniewu miecza. Woń śmierci jedynie wzmagała wlewające się weń uczucie, łączące się z jego furią. Oba te bliźniacze uczucia kłębiły się w nim, przepełniały go wściekłością, żeby był gotów do walki. Dzięki mocy miecza nie było wątpliwości co do zagrożenia wyczuwalnego w powietrzu wraz z odorem śmierci. Magia oręża chciała się z nim zmierzyć.

Chociaż Richard właściwie nie wiedział, jak rozkazywać swojemu darowi, to ten zawsze był i odpowiadał na jego gniew. Czuł dziwną pustkę, kiedy dar pozostawał poza zasięgiem. Miecz tę pustkę wypełniał.

Z mieczem w dłoni, przepełniony jego mocą, był pełen determinacji.

Wymienił z Kahlan znaczące spojrzenia, jakie wymieniali już przedtem, stając przed nieznanym niebezpieczeństwem. Chciał ostatni raz zobaczyć jej piękne zielone oczy, zanim rozpocznie taniec ze śmiercią. Dotknęła jego ramienia, odpowiadając bez słów.

– Powiedz, jeśli wyczujesz coś, o czym powinienem wiedzieć – powiedział cicho, pochylając się ku Nicci, a potem ruszył ścieżką pomiędzy zielonymi polami.

Czarodziejka ustawiła się za nim. Kahlan ruszyła za nią. Obie wiedziały, że nie mogą się znaleźć w zasięgu miecza. Cassia i pozostałe Mord-Sith szły za nimi. Żołnierze strzegli tyłów, osłaniając ich przed wszystkim, co mogłoby wypaść z lasu.

Richard nie miał pewności, co Nicci tak naprawdę mogła wyczuć swoim darem, lecz wiedział, że gdyby jego dar działał, to widziałby otaczającą ją aurę mocy. A nawet jej nie widząc, bez trudu pojmował, że czarodziejka jest czujna i w razie potrzeby natychmiast by zareagowała. Kahlan także była gotowa do działania. Trzy Mord-Sith zawsze się spodziewały kłopotów i bardzo się dziwiły, kiedy one się nie pojawiały.

Jak na razie nic się nie objawiło za polami – nie było widać żadnych ludzi, zwierząt i zagrożeń.

Richard widział w oddali, za rozciągającym się przed nimi lekko pofalowanym terenem, w zboczu skalnej ściany wznoszącej się po drugiej stronie pól, ciemne wejście do pieczary i wioski Stroyza. Nie widział, żeby ktokolwiek stał w tym wejściu.

Kiedy ostatnio opuszczał Stroyzę, nakazał mieszkańcom, żeby zawsze wystawiali wartę, aby już nigdy nie zakradli się do nich półludzie czy chodzące trupy. Mieszkańcy wioski byli skromnymi farmerami, hodującymi trochę zwierząt. Nie byli wojownikami. Ale i tak, z wysokości stromego urwiska, powinni łatwo dać odpór napastnikom wspinającym się zdradziecką ścieżką. Wystarczyłoby zrzucić trochę kamieni na atakujących wioskę.

Powinien więc dostrzec tych, którzy czuwali i mieli oko na zwierzęta w dole, ale w wejściu do pieczary nie widział nikogo.

Ścieżka wiodąca ku urwisku biegła pomiędzy sporymi polami; jedne obsiano zbożem, inne trawą na siano, a na jeszcze innych rosły warzywa i drzewa owocowe. Niektóre były już dojrzałe, ale ich nie zebrano. Inne nawet przejrzały. Jabłka, gruszki i śliwki ciemniały, jakby miały za sobą najlepszy do zbioru czas. Wiele gniło na ziemi.

Wyszli spod osłony lasu i znaleźli się na otwartej przestrzeni wśród pól. Richard poczuł się odsłonięty i wystawiony na niebezpieczeństwo. Tak naprawdę równie bezbronni byli i w lesie, ale zawsze w lasach czuł się pewniej. Chociaż te różniły się od lasów Hartlandu, to i tak były pocieszająco znajome. Wiedział, jak przetrwać w lesie, jak walczyć wśród drzew i jak się tam wymknąć wrogowi.

Owady brzęczały ponad trawą, pomarańczowe motyle spijały nektar z małych niebieskich kwiatków rosnących wśród winorośli. Roje pszczół pożywiały się na dojrzałych, wciąż jeszcze wiszących na drzewach owocach i na tych, które już gniły na ziemi. Poza owadami nie dostrzegł żadnych innych istot, żadnego ruchu.

W nieruchomym powietrzu przesyconym odorem śmierci nie poruszał się ani jeden liść, ani jedna gałązka, ani jedno źdźbło trawy. Słyszał jednak niskie buczenie. Nie mógł rozpoznać tego jakby znajomego dźwięku.

Kiedy ostatnio był w Stroyzie, w budynkach i zagrodach u stóp klifu znajdowały się zwierzęta. Jeśli wciąż tam były, to ich nie słyszał.

Kiedy dotarli przez pola do zagród, przekonał się dlaczego. Świnie leżały martwe. Dwie mleczne krowy, z nogami sztywno sterczącymi ze wzdętych ciał, leżały w strużkach błotnistej wody. Zakrwawione owce były ciasno zbite w narożniku, gdzie zagroda stykała się z budynkiem. Martwe kury leżały rozrzucone po całym podwórzu. Pióra, osiadłe na błocie i gnoju, trochę przypominały Richardowi śnieg.

– Co tu się stało? – wyszeptała Kahlan, mijając martwe zwierzęta. Zatkała palcami nos.

Pozostali też próbowali jakoś się osłonić przed odorem zgnilizny.

Grupka szła przez obszar usłany odłamkami skały, które się tu z czasem nagromadziły, w miarę jak niepogoda odłupywała je z urwiska. Miejscami musieli iść wśród nich gęsiego, a tu i tam przechodzić pod masywnymi kamiennymi płytami, które przez tysiąclecia odrywały się od skalnej ściany i teraz spoczywały na głazach.

Przeszli wreszcie przez rumowisko i Richard znieruchomiał, kiedy wreszcie zobaczył mieszkańców Stroyzy. Głośne brzęczenie, które słyszał, wydawały chmary much.

Zwłoki leżały jedne na drugich u podnóża klifu, na głazach i pomiędzy nimi. Wszyscy leżeli tak, jak spadli. Ręce i nogi powykręcane pod dziwnymi kątami. Robaki wiły się w otwartych ranach.

Wszyscy zaciskali nosy, dławiąc się odorem zgnilizny. Powietrze tak zgęstniało od smrodu, że mógł niemal poczuć jego smak.

Kiedy podszedł bliżej, kryjąc w zgięciu ramienia nos i usta, żeby choć trochę się osłonić, rozpoznał parę osób. Zerkał ponad ramieniem. To byli ludzie, którzy uratowali jego i Kahlan. Wielu z nich chroniło ich i pomagało im. Walczył razem z nimi, żeby powstrzymać ożywione trupy, które się wdarły do pieczary.

Zobaczył Ester, kobietę, która im pomogła, kiedy ich przyniesiono do wioski. Teraz muchy chodziły w jej martwych oczach wpatrzonych w niebo. Richard machnął mieczem ponad jej ciałem i przepędził je.

– Drogie duchy, chrońcie, proszę, te kochane dusze – wyszeptała Kahlan, stojąc tuż za nim. Potem zasłoniła usta dłonią, zatkała nos.

Richard mieczem dał znak żołnierzom, żeby sprawdzili, czy ktoś przeżył. Wiedział, że nikt nie ocalał, ale musiał to sprawdzić. To, jak ludzie leżeli jeden na drugim, ich połamane kości przebijające odzienie, świadczyło o tym, że spadli z wejścia do pieczary, wysoko na klifie.

Major Fister, stojący po drugiej stronie sterty ciał, potrząsnął głową.

– Biedacy. Wszyscy nie żyją. Okropna śmierć.

– Są o wiele gorsze jej rodzaje – odezwała się Cassia. – Przynajmniej, jak się wydaje, umarli szybko. Nie cierpieli.

Richard wiedział, że ona ma rację, ale wcale nie było przez to łatwiej patrzeć na tych wszystkich umarłych, całą wioskę, na ciała splątane i zwalone jedne na drugie, leżące u stóp skały kryjącej ich wioskę.

Widział wiele śmierci, ale teraz czuł się chory.

– Widzisz jakieś rany po walce? – zapytał majora Fistera, kiedy ten obchodził umarłych, przestępując ponad sterczącymi rękami i nogami.

Major Fister, już opanowany, pokręcił głową.

– Nie wygląda na to, żeby toczyła się tu jakaś walka, ale trudno mieć pewność. Gdybym miał zgadywać, to powiedziałbym, że wszyscy spadli i się zabili. – Podrapał się w szyję. – Jednak dziwne...

– Co jest dziwne? – spytał Richard.

Major przekrzywił głowę, patrząc na zwłoki.

– Wśród ludzkich ciał jest trochę martwych kotów.

– Kotów? – spytała Nicci, marszcząc brwi.

Major potaknął.

– Widzę z osiem lub dziesięć.

– W wiosce było mnóstwo kotów – odezwała się Kahlan. – Musiały spaść lub skoczyły razem z ludźmi.

Major Fister przyglądał się zwłokom, marszcząc brwi.

– Niektóre koty wyglądają tak, jakby im opalono sierść.

– To zapewne rozkład – stwierdziła Cassia. – Leżą tu jakiś czas.

Nicci spojrzała na widoczny wysoko w górze wlot pieczary.

– Co skłoniło tych ludzi do skoku?

– Dobre pytanie – orzekł Richard. – Przekonajmy się.

ROZDZIAŁ 35

Richard poprowadził pięć kobiet i dwunastu mężczyzn do miejsca, gdzie wąska dróżka zaczynała się wspinać po skalnej ścianie. Biegła za plątaniną krzaków i niewielkimi, powykręcanymi klonami, za głazami – i łatwo byłoby ją przegapić, gdyby nie wiedział, gdzie jest. Obejrzał się i policzył, upewniając się, że wszyscy za nim idą.

– Lordzie Rahlu, nie wiemy, co nas tam czeka. Może ja i żołnierze pójdziemy przodem? – zapytał cicho major.

Richard uniósł miecz na znak, że bezpieczniej jest za mieczem niż za żołnierzami.

Major – wiedząc, że protesty nic by nie dały, i uświadamiając sobie, że Richard zapewne ma rację – tylko westchnął.

– Chciałbyś, żebym zostawił paru ludzi na dole, żeby nikt się za nami nie zakradł?

– Nie. Chcę, żebyśmy wszyscy trzymali się razem. – Richard wskazał mieczem w górę urwiska. – Już szedłem tą ścieżką. Będzie bezpieczniej, jeśli pójdę pierwszy, bo łatwiej wam będzie, jak zobaczycie, gdzie najlepiej stawiać stopy. Gdyby ktoś się potknął i upadł, to mógłby pociągnąć za sobą pozostałych, więc obserwujcie, jak stawiam nogi i gdzie chwytam się dłońmi. To nie jest tak strasznie trudny szlak, jeśli się zachowa ostrożność.

Major Fister kiwnął głową i Richard zaczął się wspinać. Kahlan szła tuż za nim, potem trzy Mord-Sith, za nimi Nicci, a potem żołnierze.

Nie było żadnego innego wejścia, żadnej innej drogi do wioski Stroyza – tylko ta dróżka biegnąca po graniach i półkach skalnej ściany. Tam, gdzie nie było naturalnego podparcia dla stóp, utworzono je, pracowicie obtłukując skałę. Miejscami bardziej miękki kamień wygładziły ludzkie stopy, od tysięcy lat wspinające się na urwisko i z niego schodzące.

– Uważajcie! – zawołał przez ramię Richard. – Tutaj skała jest gładka i śliska od mżawki. Tutejsi dobrze znają szlak, ale my nie. Uważajcie, gdzie stawiacie stopy, i korzystajcie z tych naturalnych uchwytów, tak jak ja.

Miejscami, gdzie skalne półki naturalnie się wznosiły, ścieżka była na tyle szeroka, że można było wygodnie iść. Ale nawet wtedy trzeba było podążać gęsiego. Tu i tam było niebezpiecznie i nawet bez mżawki zdradliwie. Na szczęście w takich miejscach przymocowano do zbocza żelazne pręty.

Richardowi pewnie łatwiej byłoby się wspinać, gdyby nie trzymał w dłoni miecza, ale nie chciał go wkładać do pochwy. Poza tym uważał, że już na tyle dobrze zna tę drogę, żeby sobie poradzić. Większość żołnierzy też szła z dobytymi mieczami, toteż miał ich na oku, by mieć pewność, że są ostrożni. Niektórzy byli zwinni jak górskie kozice i nie mieli żadnych trudności ze wspinaczką. Mieszkańcy Stroyzy, przez całe swoje życie korzystający z tego szlaku, byli z nim tak zaznajomieni, że bez większego trudu nosili pakunki na dół i w górę.

Lecz plątanina ciał na dole dobitnie przypominała o zagrożeniach.

Richard od czasu do czasu patrzył w dół zbocza, sprawdzając, jak idzie Kahlan i innym. Za każdym razem nie mógł nie zauważyć stosu splątanych szczątków mieszkańców Stroyzy. Ogromnie żal było mu tych prostych ludzi, żyjących na uboczu Mrocznych Ziem. Od pokoleń dawali sobie radę na tych niebezpiecznych terenach. Chciałby wiedzieć, kto ich zrzucił z klifu... Albo zmusił do skoku.

Ci ludzie byli strażnikami mającymi zaalarmować innych o zagrożeniu ze strony trzeciego królestwa, gdyby granica padła. Nigdy nie zdołali tego zrobić. I w rezultacie stali się ofiarami owego zagrożenia wymykającego się zza muru na północy.

Pamiętał chodzące trupy, które zaatakowały wkrótce potem, jak wieśniacy ocalili jego i Kahlan i przywieźli ich do

Stroyzy. Gdyby nie to, że był tam ze swoim mieczem, to ci wszyscy ludzie mogli zginąć już wtedy. Zastanawiał się, czy wróciło więcej chodzących trupów, żeby dokończyć dzieła. Nawet gdyby tak było, to czujki u wejścia do pieczary powinny zepchnąć napastników z urwiska. Możliwe jednak, że to, co wieśniacy mogli zrzucić na takie stwory ożywiane tajemną magią, zwyczajnie nie wystarczało.

Ta jedna możliwość przychodziła mu na myśl.

Kiedy Richard wreszcie dotarł na górę i wszedł do naturalnej rozległej pieczary, przekonał się, że w biegnących w głąb góry tunelach i przejściach jest ciemno. Wkrótce w bezpiecznej pieczarze znaleźli się też pozostali. Żołnierze pospiesznie wzięli pochodnie – dobrze widoczne w świetle dnia wpadającym przez szerokie wejście – z koszy stojących po obu stronach, żeby oświetlić drogę w głąb pieczar.

Nicci zapaliła pochodnie swoim darem i żołnierze je unieśli, zaglądając w ciemne przejścia. Richard wprowadził wszystkich w początkowy odcinek jednego z szerszych korytarzy. W naturalnych niszach zbudowano wiele pomieszczeń.

O wiele więcej pomieszczeń i całą sieć tuneli wyżłobiono w miękkiej skale, w której były osadzone kawałki granitu – od bryłek wielkości pięści do tak ogromnych, że trudno było ocenić ich rozmiary. Większość stropu tworzyły masywne granitowe płyty. Dzięki nim strop był mocny i stabilny. Pieczary zostały wydrążone w mieszaninie rozmaitych skał pod twardszym kamieniem.

Kiedy drążono we wnętrzu góry, tunele i przejścia tworzono głównie w dość miękkiej skale. Przez to powstał istny labirynt. Łatwo się było tu zgubić.

Niektóre z wydrążonych pomieszczeń odgradzały kamienne ściany, część wejść zamykały zwykłe drewniane drzwi, inne przesłaniały skóry zwierząt. Pomieszczenia tworzyły niewielkie mieszkania.

Richard przytknął do ust stuloną dłoń i wrzasnął w mrok:

– JEST TAM KTO? TU RICHARD RAHL! WRÓCIŁEM!

Jego głos wrócił echem z ciemności, a kiedy echo umilkło, pieczary znowu były ciche. Nie zaskoczyło go to. Ciała na dole wskazywały – jego zdaniem – że wszyscy mieszkańcy Stroyzy nie żyli.

Richard odwrócił się ku żołnierzom i wskazał mieczem na kilka mieszkań w labiryncie przejść.

– Sprawdźcie wszystkie pomieszczenia. Zobaczcie, czy ktoś żyje.

Podejrzewał, kierując się stopniem rozkładu ciał, że bez względu na to, kto lub co zabiło mieszkańców Stroyzy, niebezpieczeństwo już dawno zniknęło. Ale miecza nie schował.

– Wyczuwasz tam coś żywego? – zapytał cicho Nicci, kiedy do niego podeszła.

Przez chwilę w milczeniu wpatrywała się w przejścia.

– Trudno powiedzieć. Sieć pieczar powoduje odbicia, co utrudnia odczyt, ale nie sądzę, żeby coś tam było.

Richard wziął pochodnię od jednego z żołnierzy, gestem nakazując mu, by poszedł po drugą dla siebie.

– Może gdy wejdziemy głębiej, zyskasz większą pewność – powiedział do Nicci.

Czarodziejka stanęła u jednego boku Richarda, Kahlan trzymała się przy drugim. Trzy Mord-Sith z pochodniami ustawiły się na przedzie, żeby oświetlać drogę i wypatrywać zagrożenia. Zostawili za sobą żołnierzy przepatrujących pomieszczenia i weszli głębiej w rozległą pieczarę. Widział, że skieruje ich ku mniejszemu przejściu. Ostrożnie wchodzili w głąb, mijając różne odgałęzienia. Mord-Sith na chwilę kierowały w nie pochodnie, ale nikogo nie dostrzegły.

Żołnierze przeprowadzali dokładniejsze poszukiwania, sprawdzali każde pomieszczenie. Mord-Sith odrzuciły zasłonę wejścia po ich lewej i zajrzały do środka, upewniając się, że nie ma tam żadnego zagrożenia. Richard zobaczył poduchy wykorzystywane jako siedziska, lecz żadnych ludzi.

Za nimi ziemią wstrząsnął nagle grzmiący ryk, niemal zbijając ich z nóg.

Wszystkie ściany oświetlił oślepiający błysk.

ROZDZIAŁ 36

Richard i pięć towarzyszących mu kobiet odwrócili się akurat na czas, żeby zobaczyć, jak potężny błysk posyła w pieczarę rozszerzającą się ścianę pyłu. Ciała wszystkich żołnierzy rozpadły się w powietrzu, wśród iskier, a szczątki zostały wypchnięte przez wejście wraz z odłamkami skały i kłębiącym się kurzem.

Richard rozpostarł ramiona, zagarnął kobiety i pchnął je na ścianę, usuwając z zasięgu podmuchu. Kurz i kamienie przemknęły obok nich, kierując się w głąb pieczar.

Żaden z żołnierzy nie krzyknął. Byli martwi, zanim się zorientowali, co w nich uderzyło. Ciała spadły na skały w dole, dołączając do ludzkich szczątków gnijących na deszczu.

Richard przyjrzał się pospiesznie towarzyszącym mu kobietom. Ciężko oddychały i były wystraszone siłą nieoczekiwanego wybuchu, ale poza tym nic im nie było. Dwoma palcami wyjął z włosów Kahlan i odrzucił coś, co wyglądało jak długi zakrwawiony odłamek kości. Odwrócił się – miecz w dłoni, szalejący w nim gniew – i rzucił okiem za zakręt tunelu, ku wejściu do pieczary.

Zamrugał i znowu wychylił głowę, tym razem dłużej się przyglądając, i już wiedział, że za pierwszym razem się nie pomylił. Na tle światła wpadającego przez wlot pieczary rysowała się mała sylwetka. Richard natychmiast wiedział kto to.

Samantha, spowita ciemną peleryną, z kapturem kryjącym gęste czarne włosy, wysunęła się z bocznego odgałęzienia pomiędzy Richardem a miejscem, w którym byli żołnierze Pierwszej Kompanii.

Teraz wszyscy oni nie żyli. To się stało w mgnieniu oka. Kształt pieczary skierował większość siły wybuchu za szerokie wejście i zabrał ze sobą żołnierzy. To osłabiło podmuch w mniejszych przejściach, gdzie byli Richard i kobiety.

Richard, gdy tylko spostrzegł Samanthę, objął Kahlan ramieniem w talii i wciągnął głębiej w przejście. Jednocześnie ręką trzymającą miecz odsunął do tyłu Mord-Sith. Nicci skoczyła tam za nimi w samą porę – obok przemknęła błyskawica i odłupała odłamki ze ściany w głębi tunelu. Skała i gruz potoczyły się w głąb. Cała podłoga była nimi usiana. Niektóre były zakrwawione.

Nicci natychmiast odpowiedziała atakiem. Z jej uniesionych rąk strzeliły z ogłuszającym hukiem – kierując się przez pieczarę ku Samancie – splecione błyskawice tak addytywnej, jak i subtraktywnej magii. Richard widywał, jak taka połączona moc cięła stal.

Kamienie odpadły od ścian tam, gdzie uderzyła oślepiająca błyskawica mocy, ale – ku zdumieniu Richarda i samej Nicci – Samantha tylko uniosła rękę, niedbale odsuwając śmiercionośną błyskawicę, jakby była drobnym utrapieniem.

– Samantho! – wrzasnął Richard. – Co robisz?!

– To, co trzeba zrobić – odparła dziwnie spokojnym głosem.

– Twierdzisz, że mnie nienawidzisz, a zabijasz niewinnych ludzi! Zabiłaś tych, wśród których dorastałaś! Zabiłaś mieszkańców własnej wioski!

Nicci się odwróciła i walnęła Richarda pięścią w pierś, spychając go za zakręt, w boczny tunel – w samą porę, bo od Samanthy nadleciała z hukiem błyskawica, roztrzaskując skałę i wypełniając pieczarę kłębami kurzu. Blask był oślepiający i Richardowi została po nim w oczach poświata utrudniająca widzenie. Kobiety kaszlały i krztusiły się pyłem.

Chociaż było to niszczycielskie, wiedział, że Samantha tylko się z nim bawi. Nie chciała, żeby umarł szybko.

Wyjrzał zza rogu i zobaczył Samanthę zdecydowanie kroczącą ku nim. Dostrzegł zadrapania na jej chudych rękach. Wyglądały, jakby je zostawiły kocie pazury.

I wtedy, kiedy blask i cień tańczyły na jej postaci, Richard znowu ujrzał w jej twarzy ten sam mglisty kształt, co poprzednio, kiedy go zaatakowała na łące za cytadelą.

Kiedy weszła ze światła w głęboki mrok, to – chociaż pozostawała niemal w ciemności – zobaczył to wyraźniej. Było to ciemniejsze niż czerń, ciemniejsze niż najczarniejsza noc. Kahlan najwyraźniej też to widziała, zapatrzona w dziewczynę ze zdumieniem, cofając się razem z nimi wszystkimi.

– Co to jest? Wygląda znajomo.

Zobaczył, jak kształt skręca się i spręża, niczym obraz ponurego nastroju Samanthy – i rozpoznał go. Taki sam ciemny kształt niegdyś go otoczył, zastygł wokół niego. Ale tym razem przyjęto go dobrowolnie.

Teraz zrozumiał spalone koty i zadrapania na rękach Samanthy. Koty czasami potrafiły dostrzec duchy w tym świecie.

– To jeden z mrocznych demonów – powiedział.

– Mrocznych demonów? – zapytała Cassia głosem pełnym furii i pragnienia pozbycia się zagrożenia. – O czym ty mówisz?

– Z zaświatów – wyjaśniła Nicci wpatrzona w kształt nie z tego świata. – Teraz i ja go poznaję. To jeden z demonów, które w zaświatach więziły Richarda, jeden ze sługusów Sulachana wlokących Richarda w niebyt.

– To co robi tutaj? – zapytała Laurin równie gniewnym głosem.

– Zasłona zanika – stwierdził Richard, zapędzając je wolną ręką w głąb tunelu, w drugiej trzymał miecz. Popatrywał ku Samancie, która szła ku nim, dopasowując się do ich tempa, śledząc ich. – Sulachan cały czas rozdziera zasłonę. Najwyraźniej potrafił przez nią sprowadzić kilku swoich sług.

– Poddaj się nam – zawołała do niego Samantha – a wypuścimy resztę.

Żadne z nich w to nie uwierzyło. Sulachan i mroczne demony z zaświatów chciały się pozbyć Richarda, bo jedynie on mógł im zagrozić.

– To ty zrezygnuj i oddaj się w nasze ręce – odparł Richard.

Samantha w odpowiedzi posłała przez pieczarę kolejną błyskawicę pozaziemskiej mocy. Trafiła w ściany, odbiła się od nich, wywołując deszcz odłamków, kiedy mknęła ku Richardowi i jego grupce.

Tym razem w pobliżu nie było kryjówki. Richard, wiedząc, że nie zdołają uniknąć ciosu, podjął decyzję i wysunął się naprzód, trzymając miecz jak tarczę – jedną dłonią za rękojeść, drugą za czubek. Kula ognia rozpadła się, uderzając w ostrze, języki ognia uderzyły w ściany po obu stronach.

Obawy Richarda się potwierdziły, kiedy ujrzał, że za Samanthą nie ma ani jednego żołnierza. Zabiła majora Fistera i cały towarzyszący im oddział. Przy życiu zostało tylko ich sześcioro – on, Kahlan, Nicci i trzy Mord-Sith.

Nie mieli innej możliwości, jak tylko wycofać się w głąb pieczar i starać się trzymać z daleka od młodej czarodziejki.

– SAMANTHO! – wrzasnął Richard, wycofując się. – Musisz przestać! Przez swoją nienawiść do mnie zapraszasz w siebie zło! Przestań! Zastanów się, co robisz!

Dłonie miała zaciśnięte w pięści.

– Dobrze wiem, co robię! – krzyknęła. – Zabijam mordercę mojej matki!

– Musisz mnie wysłuchać – zawołał do niej Richard, cofnąwszy się o kilka kroków. – Już przedtem starałem się ci to wytłumaczyć. Musisz ze mną o tym porozmawiać. Musisz mi pozwolić opowiedzieć, jak było z twoją matką. Pozwól, bym pomógł ci to wszystko przemyśleć, żebyś sama dostrzegła prawdę. Musisz ją poznać!

Opuściła głowę, ręce sztywno zwiesiła po bokach.

Kahlan chwyciła Richarda za rękaw.

– Mamy kłopoty. Tak zrobiła, kiedy rozsadziła skały w wąwozie.

– Kahlan ma rację – odezwała się Nicci. – Pogrzebała wtedy całą armię półludzi.

Cassia ruszyła ku młodej czarodziejce, ale Richard w samą porę chwycił ją za ramię i szarpnął w tył, niemal zwalając z nóg.

– Nie pójdziesz – warknął gniewnie. – Zabije cię w mgnieniu oka.

– Mogę ją powstrzymać, lordzie Rahlu. To właśnie robią Mord-Sith. Potrafimy przejąć magię każdego, kto próbuje nas zaatakować. Pozwól mi...

– Nie – powiedział, wracając z nimi ku zakrętowi. – Mój dar nie działa, a więc nasza więź i wasze Agiele też, co oznacza, że straciłaś zdolność przejmowania magii.

Tkwiąca w nim zmaza odcinała go od daru. A nawet gdyby wszystko było, jak trzeba, to nie wiedział, czy Mord-Sith mogłaby powstrzymać kogoś władającego tajemną magią. Kiedy obejrzał się przez ramię, upewniając się, że wszyscy się ukrywają, krzepko trzymając ramię Cassi i wlokąc ją za sobą, Laurin ominęła go z drugiej strony. Pomknęła, zanim Richard zdążył ją chwycić.

Z Agielem w dłoni pędziła prosto ku Samancie, prowokując ją, żeby zaatakowała magią. Richard zdążył chwycić Vale, nie pozwolił jej dołączyć do Laurin.

Samantha nawet nie drgnęła. Głowę miała pochyloną, oczy zamknięte. Mglisty kształt demona drżał ze złowieszczej radości.

Zanim Richard zdołał ruszyć za Laurin, powietrze w pieczarze zadrżało, jakby w górę uderzył gigantyczny młot. Jednocześnie ciało Mord-Sith rozpadło się na czarne odłamki, niczym kryształy nocnego kamienia. Czerwony skórzany uniform opadł na podłogę, a czarne kryształki, które były Laurin, wysypywały się z rękawów i nogawek. Z Mord-Sith zostały jedynie odłamki rozsypane po podłodze.

Cassia i Vale, krzycząc z furii, ruszyły ku Samancie. Richard zdążył je chwycić i szarpnąć za zakręt.

Kiedy chwiejnie wracał z obiema Mord-Sith, depcząc po nogach Nicci i Kahlan, ściany zaczęły dygotać jak przy gwałtownym trzęsieniu ziemi. Grzmiące wybuchy wstrząsały pieczarą, dzwoniło mu w uszach.

– Robi to – warknęła przez zaciśnięte zęby Nicci. – Zwala na nas skałę.

– Musimy się stąd wydostać – powiedziała Kahlan.

Ale nie było jak. Mogli tylko starać się zejść z „linii ognia" Samanthy.

Po lewej wybuchła skalna płyta, odłamki poleciały w głąb

przejścia, a główna część ciężko uderzyła o podłogę. Obluzował się i spadł kawałek mniejszej płyty granitowego stropu, druga część pozostała zaklinowana w miększej skale.

Richard pchnął obie Mord-Sith do tyłu, posyłając im ostrzegawcze spojrzenie. Kahlan i Nicci chwyciły je i przytrzymały, żeby on mógł wyjrzeć zza rogu.

Kiedy wybuchy na krótko ustały, mógł zerknąć. Zobaczył Samanthę, z ponurym czarnym cieniem demona wijącego się z furii w tym samym miejscu co dziewczyna. Ręce nadal miała sztywne, dłonie zaciśnięte w pięści, głowę pochyloną.

Kiedy go zobaczyła, posłała mu spojrzenie pełne niepohamowanej furii i nienawiści i wciąż szła. Szła po niego.

ROZDZIAŁ 37

Richard się zastanawiał, czy zdołałby na tyle się do niej zbliżyć, żeby użyć miecza. Ale wtedy nie mógłby skorzystać z niego jak z tarczy, no i zbyt długo pozostawałby odsłonięty. W myślach planował, co zrobić. Postanowił, że wypadnie z ukrycia, żeby przyciągnąć jej uwagę. Skupiłaby się na ataku na niego. To przekierowanie uwagi zajęłoby jej ułamek sekundy, przez co atak byłby mniej celny. Pospiesznie cisnęłaby kolejną błyskawicę mocy, a on padłby na ziemię, przetoczył się pod nią, potem się poderwał i rzucił na Samanthę. Z pewnością dałby radę dosięgnąć ją mieczem, zanim zdążyłaby zareagować.

Ale gdyby nie chybiła, byłoby po wszystkim. On by zginął. Sulachan i Hannis Arc by zwyciężyli. Proroctwo by przetrwało – przynajmniej póki świat życia by nie umarł.

Mocniej uchwycił miecz obiema rękami i zacisnął zęby, gotując się do ataku na młodą czarodziejkę.

Samantha się zatrzymała. Warczała z wściekłości, cała dygotała w furii. Richard rzucił okiem zza rogu i zobaczył demona zajmującego to samo miejsce co ona, podobnie jak duch Sulachana wypełniał jego zeschnięte zwłoki.

Lecz Samantha nie była niewinną istotą opętaną przez złego ducha. Kierowana irracjonalną, niekontrolowaną nienawiścią i gniewem zaprosiła do siebie tego mrocznego ducha. Teraz obydwoje mieli jeden cel. Byli zdecydowani zabić.

Mroczny demon posługiwał się nią, zachęcał ją i Samantha ochoczo przyzywała całą moc swojej nieokiełznanej nienawiści.

Dygotała z gniewu, a skała pieczary odpowiadała drżeniem. Richard wiedział, co ona robi. W końcu sam ją tego nauczył.

Wiedział, że nie ma czasu do stracenia. Jeśli ma ją powstrzymać, musi to zrobić teraz, zanim zwali na nich skałę. Nie miał wątpliwości, że należy ją zabić. Jeżeli taniec ze śmiercią czegoś go nauczył, to tego, że nie wolno poświęcać życia – tak swojego, jak i niewinnych ludzi – w imię sentymentów. Śmiertelne zagrożenie powinno zostać rozpoznane i usunięte.

Zanim Richard zaatakował, musiał się uchylić, bo za nimi rozsadziło płytę z grubszego kamienia. Ostre odłamki świsnęły w powietrzu – jeden przemknął nad jego pochyloną głową, chybiając o włos.

Potem rozsadziło kolejny fragment ściany przed nim i w bocznym tunelu. We wszystkich przejściach skała zaczęła wybuchać z ogłuszającym hukiem. Pieczara dygotała pod uderzeniami niewyobrażalnej mocy, jaką Samantha ogniskowała w skale, rozsadzając ją. Echa wybuchów wstrząsały pieczarą.

Eksplozje niemal nakładały się na siebie i grzmiące wybuchy rozlegające się w ograniczonej przestrzeni wręcz sprawiały ból. Richard był obsypany skalnymi odłamkami, lecącymi przez tunele i odbijającymi się od ścian. Cała góra się trzęsła. Musiał zamknąć oczy i odwrócić twarz, chroniąc się przed śmigającymi obok chmurami gruzu. Huk był ogłuszający.

A potem, przed nim, gdy właśnie miał popędzić ku Samancie, przetaczając się pod wszystkim, czym by w niego cisnęła – cały strop wydał rozchodzący się echem głośny trzask i znienacka runął, wysadzony grzmiącą eksplozją. Cały masywny fragment góry nad nimi nagle się zapadł.

Walący się strop tak zatrząsł górą, że Richarda, Kahlan, Nicci, Cassię i Vale zbiło z nóg. Richard i Mord-Sith natychmiast się przetoczyli i podparli na dłoniach i kolanach, gotowi się poderwać do walki. Kahlan klęczała, sprawiała wrażenie ogłuszonej. Wszyscy odwrócili twarze od fali powietrza wypchniętego spod walącej się skały. Fala uderzeniowa powaliła Nicci na plecy. Ściana powietrza odepchnęła też obie Mord-Sith.

Richard przygotował się na kolejny cios; rozejrzał się, starając się znaleźć kryjówkę przed śmigającymi kamieniami, ale nie było innego odgałęzienia. Nie było żadnej drogi ucieczki. Cassia i Vale wstały, unosząc pochodnie.

Posykiwały i skwierczały, ale świeciły, odłamki opadły, kamienie przestały się toczyć, wszystko zaczęło się uspokajać. Dudnienie i wstrząsy ustały. Wybuchy także. Ich echa stopniowo ucichły.

Richard się zastanawiał, co teraz nadejdzie, jaką moc wyzwoli Samantha. Musiał ją powstrzymać.

W nagłej ciszy wyjrzał wreszcie zza rogu i zobaczył coś przed nimi, za niemal pustym czerwonym uniformem Mord-Sith. Wziął od Vale pochodnię i ostrożnie, powolutku wyszedł zza osłony skały, żeby się przekonać, że naprawdę właśnie to widzi.

Przekonał się, że miał rację, i wyprostował się na całą wysokość. Zakrwawione ramię Samanthy sterczało spod masywnego granitu, który spadł ze stropu. Zmiażdżył młodą kobietę.

– To ci dopiero – odezwała się Cassia, podchodząc do Richarda. Jedną ręką wysoko trzymała pochodnię, drugą otrzepywała się z pyłu.

Migotliwy blask pochodni oświetlił okrwawione przedramię i pięść – tyle tylko widzieli. Reszta Samanthy została pogrzebana pod nieprzeliczonymi tonami kamienia, które na nią runęły.

– Kiedy się rozwścieczyła i skupiła na nas – odezwała się Kahlan – to zapomniała o własnym bezpieczeństwie. W wąwozie, kiedy atakowała nas armia półludzi, a Samantha zwalała im na głowy skały, musiałam ją stamtąd wynieść, bo inaczej sama by zginęła.

Nicci potakująco kiwała głową.

– Widziałam w niej tę niedojrzałość. Przerażała mnie od początku. Moc Samanthy przerastała jej zdolność zapanowania nad nią.

Zakrwawione ramię wyglądało dość upiornie – poruszał się w nim ciemny cień, jakby wciąż żył, choć ramię było zupełnie nieruchome. Kiedy Richard się przyglądał, ów cień się rozwiał. Demon, który w niej był i jej pomagał, zniknął za zasłoną. Pozbawiony ziemskiego ciała, które mógłby przejąć w świecie życia, nie mógł się przeciwstawić skrinowi wciągającemu go na powrót do świata umarłych.

Jak na razie niektóre z tych mocy nadal jednak trwały. Przynajmniej w pewnym stopniu.

– Nie mogę uwierzyć, że z własnej woli zabiła tych ludzi – odezwała się Kahlan. – Znała ich. Lubiła. Przynajmniej w swoim czasie. Pomagała im. Trudno mi pojąć, że tak łatwo mogła ich zgładzić.

Richardowi zrobiło się odrobinę żal dziewczyny, której moc zupełnie tu nie pasowała i która z takim wysiłkiem usiłowała stać się kobietą. Miała taki potencjał. Ale talent w końcu nie wyszedł jej na dobre, skoro pozwoliła, żeby kierowała nią nienawiść. I w końcu nienawiść ją zniszczyła.

– Wymordowała całą swoją wioskę – stwierdził. – Ludzi, wśród których dorastała i których zamierzała chronić.

Nicci patrzyła gniewnie na okrwawione, strzaskane ramię.

– Mówiłam ci, że jest niebezpieczna, a jej gniew groźny.

– Jedno z praw magii, które dawno temu poznałem – odezwał się Richard – brzmi „uczucia rządzą rozumem". Żałuję, że wcześniej nie dojrzałem tych wskazówek. Gdybym zwracał baczniejszą uwagę na te oznaki, może mógłbym jej pomóc wybrać dobre rzeczy, a nie nienawiść. Pewnie byłem na to ślepy, sądząc, że po prostu powinna odrobinę dojrzeć.

– Raczej całe mnóstwo – burknęła Nicci. – Nie pomógłbyś jej, Richardzie. To w niej tkwiło. To była jej wrodzona natura. Nikt z nas nie mógłby jej odmienić.

Richard przykucnął i dotknął czerwonego uniformu należącego niegdyś do Laurin.

– Oddała życie, starając się chronić ciebie, lordzie Rahlu – powiedziała Cassia pocieszająco. – Każda z nas zrobiłaby to samo. Miała godną śmierć.

– Jak ci wszyscy żołnierze – odrzekł. – Ale i tak są martwi.

Wziął Agiel spośród czarnych kryształków będących wszystkim, co zostało z Laurin. Wstał i podał go Vale.

– Teraz musisz nosić Agiel mężnej Mord-Sith, siostry w Agielu, jak czyni to Cassia, i czerpać z niego siłę.

Pochyliła głowę, a on zawiesił jej na szyi łańcuszek.

– Żałuję, że żołnierze i Laurin musieli dzisiaj umrzeć.

– Zginęli, żeby cię chronić, lordzie Rahlu – powtórzyła Cassia. – To była ich przyjęta z własnej woli powinność. Umarli, czyniąc to, czego najbardziej pragnęli. Czuli się zaszczyceni tym, że im ufałeś. Zginęli bohaterską śmiercią, starając się zapewnić bezpieczeństwo tobie i Matce Spowiedniczce.

Uśmiechem podziękował za te słowa.

– Jednak nie do końca jesteśmy bezpieczni – stwierdził, patrząc na twardą skalną ścianę. – Obawiam się, że znaleźliśmy się w potrzasku.

ROZDZIAŁ 38

Czemu tak mówisz? – spytała Nicci z mieszaniną podejrzliwości i niepokoju. – Wszędzie są przejścia. Muszą tu być przecinające się tunele. Musi być jakiś sposób okrążenia tej zwalonej części stropu.

Richard, wodząc wzrokiem po skalnej ścianie, z wolna potrząsnął głową.

– Masz rację, że tunele się przecinają. Trochę bardziej w tył i moglibyśmy pójść tymi odgałęzieniami, a one by nas doprowadziły do wejścia na szczycie klifu. Lecz nie z tego miejsca. Jesteśmy teraz w wydzielonym korytarzu biegnącym w głąb góry. To przejście jest inne od pozostałych. Ma konkretne przeznaczenie i dlatego brak tu rozgałęzień tworzących sieć tuneli. Budowniczowie najwyraźniej zamierzali ograniczyć dostęp do tego korytarza. Ma boczne odnogi z wieloma pomieszczeniami, w których mieszkali ludzie, lecz żadna z nich nie prowadzi na zewnątrz. Wszystkie kończą się ślepo. Jedyna droga do głównej sieci tuneli wiedzie przez tę zawaloną ścianę.

– Może to nie taki wielki problem, jak się wydaje – odezwała się Cassia, starając się, by zabrzmiało to optymistycznie. – Może w pięcioro dalibyśmy radę się przekopać.

Richard spojrzał na nią krzywo.

– Popatrz na to. – Wskazał skalną ścianę. – Cassio, to lity granit, a nie sterta gruzu, przez którą można się przekopać. To jeden masywny blok. Granit często się układa w takie grube płyty. Niektóre mogą mieć dziesiątki jardów grubości i ciągną się horyzontalnie na spore odległości. Deszcz i wiatr mogą utworzyć szczeliny i pęknięcia, lecz te płyty we wnętrzu góry są lite. Strop musiał pęknąć wzdłuż naturalnej szczeliny gdzieś wyżej i z powodu działań Samanthy runął w tę pieczarę cały obluzowany ciężar.

– Może płyta wcale nie jest taka gruba – podpowiedziała Kahlan. – Ludzie tną granit na bloki i wykorzystują w budynkach.

– Rozumie się – powiedział Richard – ale żeby rozszczepić skałę, potrzeba specjalnych dłut i klinów. Nie mamy takich.

Kahlan z nadzieją spojrzała na Nicci.

– Może mogłabyś użyć daru i otworzyć jakiś otwór, roztrzaskać skałę albo coś w tym rodzaju, żebyśmy się przedostali na drugą stronę? Odsunąć jakąś część rumowiska?

Nicci się zmarszczyła.

– Nic z tego. Działania Samanthy naruszyły całą górę. Pamiętasz, co zrobiła w tamtym wąwozie? Tutaj wszystko wpadło w pustą pieczarę, jakby ktoś stanął na mrowisku. Zawaliła się cała sieć tuneli. Od nas do wlotu pieczary jest lita skała.

– To daleko? – spytała z nadzieją Vale.

Richard lekko się skrzywił.

– Ile przebiegliśmy, żeby się od niej oddalić?

Vale wyglądała na zmieszaną.

– Całkiem spory dystans.

– Dobrze mówisz. Ze sto stóp. Równie dobrze możemy być w środku góry.

Wskazał w bok.

– Popatrz, jak bardziej miękki kamień jest wtłaczany w puste miejsca. To dobry wskaźnik potężnych rozmiarów i ciężaru całego granitu, jaki spadł z góry. Jakkolwiek rozległa by była sieć pieczar, dla całej góry są jak mrowiska, o których wspomniała Nicci. Stąd na tamtą stronę nie ma już pieczar. Wszystkie się zawaliły. Nie mamy czym się przekopać ani przebić. Ludzie, którzy wydrążyli te pieczary, na pewno mieli setki robotników i niezbędne narzędzia. My nie mamy.

Kahlan skrzyżowała ramiona na piersi.

– Co my tu robimy, Richardzie?

Popatrzył na nią.

– Co masz na myśli?

– Wszyscy jesteśmy wystraszeni. Umrzemy tutaj, jeśli nie ma innej drogi wyjścia. Chciałeś tu przyjść, bo twierdziłeś, że do Pałacu Ludu jest za daleko. Tutaj nie ma pola ograniczającego, gdzie Nicci mogłaby usunąć z ciebie tę zmazę. Więc czemu tu jesteśmy? Co się naprawdę dzieje?

Richard na chwilę zacisnął wargi.

– No... pomyślałem, że uznacie mnie za wariata, więc chciałem najpierw to znaleźć.

Kahlan nie spuszczała z niego karcącego spojrzenia.

– Co znaleźć?

Najwyraźniej oczekiwała prawdy. Nie miał wątpliwości, że na to zasługuje. Jak i pozostałe kobiety.

– Studnię sylfy.

Wszystkie się w niego wpatrywały, cisza aż dzwoniła.

Kahlan się zachmurzyła.

– Myślisz, że sylfa ma tutaj studnię? Dlaczego tak uważasz?

Richard westchnął głęboko i wskazał na południowy zachód.

– Tylko popatrz, jak daleko stąd do Pałacu Ludu. Dalej nawet niż do Wieży Czarodzieja w Aydindril. – Wymienił spojrzenia z Kahlan i Nicci. – Czarodziejka w Stroyzie miała czuwać i w razie potrzeby ruszyć do Wieży z ostrzeżeniem, że po tysiącach lat granica trzeciego królestwa została przerwana i największe z istniejących kiedykolwiek zagrożenie dla ludzkości się wydostało. To było zadanie Stroyzy, dlatego ją tu zbudowali ci sami ludzie, którzy wznieśli granicę, i dlatego zawsze żyła tutaj osoba mająca dar.

Zdumiona Kahlan wzruszyła ramionami.

– I co z tego?

– Myślisz, że budowniczowie granicy powstrzymującej największe zło oczekiwali, iż ta osoba przebiegnie całą drogę do Wieży i wszystkich ostrzeże? Zawierzyli los Nowego Świata, los samego życia, tej jednej czarodziejce, która miała przebyć drogę do Wieży Czarodzieja? Świat zależał od niej, od tego, czy uniknie półludzi, wymknie się z łap króla-ducha powstałego z martwych, umknie jego ożywionym umarłym, tajemnym mocom i wszystkim innym zagrożeniom towarzyszącym podróży przez bezkresne lasy Mrocznych Ziem? Musiałaby przebyć pustkowia, górskie łańcuchy i góry w D'Harze, żeby się dostać do Wieży Czarodzieja. Naprawdę sądzisz, że ludzie mający dar i tyle rozumu, żeby zbudować granicę, która przetrwała trzy tysiące lat, stworzyć cytadelę i Stroyzę, by czuwała nad granicą, zrobiliby coś takiego? Że złożyliby losy świata w dłonie czarodziejki z wioski, szczęśliwie przebywającej tak długą i niebezpieczną drogę?

Nicci skrzyżowała ramiona na piersi i spojrzała na Kahlan.

– Z przykrością przyznaję, że kiedy tak to przedstawia, to trudno się z nim nie zgodzić. Zagrożenie było niezwykle poważne. Gdyby można było się go pozbyć, to zrobiliby to już w czasach wielkiej wojny, zamiast zamykać je za tą granicą.

– Racja – powiedział Richard. – Toteż nie uzależniliby wszystkiego od przebycia przez jedną osobę całej tej drogi, wierząc, że dotrze na miejsce bezpiecznie i na czas, żeby zdążyli przeciwdziałać rozprzestrzeniającemu się złu. Miałaby ten sam problem co my: CZAS. Nie zdążyłaby dotrzeć do celu i co gorsza, półludzie zapewne by ją wyprzedzili, więc nie tylko musiałaby unikać schwytania i pożarcia, ale i musiałaby znaleźć sposób, jak ich wyminąć.

Zamyślona Kahlan przez chwilę patrzyła przed siebie, a potem powiedziała:

– Studnia sylfy zapewniłaby strażniczce szybki i łatwy sposób dotarcia do Wieży. To ma sens.

– To jedyna sensowna rzecz – stwierdził Richard.

– No ale skoro jest tu studnia sylfy, to czemu jej wcześniej nie widzieliśmy? Samantha pokazała ci chronione osłonami pieczary, w których Naja Moon spisała zalecenia i gdzie mieli ten punkt obserwacyjny. Gdzież więc jest ta studnia, o ile naprawdę jakaś tu jest? – spytała Kahlan.

– Po prawdzie to nie wiem – przyznał Richard. – Nigdy jej nie widziałem. Ale zakładam, że musi być jakieś chronione pomieszczenie ze studnią sylfy, tak jak w Wieży. Musimy je znaleźć.

Nicci wskazała kciukiem granitową ścianę, która przedtem była stropem.

– A co, jeśli jest pod spodem?

– Jak powiedziałem, to wydzielony korytarz. Uważam, że zrobiono tak celowo, żeby zapewnić tu bezpieczeństwo. Sądzę, że jesteśmy we właściwym przejściu.

Kahlan wciąż wpatrywała się przed siebie, pogrążona w myślach.

– Moglibyśmy raz-dwa wrócić do pałacu. I Nicci mogłaby cię uleczyć. A wtedy mógłbyś powstrzymać Sulachana i zakończyć proroctwo.

ROZDZIAŁ 39

Richard delikatnie dotknął wyrzeźbionej w drzwiach Grace, oświetlonej blaskiem pochodni. Magda Searus zostawiła pierścień z Grace w chronionych osłonami korytarzach za tymi drzwiami. Pierścień miał mu przypominać, o co walczy. Właściwie nie potrzebował przypomnienia; świetnie wiedział, o co toczy walkę.

– To są mieszkania dla mających dar, którzy mieli obserwować granicę – powiedział kobietom. – Mieszkały tu Samantha i jej matka.

– Cóż za ironia – stwierdziła Kahlan – że tutejsi mający dar mieli być strażnikami tego, co symbolizuje Grace, Irena zaś pracowała nad tym, by to zniszczyć.

– A jej córka przejęła po niej to zadanie – dodała Nicci.

– Wygląda na to, że to częsty przypadek wśród ludzi mających władzę – powiedział Richard, otwierając drzwi. – Nawet tych, którzy rządzą w tak maleńkiej wiosce. Trudzą się nad zniszczeniem tego, co mieli chronić.

– Nie wszyscy, lordzie Rahlu. Nie ty – odezwała się Cassia.

Posłał jej przez ramię uśmiech.

– Może dlatego, że nigdy nie chciałem władzy. Chcę tylko w spokoju przeżyć życie.

Kilka grubych świec tkwiących w kałużach stopionego wosku wypaliło się niemal do końca, ale jednak wciąż płonęło. Parę innych już zgasło. Skromna, lecz porządnie wykonana szafka stała przy niskiej ławie. Zmięty koc zepchnięto na bok maty do spania. Wyglądało na to, że Samantha tu mieszkała, kiedy już wybiła wszystkich mieszkańców wioski, nawet koty. Zwłaszcza koty.

Pochodnia Cassii strzelała iskrami, bliska zgaśnięcia, toteż Mord-Sith wzięła latarnię z półki na ścianie ciemnego korytarza z tyłu pomieszczenia. Zapaliła ją patykiem od pochodni, którą potem zgasiła w drewnianym wiadrze z wodą. Latarnia oświetliła łagodnym blaskiem korytarz, który poprowadził ich wzdłuż ciemnych pomieszczeń.

Vale wsuwała pochodnię do każdego z nich, sprawdzając, czy kogoś lub czegoś nie ma w środku.

– Nic – powiedziała, wychodząc z ostatniego. – Wyglądają jak dodatkowe sypialnie.

Głębiej w korytarzu minęli wnękę, którą Richard pamiętał. Na trzech półkach z desek stało tam parę skromnych glinianych posążków. Pasterz stojący obok kilku owiec. I kolejny pasterz wśród stada, osłaniający dłonią oczy, najwyraźniej patrzący w dal. Wyglądało to na typowe wiejskie sceny. Pasterze mieli czuwać nad swoim stadem i wypatrywać zagrożeń. Na niższych półkach leżało kilka książek i trochę poskładanego płótna.

Nicci rzuciła okiem na książki, a potem odłożyła je na półki.

– Nic, co by nam pomogło.

Minęli jeszcze kilka pustych, ciemnych pomieszczeń po obu stronach tunelu; sprawdzili je i szli coraz dalej w głąb góry, na koniec stanęli przed czymś, co – jak wiedział Richard – było okrągłym kamiennym dyskiem. Pośrodku kamienia zamykającego korytarz wyrzeźbiono Grace. Nie było wątpliwości, co niepokoiło pradawnych budowniczych wioski.

Richard wskazał skorodowaną i podziurawioną metalową płytkę osadzoną w ścianie.

– Mój dar nie oddziałuje na osłony.

Nicci się nachyliła i przycisnęła dłoń do metalowej płytki. Pod jej dotknięciem kamień blokujący przejście zadrżał i zaczął się przetaczać w prawo, odsłaniając ciemny korytarz. Stali w milczeniu, czekając, aż ciężki kamień odtoczy się do końca.

Nicci weszła pierwsza.

– Tak będzie lepiej – powiedziała, podchodząc do uchwytu ze szklaną kulą.

Kiedy po nią sięgnęła, kula zaczęła się jarzyć. Jeszcze bardziej pojaśniała, kiedy czarodziejka zdjęła ją z uchwytu. Charakterystyczny zielonkawy poblask sięgał daleko w głąb długiego korytarza.

Ściany za chronionym osłoną kamiennym wejściem – w przeciwieństwie do chropowatych skał w pozostałej części wioski – były pracowicie wygładzone i wyrównane z podłogą i stropem. Na płaskich ścianach nie było ozdób poza delikatnymi naturalnymi odcieniami kremowej barwy. Ta część góry w całości składała się z bardziej miękkiej skały, całkiem pozbawionej granitu.

Korytarz, bez półek, wnęk czy ław, sprawiał osobliwie sterylne wrażenie. W poprzednim była przynajmniej wnęka z półkami, na których stały statuetki pasterzy i parę książek, lecz za osłonami nie było nawet tak skromnych ozdób. Richard zgadywał, że to logiczne, bo korytarz miał tylko prowadzić do ważnych miejsc.

– Są tutaj jakieś pomieszczenia? – zapytała Nicci.

Richard potrząsnął głową.

– To tylko zewnętrzny korytarz z osłoną na drugim końcu. Myślę, że miał być pułapką na intruzów.

Niektóre osłony właśnie tak działały. Pozwalały nieupoważnionym ludziom dotrzeć tylko do pewnego punktu, a potem nie dawały im się wycofać. To odstraszało, bo zwiadowcy nigdy nie wracali z raportami.

Szli ciemnym, cichym korytarzem, w którym nie było ostrych zakrętów – po prostu miejscami lekko się zakrzywiał, meandrując, i wreszcie dotarli do drugiego kamienia zamykającego dalszą drogę. Tak jak Richard zapamiętał, nie było tu ani jednego pomieszczenia.

Nicci zauważyła metalową płytkę osłony i bez zwłoki przytknęła do niej dłoń. Gdy tylko to zrobiła, świetlna kula w jej ręce pojaśniała. Richard podejrzewał, iż była to wskazówka, że osłony wyczuły, że czarodziejka nie jest intruzem, lecz kimś, komu wolno tu wejść.

Drugi kamień był o wiele większy i cięższy. Góra dudniła, kiedy olbrzymi głaz toczył się w prawo, w otwór wycięty w skale. Korytarz za nim był szerszy, a jego ściany dokładniej wygładzone i wyrównane, co świadczyło o jego randze.

Kahlan dotknęła palcami kremowej powierzchni, zadziwiona wysiłkiem, jaki włożono w wypolerowanie ścian tak głęboko we wnętrzu góry.

– Czemu zadali sobie aż tyle trudu? – zapytała.

– Uważam, że po to, by podkreślić znaczenie tego, co się tutaj znajdowało – odpowiedział Richard. – Włożony w to wysiłek pokazywał przyszłym pokoleniom żyjącym w zwyczajnych pieczarach, że to ważne miejsce i że muszą wypełniać swoje obowiązki.

– Ładna teoria – odezwała się Nicci. – Szkoda, że do niczego.

Richard cichym chrząknięciem przyznał jej rację.

Za ostrym zakrętem zaczęli napotykać wycięte w kamiennych ścianach symbole. Wyrzeźbiono je, a nie namalowano, żeby przetrwały wiele pokoleń.

Cały wyrzeźbiony tekst składał się z symboli mowy Początku. Im głębiej wchodzili w korytarz, symboli nie tylko było coraz więcej, aż wreszcie pokryły całą ścianę po lewej, od stropu do podłogi, ale i stawały się coraz bardziej zawiłe.

– Są tu jakieś pomieszczenia? – zapytała Nicci.

– Nie – odparł Richard.

Najwyraźniej dawała do zrozumienia, że jeżeli nie ma tu żadnego pomieszczenia ze studnią sylfy, to nie zdołają wydostać się z pieczar.

Nicci wlokła się za Richardem i Kahlan, wodząc wzrokiem po napisach. Obie Mord-Sith kroczyły po drugiej stronie korytarza, w milczeniu patrząc na ścianę z tekstem. Im głębiej wchodzili, tym jaśniej się robiło. Światło dnia wpadało przez wycięty w ścianie niewielki okrągły otwór. Padało na ścianę naprzeciwko, oświetlając koniec korytarza.

– To tutaj – powiedział Richard. – To punkt obserwacyjny, z którego czuwali nad granicą.

Kahlan stanęła na palcach, żeby wyjrzeć przez „okno".

– Uważasz, że kiedy Irena zobaczyła, iż granica słabnie, powiedziała o tym Ludwigowi Dreierowi? Może to on nakłonił Jit, żeby nas pochwyciła.

– Sądzę, że to była robota Hannisa Arca – stwierdził Richard. – Dowiedział się z ceruleańskich zwojów o słabnięciu granicy na długo przedtem, nim Irena to zauważyła. W końcu od dawna przygotowywał powrót Sulachana. Nie wiem, skąd Jit miałaby o nas wiedzieć, a przecież posłużyła się bardzo swoistym zaklęciem, żeby nas zwabić. Hannis Arc musiał umieć nią pokierować.

Kahlan westchnęła i odsunęła się od „okna".

– Myślę, że masz rację.

Nicci uniosła wyżej świetlną kulę i dalej czytała napisy na ścianie.

– Zgadzam się z tym. Hannis Arc miał i motyw, i możliwości.

Richard skinął głową.

– Od młodości chciał usunąć dynastię Rahlów. Przygotowywał to przez całe dziesięciolecia. Podejrzewam, że to on stoi za pojawieniem się Zaszytej Służki na bagnach i wykorzystaniem przez nią tajemnej magii.

– Daje ci to kolejny powód, żeby go zabić – powiedziała z roztargnieniem Nicci, nie odwracając się od tekstu.

Richard wiedział, że czarodziejka ma rację. Szczegóły już nie miały znaczenia. Liczyło się tylko to, że jeśli nie powstrzyma Hannisa Arca, to wszyscy umrą.

– No i? – zapytała Nicci, wreszcie się prostując i odwracając ku Richardowi. – Gdzie jest studnia z sylfą?

Richard przeczesał włosy palcami.

– Obawiam się, że nie wiem. Musimy ją znaleźć.

– Jak? – rzuciła Nicci sarkastycznie.

Przypomniało mu to dawne czasy, kiedy była jego nauczycielką i starała się go nauczyć, jak ma się posługiwać darem.

Wszyscy się rozejrzeli po korytarzu. Poza tekstem na ścianie niczego nie zobaczyli.

– Tu nie ma żadnych pomieszczeń, lordzie Rahlu – odezwała się Cassia, niechcący przydając wagi słowom Nicci. – I żadnego nie było, kiedy minęliśmy osłony i szliśmy tutaj.

– Może pomieszczenie z sylfą jest w innym tunelu? – podsunęła Vale.

Richard potrząsnął głową.

– Nie. Wszystko tutaj wykonano bardzo starannie, od punktu obserwacyjnego, przez wygładzone ściany, po osłony. Nie umieściliby studni w niestrzeżonym miejscu.

Kahlan wskazała „okno".

– Już jest tu otwór, więc może Nicci mogłaby posłużyć się darem i rozsadzić trochę skały. Wtedy wydostalibyśmy się z tej pieczary-potrzasku.

– Wsuń głowę do środka i rzuć okiem – powiedział Richard. – Ten stok góry to prawie pionowe urwisko. Nawet gdybyśmy poszerzyli otwór, to jest on na wysokości tysięcy stóp.

– Może udałoby się nam znaleźć liny – wtrąciła Vale.

– Kiedy tu szliśmy, zaglądałaś wszędzie – rzekł Richard. – Widziałaś jakieś liny? Tysiące stóp lin?

Vale spuściła nos na kwintę.

– Chyba nie.

– Nie umiemy latać, więc tędy się nie wydostaniemy – stwierdziła Kahlan równie zniechęcona.

– A przede wszystkim, co byśmy zyskali, wydostając się przez ten otwór i schodząc z urwiska? I tak bylibyśmy za daleko od Pałacu Ludu, żeby zdążyć na czas. Mając w sobie zmazę, umarłbym na długo przedtem, nimbyśmy się tam dostali – powiedział Richard.

– Masz rację – westchnęła Kahlan. – Sylfa to jedyne rozwiązanie. Jeśli rzeczywiście jest gdzieś tutaj jej studnia.

Nicci wsparła dłoń na biodrze i rozejrzała się w zamyśleniu.

– Kiedy Samantha pokazała ci to miejsce, to powiedziała, że jej matka musiała iść z ostrzeżeniem do Wieży. Ona i jej mąż, przynajmniej na pozór, wyruszyli w tę podróż. Zawsze mówiła o tym jak o długiej pieszej wędrówce. Tak to zawsze przedstawiano.

Richard nagle zrozumiał.

– Myśleli, że muszą się tam dostać pieszo. To znaczy, że nie wiedzieli o studni z sylfą. Nigdy nie powiedzieli nic, co by świadczyło, że o niej wiedzą.

Nicci się uśmiechnęła i wskazała palcem ścianę.

– Nie umieli odczytać tych napisów, toteż nie mieli powodu podejrzewać, że jest inny sposób niż piesza podróż. Ci ludzie po pokoleniach zatracili znajomość mowy Początku.

Richard postukał kciukiem o gardę miecza.

– Skoro tak, to zapewne dawno zapomnieli o pomieszczeniu z sylfą, zwłaszcza jeśli jest ukryte i chronione osłonami.

Podeszła do nich Kahlan.

– Zatem prawdopodobnie utracili dostęp do tego pomieszczenia.

– Jak mogli zgubić pomieszczenie? – prychnęła Cassia.

Richard delikatnie wodził dłonią po ścianie z tekstem wyrytym w mowie Początku.

– To pomieszczenie byłoby ważną, ale i niebezpieczną drogą, którą mógłby się tu dostać intruz, więc pewnie dojście jest sekretne. Mogą tam być osłony lub jakaś ochrona studni, które jednocześnie nie pozwalają nikomu z zewnątrz dostać się do jaskiń. – Spojrzał na ścianę. – Pewnie jest to gdzieś tutaj zapisane, wśród tych wszystkich zaleceń.

– I nikt z tutejszych nic o tym nie wiedział? – zapytała Cassia.

– Nikt – odparł Richard. – Przez ten czas, jaki upłynął od wielkiej wojny, pewnie były „ogniwa" w rodach mających dar, osoby, które miały przekazywać całą wiedzę. No, wiesz, znamienici ludzie z darem, którzy jednak umierali nieoczekiwanie, zanim zdążyli nauczyć młodszych mowy Początku i przekazać im inne ważne informacje: na przykład jak szybko dostać się do Wieży z ostrzeżeniem, wykorzystując do tego sylfę.

Wskazał ścianę.

– Z tego, czego się dowiedziałem, kiedy mnie pierwszy raz tu przyprowadzono, wynika, że tutejsi mający dar mieli jedynie wyrywkowe informacje o swoich obowiązkach i w ogóle nie wiedzieli o napisach. To znaczy, że instrukcje wciąż tu były, lecz dla nich bezużyteczne. Ponieważ nie potrafili tego odczytać, nie wiedzieli o sekretnym pomieszczeniu.

– Nadal uważasz, że studnia jest tu ukryta? – zapytała Kahlan.

– Studni z pewnością nie ma w żadnym pomieszczeniu, do którego zaglądaliśmy, a sądzę, że nie pominęliśmy ani jednego. A jestem przekonany, że studnia tu jest. Toteż musi być albo ukryta, albo chroniona osłonami, albo jedno i drugie.

Kahlan westchnęła, patrząc na napisy.

– Mam nadzieję, że się nie mylisz, Richardzie.

Popatrzył na czarodziejkę.

– Nicci, zacznij szukać czegoś, gdzie jest mowa o Wieży, lub czegoś, co objaśnia procedury w przypadku przełamania granicy.

– Już to robię – mruknęła pod nosem, wodząc dłonią pod linijką tekstu i tłumacząc go w myślach.

Richard wskazał część ściany.

– To tutaj możesz pominąć – powiedział do niej. – To opowieść Nai Moon i już całą przeczytałem. Nie ma tu nic o sylfie.

Kiedy znów na nią spojrzał, Nicci kucała, pilnie wpatrując się w linię symboli.

– No i? Znalazłaś coś?

Nicci postukała w symbole i popatrzyła na niego.

– Może. Napisano tutaj, że kiedy granica trzeciego królestwa zawiedzie, tutejsi ludzie muszą chronić stado.

– Hmmm – mruknął Richard. – Kiedy się nad tym głębiej zastanowić, to było ich zadanie.

Nicci spojrzała na niego, kiedy podszedł.

– Owszem, ale spójrz na ten symbol, na końcu tej części. Nie bardzo wiem, co oznacza.

Richard kucnął obok niej i popatrzył tam, gdzie wskazywała.

– Rozumiesz to? – zapytała czarodziejka.

– Osobliwa kombinacja – wyszeptał do siebie, wpatrując się w symbol.

Cassia, Vale i Kahlan stanęły za nim.

Richard znienacka wstał.

Nicci też się podniosła.

– Wiesz, co to znaczy?

Richard spojrzał w korytarz, którym tu przyszli.

– Tak. To znaczy „niech pasterz was prowadzi".

– To coś ważnego? – spytała Kahlan.

– Tak – powiedział Richard, wciąż wpatrzony w głąb korytarza. – Myślę, że wiem, gdzie jest studnia.

ROZDZIAŁ 40

Wszystkie poszły za Richardem, który pospiesznie kroczył ciemnym korytarzem. Cassia podbiegła, żeby go dogonić i trzymać się u jego boku. Wysoko trzymała latarnię, oświetlając tunel, kiedy światło padające z punktu obserwacyjnego znalazło się daleko za nimi. Kahlan, mając przy sobie Nicci, trzymała się lewego boku Richarda. Niesamowita zielonkawa poświata świetlnej kuli igrała na gładkich ścianach, falując przy każdym pospiesznym kroku Nicci. Vale, trzymająca pochodnię, szła na końcu.

Ponieważ w pieczarach nie było nikogo innego i nikt nie mógł się tu dostać i ich zaskoczyć, nie zamknęli chronionych osłonami przejść. Kiedy Richard minął drugi wielki kamienny dysk, Nicci sięgnęła poprzez Kahlan i chwyciła go za rękaw.

– Naprawdę uważasz, że pomieszczenie ze studnią sylfy będzie poza sektorem chronionym osłonami?

– Tak – odparł bez dalszych wyjaśnień.

– To mało prawdopodobne – upierała się.

– Ale tak właśnie jest.

Nicci nie odpowiedziała, uznając, że Richard musi mieć rację, lub po prostu nie mając teraz ochoty się sprzeczać.

Kiedy dotarli niemal do końca korytarza prowadzącego do mieszkań dla mających dar, Richard się zatrzymał przed wnęką z trzema półkami.

Wskazał na dwie małe statuetki pasterzy.

– Niech pasterz was prowadzi – zacytował napis na ścianie.

Nicci bez słowa wyciągnęła rękę i chwyciła jednego z posążków. Nic się nie stało.

– Nie ma żadnej metalowej płytki czy osłony – powiedziała. – Posążek nie reaguje, czyli to nie może być klucz do osłony.

– Spróbuj z drugim – podpowiedziała Kahlan.

Nicci chwyciła pasterza osłaniającego dłonią oczy. Wszyscy czekali, wypatrując jakiegoś znaku, a ona trzymała statuetkę. W korytarzu panowała cisza. Nie było słychać odgłosu przetaczającego się kamienia, odsłaniającego przejście; nic nie wskazywało na to, że jest tu jakaś osłona.

Nicci puściła posążek.

– Nic.

Richard nie mógł uwierzyć. Był przekonany, że pasterze to odpowiedź na tekst ze ściany. Nie miał pojęcia, co jeszcze zrobić. To była odpowiedź, której szukał, a kiedy ją znalazł, nic to nie dało.

– Co teraz zrobimy? – zapytała Kahlan.

Richard mógł tylko się wpatrywać w dwie małe gliniane statuetki.

– Nie mam pojęcia.

– Nadal jesteś przekonany, że sylfa gdzieś tu jest? – spytała Cassia.

Richard przez chwilę patrzył w jej błękitne oczy, a potem przeniósł wzrok na posążki. Uświadomił sobie, jak bardzo wszystkie na niego liczą, tak w dużych, jak i w drobnych sprawach. Mord-Sith oczekiwała, że on będzie magią przeciwko magii.

Chwycił dłońmi najpierw jeden, potem drugi posążek.

– Dziwne. Są przymocowane do półki.

– Może dlatego, żeby ich przypadkowo nie strącić i nie rozbić – podpowiedziała Vale.

Richard przesunął kciukiem po szczęce. Wpatrywał się w posążki, starając się pojąć, jak pasterz miałby ich poprowadzić.

Patrzył spod przymrużonych powiek na posążek pasterza osłaniającego oczy. Zauważył osobliwe szczegóły.

– Ustawiono go na półce pod dziwnym kątem, nie sądzicie? – zapytał, patrząc na cztery zwrócone ku niemu twarze. – I nie uważam, że go przymocowano, żeby nikt go nie strącił. W końcu jak by mógł zostać strącony z półki umieszczonej we wnęce?

– Do czego zmierzasz? – zapytała Kahlan.

Zmarszczył brwi i popatrzył na nią.
– Widzisz, w jakim kierunku patrzy?
– Straciłam tu orientację – przyznała. – Nie wiem.
Nicci wpatrywała się w statuetkę.
– Patrzy ku południowemu zachodowi – powiedziała na wpół do siebie.
Richard potaknął.
– Ku Wieży Czarodzieja.
Wymienił z Nicci porozumiewawcze spojrzenia.
Kolejna osobliwość statuetki – wydawała mu się zbyt masywna. Sam też rzeźbił i całkiem dobrze się w tej robocie orientował. Te dwa posążki nie były źle wykonane, po prostu detale wydawały mu się zbyt toporne.
Wszyscy nie żyli, pieczara się zawaliła – toteż Richard nie sądził, że stłuczenie posążka spowoduje jakieś problemy. Wyjął nóż z pochwy u pasa. Chwycił go za ostrze, a trzonkiem jak młotkiem uderzył w posążek.
Glina pękła jakoś dziwnie i kawałek odpadł. Richard zobaczył w tym miejscu błysk metalu. Uderzył w posążek sześć razy – okazało się, że pod gliną jest taka sama metalowa statuetka, tyle że finezyjnie wykonana. Pokryto ją gliną, dlatego wydawała się taka masywna.
– Niby po co to zrobili? – spytała Kahlan, patrząc na niego chmurnie.
– Żeby ukryć sylfę, o ile mam rację.
Trzonkiem noża uderzył w drugi posążek – glina popękała, odsłaniając metal. Dłonią odłamał pozostałe kawałki. Pojawiły się dwa metalowe posążki pasterzy ze stadami.
– Mój dar nie działa – powiedział do Nicci. – Ty spróbuj.
Nicci chwyciła jeden z posążków. Rozejrzeli się po korytarzu, oczekując, że coś się wydarzy, lecz dalej panowały cisza i bezruch.
Richard wskazał drugi posążek.
– Spróbuj oba.
Nicci chwyciła drugi posążek – teraz w dłoniach trzymała obydwa. Znowu się rozejrzeli po cichym korytarzu.
Nic się nie stało.
Czarodziejka westchnęła z rozczarowaniem i cofnęła dłonie z małych posążków.

– Nie potrafię wyjaśnić, czemu pod gliną jest metal, ale najwyraźniej nie uruchamia mechanizmu osłony. To musi być jakaś starodawna osobliwość.

Wszyscy patrzyli z rezygnacją na małe posążki pasterzy, starając się pojąć ich znaczenie. Budowniczy – strażnicy wioski nie robili nic przypadkowo czy bez powodu. Wszystko zostało starannie zaplanowane – nie stosownie do tego, co się działo i czego się obawiali, a zgodnie z tym, co wiedzieli o przemieszczeniu się gwiazdy i *Rachubie zmierzchu*. Wszystko było celowe.

Cassia poruszyła latarnią.

– Lordzie Rahlu, chyba nie bierzesz pod uwagę prawdziwego znaczenia napisu.

Richard zmarszczył brwi.

– Co masz na myśli?

– Napisano „niech pasterz was prowadzi".

Richard w zdumieniu rozłożył ręce.

– Wiem. Nicci próbowała. Nic się nie stało.

Cassia posłała mu przebiegły uśmieszek.

– Ona nie jest naszym pasterzem. Ty nim jesteś, lordzie Rahlu. To ty nas prowadzisz.

– Ale mój dar nie działa.

Znacząco pochyliła ku niemu głowę.

– Może tu nie trzeba daru. Tylko pasterza.

Richard przez chwilę się w nią wpatrywał, a potem się odwrócił i chwycił obie statuetki.

Obie zrobiły się ciepłe pod jego dotykiem. Półki zaczęły dygotać. Kamienna podłoga drżała. Ściana wokół wnęki zaczęła pękać wzdłuż prostych linii. Kawałki kamienia odpadały od coraz szerszych szczelin, aż wreszcie fragment ściany z wnęką się obluzował i zaczął odchylać się w głąb. Kamień pękał i odpadał, póki nisza nie odsłoniła ciemnego pomieszczenia.

– Nie rozumiem – powiedział Richard. – Przecież mój dar nie działa.

Nicci spojrzała na niego.

– Czytałeś ceruleańskie zwoje, Richardzie. Mamy do czynienia z mocami wykraczającymi poza dar.

ROZDZIAŁ 41

Nicci weszła pierwsza, żeby blask kuli oświetlił im drogę. Richard za nią, schylając się w niskim wejściu, żeby nie uderzyć się w głowę. Kahlan zrobiła to samo, trzymając się tuż za nim. Kiedy czarodziejka weszła do środka, rozjarzyło się dwanaście świetlnych kul osadzonych w uchwytach na ścianie kolistego pomieszczenia, oświetlając je zielonkawym blaskiem.

Pośrodku, pod kopulastym stropem, znajdował się niski murek. Wyglądało to jak większość studni sylfy, jakie Richard widział.

Kahlan wsunęła mu rękę pod ramię i ze zdumieniem wpatrywała się w studnię.

– Miałeś rację, Richardzie. Drogie duchy, miałeś rację.

– Trudno uwierzyć, że to tutaj było przez tysiące lat – powiedziała Nicci, też wpatrzona w studnię. – Z tego, że pomieszczenie było zapieczętowane, wyraźnie wynika, że nikt tu nie wchodził od czasu, kiedy je zbudowano w trakcie wielkiej wojny.

– Richard miał rację – powtórzyła Kahlan. – Utracili pradawną wiedzę i nikt z nich nawet nie wiedział, że to tu jest, tuż obok mieszkań dla mających dar.

Kahlan rozpromieniona spojrzała na niego. Co za ulga, że jednak nie są uwięzieni w pieczarach.

– Dzięki temu dotrzemy do Pałacu Ludu – powiedziała. – Jak tylko się tam znajdziemy, Nicci wreszcie będzie mogła usunąć z ciebie zmazę śmierci.

Richard jedynie odwzajemnił uśmiech. Chwilowo nie zamierzał jej mówić, że nigdy na to nie pozwoli.

Cassia przechyliła się przez obmurówkę, wysoko trzymając latarnię, żeby zajrzeć w głąb.

– Już widziałam coś takiego. W Pałacu Ludu.

– Otóż to – potwierdził Richard. – Korzystaliśmy z niej.

Nicci przechyliła się przez murek obok Cassii, przyświecając sobie świetlną kulą.

– Nie ma sylfy – oznajmiła.

Richard wiedział, że jeszcze jej nie zobaczą. Podszedł do Nicci.

– Musimy ją obudzić.

– Jak to zrobimy? – zapytała Vale.

– Muszę ją zawołać – odparł przez ramię Richard. – Już to robiłem.

– Kiedy działał twój dar – przypomniała mu Kahlan.

Richard westchnął głęboko.

– Masz rację. – Skinął na Nicci. – Odłóż kulę, żebyś mogła mi pomóc. Dołącz swój dar do tego, co zrobię, a może wspólnie ją obudzimy.

Pochylił się nad studnią i skrzyżował nadgarstki, umieszczając jedne na drugich pradawne symbole na srebrnych obręczach, mocno je przycisnął. I jak to robił w przeszłości, wyobraził sobie idącą ku niemu sylfę. Już ją kiedyś budził ze snu i przywoływał, lecz nie wiedział, czy tak naprawdę umożliwiał to jego dar.

Już wiele razy podróżował w sylfie. Czasami niechętnie. Tym razem nie mógł się doczekać. Czas uciekał i musiał się dostać do pałacu.

Nicci położyła dłonie na jego pięściach, mocno przycisnęła palce do jego palców. Poczuł ciepłe mrowienie jej magii wnikającej w obręcze na przegubach, rozgrzewającej je mocą. To było zdecydowanie niemiłe uczucie, lecz nie czuł bólu. Wiedział, że niekiedy magia, nawet wykorzystywana do dobrych celów, wywoływała takie doznanie.

Zamknął oczy.

– Przybądź do mnie – wyszeptał. – Potrzebuję cię. Przybądź.

Bardzo długo stali nachyleni nad studnią sylfy – Richard dociskał do siebie obręcze na nadgarstkach, Nicci zaś zamykała w dłoniach jego pięści. Kiedy uchylił powieki, żeby sprawdzić w mrocznej studni, czy sylfa już się zbliża, przekonał się, że kamienna obudowa sięga głęboko, a potem niknie w ciemności.

Dostrzegł, że srebrne obręcze na nadgarstkach, pokryte symbolami mowy Początku, jarzą się intensywnym żółtawym blaskiem. Ten blask – nie wiedział, czy spowodowany samą magią Nicci, czy też jej magią połączoną z tym, co wydobywała z niego – był tak silny, że widział własne kości. A także kości Nicci. Ów blask rozświetlił kopułę ponad nimi i bił w głąb studni, znikając w mroku, dążąc na poszukiwanie sylfy.

Bardzo długo stali nieruchomo, ledwo oddychając, koncentrując się na przywoływaniu sylfy. I cały czas w głębi studni było cicho.

Richard poczuł drżenie pod podeszwami butów, a potem cała podłoga zaczęła dudnić. Drżenie się nasilało i serce biło mu coraz szybciej. Ze ścian opadał kurz.

Nasłuchiwał – głęboko w studni usłyszał szum. Kamyki i żwir na podłodze tańczyły, wstrząsane wibracjami. Z kamiennej podłogi unosił się pył.

Wypchnięta z głębi kolumna powietrza wystrzeliła ze studni, rozwiewając włosy Richardowi i Nicci. Obydwoje szybko się cofnęli z obawy, że zderzy się z nimi pędząca z głębi sylfa.

Srebrzysta ciecz wystrzeliła do obrębu obmurówki, jakby miała się wyrwać z jej granic, ale tylko wypełniła otwór studni i nagle się zatrzymała. Grzmiący odgłos ustał. Dudnienie także. Znowu zrobiło się cicho.

Ciecz w studni uniosła się pośrodku, tworząc połyskliwą kolumnę, wyglądała jak płynne srebro. Nieustannie falująca powierzchnia utworzyła twarz. Oblicze, niczym wypolerowany srebrny posąg, znajdowało się niemal na poziomie oczu Richarda. Sylfa rozejrzała się pobieżnie po pomieszczeniu, a potem popatrzyła na niego.

– Wzywałeś mnie?

Właściwie nie wydawała się z tego zadowolona. Głos miał dziwną cechę, rozbrzmiewał echem w całym pomieszczeniu, chociaż ich głosy nie budziły echa.

– Tak! – powiedział Richard, niecierpliwie pochylając się ku sylfie. – Musimy podróżować.

– Znakomicie – odparła sylfa. – Będziesz podróżować sam?

– Nie. – Richard zatoczył łuk ręką. – Wszyscy będziemy. Wszyscy musimy podróżować.

Srebrna twarz chłodno przyjrzała się czterem kobietom, a potem znowu zwróciła się ku Richardowi.

– Jak sobie życzysz. Podejdźcie, żebym mogła stwierdzić, kto spośród was może podróżować.

Richard pomyślał, że sylfa jest osobliwie chłodna i pełna rezerwy. Zwykle równie chętnie chciała się przypodobać i podróżować. W przeszłości zawsze była przymilna, niemal się łasiła. Chociaż trochę go stropiło tak chłodne przyjęcie, zignorował je i dał znak kobietom, żeby podeszły.

Stanęli wokół studni, a sylfa wyciągnęła srebrne ramię i dotknęła kolejno czół Cassii, Vale, Nicci i Kahlan, a na ostatku Richarda.

– Nie idealnie – oznajmiła sylfa – ale każde z was ma dość tego, czego trzeba. Mogę was zabrać, jeśli nalegasz.

– Utknęliśmy tutaj – powiedział Richard, z każdą chwilą coraz bardziej zirytowany jej dziwnym zachowaniem; dawało się to wyczuć w jego głosie. – Każdy, kto tu zostanie, umrze. Więc tak, nalegam, żebyśmy wszyscy podróżowali.

Sylfa przez chwilę przyglądała mu się srebrnymi oczami, a potem odparła:

– Świetnie.

Richard odrobinę wysunął miecz z pochwy, a potem pozwolił mu opaść.

– Tylko tak możemy się stąd wydostać. Muszę zabrać miecz.

– Nie jest dla mnie ważne, iż potrzebujesz tej rzeczy.

Musiał włożyć sporo wysiłku w to, żeby się opanować.

– Wiem, że przedtem podróżowanie z nim było śmiertelnie niebezpieczne. Czy istnieje jakiś sposób, żebym mógł go zabrać? Muszę to wiedzieć.

Lśniąca metaliczna twarz przez chwilę bacznie mu się przyglądała, a potem sylfa znowu przesunęła srebrzystą dłonią po jego czole i wreszcie dotknęła tkwiącego w pochwie miecza.

– Ta groźna rzecz należy do ciebie – oznajmił chłodny głos.

– Tak. To mój miecz.

– Miałam na myśli to, że jest powiązany z tobą poprzez magię. Jest z tobą złączony.

– Tak, to prawda.

– Oprócz tej więzi masz teraz w sobie śmierć. Dzięki tej więzi nie zrani innych.

– No a co ze mną? – zapytał Richard. – Mnie zrani?

Srebrna twarz pozostała obojętna.

– Mówiłam ci. Masz w sobie śmierć.

To nie był dylemat.

– Tak. No i co to ma do rzeczy?

– Gdybyś nie miał w sobie śmierci, ta rzecz by je zabiła, gdy tylko by się we mnie znalazły. Ten przedmiot zabiłby i ciebie, tyle że już masz w sobie śmierć. Więc to nie może jej na ciebie sprowadzić.

– Dlaczego? – zapytała Nicci, wyraźnie nieprzekonana.

Sylfa spojrzała na czarodziejkę, unosząc brew.

– Bo nie można zabić dwa razy. On już jest martwy. Przynajmniej w takim stopniu, w jakim ma to związek z magią. Już przechodzi za zasłonę, bezpowrotnie utracił nadzieję na ucieczkę śmierci, nadzieję pozostania przy życiu. Ponieważ śmierć już go ma w swojej mocy, nie może go zabrać drugi raz.

– My nie mamy w sobie śmierci – nie ustępowała Nicci. – Więc dlaczego miecz nas nie zabije?

Srebrzysta twarz nie była zadowolona, że musi to tłumaczyć.

– Przedmiot stworzono do zabijania. Chce nieść śmierć żyjącym. On żyje, lecz ma w sobie śmierć, toteż dopóki będzie we mnie z wami, magia tkwiąca w tym przedmiocie będzie sprzężona z nim. Ów przedmiot ma konkretny cel. Nie może poza niego wykroczyć. Można by rzec, iż z powodu jego stanu ów przedmiot jest na nim zafiksowany, toteż możecie się prześliznąć, nie ściągając na siebie jego śmiercionośnej magii.

– Czyli mogę go zabrać – stwierdził Richard, pragnąc już zakończyć tę dyskusję. Kahlan wyglądała na mocno zaniepokojoną i nie chciał, żeby jeszcze bardziej się zdenerwowała.

– Tak – odrzekła sylfa. – Lecz powinieneś zrozumieć, że to wzmoże śmierć w tobie.

Kahlan wsparła pięści na biodrach.

– Co to znaczy?

Zwierciadlana twarz zwróciła się ku niej.

– To znaczy, że ukradnie mu trochę życia i nasili moc tkwiącej w nim śmierci. Będzie wykonywać swoją robotę. Przesunie zasłonę w jego wnętrzu. Przechyli szalę ku śmierci.

Kahlan posłała jej gniewne spojrzenie.

– Masz na myśli to, iż skróci czas, jaki ma w świecie życia, żeby szybciej umarł.

– Tak. Podróżowanie z tym przedmiotem odbierze mu trochę życia i doda mocy siłom po drugiej stronie zasłony, śmierci, która już go ma. Lecz skoro już jest w szponach śmierci, to ten przedmiot nie może go zabić.

– Ile czasu? – zapytała Kahlan. – Ile czasu mu ukradnie?

– Nie jestem ekspertką i nie mogę mieć pewności. Lecz potrafię stwierdzić, że to go pozbawi części sił, jakie mu zostały.

Kahlan chwyciła go za rękaw.

– Richardzie, nie możesz się narażać na takie ryzyko. Musisz zostawić tutaj miecz.

Przypomniał sobie, że sylfa mu przedtem mówiła, iż kiedy ją usypia, to ona idzie pobyć ze swoją duszą. To by oznaczało, iż przynajmniej jakaś jej część została przywołana z zaświatów, i to go niepokoiło. Sylfa miałaby wiarygodną wiedzę o owej linii pomiędzy życiem a śmiercią.

Popatrzył na Kahlan.

– Nie będziemy mogli tu wrócić inaczej, jak poprzez nią. Nie mogę tu zostawić miecza.

– Owszem, możesz – upierała się. – Richardzie, tu chodzi o twoje życie.

– Nie, o życie wszystkich. – Pochylił się ku niej i ściszył głos. – To klucz do czegoś. Czegoś, o czym wspominają ceruleańskie zwoje. – Przekrzywił głowę, licząc na to, iż ona się domyśli i nie będzie musiał tego mówić.

Nagle w jej oczach pojawiło się zrozumienie. Miecz był kluczem do mocy Ordena. Moc Ordena miała związek z *Rachubą zmierzchu*, proroctwem i wszystkim innym, co się działo. Klucz do takiej mocy był zbyt cenny, żeby go zostawiać.

Sylfa miała wiedzę o granicy i równowadze pomiędzy światami. Nie wątpił, iż miała rację co do ceny, jaką zapłaci za zabranie miecza.

Lecz ten koszt w zasadzie nie miał znaczenia.

– No dobrze – powiedział, przenosząc spojrzenie z Kahlan na sylfę. – Ruszajmy. Musimy się spieszyć. – Postawił stopę na murku. – Musimy się dostać do Pałacu Ludu.

Srebrna twarz się zachmurzyła.

– Gdzie?

ROZDZIAŁ 42

Richard znieruchomiał, spojrzał na nią.

– Pałac Ludu. W D'Harze. Musimy podróżować do Pałacu Ludu.

Sylfa patrzyła, nie pojmując.

– Nic nie wiem o takim miejscu. Nie mogę tam podróżować.

Richard zabrał stopę z murka i postawił na podłodze.

– Co ty mówisz? Oczywiście, że możesz. W przeszłości podróżowałem z tobą do Pałacu Ludu i stamtąd.

Sylfa potrząsnęła głową. Srebrne kropelki wpadły do studni, stopiły się z płynnym żywym srebrem.

– Nigdy wcześniej cię nie widziałam – upierała się sylfa. – Nigdy ze mną nie podróżowałeś.

Richard wpatrywał się w nią, usiłując pojąć, czemu sylfa wygaduje takie rzeczy.

– Jasne, że podróżowałaś. – Zatoczył krąg ramieniem, jakby chciał objąć wszystkie odległe miejsca, do których razem podróżowali. – Wiele razy. Zadowoliłaś mnie.

Srebrne czoło zmarszczyło się z niezadowoleniem.

– Nie jest moim obowiązkiem zadowalanie kogokolwiek, nawet ciebie. Jeśli chcesz podróżować, to będziemy podróżować, ale nie muszę cię przy tym zadowalać. Nadal chcesz podróżować?

Richard wymienił spojrzenia z Kahlan. Odkaszlnął i zaczął od nowa:

– Musimy się stąd wydostać. Jesteś dla nas jedyną drogą wyjścia stąd. Wszyscy musimy podróżować. Jeśli nie możesz nas zabrać do Pałacu Ludu...

– Mówiłam ci. Nigdy nie byłam w takim miejscu. Nie mogę cię tam zabrać.

Richard zmusił się do zachowania cierpliwości.

– No dobrze, to dokąd możesz nas zabrać?

Sylfa popatrzyła na niego, jakby stracił rozum.

– Tam, gdzie mam cię zabrać.

Richard przesunął dłonią po policzku i napomniał się, że powinien być cierpliwy. Bał się ją rozgniewać, bo wtedy by zniknęła. A w końcu była ich jedyną drogą wydostania się z pieczar.

– Dokąd masz nas zabrać? Możesz nazwać to miejsce?

– Oczywiście – powiedziała sylfa chłodno i obojętnie, lekko cofając głowę. – Wieża Czarodzieja.

– Wieża – powtórzył wpatrzony w nią. – Możesz dotrzeć do Wieży. I gdzie jeszcze możesz podróżować? Do jakich innych miejsc?

Srebrne czoło znowu się zmarszczyło.

– Inne miejsca? Nie ma żadnych innych miejsc. Jest tylko tutaj i Wieża. Są jedynie te dwa miejsca. Wezwałeś mnie. Jestem tutaj, żeby cię stąd zabrać do Wieży.

Zanim Richard zdążył coś powiedzieć, Kahlan położyła mu dłoń na ramieniu, uciszając go, żeby sama mogła się odezwać.

– Sylfo, powiadasz, że stworzono cię tylko po to, żeby podróżować stąd do Wieży?

Sylfa skierowała na nią zdumione spojrzenie.

– Oczywiście. Gdzież indziej mogłabym się udać? – Znowu się zmarszczyła z niezadowoleniem. – I czemu nazywasz mnie tym imieniem... sylfa?

– To nie jest twoje imię? – zapytała Kahlan.

– Nie. Mam na imię Lucy.

Richard spojrzał na Kahlan kątem oka.

– To wiele wyjaśnia.

Kahlan pochyliła się ku niemu i ściszyła głos.

– Musimy się stąd wydostać, jeżeli chcemy dotrzeć na czas do pałacu.

Richard potaknął.

– Jeżeli dostarczy nas do Wieży, będziemy mogli dostać się tamtejszą sylfą do pałacu.

Kahlan patrzyła mu w oczy.

– To się powinno udać.

Richard znowu się odwrócił ku studni.

– Lucy, bylibyśmy zadowoleni, gdybyś mogła zabrać nas wszystkich do Wieży.

Obdarzyła go srebrzystym gniewnym grymasem.

– Już ci mówiłam, nie jestem tu po to, żeby was zadowalać. Jeśli wszyscy chcecie podróżować do Wieży, mogę was tam zabrać. Ale to wszystko, co powinnam dla was zrobić.

Richard ostatni raz spojrzał na Kahlan i Nicci. Zmienił ton na bardziej oficjalny, mniej przyjacielski.

– Oczywiście. Rozumiem, Lucy. Musimy podróżować do Wieży w niecierpiącej zwłoki sprawie. Chcemy, żebyś nas przeniosła tam tak szybko, jak to możliwe, potem będziesz mogła wrócić do swojej duszy w tamtym świecie.

– Bardzo bym chciała znowu być z moją duszą. – Pochyliła głowę na zgodę. – Wejdźcie na murek, a zabiorę was do Wieży.

– Dziękuję – powiedział Richard.

Odwrócił się i wyciągnął rękę ku Kahlan.

Zanim zdążył pomóc jej i pozostałym kobietom wspiąć się na murek, srebrne ramię wyciągnęło się ponad obudową studni i ich podniosło. Ledwo zdążył wziąć ostatni oddech, zanim zanurzyła ich w srebrzystej cieczy.

Świat nagle stał się ciemny i cichy.

ODDYCHAJCIE – powiedziała do nich Lucy.

Jej głos zabrzmiał w jego umyśle jak naglący, deprymujący nakaz.

Richard za późno sobie przypomniał, że nie wyjaśnił Cassii i Vale, jak podróżować w żywym srebrze. Miał nadzieję, że posłuchają nakazu sylfy. Jeśli nie, to do Wieży dotrą martwe.

Bardziej zatroskany tym, co musiał zrobić, niż podróżowaniem w sylfie – i dość dobrze zaznajomiony z jego przebiegiem – zignorował niepokój i wciągnął do płuc srebrzystą ciecz.

Pojawiło się uczucie, że tonie, i mocniej zacisnął dłoń na rękojeści miecza.

Na szczęście to uczucie i towarzysząca mu panika zniknęły.

Długa podróż rozpoczęła się odczuciem spadania w przestrzeni i zarazem lotu bez poruszania się.

Tym razem, nie tak jak w przeszłości, nie było to ani trochę przyjemne. Bardziej przypominało mało delikatne, bolesne wleczenie niż lekkie i łatwe przenoszenie. Miał wrażenie, że jakieś niewidzialne siły starają się go rozerwać na kawałki. Srebrzysta ciecz paliła mu płuca. Czuł, jak magia miecza przepala mu duszę.

Robił, co mógł, żeby skupić się na tym, dokąd się udają i co powinni zrobić, a nie myśleć o tym, jak nieprzyjemne było podróżowanie w Lucy.

Musiał zabrać miecz ze sobą, lecz czuł, jak życie z niego ucieka, a zmaza śmierci nabiera mocy.

ROZDZIAŁ 43

ODDYCHAJ – nakazał surowy głos w jego głowie.

Nie był w stanie posłuchać. Nie miał na to ochoty.

Zielony blask niczym zjawa poruszał się w jego wyobraźni. Chociaż miał zamknięte oczy, bolały go od blasku, jakby ktoś uciskał je kciukami. Słyszał ostre, irytujące dźwięki, których nie mógł rozszyfrować. Słyszał też rozbrzmiewające echem głosy, które jakby docierały do niego przez długą tubę. Nie wiedział, co mówią.

Nie obchodziło go to. Nie dbał o to, czy jeszcze kiedykolwiek się poruszy. Nie dbał o to, czy znowu będzie oddychać.

Przejmowanie się czymkolwiek stanowiło zbyt wielki wysiłek.

ODDYCHAJ – ponownie nakazał surowy głos w jego głowie.

Ktoś ujął go pod ramiona. Czyjeś ręce chwyciły go za koszulę, a inne za pas. Ludzie krzyczeli i klęli, siłując się z nim. Bez względu na to, jak się starał, nie mógł zrozumieć słów. Przestał się wysilać i znów pogrążył się w paraliżującym srebrzystym odrętwieniu.

Trzymające go dłonie mocniej szarpały jego odzienie i ramiona. Na koniec wyciągnęły go ponad falującą powierzchnię. Która kołysała jego bezwładnym ciałem, aż go mdliło. Zaczął odpływać.

A ręce znowu go pochwyciły i podniosły, ludzie wyciągający go na murek stękali z wysiłku. Wreszcie udało się im przechylić go przez ściankę. Jego głowa i ramiona zwisały, ściekała zeń srebrzysta ciecz.

Czyjaś dłoń miarowo, mocno klepała go po plecach.

– Oddychaj, Richardzie! Oddychaj!

Rozpoznał głos Nicci. Była zrozpaczona. Nie bardzo wiedział dlaczego.

– Oddychaj! – Tym razem to była Kahlan, jeszcze bardziej zdesperowana. Słyszał w jej głosie panikę i łzy.

To coś w nim obudziło. Nie chciał, żeby Kahlan była taka zdesperowana. Nie chciał, żeby się o niego martwiła, przez niego płakała.

– Oddychaj! – krzyknęła znowu.

Richard zrobił, jak chciała, i wydalił z płuc srebrzystą ciecz. Spłynęła po murku studni, tworząc kałużę na podłodze.

Zobaczył krew w tej srebrzystej kałuży. Pomyślał, że chyba więcej tam krwi niż srebrzystej cieczy.

Opróżnił płuca i teraz nagląco potrzebował powietrza. Spazmatycznie wziął oddech. I zatrzymał go w płucach, nie chcąc zaczerpnąć kolejnego.

– Oddychaj, Richardzie! – wrzasnęła mu w ucho Kahlan. – Oddychaj!

Dla niej wziął drugi oddech. Było to trudne, bolesne, ale to zrobił. Kiedy wciągał w płuca powietrze, jego gardło wydało chrapliwy dźwięk. Więcej krwi spłynęło strużkami w kałużę.

Wszystko go bolało. Miał wrażenie, że głowa mu pęka. Zorientował się, że mdłości i ból powodowała tkwiąca w nim zmaza śmierci. Urosła w siłę. Czuł, że czas mu się kończy.

Cassia, Vale i Nicci chwyciły go za ramiona i pasek i do końca wyciągnęły ze studni. Nie mógł im pomóc. Kiedy nogi zsunęły się ze ścianki, ułożyły Richarda na podłodze. Dyszały z wysiłku.

Richard jakiś czas leżał na ziemi; każdy jego oddech był płytki i bolesny. Wykaszlał jeszcze więcej krwi. Czuł, jak spływa mu po policzku. Wątpił, czy się podniesie.

A potem poczuł, jak w jego umyśle eksploduje palący grot magii, kiedy Nicci przycisnęła mu dłonie do skroni. Wlało to w niego tyle energii, że otworzył szeroko oczy. Znienacka wrócił do świata życia.

Nagle znowu był w pełni przytomny.

Gwałtownie usiadł, ciężko oddychając, i otarł rękawem krew z brody.

– Gdzie jesteśmy? Tam? Jesteśmy w Wieży?

Nicci i Kahlan wymieniły spojrzenia.

– Co jest? – zapytał Richard, patrząc to na jedną, to na drugą. – Co poszło nie tak?

– Nie mamy pewności – powiedziała Kahlan. Wskazała przez ramię kciukiem na wpatrzoną w niego srebrzystą twarz. – Upiera się, że to Wieża Czarodzieja.

– To jest Wieża – stwierdził głos ze studni.

Richard z trudem oddychał, podciągnął kolana i oparł się o ściankę. Położył łokcie na kolanach i przez chwilę trzymał głowę w dłoniach. Czuł się o wiele lepiej po tym, co zrobiła Nicci, ale daleko mu było do formy.

Przymrużył oczy w zielonkawej poświacie, rozejrzał się, starając pojąć, gdzie są. Z całą pewnością było to pomieszczenie ze studnią sylfy. Okrągłe pomieszczenie z kopulastym stropem było właściwie takie samo jak to, z którego przybyli. I podobnie jak tamto w pieczarach – z wyjątkiem tego, że okrągłą obmurówkę studni wykonano z kamieni związanych zaprawą – było wydrążone w miękkiej skale, a nie zbudowane z granitowych bloków. Różniło je od pieczar w Stroyzie to, że tutaj było wejście pozbawione drzwi.

Tuż za otworem w ścianie zobaczył – słabo oświetloną blaskiem świetlnych kul i świecami w latarniach – płócienną zasłonę, niemal całkowicie ten otwór przysłaniającą. Osobliwe, ale to jedwabiste, o barwie złamanej bieli płótno całkowicie pokrywały wymalowane na nim symbole.

Richard wreszcie wstał, przez chwilę łapał równowagę, a potem dobył miecza. Charakterystyczny dźwięk stali poniósł się echem w pomieszczeniu, kiedy oglądał broń. Wyglądało na to, że mieczowi srebrzysta ciecz nie zaszkodziła. Prezentował się wspaniale. A nawet nabrał ciemnego metalicznego połysku, jakiego Richard nigdy wcześniej nie widział.

Kiedy podniósł wzrok, stwierdził, że Nicci mu się przygląda.

– Musnął go świat umarłych.

Richard posłał jej krzywy uśmiech.

– Pięknie mu ze śmiercią.

Nicci i Kahlan się uśmiechnęły, chociaż chyba się tego nie spodziewały.

Popatrzył przez ramię na Lucy.

– Jak długo? Ile czasu nam zabrała podróż?

Srebrna twarz przyjrzała mu się ze zdumieniem.

– Jak długo? Tak długo jak stamtąd tu. Oto jak długo.

– Nie, miałem na myśli czas. Ile czasu nam zajęło dostanie się tu z pieczar?

– Byliście we mnie – powiedziała, jakby to miało wszystko wyjaśnić. – Tak długo.

Zanim zaczął dokładniej wypytywać Lucy, Nicci dotknęła jego ramienia i powstrzymała go.

– Jej dusza jest w świecie umarłych. Po części jest istotą z tamtego świata.

– Ja nie...

– Częścią świata bez czasu – dodała Nicci, unosząc brew.

Zamilkł.

– Ach, rozumiem.

– Nigdy tak daleko nie podróżowaliśmy w sylfie – odezwała się Kahlan. – Jestem taka głodna, że podejrzewam, iż to musiało trwać sporo dni.

– Muszę się z tym zgodzić – stwierdziła Nicci. – Szkoda, że nie mogę powiedzieć, iż to było tylko parę dni. Sądzę, że trwało to dłużej. Długa była ta droga z Mrocznych Ziem.

Cassia pociągnęła za luźną czerwoną skórę uniformu na wysokości talii.

– Wystarczająco długa, żebym trochę schudła.

Richard skinął głową.

– Po wyglądzie waszych twarzy oceniam, że nie jedliśmy jakiś tydzień.

– Podobnie mówi mój żołądek – potwierdziła Vale. – Jeśli są tutaj jakieś szczury, to z przyjemnością jednego zjem.

Richard rozejrzał się po pomieszczeniu, którego nie rozpoznawał, popatrzył na osobliwą tkaninę zasłaniającą wejście.

– No to gdzie dokładnie jesteśmy? Musimy odnaleźć sylfę. A skoro już tu jesteśmy, to powinniśmy zawiadomić Vernę i Chase'a, co się dzieje. – Spojrzał na Vale, leciutko się do niej uśmiechnął. – I złapać jakiś kąsek.

– Dobre pytanie. – Kahlan spojrzała na zasłonięte tkaniną wejście. – Lucy twierdzi, że jesteśmy w Wieży, ale nie wiem, w której jej części. Nigdy tego pomieszczenia nie widziałam.

– Jeżeli to naprawdę Wieża – powiedziała Nicci tak cicho, żeby Lucy nie mogła jej usłyszeć. – Całkiem możliwe, że ona nie wie, o czym mówi. Może ci, którzy ją stworzyli, zwiedli ją, a ona tylko powtarza to, co jej powiedziano. Może tylko nam mówi, że to Wieża, bo ktoś chce, żebyśmy w to uwierzyli.

Richard chmurnie na nie popatrzył.

– Nie rozumiem. Kahlan, dorastałaś tutaj. Jeśli ktoś zna Wieżę, to właśnie ty. Rzut oka za to pomieszczenie powinien ci powiedzieć, czy to Wieża.

– Tak ci się wydaje – odparła tajemniczo.

Richard stanął pewniej, bo wreszcie trzymał się na nogach.

– No to chodźmy sprawdzić. Nie powinno nam to długo zająć.

Odszedł na krok od studni, a potem przystanął i odwrócił się. Srebrzysta twarz wpatrywała się w niego.

– Dziękuję, Lucy. Czy miałaś nam coś przekazać, jak już nas tu dostarczysz? Jakąś wiadomość?

– Wiadomość? Nie. Miałam tylko dostarczyć podróżników do Wieży. To mój obowiązek.

Rozważył to, co wyczytał w zwojach, i to, jak ludzie w czasach wielkiej wojny, tacy jak Sulachan, wykorzystywali tę wiedzę i proroctwa w swoich tysiącletnich działaniach. Coś mu przyszło na myśl i inaczej sformułował pytanie:

– Wiedziałaś, kogo masz tutaj dostarczyć?

Srebrna twarz drgnęła, Lucy sobie przypomniała.

– Kiedy po raz pierwszy stałam się taka jak teraz i powierzono mi zadanie, powiedziano, że powinnam tu dostarczyć pasterza.

Richard spojrzał na Kahlan, a potem znów odezwał się do srebrnej, nieustannie pulsującej twarzy.

– Pasterza. Powiedziano ci coś jeszcze? Cokolwiek?

– Nie, tylko to.

– No dobrze – orzekł Richard, poprawiając pendent na ramieniu i miecz u biodra. – Jestem pasterzem, jak sądzę, czyli wykonałaś zadanie. Możesz znowu zapaść w długi sen.

Nie powinno być powodu, żebyśmy wracali tam, skąd nas przyniosłaś, toteż zapewne już nigdy nie będziemy potrzebować twoich usług. A gdybyśmy jednak potrzebowali, to cię przywołam.

– Powiadasz, że jesteś pasterzem?

Richard potaknął.

– Zgadza się.

– Jedno miałam powiedzieć pasterzowi o tym miejscu.

– A cóż takiego?

– Powiedziano mi, żebym ci przekazała, żebyś był ostrożny, kiedy wyjdziesz z tego pomieszczenia.

Richard spojrzał ku wyjściu i wiszącej tuż za nim dziwnej tkaninie.

„Bądź ostrożny tam dalej" – to brzmiało jak dobra rada, ale dziwne, że chcieli przekazać tylko tę wiadomość, nie dodając, dlaczego lub jakie może być zagrożenie.

– Coś jeszcze? Powiedziano ci, dlaczego mamy być ostrożni?

– Nie, to wszystko. Nie wiem, co to znaczy, ale właśnie to miałam ci przekazać.

Richard wziął głęboki oddech i znowu spojrzał ku wyjściu.

– Dziękuję za twoje usługi, Lucy. Możesz zasnąć i przebywać z twoją duszą. Odpoczywaj w spokoju.

– To mi sprawi przyjemność.

Jemu też by to sprawiło przyjemność, ale tego nie powiedział.

Z tymi słowy zwierciadlana srebrna twarz zniknęła w przelewającej się srebrzystej sadzawce, a potem cała płynna masa zaczęła coraz szybciej pogrążać się w studni. Richard spojrzał w głąb i zobaczył ostatni odblask, a potem sylfa zniknęła. W czeluściach widział jedynie mrok.

Odwrócił się do kobiet.

– To było osobliwe.

– Nie tak osobliwe jak to, co jest za tym wyjściem – stwierdziła Nicci.

– Z pieczar Stroyzy nie mogliśmy się inaczej wydostać. Nie mieliśmy wyboru.

Żadna z nich nie mogła temu zaprzeczyć.

ROZDZIAŁ 44

Richard, nie prosząc Nicci o wyjaśnienie, ruszył do wyjścia, żeby samemu rzucić okiem. Nicci wzięła świetlną kulę, a obie Mord-Sith zdjęły latarnie z haków na tylnej ścianie, gdzie nadal wisiało jeszcze sześć latarń, pokrytych tak grubą warstwą kurzu, że wyglądały, jakby je wyrzeźbiono z gliny.

Richard się zatrzymał, ujrzawszy wyrzeźbiony w kamieniu nad wyjściem niewielki symbol w mowie Początku.

Odwrócił się i popatrzył na kobiety.

– To znaczy „Sanktuarium dusz".

– Tak. – Nicci pochyliła głowę ku tkaninie. – I pasuje do tego wszystkiego.

Cienka, przypominająca jedwab tkanina wisiała zupełnie nieruchomo. Nicci przysunęła bliżej świetlną kulę, żeby wyraźnie zobaczył wszystkie symbole w mowie Początku pokrywające materiał. Było je widać odwrotnie, bo wymalowano je atramentem i pędzlem po tamtej stronie tkaniny.

Ale i tak, choć patrzył na nie od tyłu, odczytał znaczenie wielu znajomych symboli. Na inne patrzył zaintrygowany, starając się przypomnieć sobie, czy już je kiedyś widział. Co prawda rozpoznawał niektóre elementy składowe, lecz nie mógł pojąć, co oznaczały w takiej kombinacji. W mowie Początku elementy wspólnie tworzyły podstawowe wyrażenie, toteż ich znaczenie do pewnego stopnia zależało od tego, jak wszystkie części symbolu współgrały.

– Nie rozpoznaję niektórych z tych symboli. – Wskazał kilka bardziej złożonych wzorów. – Jak na przykład ten tutaj zestaw.

– I nic dziwnego – powiedziała czarodziejka. – To zaklęcia powstrzymujące.

Richard popatrzył na nią, marszcząc brwi

– Zaklęcia powstrzymujące? A cóż powstrzymują?

Spojrzały na niego błękitne oczy Nicci.

– Umarłych.

– Skąd wiesz?

Spojrzała na niego karcąco.

– Byłam Siostrą Mroku. Takie rzeczy rozpoznaję. To niebezpieczne zaklęcia, używane wyłącznie w najniebezpieczniejszych miejscach.

Richard nie mógł nie pomyśleć o napisie nad wejściem: „Sanktuarium dusz".

– I mają powstrzymać umarłych?

– W tym przypadku tak. Wymyślono je, żeby powstrzymywały umarłych i wszystkich sługusów tamtego świata. Działają podobnie jak osłony. Lecz osłony, jak te przetaczające się głazy w pieczarach Stroyzy, należy skonstruować. Z tego powodu trudno je stworzyć. Ten rodzaj „powstrzymywaczy" można namalować nawet na kawałku tkaniny, więc znacznie łatwiej je rozmieścić.

Richard wziął w palce cienką tkaninę.

– To czemu takich zaklęć nie używa się częściej? Po co się trudzić budowaniem osłon, skoro można po prostu namalować kilka odpowiednich zaklęć?

Nicci popatrzyła na niego, jakby zadał głupie pytanie.

– Raczej trudno ukraść olbrzymi głaz. Nie sądzisz, że ludziom, którzy sami nie potrafią ich stworzyć, łatwiej byłoby ukraść takie zaklęcie i użyć do własnych celów?

– Pewnie tak – przyznał Richard, badawczo się wpatrując w cieniutką tkaninę. – Czyli te konkretne zaklęcia mają powstrzymać duchy?

– Tak. W tym przypadku nie ma wątpliwości, iż mają odpędzić umarłych od wejścia. Ponieważ są zwrócone ku temu, co by przyszło z zewnątrz, najwyraźniej mają trzymać dusze umarłych z dala od pomieszczenia ze studnią Lucy.

– Czyli za tym wejściem są duchy? – zapytała Cassia.

Nicci przygryzła dolną wargę, wpatrując się w zaklęcia na tkaninie.

– Tak sądzę. Wiem, że dusze umarłych nie mogą przejść

przez te zaklęcia. One je zatrzymują po tamtej stronie. To ich jedyne zadanie. Tych niebezpiecznych zaklęć by tu nie było, gdyby nie było to niezbędne.

– Chcesz powiedzieć, że działają jak skrin – dopowiedziała Kahlan. – Odpychają dusze od zasłony, nie pozwalają jej im przekroczyć i zatrzymują je w zaświatach?

Nicci się uśmiechnęła.

– Dobrze to ujęłaś, Matko Spowiedniczko.

Kahlan popatrzyła na tkaninę.

– Zaczyna się wyjaśniać, czemu to, co jest dalej, nazwano Sanktuarium dusz.

– Tak – przyznała Nicci. – Powstrzymując je od przejścia, stwarza to zarazem sanktuarium, w którym mogą się czuć bezpieczne. Zaświaty są podobne: skrin zatrzymuje duchy po tamtej stronie i jednocześnie stwarza dla nich sanktuarium, w którym nikt ich nie niepokoi.

Kiedy tak studiowała symbole, Richard zmarszczył brwi.

– Właśnie sobie uświadomiłem, gdzie przedtem widziałem niektóre z nich.

– Naprawdę? – zapytała Nicci. – Nie przychodzi mi na myśl żadne miejsce, gdzie mógłbyś zobaczyć zaklęcia powstrzymujące.

Odwrócił się od wejścia i spojrzał na czarodziejkę.

– Pamiętam, że widziałem je na ogromnych wrotach wiodących do trzeciego królestwa.

Nicci rozmasowała ramiona.

– Tę granicę zbudowano strasznie dawno temu, Richardzie. W czasach wielkiej wojny. Powiadasz, że wedle ciebie te zaklęcia umieścili tu ci sami ludzie, którzy zbudowali mur graniczny, i zapewne z tej samej przyczyny? Naprawdę sądzisz, że są tutaj od tak dawna?

Richard przez chwilę zastanawiał się nad odpowiedzią.

– Nie mam jak się upewnić, ale tak uważam. Wydaje mi się, że to ma coś wspólnego z wojną i z tym, co ówcześni ludzie robili, żeby powstrzymać Sulachana. Jeśli to prawda, to jako pierwsi po upływie tego całego czasu wejdziemy do Sanktuarium dusz.

– To niepokojąca i intrygująca myśl – stwierdziła Nicci.

Kahlan spojrzała na nich ze zniecierpliwieniem.

– Mimo wszystko teraz najważniejsze jest to, że musimy się dostać do sylfy, o ile naprawdę jest w Wieży. Czy to się komuś podoba czy nie, to jedyny sposób wydostania się stąd, a więc w drogę.

Pomimo tego, co Nicci zrobiła, żeby mu dodać sił, Richarda dręczył tępy ból zadawany przez trawiącą go truciznę. Wiedział, że Kahlan ma rację.

Odchylił odrobinę zasłonę i wyjrzał na korytarz. Był mroczny, oświetlany jedynie blaskiem latarń i kuli, którą Nicci zdjęła z uchwytu na ścianie. Wydawało mu się, że tam, gdzie najdalej dociera światło, dostrzegł jakiś ruch. Wpatrzył się, starając się znowu to zobaczyć, lecz już nic się tam nie poruszyło. Zastanawiał się, czy to mogło być złudzenie. Bardzo by chciał uwierzyć, że tak.

Kahlan chwyciła go za ramię i delikatnie na chwilę wciągnęła do środka.

– Lucy powiedziała, że masz tam dalej być ostrożny. Ważne, żeby o tym pamiętać, lecz czasami niebezpieczniej jest nic nie robić. Czas nam się kończy, tobie kończy się czas. Musimy iść.

Richard otoczył ramieniem jej kibić.

– Słowa Matki Spowiedniczki.

ROZDZIAŁ 45

Richard odsunął tkaninę, pozwalając, żeby więcej światła wniknęło w mroki. Wyglądało na to, że korytarz jest pusty. Prześliznął się obok zasłony i wyszedł w ciemność.

Korytarz najwyraźniej wyżłobiono w miękkim kamieniu, a nie zbudowano z granitowych bloków, jakie wcześniej widział w podstawie Wieży. Ściany, strop i podłogę wycięto równo i płasko, a nie zwyczajnie wyżłobiono jak w większości przejść w Stroyzie. Zadano sobie wiele trudu dla czegoś, co wydawało się bezużytecznym korytarzem wiodącym jedynie do pomieszczenia ze studnią Lucy.

Nie wiedział też, czemu to zimne, puste miejsce miałoby być Sanktuarium dusz.

Kobiety wyszły za Richardem na korytarz. Nicci opuściła tkaninę, która zasłoniła wejście. Richard sprawdził, czy wszystkie są tuż za nim, a potem ruszył. Nie chciałby szukać którejś z kobiet w ciemnym jak smoła tunelu. W otulającym ich świetlnym kokonie widział jedynie jasnobrązowy kamień ścian. Nie było tynku, malowideł, żadnych wyrytych słów, żadnych mebli – niczego, co by wskazywało, do czego jeszcze służył ten tunel.

Stale myślał o słowach „Sanktuarium dusz" nad wyjściem w korytarz. Nie widział sensu w zbudowaniu tego miejsca. Dusze miały wieczność zaświatów. Po co im jakiś kamienny tunel?

Nie uszli daleko, a po prawej pojawiło się wejście. Kiedy tam dotarli, Richard pozwolił Cassii wsunąć do środka głowę i latarnię. Pokój był sporych rozmiarów, kwadratowy, sufit wznosił się równie wysoko jak w korytarzu. Nie było mebli ani czegokolwiek innego. Ściany były płaskie, bez żadnych wnęk. Było to po prostu puste kwadratowe pomieszczenie.

– Nic – powiedziała Cassia, cofając się.

Gdy tylko ruszył dalej, wydało mu się, że dostrzegł ruch w głębi. Zatrzymał się i spojrzał w wejście. Jakby jakiś cień odsunął się z zasięgu słabego światła, cofając się w atramentowy mrok wewnątrz pokoju.

– Co? – zapytała Kahlan.

Richard stał przez chwilę nieruchomo, a potem dobył miecza. Dźwięk stali zabrzmiał w korytarzu, wracając echem z oddali.

– Co się dzieje? – zapytała Nicci.

– W tym pokoju jest coś albo ktoś.

Cassia prześliznęła się obok niego, zanim zdążył ją powstrzymać. Wpadła do środka z latarnią.

Po czym wysunęła ku nim głowę z pomieszczenia.

– Nic, lordzie Rahlu. Nikogo tu nie ma. I nie miałby się gdzie schować.

– Nikt żywy – wyszeptał Richard, wpatrując się w pusty pokój.

Zobaczył za Cassią leciuteńki ruch. Mocniej zacisnął dłoń na gardzie miecza.

Nicci go popchnęła.

– Musimy stąd wyjść, Richardzie. Słyszałeś Lucy. Powiedziała, że trzeba tu być ostrożnym. Stanie i czekanie, aż coś się stanie, to nie jest ostrożność. Podobnie szukanie kłopotów. Czekanie, aż coś cię znajdzie, także. Im szybciej stąd wyjdziemy i znajdziemy się w wyższych partiach Wieży, tym lepiej.

– Wyjęłaś mi z ust te słowa – stwierdziła Kahlan.

– Obie macie rację – przyznał i ruszył dalej, przyspieszając kroku.

Szybko dotarli do rozgałęzienia: jedna odnoga biegła w lewo, druga w prawo. Cassia uniosła latarnię i spojrzała w lewo, a Vale w przeciwległy korytarz. Oba miały tę samą wysokość i szerokość co tunel, w którym stali.

– Wydaje mi się, że tam widzę jakieś przejście – powiedziała Vale.

Zanim Richard zdążył ją powstrzymać, popędziła, żeby to sprawdzić. Światło latarni przesuwało się razem z nią, wyglądała, jakby tkwiła w jaśniejącym bąblu płynącym przez zaświaty. Kiedy dotarła do wejścia, obróciła się i natychmiast zniknęła w środku. Widział jedynie poruszające się światło błyskające w wejściu, kiedy przeszukiwała pokój. Po dłuższej chwili ciszy wynurzyła się stamtąd.

– Nic – zawołała, budząc echo. – Wygląda tak samo jak tamten, który widzieliśmy.

Poszła w głąb korytarza, zaglądając w sześć wejść rozmieszczonych w regularnych odstępach. Wychodząc z każdego, wołała, że jest tam pusto. Przeszukała wszystkie pomieszczenia w tej części i dopiero potem wróciła. Wskazała kciukiem przez ramię.

– Tam dalej jest więcej odgałęzień. Widziałam w korytarzach więcej wejść. Mam wrócić i w nie zajrzeć?

– Nie powinniśmy marnować czasu, zaglądając we wszystkie korytarze – powiedziała Nicci. – Nie wiadomo, ile jeszcze może ich być, no i w gruncie rzeczy nie mają znaczenia. Ważne, żebyśmy się stąd wydostali.

– Jak myślisz, w którą stronę powinniśmy iść? – zapytała go Kahlan.

Richard wpatrywał się w mrok. Wiedział, jak łatwo zgubić się w miejscu, którego się nie zna, zwłaszcza takim, gdzie brakuje charakterystycznych cech umożliwiających orientowanie się w przestrzeni czy też utrzymywanie kierunku. Błądzenie bez celu było niebezpieczne.

– Nie mam jak tego ocenić. Na razie lepiej idźmy prosto.

Wkrótce natrafili na kolejną tkaninę wiszącą po ich lewej stronie. Kiedy Richard ją odchylił, zobaczył kolejny czarny jak smoła korytarz. Puścił zasłonę, żeby spojrzeć na symbole. Były zwrócone ku niemu. Niektóre rozpoznał jako słowa pociechy – choć nie miał pewności, co próbowały przekazać – innych zaś nigdy przedtem nie widział.

Wskazał na symbole i popatrzył przez ramię na Nicci.

– Wiesz, co one znaczą? Wydaje się, że mają dodawać otuchy.

– Słusznie. To zaklęcia wabiące.

– Zaklęcia wabiące? – zaciekawiła się Kahlan. – A co wabią?

– Duchy. – Nicci skinęła ręką w stronę, z której przyszli. – Niektóre zaklęcia, jak te w pomieszczeniu ze studnią, mają odstraszać duchy. Te tutaj są ich przeciwieństwem. Mają duchy przywabiać.

Richard pomyślał, że są czymś w rodzaju rybackiej sieci. Nie mógł tylko pojąć, czemu w podziemnych pomieszczeniach umieszczono zarówno zaklęcia, które zwabiały duchy, jak i te, które miały je trzymać na dystans.

Kiedy tak szli w ciemność, korytarz nagle skręcił w prawo, tuż przed tkaniną zamykającą im drogę na wprost. Lecz kiedy Richard ją odchylił, zobaczył, że za nią jest tylko ściana. Musieli skręcić. Napotkali więcej pomieszczeń, wejścia wielu z nich zasłaniały osobliwe tkaniny. Niektóre były jedwabiste, inne przypominały grube płótno.

Pokoje, na które natrafili – niektóre otwarte – były równie puste jak te, które wcześniej sprawdzili. Richard w każdym pomieszczeniu miał wrażenie, że ktoś tu jest, czai się w mroku i go obserwuje. Miecz trzymał w dłoni. Nie wiedział, czy się przyda na duchy, ale pewniej się czuł.

Idąc przez ciemność, natrafili znienacka na zasłonę z grubego płótna zagradzającą korytarz. Wszedł za nią i przekonał się, że to jedna z czterech zasłon tworzących kwadrat – za niektórymi były tunele. Za jedną, pokrytą symbolami, tylko ściana, a nie korytarz.

Starali się iść na wprost, ale szybko okazało się to niemożliwe, bo znaleźli się w skomplikowanym labiryncie korytarzy, wielokrotnie skręcających i rozgałęziających się we wszystkich kierunkach. Wejścia do nielicznych bocznych, atramentowoczarnych tuneli nie zasłaniały tkaniny, do innych – tak.

Korytarz rozwidlał się stale, wszędzie były odgałęzienia, wiele pod osobliwymi kątami, przez co wybór dalszej drogi przyprawiał o zawrót głowy. Richard nie miał jak określić kierunku w tych mrokach we wnętrzu góry. Jakby kąty i narożniki miały za zadanie mylić kierunki. Za niektórymi zasłonami korytarz po prostu kończył się ślepo i musieli zawracać.

Chociaż wejścia do niektórych pokoi zakrywały zasłony, Richard nie dostrzegł ani jednych drzwi. Każdy pokój był całkiem pusty, bez mebli, bez czegokolwiek, co by świadczyło o jego przeznaczeniu. Żaden nie sprawiał wrażenia, że był kiedykolwiek zamieszkany czy że do czegoś służył.

Miejscami napotykali warstwy grubo tkanego, surowego płótna, nieruchomo wiszące w poprzek korytarza. Takie nagłe pojawianie się płóciennych ścian pokrytych symbolami w mroku, pozornie bez żadnego powodu, było ogromnie irytujące. Te zasłony wzmagały dezorientację, pomagały zmienić to miejsce w niepoznawalny labirynt.

Jeżeli miało ono jakieś przeznaczenie, to Richard nie mógł się domyślić jakie. Nie mógł się też dopatrzeć jakiegokolwiek ładu w jego rozplanowaniu.

W podziemnych korytarzach panowała taka cisza, że zrobili się nerwowi. Każdy niosący się echem chrzęst skalnych okruchów pod stopami sprawiał, że się rozglądali, badając wzrokiem ciemność za nimi.

Kiedy Richard usłyszał z tyłu cichy dźwięk, gwałtownie się odwrócił, trzymając miecz w dłoni. Gniew w nim narastał. Nie było wątpliwości, że to nie oni spowodowali ten odgłos.

– O co chodzi? – wyszeptała Kahlan.

– Ktoś za nami idzie.

Wszyscy się wpatrzyli w mrok.

– Kto? – szepnęła Kahlan.

– Gdybym miał zgadywać, powiedziałbym, że duchy.

– Duchy… – Wpatrywała się w ciemny, pusty korytarz za nimi. – Nic nie widzę.

– Jednak tam są – odparł. – Nie wiem dlaczego, lecz to miejsce jest nawiedzone przez duchy. Mnóstwo duchów. Czuję je wszędzie za nami.

Kahlan mocniej zacisnęła dłoń na jego ramieniu.

– Nie możesz mieć pewności.

Nicci wskazała tkaninę, zasłaniającą boczne wejście.

– Wszystkie te symbole są przeznaczone dla umarłych. Dla nikogo innego. To miejsce nazwano Sanktuarium dusz, toteż wydaje się logiczne, że są tutaj duchy.

Cassia szeroko otworzyła oczy.

– Na pewno? Czemu dusze miałyby przebywać tutaj, a nie w zaświatach, gdzie ich miejsce?

Nicci popatrzyła na Mord-Sith, ale nie odpowiedziała.

Pachniało wilgocią i kurzem. Richard leciutko uniósł nos, starając się wyczuć coś, czego nie powinno tu być.

– Czy któraś z was czuje jakąś woń?

– Tylko kurz i kamień – powiedziała Kahlan.

– A ty co niby wywąchałeś? – zapytała Nicci.

Richard potrząsnął głową.

– Nic. Dlatego jestem trochę zdziwiony. Zastanawiałem się, czy moglibyśmy wyczuć opar siarki.

Kahlan się rozejrzała.

– Sądzisz, że to miejsce jest wejściem w zaświaty?

– To Sanktuarium dusz – powiedział. – A miejsce dusz jest w zaświatach, czyż nie?

Nicci zachowała sceptycyzm.

– Po co ktoś miałby zbudować podziemny labirynt otwarty na zaświaty? Moim zdaniem to nie tłumaczy roli tego miejsca. Ma ono jakiś inny cel.

– Na przykład? – zapytał Richard.

Nicci w końcu pokręciła głową.

– Nie wiem. Zaświaty są bezkresne. Na co by się tam przydały te puste pokoje i korytarze? – Odrzuciła długie blond włosy za ramię i rozejrzała się. – Jakiekolwiek by było przeznaczenie tego miejsca, nie jest ono związane z zaświatami. Tyle mówią mi symbole. Najwyraźniej zbudowano je w jakimś celu.

Richard właściwie nie słuchał Nicci, wpatrzony w ciemność za nimi. Coś innego przyciągało jego uwagę.

– Zaczekajcie tutaj. Wszystkie.

Kahlan chwyciła go za rękaw, zanim zdążył odejść.

– Niby dokąd się wybierasz?

– Chcę się trochę cofnąć i na coś spojrzeć. Macie tu na mnie czekać.

Vale podała mu latarnię.

– Przynajmniej weź to.

Richard gestem odmówił.

– Muszę coś sprawdzić. Zostańcie tutaj. Zajmie mi to parę minut.

Gdy tylko ruszył z powrotem, zaczął je wyczuwać. Im dalej szedł w ciemność, tym bardziej go otaczały. Czuł tłoczące się wokół niego duchy i zaczął słyszeć ich szepty. Obejrzał się przez ramię i zobaczył w oddali cztery kobiety stojące tuż obok siebie w blasku dwóch latarń i jednej świetlnej kuli. Zdawały się maleńkie, mało znaczące.

FUER GRISSA OST DRAUKA.

Odwrócił się, słysząc wyszeptane słowa. Gdy tylko to zrobił, usłyszał to samo z innej strony. I z kolejnej. Wkrótce szept FUER GRISSA OST DRAUKA zlał się w ciche zawodzenie otaczających go umarłych.

– Czego chcecie? – zapytał Richard w ciemność.

– Pomóż nam – odpowiedział z mroku cichy głos.

Inny to powtórzył. Wkrótce przyłączyły się kolejne.

Rozejrzał się, lecz nie mógł ich dostrzec, a zarazem mógł. Widział kątem oka niewyraźne postacie i przezroczyste smutne twarze – lecz kiedy ku nim spojrzał, znikały. Uświadomił sobie, że jest ich wiele tysięcy. Może i dziesiątki tysięcy. Kiedy zobaczył, jak się gromadzą, wiedział, że jest ich jeszcze więcej. Dostępne pomieszczenia nie miały dla nich znaczenia. Wylewały się z pokoi i bocznych korytarzy, nadchodziły, żeby zobaczyć obcego, który się znalazł pomiędzy nimi.

Richard się odwrócił i pospieszył ku kobietom.

– Co się dzieje? – zapytała Kahlan, widząc jego zatroskaną twarz.

– Musimy stąd iść. Natychmiast.

ROZDZIAŁ 46

Jestem za – stwierdziła Cassia.

– Ja też – oznajmiła Vale.

– Skąd mamy wiedzieć, którędy wyjść? – zapytała Kahlan.

Richard się rozejrzał, starając się zdecydować, którędy podążyć. Wskazał mieczem na podłogę.

– Popatrz. To są ślady naszych stóp. – Ponownie pokazał mieczem. – A tam przed nami? Kurz pokrywający podłogę jest nietknięty. Pewnie od tysięcy lat nikt prócz nas nie chodził tymi korytarzami. Te ślady są nasze. Byliśmy tu przedtem.

Kahlan oderwała wzrok od śladów stóp.

– Zgubiliśmy się i chodzimy w kółko.

Richard spojrzał przed siebie i wtedy to zobaczył – wysoko na ścianie, na skrzyżowaniu z korytarzem po prawej. Przed nimi nie było śladów stóp, toteż wiedział, że jeszcze tam nie byli.

Wskazał mieczem.

– Spójrzcie tam. Na ścianie, tuż przed bocznym korytarzem. Widzicie?

W miękkim kamieniu wyryto cztery poziome linie jedna nad drugą, z grubszą pionową kreską na końcu.

– Co to jest? – zapytała Vale.

– To symbol dla pasterza. Jest przeznaczony dla mnie. Oznaczyli nam drogę. Wypatrujcie tego symbolu na każdym skrzyżowaniu.

Bez zwłoki pospieszyli korytarzem oznaczonym symbolem pasterza. Na każdym skrzyżowaniu oglądali ściany, wypatrując znaku. Jeśli go nie było, szli w tym samym kierunku, nie zwracając uwagi na boczne tunele. Minęli wiele pokoi, lecz ich nie przeszukiwali. Kiedy mijali wejścia, Richard widział we wpadającym do środka świetle, że są puste. Tyle że chyba były w nich dusze.

Cassia wskazała w górę ręką utrzymującą latarnię.

– Spójrz, lordzie Rahlu. Tam jest znak dla pasterza.

– Dobra robota – powiedział, kładąc jej rękę na plecach i kierując kobiety w boczny korytarz. – Uczysz się mowy Początku.

Kiedy tak szli pospiesznie korytarzami, odgłos ich kroków wracał do nich echem z oddali. Richard cały czas czuł wlepione w siebie oczy. Byli wszędzie. Słyszał, jak szepczą: *Fuer grissa ost drauka*, jak gdyby powiadamiali innych, kto nadchodzi. Zlane w jeden głos tysiąckrotne szepty wypełniały korytarze.

– Słyszycie ich? – spytał. – Czy któraś z was ich słyszy?

Nicci popatrzyła na niego ze zdziwieniem.

– Co mamy słyszeć?

– Ja słyszę tylko nasze kroki – powiedziała Kahlan.

– Ja też – dodała Cassia.

Richard westchnął z irytacją. Żałował, że wyłącznie do niego docierają głosy. Miał przez to wrażenie, że oszalał.

Kahlan obejrzała się w ciemność.

– Co słyszysz?

Richard nie widział powodu, żeby jeszcze bardziej je niepokoić.

– Sam nie wiem. Coś przypominającego szeptanie.

– Szeptanie? – Nicci też obejrzała się przez ramię. – Potrafisz zrozumieć, co mówią?

– Nie mam pewności – skłamał. – Nie zatrzymujmy się.

– Może to odbijające się od kamienia echo naszych kroków? – podpowiedziała Cassia.

– Może. – Wskazał mieczem. – Patrzcie. Tam w górze. Kolejny symbol pasterza. Wejdźmy w ten korytarz.

Poszli korytarzem oznaczonym symbolem, a potem przebiegli obok kolejnych odgałęzień z zasłonami z tkaniny pokrytej symbolami przeznaczonymi dla umarłych i obok pustych pokoi, zapełnionych osamotnionymi, przejrzystymi twarzami, obserwującymi Richarda.

Zauważył, że niektóre symbole wymalowane na wiszących tkaninach ostrzegają, żeby się trzymać z daleka. Dużo było zaklęć powstrzymujących, które nauczył się rozpoznawać. Niektóre były zachęcające, oferujące spokój, inne zaś były po prostu zwykłymi geometrycznymi wzorami – Richard nie wiedział, po co je wymalowano.

Kolejny symbol pasterza zaprowadził ich w długi korytarz bez żadnych pomieszczeń i odgałęzień. Doszli do końca i zatrzymali się, bo natrafili na tkaninę. Wyblakłymi kolorami wymalowano pionowe geometryczne wzory, przeplecione zaklęciami powstrzymującymi.

Richard zajrzał za tkaninę i zobaczył łukowate przejście. Było zupełnie inne niż te, które dotąd widzieli. Kobiety ruszyły za nim za zasłonę, w korytarz, w którym zjeżyły się im włoski na karku.

Długi tunel wyraźnie różnił się od wszystkich, którymi do tej pory szli. Był szerszy, miał starannie wycięte proste ściany i całkiem płaski sufit. Był również kompletnie pusty i tak cichy, że to aż przytłaczało.

Wreszcie dotarli do ciemnego przejścia na końcu korytarza. Za nim znaleźli tunele, już nie tak starannie wycięte w miękkim kamieniu. Krawędzie pomiędzy ścianami a stropem były nieregularnie zaokrąglone, a nie proste. Zupełnie jakby szeroki korytarz, z którego wyszli, był specjalnym miejscem dla umarłych, te nowe tunele zaś były zwyczajne, użytkowane przez żywych. Rozdział wyznaczyło mrowienie magii, od którego Richardowi zjeżyły się wszystkie włoski.

Po raz pierwszy natrafili na pokoje z ciężkimi drewnianymi drzwiami. Vale chwyciła go za ramię.

– Spójrz, lordzie Rahlu.

Richard był zaskoczony, kiedy w blasku jej latarni ujrzał, że pokój jest od sufitu do podłogi zastawiony regałami. Stały na nich setki ksiąg. Nicci prześliznęła się obok nich, chcąc sama to zobaczyć. Postawiła na półce świetlną kulę i zdjęła parę ksiąg – pobieżnie je przejrzała i odstawiła na miejsce. Im więcej ksiąg brała do ręki, tym energiczniej je przeglądała. Na koniec popatrzyła na Richarda.

– Wszystkie te księgi są bardzo rzadkie i cenne. Niektóre są niebezpieczne, dotyczą magii, należy je trzymać poza ogólnie dostępnymi sektorami.

Richard odwrócił się ku Kahlan.

– Rozpoznajesz to miejsce? Jesteśmy w Wieży?

Rozczarowana Kahlan potrząsnęła głową.

– Nigdy wcześniej nie widziałam tego miejsca.

– Ruszajmy dalej – powiedział.

Wzdłuż korytarza, tak wąskiego, że musieli iść gęsiego, ciągnęło się wiele pokoi. Niektóre były małe i puste, z wejściami niestarannie wykonanymi w skale. Inne bardziej dopracowane, z metalowymi drzwiami na rolkach. Te pomieszczenia wyglądały na jakieś pracownie. Były kolejne biblioteki i pokoje ze stołami, jakby jadalnie. W wielu znajdowały się stoły warsztatowe, stołki i najrozmaitsze narzędzia. W niektórych na stołach leżały otwarte księgi, jakby ludzie niegdyś je czytali, lecz z jakiegoś powodu już tu nie wrócili. W jednym z większych pomieszczeń znajdował się prymitywny piec hutniczy. W górze, na belce, wciąż wisiał wielokrążek do podnoszenia ciężkich przedmiotów.

Wkrótce dotarli do schodów w skale i musieli iść w górę przez pieczary. Gdy tylko znaleźli się na wyższym poziomie, natrafili na wydrążone skalne nisze. We wszystkich znajdowały się zwłoki, owinięte w całuny. Tak jak wszystko inne, pokryte warstwami kurzu.

Kręta pieczara prowadziła ich – z grubsza wyciosanymi schodami – coraz wyżej w labirynty umarłych.

– Wiedziałaś, że Wieża ma takie katakumby? – zapytał Kahlan, kiedy mijali setki nisz z niezliczonymi ciałami.

Kahlan ze zdziwieniem patrzyła na boki.

– Nie. Jeżeli to Wieża, to nigdy nie słyszałam o tym miejscu.

– Katakumby często się porzuca z rozmaitych powodów – odezwała się Nicci. – Niektóre po prostu się zapełniają i ludzie muszą się przenosić w nowe miejsce.

– Lecz pewnie wciąż chcieliby je odwiedzać – powiedziała Kahlan. – Chcieliby okazywać szacunek przodkom. Dorastałam w Wieży. Gdyby te katakumby były dostępne, to na pewno bym o nich wiedziała.

– Rzecz nie tylko w tym – rzekł Richard, wskazując pomieszczenie ze stołami roboczymi, stołkami, narzędziami i księgami. – Ludzie tu najwyraźniej pracowali. Sądząc po tym, jak leżą narzędzia i księgi, opuszczali to miejsce w pośpiechu. Dziwne, że to wszystko zamknęli.

– Wszystko, co widzimy, liczy tysiące lat – powiedziała Nicci. – Wszystko tutaj, w tym korytarze, zapewne pochodzi z czasów wielkiej wojny, kiedy Sulachan wciąż żył. Wieża Czarodzieja tętniła wtedy życiem. Była ośrodkiem władzy. Stąd musiano prowadzić wojnę.

– Racja. Mający dar ze Stroyzy mieli tu przybyć i ostrzec radę czarodziejów, że granica padła. A to dlatego, że w tamtych czasach Wieża była siedzibą władzy. – Richard nagle pojął, przerwał i popatrzył na Nicci i Kahlan. – Sulachan i jego czarodzieje potrafili ożywiać umarłych.

Kahlan uniosła palec, zrozumiawszy, co miał na myśli.

– Siły Sulachana mogły wykorzystać umarłych do ataku na Wieżę.

Richard przytaknął.

– Zaczyna się wyjaśniać, czemu musieli opuścić katakumby.

Jednego jeszcze nie pojmował – czemu pod katakumbami znajdowało się Sanktuarium dusz.

Szli w górę, poziom za poziomem, mijając setki wyżłobionych w miękkim piaskowcu nisz. Wszystkie były wypełnione ciałami, ułożonymi na z grubsza wyciosanych półkach. Nad wieloma tymi miejscami spoczynku wciąż widać było (choć farba wyblakła) nazwisko rodowe lub imię i tytuł zmarłego. Brzegi niektórych otworów upiększono prymitywnie wyrzeźbionymi ozdobami. Ponieważ różniły się od siebie, Richard uznał, że pewnie wykonali je członkowie rodzin. Farba i zdobienia uległy już takiemu zniszczeniu, że ledwo je było widać.

Dotarli na kolejny wyższy poziom i nisze zaczęły się łączyć, tworząc niewielkie pomieszczenia. Od podłogi do stropu ciasno wypełniały je kości. Najprawdopodobniej należały do ludzi dawno zmarłych i zebrano je tutaj, żeby zrobić miejsce na nowe zwłoki.

Były tam ogromne stosy kości. Każde pomieszczenie, od sufitu do podłogi, wypełniały pokryte warstwami kurzu, równiutko ułożone, posortowane według rodzaju. W niektórych były tylko czaszki, równo i troskliwie ułożone, zwrócone ku wejściu. Richard ze zdumieniem pomyślał, ileż to ludzi musiało mieszkać w Wieży lub tutaj pracować. Jeśli, rozumie się, to miejsce naprawdę było Wieżą.

Wspinali się schodami w tunelach tak ciasnych, że Richard musiał się pochylać i kulić ramiona. Wyżej dotarli do poziomów, gdzie miejsca spoczynku wydrążono w wysokim korytarzu jedno nad drugim, po sześć. Przy niektórych najwyższych niszach nadal stały drabiny.

Większość ciał, złożonych na spoczynek w tym „plastrze miodu", była owinięta w całuny tak stare i brudne, że wyglądały jak wyrzeźbione w tym samym piaskowcu co nisze. Richard dostrzegł parę zagłębień z sarkofagami – wszystkie były kamienne, większość ozdobiona rzeźbieniami; wszystkie pokrywał kurz i podobnie jak owinięte w całun zwłoki, niemal całkowicie ginęły pod pajęczynami. Prawdę mówiąc, pajęczyny były niekiedy tak zbite, że zwłoki wyglądały jak wielkie kokony.

Łagodne, żółte światło latarń i zielonkawy blask świetlnej kuli niesionej przez Nicci ukazywały siatkę długich korytarzy z niszami po obu stronach. Niekiedy się zdawało, że całą rodzinę wtłoczono do niewielkiego zagłębienia w skale. Z boków odchodziły we wszystkie strony kolejne ciemne korytarze. Z tego, co widzieli, we wszystkich znajdowały się zagłębienia, w których złożono zmarłych.

Kiedy tak wspinali się po długich ciągach schodów wyciętych w skale, musieli bardzo uważać, bo stopnie były nierówne. Cassia szła przed Richardem, Kahlan tuż za nim, a za nią Nicci i Vale.

W blasku latarni Cassii ukazało się nagle przejście, wyglądające na staranniej wykonane niż inne. Przeszli przez nie i znaleźli się w obszernej pieczarze. Wyżłobiono ją w skale, podobnie jak tunele i pomieszczenia poniżej; na ścianach wciąż były widoczne ślady narzędzi i otworów po wiertłach.

Za to podłoga była inna – pod grubą warstwą kurzu można było z trudem dostrzec płyty z ciemnego i jasnego kamienia, ułożone koliście. Pośrodku pieczary stał stół. Kiedy Cassia przesunęła po blacie dłonią, Richard zauważył intarsje z drewna orzechowego. Na środku stołu ustawiono pustą białą wazę.

Niegdyś musiano w niej układać świeżo ścięte kwiaty, żeby trochę uprzyjemnić to miejsce ludziom przychodzącym odwiedzić krewnych. Niegdyś musiało to być miłe miejsce, witające odwiedzających.

W równych odstępach wyżłobiono w ścianach pieczary przejścia wiodące w mrok. Żadne z dziewięciu wejść nie było wygładzone czy ozdobione, nad każdym wyrzeźbiono jedynie symbole w mowie Początku.

Sprawiało to wrażenie jakby centrum, skąd odwiedzający wchodzili w odpowiedni tunel, w którym spoczywali ich przodkowie.

Tunel, którym przybyli, był ostatnim z dziewięciu. Symbole nad nim były podobne do pozostałych, określających każdy tunel neutralną nazwą, jak na przykład Rzeka wiekuistego spoczynku, Ogród lilii, Łąki spokoju. Nazwy tuneli najwyraźniej miały pomagać ludziom odnaleźć bliskich. Ten, którym przyszli, nazwano Korytarzem dusz. Przypomniało to Richardowi nazwę Sanktuarium dusz, którą widzieli w pomieszczeniu ze studnią.

Z pomieszczenia z dziewięcioma tunelami wiodły w górę marmurowe schody z wypolerowaną balustradą, pokryte grubą warstwą kurzu i umieszczone w wyciętym w skale, nieobrobionym szybie. Starannie wykonane stopnie i balustrady mocno kontrastowały z niedbale wykonanymi ścianami. Schody były na tyle szerokie, że Richard i Kahlan mogli wreszcie iść obok siebie – luksus po ciasnych korytarzach i wąziutkich schodkach.

Każdy ciąg stopni kończył się prostokątnym podestem, z którego wznosił się kolejny, sięgając coraz wyżej spiralą zapierającą dech w piersi. Nie było tu żadnych pomieszczeń, jedynie podesty i kolejne schody. Przynajmniej były staranne wykonane, w odróżnieniu od grubo ciosanych stopni, po których z trudem się wchodziło.

Ale i tak wszyscy czuli się coraz bardziej zmęczeni. Mieli coraz mniej energii i przydałby się im jakiś posiłek.

Zadyszani po długiej wspinaczce, dotarli na podest, gdzie marmurowe balustrady kończyły się ozdobnym spiralnym słupkiem. Przed nimi znajdowała się skalna ściana, zagradzając przejście.

– To wygląda jak czop – powiedział Richard. – Pewnie zapieczętowali tym głazem katakumby. Pewnie jest tak ogromny i ciężki, że nawet ożywieni umarli Sulachana nie daliby rady go przesunąć.

– No to jak mamy to otworzyć? – zapytała Vale.

– Patrzcie! – zawołała Cassia, unosząc latarnię.

W wyżłobionej z boku niszy stały dwie statuetki. Były identyczne jak figurki pasterzy w Stroyzie. Tamte posążki, których nikt nie dotykał od czasu zbudowania wielkiego muru granicznego, otworzyły im wejście do pomieszczenia ze studnią.

Cassia się pochyliła i zdmuchnęła kurz z posążków. Pomachała dłonią przed twarzą i zakaszlała, kiedy wzbiła się chmura pyłu. Skrzywiła się, przez chwilę rozwiewając ją dłonią, a potem znowu się pochyliła, zamknęła oczy i ponownie dmuchnęła na posążki.

Richard zauważył, że spod kurzu zaczyna przebłyskiwać metal. Też się pochylił i dmuchnął, oczyszczając posążki z warstw kurzu. Statuetki wyglądały na zrobione z tego samego srebrzystego metalu co w Stroyzie.

– Na co czekasz? – zapytała Kahlan, odwracając twarz i dłonią rozwiewając chmurę kurzu. – Zrób to samo, co przedtem. Do dzieła, a przekonamy się, czy to nas stąd wyprowadzi.

Nicci zmarszczyła brwi i pochyliła się ku temu, co Richard uznał za kamienny czop.

– Słyszycie?

– Nie, a co mamy słyszeć? – spytała Kahlan. Przestała machać ręką i przekrzywiła głowę. – Chwileczkę, coś słyszę. To brzmi jak dzwony na alarm.

ROZDZIAŁ 47

Chociaż Richarda zaniepokoił dobiegający zza głazu dźwięk dzwonów, to wsunął miecz do pochwy. Potrzebował obu rąk, jeśli to miało zadziałać. Kiedy ujął w dłonie chłodne metalowe statuetki, rozgrzały się pod jego dotknięciem. Poczuł mrowienie magii, wnikające w dłonie, potem poprzez ramiona i kręgosłup docierające do podstawy czaszki. Ta magia była silniejsza niż w Stroyzie.

Kiedy poczuł wibracje magii u podstawy czaszki, kamień przed nimi zaczął drżeć, jakby ze współczucia. Wszystko wokół nich się trzęsło, okruchy brudu i kamienia odpadały ze ścian i sufitu. Kamyki tańczyły po podłodze, wzbijały się chmury kurzu.

Richard przypomniał sobie, jak Samantha zawaliła strop pieczary. Spojrzał w górę, martwiąc się, że może na nich spaść skała. W przeciwieństwie do skalnych ścian na głębszych poziomach katakumb, tutaj – podobnie jak w przypadku stropu, który się zawalił – mieli do czynienia z granitem.

Głaz nagle wydał głośny trzask i cała blokada puściła za jednym razem. Zaprawa popękała i odpadła. Wreszcie ogromny głaz zaczął się przesuwać, zgrzytając o podłogę. W miarę jak się cofał, napływało światło i rozgłośny dźwięk dzwonów.

Richard, mrużąc oczy przed jaskrawym blaskiem naturalnego światła, zajrzał w przejście, starając się coś zobaczyć. Cassia przepchnęła się obok niego i wypadła tam, żeby sprawdzić, czy coś im zagraża. Kiedy nie krzyknęła ostrzegawczo, Kahlan ujęła dłoń Richarda i pochyliła się w niskim przejściu razem z nim.

Znaleźli się w osłoniętym wejściu do katakumb. Żłobkowane kolumny z wapienia stały po obu stronach niszy. Niewielkie filary, trochę wyższe od Richarda, nakryto długimi belkami stanowiącymi podpory dla łuków, wymyślnie ozdobionych zawiłymi rzeźbieniami, otaczającymi płyty tworzące ciemne geometryczne wzory. Ławy po obu stronach również przyozdobiono, żeby pasowały do pozostałych posępnych szczegółów architektonicznych. Po tak długo otaczającym ich brudzie i niedbale obrobionym kamieniu ten wspaniały, wygładzony wydawał się lśnić.

Ponadnaturalnej wysokości kamienne posągi, w ponurych, pełnych rozpaczy pozach, symbolizowały żal i smutek związane z tym, co znajdowało się za czarnym jak smoła wejściem z tyłu. W końcu był to próg miejsca spoczynku. Zrozpaczone postacie otaczające wejście najwyraźniej miały przygotować odwiedzających, że w katakumbach nie znajdą radości.

Kahlan wyminęła Richarda, wyszła z niszy w światło dnia i rozejrzała się.

– Drogie duchy, znam to miejsce. – Gwałtownie się ku nim odwróciła. – Jesteśmy w Wieży!

Richard wyszedł z cienistych katakumb, stanął obok Kahlan, popatrzył na ogromną, wąską komorę, wznoszącą się jak olbrzymie pęknięcie w górze, w którą wbudowano Wieżę Czarodzieja. Ściśle przylegające granitowe bloki tworzyły niebosiężne mury. Komora była wysoka pewnie na sześć pięter, lecz niewiele szersza niż ogólnie dostępne korytarze w samej Wieży.

Cassia i Vale osłaniały ich przed grupką tłoczących się wokół ludzi, gapiących się na nich, jakby byli ożywionymi zwłokami. I zapewne tak wyglądali, zakurzeni od stóp do głów.

– Richard? – zapytał niski głos.

Richard zmrużył oczy, oślepiony blaskiem padającym ze szczelin na szczycie wyniosłej przeciwległej ściany.

– Chase?

Wielkolud wsunął miecz do pochwy, chwycił Richarda za ramiona i potrząsnął nim.

– Richard! Chwała wam, dobre duchy! Skąd się wziąłeś?

Kobieta w skromnej niebieskiej sukni przepchnęła się przez tłumek; było tu parę Sióstr, które rozpoznał.

– Richard! To ty! I Kahlan! – Uśmiechnęła się na tak nieoczekiwane radosne spotkanie. – I Siostra Nicci! Też tu jesteś!

Nicci skłoniła głowę, ignorując afront dawno przez nią odrzuconego tytułu.

– Siostro Verno, a może powinnam powiedzieć Ksieni, muszę przyznać, że bardzo się cieszę, widząc twoją piękną, uśmiechniętą twarz.

Verna się roześmiała i rzuciła się, aż podskakiwały jej faliste kasztanowe włosy, by uściskać Kahlan, jakby ta była dawno niewidzianą siostrą.

Rachel, córka Chase'a, wychyliła się zza niego.

– Richard!

Podbiegła i objęła go ramionami w pasie.

Bardzo wyrosła, od kiedy ją ostatni raz widział. Jej piękne blond włosy również urosły i były teraz prawie tak długie jak u Nicci.

Verna odsunęła się od Kahlan, lecz trzymała ją na długość ramienia, jakby nie chciała jej całkiem puścić z lęku, że ta zniknie.

– Skąd się tu wszyscy wzięliście?

Richard, choć bardzo się cieszył ze spotkania z ludźmi, których znał, miał na głowie poważne problemy. Wiedział, że zostało niebezpiecznie mało czasu i że ich podróż jeszcze się nie skończyła. Czuł, jak przybrała na sile tkwiąca w nim zmaza. Śmierć starała się wciągnąć go na powrót w mroczny świat, zanim on zdoła temu jakoś zaradzić.

– To długa historia – powiedział, mając nadzieję, że uniknie długich wyjaśnień.

– Na którą naprawdę nie mamy czasu – dodała Kahlan, spojrzawszy na Richarda, bo rozpoznała jego pełen rezerwy ton.

Verna przez chwilę podejrzliwie mu się przyglądała, a potem podeszła i przytknęła mu palce do skroni. Gwałtownie odsunęła dłonie, wydając przy tym okrzyk przerażenia, jakby się poparzyła.

– Drogie duchy – wyszeptała, szeroko otwierając oczy. – Ty, ty...

– Wiemy – powiedziała Kahlan. – Jak już wspomniałam, to długa historia i, jak się zorientowałaś, Richard jest w tarapatach.

Chase się skrzywił, zatknął kciuk za pas.

– A kiedy to Richard nie był w tarapatach?

Mina Nicci świadczyła o tym, że jest tego samego zdania.

– Otóż to.

Zniecierpliwiony Richard machnął ręką i odwrócił się ku dwóm małym posążkom pasterzy, które zauważył w zakamarkach pokoju. Kiedy ujął je w dłonie, natychmiast się rozgrzały. Kiedy je tak trzymał, potężny głaz powoli zamknął przejście. Gdy tylko katakumby zostały znowu zapieczętowane, umilkły w końcu dzwony, rozbrzmiewające we wszystkich sąsiednich korytarzach.

Chase podrapał się po głowie i rozejrzał się.

– Cóż, to by tłumaczyło alarm, ale nie to, co tam robiliście.

Richard zignorował zawoalowane pytanie i surowo spojrzał na Chase'a i Vernę.

– Nie wpuszczajcie tam nikogo. Nie pozwólcie, żeby ktoś choć spróbował tam wejść.

– A jak by się tam dostał? – zapytała Verna. – O ile wiem, to nawet nie była pieczara. Zawsze sądziliśmy, że tutaj jest po prostu miejsce, gdzie można sobie usiąść na ławce i odpocząć.

– To coś więcej – powiedział Richard. – Trzymaj ludzi z dala.

Verna się nasrożyła.

– Jak długo to miejsce było zapieczętowane?

Richard przelotnie spojrzał na kamień.

– Od czasu wielkiej wojny, prawie trzy tysiące lat.

Nachmurzyła się jeszcze bardziej.

– I co tam jest?

– Umarli – odpowiedziała jej Nicci.

Verna zesztywniała.

– A także, jak sądzę, dusze – dodał Richard.

Verna aż otworzyła usta.

– No to co wy tam robiliście?

– Podróżowaliśmy – rzucił krótko Richard, bez dalszych wyjaśnień.

– Macie coś do jedzenia? – przerwała ciszę Cassia. – Jesteśmy głodni. Nie udało mi się tam na dole znaleźć szczura, żeby się posilić.

Verna przez chwilę wpatrywała się w niewzruszoną Mord-Sith, a potem nieco się odwróciła, unosząc zapraszająco rękę.

– Ależ oczywiście. Przygotujemy poczęstunek, żeby uczcić...

– Nie mamy czasu na takie rzeczy – powiedziała Kahlan. – Najlepsza byłaby jakaś przekąska na szybko, może coś, co moglibyśmy zabrać ze sobą. Musimy się dostać do sylfy.

Richard zrozumiał, że Kahlan jest nastawiona na powrót do Pałacu Ludu i pola ograniczającego, żeby Nicci mogła usunąć z niego zmazę śmierci. Co prawda musiał dotrzeć do pałacu, ale z innych powodów.

Verna wymieniła z Chase'em zatroskane spojrzenia.

– Sylfa? – Przechyliła się, zerkając podejrzliwie za Vale. – Jest z wami Zedd? – Zauważyła minę Richarda. – Co się stało?

– Verno, nie mam pojęcia, od czego miałbym zacząć opowieść o wszystkim, co się wydarzyło i co jest nie tak, ale powinnaś wiedzieć, że Zedd...

Szeroko otworzyła oczy.

– Nie żyje?!

Richard mocno zacisnął wargi i kiwnął głową.

– I wszyscy inni też umrą, jeśli nie dostaniemy się do Pałacu Ludu – wtrąciła Kahlan. – Richard pierwszy, a po nim wkrótce my wszyscy. Wyczułaś w nim ten jad. Wiesz, jaka to poważna sprawa. Na razie musisz nam uwierzyć na słowo. Potem ci wszystko opowiemy.

– Oczywiście. A myślałam, że daliście światu pokój. Wojna się skończyła. Co się mogło stać? – Zatroskana Verna patrzyła to na Richarda, to na Kahlan. – Możecie powiedzieć choć, w czym rzecz? Może wiemy coś, co by pomogło.

Richard ruszył przez ogromną, słabo oświetloną komorę.

– Wiesz, kim jest imperator Sulachan?

Verna przyspieszyła, żeby dotrzymać im kroku. Przycisnęła palce do czoła, spuściła wzrok i szukała w pamięci.

– Sulachan, Sulachan. – Uniosła głowę, zachmurzona. – O ile się nie mylę, to był imperatorem w czasie wielkiej wojny. Umarł prawie trzy tysiące lat temu?

– Richard przywrócił mu życie – odezwała się Nicci.

Vernie odebrało mowę.

– Jak już ci mówiłem – odezwał się Richard – to bardzo długa historia, a teraz musimy się zająć o wiele poważniejszymi sprawami.

– Jak na przykład? – zapytała Verna, nie chcąc odpuścić.

– Ważną sprawą, o której powinnaś wiedzieć, jest to, że muszę powstrzymać Sulachana, bo inaczej zniszczy zasłonę, a z nią świat życia.

Verna parsknęła z dezaprobatą.

– Od kiedy cię poznałam, Richardzie, zawsze byłeś wplątany w jakieś kłopoty z zasłoną. Od samego początku byłeś także powiązany z proroctwami. Powiedziały nam, że się urodzisz na długo przed tym, jak zostałeś poczęty. To z powodu proroctw Ksieni Ann była przy twoich narodzinach i pomagała cię chronić.

– Teraz wiem dlaczego – stwierdził, nie wdając się w wyjaśnienia i krocząc na czele małej grupki.

ROZDZIAŁ 48

Wśród towarzyszących im Richard widział znajome Siostry oraz ludzi, których nie znał. Pewnie byli to mieszkańcy Aydindril, sprowadzeni do Wieży, by pomóc w przywróceniu tego miejsca do życia. Niegdyś wiele osób z Aydindril pracowało w Wieży.

Richard nie był zachwycony tym, że obcy ludzie mogliby usłyszeć coś o tym, co się dzieje. Mogli zasługiwać na zaufanie, ale przecież ich nie znał. Mogliby rozsiewać w mieście plotki, a nawet panikę. Verna i Chase nie mieli pojęcia, w jakich są tarapatach, toteż nie mieli powodu, by zważać na to, kto jest w pobliżu. Ich zdaniem na świecie panował pokój.

W pewnej odległości kręciło się jeszcze więcej ludzi zajmujących się pracą i rozmaitymi swoimi sprawami. Ogromne pomieszczenie było długie i tak słabo oświetlone, że Richard nie widział twarzy osób w jego przeciwległym końcu.

Popatrzył z ukosa na Chase'a, potem przeniósł wzrok na towarzyszących im ludzi. Chase zrozumiał aluzję.

– Może byście zawiadomili innych, że wszystko w porządku, a potem sprawdzili, czy alarmy są na nowo nastawione? – rzucił Chase. – Verna i ja zajmiemy się resztą.

Siostry i parę innych osób zaproponowały, że w razie potrzeby pomogą, a potem wszyscy zaczęli skręcać w boczne korytarze. Wkrótce zostali z nimi tylko Verna, Chase i Rachel.

– Dzięki – powiedział Richard do starego przyjaciela.

Pamiętał, że to długie, wysokie pomieszczenie prowadzi do wielu ważnych sektorów w niższych partiach Wieży. Szczeliny u szczytu jednej ze ścian nie tylko wpuszczały dzienne światło, ale i sprawiały, że ogromny korytarz służył jako komin wentylacyjny, zapewniający wymianę powietrza z niższych części Wieży. Widział małe ptaki siedzące na znajdujących się wysoko parapetach. Teraz szczeliny wpuszczały do pomieszczenia trochę dziennego światła oraz świeże górskie powietrze.

Po prawej zbudowane przy ścianie kamienne schody prowadziły na wąski balkon, mieszczący się wysoko w górze. Znajdowały się tam nieregularnie rozmieszczone wejścia. Niektóre były zamknięte drzwiami, lecz większość stanowiła po prostu wloty korytarzy prowadzących do rozmaitych sektorów i poziomów Wieży.

Dziwnie było znaleźć się w Wieży Czarodzieja po tych wszystkich miejscach, w których byli, a już zwłaszcza po tak długim pobycie na Mrocznych Ziemiach. Trochę oszałamiał taki nagły powrót do cywilizacji. Richard myślał, że może już nigdy tego nie zobaczy. Wieża Czarodzieja przypominała mu o Zeddzie i na nowo budziła bolesną tęsknotę za dziadkiem.

Bardzo by chciał poczuć się bezpiecznie i spokojnie, cieszyć się tym, że wreszcie wrócił, że Kahlan jest tak blisko Aydindril i Pałacu Spowiedniczek, w którym dorastała – lecz w świecie życia nigdzie nie będzie bezpiecznie, póki Sulachan wciąż pozostaje zbiegiem ze świata umarłych.

Dodatkowo niepokoiło go to, że nie wiedzieli, jak długo podróżowali ze Stroyzy. Nawet gdyby zobaczył księżyc, to nie miałby pewności, ile czasu zajęła im podróż. Na Mrocznych Ziemiach niebo cały czas było zachmurzone, więc nie mógł obserwować faz księżyca.

Tak wiele się wydarzyło – nie wspominając już o pobycie w wiecznych, niezmiennych zaświatach – że Richard nie wiedział, ile czasu upłynęło od chwili, kiedy Hannis Arc i Sulachan przeprowadzili swoją armię półludzi przez granicę trzeciego królestwa i ruszyli na południowy zachód, ku Pałacowi Ludu. Stracił rachubę dni.

Co do jednego miał pewność – Pałac Ludu był w wielkim niebezpieczeństwie. Wiedział, dlaczego Hannis Arc chciał się tu dostać – chciał władać D'Harą jako lord Rahl. Cały plan był niezmiernie zawiły, lecz cel Arca – całkiem prosty. Chciał pozbawić władzy ród Rahlów i panować zamiast nich.

Sulachan wspaniałomyślnie mu w tym pomagał, chociaż miał własne, o wiele większe plany. Wykorzystywali się nawzajem do własnych celów, a jeden potrzebował drugiego, lecz Richard miał wrażenie, że Sulachanem nie da się tak łatwo kierować, niczym bykiem z kółkiem w nosie. Uważał, że imperator tak samo się pali do zajęcia Pałacu Ludu jak Hannis Arc.

Zastanawiał się, czy miało to coś wspólnego z Regułą. Reguła była zaświatową mocą, obcą w świecie życia. Wtłaczała proroctwa w ten świat. Dławiła nimi życie.

Można by rzec, iż było to podobne do zmazy śmierci, którą miał w sobie Richard. Powoli pozbawiała go życia. Reguła przez tysiąclecia rugowała życie z należnego mu świata. Była, by tak rzec, drogą przez zasłonę, otwartym połączeniem pomiędzy światami. I przede wszystkim dlatego Sulachan chciał zdobyć pałac. Po prostu wykorzystywał Hannisa Arca do swoich celów, podobnie jak Hannis Arc wykorzystywał króla-ducha.

Kahlan ujęła ramię Ksieni.

– Bardzo bylibyśmy wdzięczni, Verno, gdybyś zadbała o to, żeby przyniesiono nam coś do jedzenia. Mogłabyś się tym zająć? Są z nami dwie Mord-Sith, gotowe mnie żywcem ugotować i pożreć, jeśli ich nie nakarmimy.

Verna odrobinę się rozchmurzyła. Rzuciła okiem na Mord-Sith o stalowym wzroku, szły za Kahlan i przyglądały się jej. Richard też musiał coś zjeść dla podtrzymania sił, no i wiedział, że Kahlan i Nicci umierają z głodu. Wszyscy powinni się posilić.

– Ależ oczywiście.

I natychmiast pospieszyła ku ludziom składującym drewno na opał w pobliskim pomieszczeniu. Znieruchomieli przy swoich wózkach, potaknęli, słuchając jej poleceń, a potem zniknęli w jednym z bocznych korytarzy.

Chase zrobił kilka długich kroków i znalazł się bliżej nich.

– Jak mogę pomóc, Richardzie? Czego potrzebujesz?

Richard przez chwilę się namyślał...

– Żebym to ja wiedział...

– Dokąd się kierowałeś? – zapytał wielkolud.

– Musimy się szybko dostać do Pałacu Ludu. Najszybciej byłoby sylfą.

– Po co ten pośpiech?

Richard spojrzał na przyjaciela.

– Imperator Sulachan wykorzystał w wielkiej wojnie tajemną moc...

– Tajemną moc? – przerwała mu Verna, która do nich wróciła, znowu nachmurzona. – Co to takiego? O czym ty mówisz?

Richard przeciągle westchnął. Sylfa nie była daleko i nie będzie czasu na wyjaśnianie wszystkiego, co się wydarzyło, a tym bardziej tego, co się ma stać i dlaczego.

– Za dużo tego, żebym teraz mógł to opowiedzieć – stwierdził. – Ale powinienem choć trochę wam wyjaśnić i przekazać informacje, które musicie poznać. Sulachan korzysta z tajemnej mocy. Przypomina ona magię, choć jest odmienna.

– Odmienna? – znowu przerwała mu Verna. – Pod jakim względem?

– To przeciwwaga magii. Można by rzec, iż to jej ciemna strona.

– Ciemną stroną magii addytywnej jest magia subtraktywna – upierała się.

Richard się skrzywił, zdając sobie sprawę, jakie to skomplikowane. Próbował wymyślić, jak to wyjaśnić.

– Są rozmaite poziomy równowagi – odezwała się Nicci, widząc, że Richardowi jest trudno to wytłumaczyć. – Subtraktywna to zaświatowa strona magii, addytywna to strona życia. Nawzajem się równoważą. Lecz to wszystko magia. Współdziałają, podobnie jak nasze palce i kciuki. Mogłabyś myśleć o magii addytywnej jak o kciuku współdziałającym z palcami, czyli magią subtraktywną.

– No to czym jest ta tajemna moc? – zapytała Rachel, zafascynowana tak osobliwymi sprawami.

– To odmienna faza magii. Magia i tajemna moc to różne sprawy. Każda może wywierać nacisk, podobnie jak każda dłoń. – Nicci splotła palce obu rąk. – Każda dłoń jest inna i każda krzepka, a obie razem są o wiele mocniejsze niż każda oddzielnie.

Richard nie miał pewności, czy Verna zrozumiała, toteż wrócił do tego, co ważne:

– Sulachan miał dar obu mocy, podobnie jak niektórzy czarodzieje w jego czasach. Wykorzystywali je jednocześnie, bo razem są potężniejsze, jak tłumaczyła Nicci, do zmieniania ludzi w broń. Sulachan, korzystając z tajemnej mocy, mógł czynić to, co uważano za niemożliwe.

– Na przykład? – zainteresował się Chase, pochłonięty tymi wyjaśnieniami.

– Na przykład stworzył Nawiedzających sny. Imperator Jagang był potomkiem Nawiedzających sny, stworzonych przez Sulachana i jego czarodziejów. Sulachan potem wykorzystał swoje talenty do stworzenia armii półludzi...

Chase dotknął ramienia Richarda.

– Półludzi?

Richard potaknął.

– To ludzie bez duszy.

Chase zmarszczył brwi, drapiąc się w głowę.

– Niby czemu?

– Bo niesamowicie długo żyją, podobnie jak Siostry w Pałacu Proroków. Chciał, żeby ta armia czekała tu na niego, aż wreszcie znajdzie sposób powrotu ze świata umarłych.

Verna zmarszczyła brwi.

– Nie rozumiem, jak można odebrać komuś duszę. Stwórca...

Richard machnął ręką, nie chcąc się zagłębiać w teologiczne dysputy.

– Nie w tym rzecz. Jak już mówiliśmy, to bardzo długa i zagmatwana historia. Teraz powinniście wiedzieć, że stworzeni przez nich półludzie oszaleli bez dusz...

– No myślę – prychnęła Verna.

– ...i zaczęli ich pragnąć tak gorąco, że atakowali ludzi, rozdzierali ich zębami i żywcem pożerali, wierząc, iż w ten sposób przywłaszczą sobie ich dusze. Polują na mających dusze, pragnąc je ukraść.

– Czyste wariactwo – mruknęła Verna.

– Powiedz to im, gdy zębami oddzierają ci ciało od kości i je pożerają – powiedziała Kahlan.

– W zapiskach z tamtego czasu przeczytałem, żę półludzie to wcielona śmierć spadająca na żywych. Często nazywano ich przeklętymi – dodał Richard.

To otrzeźwiło Ksienię.

– Skoro ci przeklęci półludzie tak bardzo chcą nas pożreć, żeby odebrać nam duszę, to czemu nigdy ich nie widzieliśmy i nawet o nich nie słyszeliśmy?

– Teraz mówisz rozsądnie – stwierdził Richard. – W czasach wielkiej wojny Sulachan rzucił ich na Nowy Świat. Ówczesnym ludziom udało się ich wszystkich zamknąć za murem granicznym w odległym, odludnym miejscu Mrocznych Ziem. To zakończyło wojnę. Nie mieli jednak mocy, żeby całkiem wyeliminować to zagrożenie, ale przynajmniej zapieczętowali zło i na jakiś czas zakończyli walkę.

– Lecz teraz zło uciekło – domyślił się Chase.

– Tak. Tkwili tam i czekali na możliwość ucieczki. Mur graniczny w końcu upadł. A wtedy Sulachana sprowadzono ze świata umarłych, teraz on i jego półludzie ciągną przez kraj.

– Co więcej – wtrąciła Kahlan – on i niektórzy z jego armii mogą ożywiać umarłych. Ci umarli także wykonują ich polecenia i walczą dla nich.

– Mówisz poważnie? – zapytał cicho Chase.

Richard skinął ku niszy.

– Najprawdopodobniej właśnie dlatego ówcześni ludzie zapieczętowali katakumby. Sulachan mógłby ożywić spoczywających tam umarłych, a przynajmniej tych najlepiej zachowanych. Zapewne musieli zamknąć katakumby dla własnej ochrony.

– Ożywionych umarłych niezwykle trudno pokonać – wtrąciła Nicci. – Powinniście wiedzieć, że magia niewiele może przeciwko nim zdziałać.

– Przez te tajemne moce, dzięki którym przywrócono im życie? – domyśliła się Rachel.

Nicci się uśmiechnęła, rada, że dziewczyna tak szybko zrozumiała.

– Otóż to.

– Miecz z pewnością by ich powalił – orzekł Chase, a jego

głos poniósł się echem, kiedy tak szli korytarzem z kamiennych bloków.

– Gdybyż tak było – odpowiedział Richard. – Pokonać ich może tylko mój miecz albo ogień.

Chase potrząsnął pięścią.

– Wystarczająco liczni żołnierze z pewnością...

Richard pokręcił głową.

– Nie mogły ich powstrzymać nawet przeważające liczebnie siły żołnierzy Pierwszej Kompanii. Tak naprawdę nie są żywi, więc zwykła broń nie może ich zabić. Już nie żyją. To kierująca nimi tajemna moc daje im tak wielką siłę. Widziałem chodzące trupy z tkwiącymi w piersi złamanymi mieczami, co ich nawet trochę nie spowalniało.

Kiedy skręcili w korytarz wyłożony rzeźbionym mahoniem, Richard posłał Chase'owi znaczące spojrzenie.

– Nawet sercowe psy łatwiej było pokonać.

Chase mruknął z niezadowoleniem.

– Tak czy owak, Sulachan jest zdeterminowany zakończyć to, co zaczął tak dawno temu. Czas, który spędził w zaświatach, nic dla niego nie znaczy, tyle że wykorzystał go do manipulowania wydarzeniami i pozyskania sługusów. On oraz jego armia półludzi i chodzących trupów ciągną teraz przez D'Harę na Pałac Ludu. To będzie dopiero początek. Ma przy sobie potężnego czarodzieja, Hannisa Arca, który też włada tajemnymi mocami. Nie wiadomo, ilu ludzi zabiją po drodze. Muszę się dostać do pałacu i powstrzymać ich, zanim go zdobędą.

– O... – westchnął sarkastycznie Chase – teraz rozumiem. To wcale nie brzmi tak, jakby to miało być strasznie trudne.

– Łączy się z tym o wiele więcej – wyznał Richard.

– Na przykład co? – zapytała Verna.

– Moc Ordena. – Richard wskazał przed siebie. – Sylfa już niedaleko. Musimy ruszać.

Verna rozpostarła ramiona, zniecierpliwiona i zirytowana.

– Nawet jeśli wszystko, co powiedziałeś, jest prawdą, to jak możesz mieć nadzieję, że powstrzymasz tak potężnych wrogów, z którymi nie poradzili sobie czarodzieje z tamtych czasów, mający tak wielką wiedzę i moc?

Richard popatrzył na nią, odczekał, aż znowu spojrzy mu w oczy.

– Kończąc proroctwo.

Verna się nasrożyła.

– Z deszczu pod rynnę.

– Aha – odezwał się Chase. – To brzmi dość prosto. Rad jestem, że masz wszystko pod kontrolą.

Richard mimo wszystko musiał się uśmiechnąć. Zatrzymał całą grupkę na niewielkim kolistym placyku, od którego odchodziło kilka korytarzy. Jeden z nich, jak pamiętał, powinien prowadzić najpierw przez osłony, a potem prosto do pomieszczenia w wieży. Odkaszlnął.

– Verno, zanim odejdziemy, chcę ci przekazać ważną wiadomość. Od Warrena.

Twarz Ksieni złagodniała. Kobieta zrobiła wielkie oczy.

– Jak to... od Warrena?

Richard wbił wzrok w podłogę, wsunął ręce w kieszenie.

– Warren chce, byś wiedziała, że cię kocha i będzie kochać całą wieczność. I że zaznaje spokoju.

– Skąd możesz to wiedzieć?! Skąd wziąłeś tę wiadomość? – Verna przełknęła ślinę, oczy miała pełne łez. – Warren nie żyje.

Richard przytaknął.

– I ja byłem martwy... – bezradnie skinął dłonią – ...przez jakiś czas. Wtedy go widziałem.

Verna ściągnęła brwi, próbując pojąć, co on mówi.

– Byłeś martwy? Co ty mówisz?

– Zamordowano mnie – powiedziała Kahlan, starając się mu pomóc i przyspieszyć wyjaśnienia. – A kiedy nie żyłam...

– Kiedy nie żyłaś! – wykrzyknęła z niedowierzaniem Verna.

– Tak. Nie żyłam. Nicci uleczyła moje ciało w tym świecie, a potem zatrzymała serce Richarda, żeby jego dusza mogła przejść za zasłonę. Poszedł w zaświaty i odesłał mnie z powrotem do świata życia. Myśleliśmy, że na zawsze go utraciliśmy.

Przerażona Verna zwróciła się ku Nicci.

– Zatrzymałaś Richardowi serce? Zabiłaś go? Pięćset lat przed jego narodzinami wiadomo było, że jest naszą jedyną nadzieją, a ty zatrzymałaś mu serce? Co cię opętało?

Nicci wzruszyła ramionami.

– Kazał mi to zrobić.

Verna osłupiała.

– I zabiłaś go, bo ci kazał? Wiedząc, że proroctwo nazywa go kamykiem w stawie?

Nicci poczuła się nieswojo.

– Nnno, tak. Chciał umrzeć i wiedziałam, że się zabije, jeśli mu nie pomogę. Więc zatrzymałam mu serce. – Podrapała się po skroni, odwracając wzrok od badawczego spojrzenia kobiety, która teraz wyglądała jak Ksieni. – Zrozumiałabyś, gdybyś tam była.

Verna się zająknęła, daremnie usiłowała zadać kolejne pytanie. Na koniec znowu popatrzyła na Richarda.

– Jak możesz żyć, skoro byłeś martwy?

– Śmierć już nie jest tym, czym była niegdyś. – Uświadomił sobie, jak lekceważąco to zabrzmiało, choć wcale nie miał takiego zamiaru. – To część problemu, nad którym pracujemy.

– Jak zdołałeś wrócić do życia? – dopytywała się. – Jak to możliwe?

Richard odkaszlnął, spuścił wzrok.

– Cara oddała życie, stając się dla mnie żywym mostem, bym mógł znowu przejść przez zasłonę i wrócić do mojego ciała w tym świecie.

– Ale przecież była z Benem i…

– Ben zginął, broniąc nas przed półludźmi.

Verna zamrugała, bo łzy napłynęły jej do oczu.

– I kiedy byłeś martwy, widziałeś Warrena?

Richard przytaknął i leciutko się do niej uśmiechnął.

– Chciał, żebyś wiedziała, że cię kocha i że zaznaje spokoju, abyś się nie martwiła o jego duszę.

Verna odwróciła wzrok i na chwilę przycisnęła dłoń do serca.

– Drogi Stwórco, nie rozumiem. Już nic nie rozumiem. Świat się kończy...

Richard delikatnie chwycił ją za ramię.

– Otóż to. Dlatego muszę się spieszyć. Muszę temu zapobiec.

ROZDZIAŁ 49

Richard, z Kahlan u boku, wiódł Nicci, obie Mord-Sith, Vernę, Chase'a i Rachel szerokim korytarzem, który powinien ich zaprowadzić do okrągłej izby w Wieży. Otynkowane ściany rozjaśniały korytarz. Pod nimi stały tu i tam stoliki, a na nich niewielkie posążki lub wazy. Minęli wiele pokoi – były to małe biblioteki albo czytelnie z wygodnymi fotelami; inne były ciemne, skrywały swoją zawartość.

Cassia i Vale jadły zimną pieczeń z sarniny; rozglądały się, zwalniały odrobinę, kiedy jakieś malowidło lub gobelin zwróciły ich uwagę. Nic, co widziały, ich nie dziwiło – nawet gablotka z osobliwymi przedmiotami wyrzeźbionymi z kości – Richard wiedział, że tchnięto w nie magię. Chociaż Mord-Sith nie lubią mieć do czynienia z magią, to z przyjemnością na to wszystko patrzyły. Domyślał się, że po Pałacu Ludu, dawnej siedzibie Rahla Posępnego, Wieża nie robiła na nich wrażenia. Ale przyglądały się mijanym dziełom sztuki i zwróciły uwagę na osobliwie zdobione marmurowe posadzki.

Podczas tej krótkiej podróży minęli wiele osłon. Chase był najwyraźniej przyzwyczajony, że ktoś mający dar pomaga mu przez nie przechodzić. Za to Richard nie był, bo przedtem dar umożliwiał mu przeprawianie się przez nie, nawet te, które wymagały magii subtraktywnej i które przepuszczały tylko nielicznych. Teraz, ponieważ jego dar nie działał, musieli omijać niektóre z najmocniejszych osłon, a Nicci musiała mu pomagać przechodzić przez pozostałe.

Kahlan mogła przebyć przez większość z nich, jak to robiła, kiedy była mała i wędrowała sama po korytarzach Wieży.

Lecz to miejsce było strzeżone przez potężne osłony, więc nie widziała go, kiedy była młodą Spowiedniczką. Richard wiedział, że to celowe. Znajdowały się tutaj niebezpieczne magiczne przedmioty, mogące wyrządzić krzywdę komuś nieświadomemu i niczego się niespodziewającemu, toteż chroniły je potężne osłony. Nicci musiała także jej pomóc przez nie przejść.

– Macie ochotę na więcej? – zapytała Verna, podsuwając Richardowi i Kahlan zawinięty kawałek sarniny.

Kahlan przyłożyła rękę do brzucha.

– Dziękuję. Już się najadłam.

– Ja też – powiedział Richard, kiedy Verna podała mu sarninę.

Zjadł tyle, ile musiał, żeby zachować siły, ale z rozmaitych powodów nie miał apetytu. Ból głowy też robił swoje. Działanie jadu stopniowo się nasilało, ale należało się tego spodziewać.

Nicci, podobnie jak Richard i Kahlan, też już miała dość. Także miała na głowie poważniejsze sprawy niż jedzenie.

Cassia i Vale wzięły mięso, kiedy je im zaproponowano. Najwyraźniej miały nienasycony apetyt. Bez względu na to, jakie troski zaprzątały ich myśli, mogły jednocześnie jeść i się zamartwiać. Przypominały w tym Richardowi Zedda.

– Weźcie i to – powiedziała Rachel do Mord-Sith. – Zjecie, kiedy będziecie mieć czas.

– Co to? – zapytała Cassia, biorąc od dziewczyny niewielkie płócienne zawiniątko.

– Miodowe ciasteczka – wyjaśniła Rachel z dumnym uśmiechem.

Dotarli do końca korytarza. Cassia zamruczała z zachwytem, słysząc o ciasteczkach.

– Upiekłam je rankiem. Emma, która lubi, jak mówię do niej mamo, uczy mnie gotować.

– To z pewnością pożyteczna umiejętność dla dziewczyny – stwierdziła Cassia, żując sarninę i zaglądając do jakiegoś pokoju. Stały tam długie stoły i ławy.

Rachel wyjęła nóż z pochwy u pasa i obróciła go w palcach, a na koniec przesunęła ostrzem po knykciach, podrzuciła i chwyciła za czubek.

– A Chase mnie uczy posługiwać się bronią.

Twarz Cassii rozjaśnił konspiracyjny uśmiech.

– Jeszcze pożyteczniejsza umiejętność. Przypadłaś mi do serca.

– Jeżeli chcesz, możesz ją sprawdzić – powiedział Chase, nie kryjąc dumy.

Cassia uniosła trzy palce, w których trzymała sarninę.

– Wierzę ci, nie trzeba.

Korytarz kończył się na pomoście otaczającym koliste wnętrze Wieży, mające co najmniej sto stóp średnicy. Chociaż blisko stropu znajdowały się prześwity, co prawda niezbyt duże, to było tu dość ciemno. Deszczówka spływająca po kamiennych ścianach tworzyła na dole bajorko. Schody obiegały wnętrze ogromnej Wieży; w nieregularnych odstępach przedzielały je niewielkie podesty, z których wchodziło się na rozmaite poziomy.

Zeszli jedno za drugim po schodach, aż do żelaznej poręczy pomostu okalającego Wieżę u podstawy. Z prześwitu wysoko w górze wpadały snopy słabego światła, ale to nie wystarczało, żeby przegnać panujący na dole mrok. Pośrodku dolnej izby znajdowało się bajoro czarnej wody, zasilane przez spływającą z góry deszczówkę. Tu i tam nad powierzchnię wystawały głazy.

Cassia i Vale chwyciły się poręczy i wychyliły, patrząc na atramentowoczarną wodę. Poruszyło się obserwujące je wielkie oko salamandry leżącej na jednym z głazów.

Richard się zastanawiał, po co to Sanktuarium dusz pod katakumbami. Szczególnie ciekawiły go płócienne zasłony pokryte zaklęciami powstrzymującymi.

Wskazał otwór w kamiennej ścianie, pokazując Cassii i Vale, gdzie się kierują. To było wejście do izby Kolo, jak ją kiedyś nazwał – kiedy powstała ta wyrwa i po raz pierwszy od czasu wielkiej wojny można było wejść do izby, Richard znalazł tam szczątki czarodzieja trzymającego niegdyś straż przy sylfie: na wypadek gdyby wróg próbował się tędy dostać do Wieży. Zamurowano go tam i zmarł na posterunku. Zostawił wiele dzienników, które pomogły Richardowi zrozumieć pewne zdarzenia z czasów Kolo.

Niestety, dzienniki nie ujawniały całej prawdy. Richard sądził, że pewnie Kolo też nie wiedział. Bardzo możliwe, że wiedzieli tylko nieliczni.

Cassia i Vale pokręciły głowami, przyglądając się robiącym wrażenie zniszczeniom, kiedy przechodziły przez otwór w rozbitej i częściowo stopionej kamiennej ścianie do dużej izby. Stolik i krzesło Kolo nadal stały w głębi kolistej izby. W przeciwieństwie do pomieszczenia ze studnią Lucy, ta izba miała blisko sześćdziesiąt stóp średnicy, lecz ją również przykrywał kopulasty strop na wysokości niemal równej średnicy.

Sama studnia miała prawie trzydzieści stóp średnicy – znacznie więcej niż w przypadku Lucy. Richard się domyślał, że sylfa miała większą objętość i potrzebowała większej studni, bo podróżowała do liczniejszych miejsc. Lucy stworzono w konkretnym celu, z tej sylfy zaś niegdyś często korzystano, przenosiła czarodziejów w najrozmaitsze miejsca.

Kiedy Richard szedł ku sięgającej pasa kamiennej obudowie studni, zdumiał się, widząc, że srebrzysta twarz sylfy unosi się ponad jej krawędź. Powiększający się bąbel utworzył lśniące metalicznie oblicze, w którym odbijało się światło lamp i sama izba, niczym w żywym zwierciadle.

Urocza twarz uśmiechała się wdzięcznie.

– Panie, miło cię znowu widzieć. – Przedziwny głos poniósł się echem po izbie. – Przybyłeś, aby podróżować?

– Tak – odpowiedział Richard, zdumiony, że sylfa już tu jest i że nie musiał jej budzić. – Ale co ty tutaj robisz? Czemu nie śpisz przy swojej duszy?

Twarz wyraziła zatroskanie.

– Byłam ze swoją duszą, zaznając spokoju, lecz wtedy zjawiłeś się w świecie duchów. Zobaczyłam cię. Wszyscy cię zobaczyliśmy. Wszyscy widzieliśmy ścigające cię złe duchy. Nadal miałeś w sobie życie. Wiedziałam, że tam nie przynależysz. Martwiłam się o ciebie, więc przybyłam tutaj, w nadziei, że wrócisz na ten świat i znowu do mnie przyjdziesz, bym mogła ci dopomóc.

Richard podszedł bliżej.

– Cieszę się, że tu jesteś. Potrzebujemy twojej pomocy. Musimy się dostać do Pałacu Ludu, najszybciej jak się da.

– Znam to miejsce. – Uśmiechnęła się szerzej. – Pójdź, będziemy podróżować. – Podpłynęła ku niemu, głos zmienił się w uwodzicielski szept. – Będziesz zadowolony.

– Tutaj przyniosła nas Lucy – odezwała się Kahlan absolutnie nie uwodzicielsko. – Podróżowaliśmy w niej. Znasz ją?

Srebrzysta twarz spojrzała chłodno na Richarda.

– Dlaczego nie przyszedłeś do mnie? Bardziej cię zadowoliła niż ja?

Richard potrząsnął głową, chcąc od razu położyć kres nieporozumieniu. Chciał, żeby ta dziwna istota przeniosła ich do pałacu. Tylko tego brakowało, żeby zniknęła w studni. Delikatnie dotknął ramienia Kahlan, nakłaniając ją, żeby się cofnęła o krok.

– Nie, to nie tak – odpowiedział sylfie. – Utknęliśmy w Stroyzie. Znasz to miejsce?

Sylfa się zamyśliła.

– Stroyza – powtórzyła, starannie wymawiając nazwę. – Nie. Nie słyszałam o miejscu zwanym Stroyza. Nie mogę tam podróżować.

Przy tych wszystkich sprawach, które miał na głowie, Richard naprawdę nie potrzebował dodatkowych tarapatów z zazdrosną sylfą, więc starał się umniejszyć rangę podróżowania w Lucy.

– Byliśmy zmuszeni w niej podróżować, żeby tu dotrzeć, żeby dostać się do ciebie.

Srebrzysta twarz się rozpogodziła.

– Pragniesz ze mną podróżować? Na pewno?

– Tak. Musimy się znaleźć w Pałacu Ludu. Musimy dostać się tam szybko. Musieliśmy się wydostać ze Stroyzy, żeby wrócić tutaj, do ciebie, abyśmy mogli z tobą podróżować i byś nas zadowoliła. Rozumiesz? Musieliśmy podróżować w Lucy, żeby wrócić do ciebie.

Popatrzyła na niego chłodno.

– Żebym mogła cię zadowolić.

– Tak, właśnie tak. – Zrobił gest wyrażający niezadowolenie. – Podróżowanie w Lucy było okropne. Wcale nie sprawiło mi przyjemności, lecz musieliśmy to zrobić.

Kątem oka dostrzegł, jak zirytowana Kahlan krzyżuje ramiona na piersi. Nie pojmował, czemu miałaby być zazdrosna o sylfę, lecz w zielonych oczach wyczytał, że owszem – była.

Na srebrzystą twarz wracał uśmiech.

– Wróciłeś, bo wolałbyś podróżować we mnie?

Postarał się, żeby jego głos brzmiał bardziej rzeczowo.

– Otóż to. Chcieliśmy wrócić, żeby móc podróżować w tobie.

Uśmiech stał się promienny.

– Będziesz zadowolony, panie. Pójdź, będziemy podróżować.

Richard wysunął częściowo miecz z pochwy.

– Kiedy podróżowałem w Lucy, wziąłem go ze sobą. Powiedziała, że mogę w niej z nim podróżować.

Sylfa lekko się pochyliła, patrząc na miecz.

– Już mówiłam, panie. Ten przedmiot we mnie jest zagrożeniem życia. Jeżeli go weźmiesz, wszyscy umrzecie.

Richard zbył to machnięciem ręki.

– Wiem, pamiętam. Lecz sprawy się zmieniły. Przypominasz sobie, że widziałaś mnie w świecie umarłych. Lucy powiedziała, że skoro teraz mam w sobie śmierć, to mogę zabrać miecz i że nie zrobi nam krzywdy.

– Ta druga pozwoliła, żebyś to zabrał ze sobą?

– Tak, lecz tylko dlatego, że mam w sobie zmazę. Powiedziała, że już jestem martwy, sama mówiłaś, że mnie widziałaś w świecie umarłych. Powiedziała, że miecz nie może mnie zabić drugi raz.

Sylfa z miną pełną niedowierzania namyślała się przez chwilę, a potem wyciągnęła lśniące srebrzyste ramię. Jego koniec uformował dłoń o zgrabnych palcach. Zmysłowo przytknęła metaliczną dłoń do jego twarzy, niczym kobieta pieszcząca kochanka.

Ramię cofnęło się do studni, na srebrzystej twarzy odmalowało się zatroskanie.

– Umierasz, panie.

Kahlan podeszła i chwyciła go za ramię.

– Mogłabyś mu jakoś pomóc? Mogłabyś coś zrobić, skoro po części przebywasz w świecie śmierci, żeby usunąć z niego tę zmazę i zabrać ją ze sobą do świata umarłych, gdzie jej miejsce?

Sylfa popatrzyła na nią ze smutkiem.

– Nie. Bardzo mi przykro, ale w tym świecie mogę jedynie podróżować.

– A czy możesz chociaż ocenić, ile mu zostało czasu?

– Żałuję, ale nie. Mogę jedynie rzec, że śmierć już go ma w swej mocy i że opuszcza go siła życia.

– Sam to wiem – stwierdził Richard. – Czyli skoro niby już jestem martwy, to miecz nie może mnie zabić, nieprawdaż?

Sylfa przez chwilę mu się przyglądała, a potem rzekła:

– To marny interes, panie. Jest jak mówisz: możesz go zabrać i nie umrzesz, bo śmierć już cię trzyma. Ten przedmiot jest z tobą związany, nakierowany na tkwiącą w tobie śmierć, toteż nie wyrządzi krzywdy innym, jak by to zrobił w innym przypadku.

– Dobrze. – Richard westchnął z ulgą. – Toteż z zadowoleniem go ze sobą wezmę.

Z przelewającego się płynnego srebra uniosło się ramię i powstrzymało go.

– To nie takie proste, panie.

– Ależ tak. Już to robiłem.

– Być może dlatego, że tej drugiej nie obchodziło, co się z tobą stanie. – Sylfa podpłynęła bliżej. – Czy ta druga nie powiedziała ci, co się wydarzy, jeśli będziesz podróżować z tym przedmiotem?

– Owszem, powiedziała – przyznał Richard. – Ostrzegła, że zabierze trochę życia, jakie mi jeszcze zostało.

– I tak się stało – potwierdziła sylfa. – Odebrał ci to, czego masz za mało, żeby rozdawać. Życie z ciebie wypływa, a śmierć je zastępuje. Ten przedmiot stworzono, żeby siał śmierć. Kiedy podróżowałeś, mając ze sobą ten magiczny przedmiot, odebrał ci większość pozostałego ci jeszcze życia. Zabrał ci czas, przez co szybciej sięgnie po ciebie śmierć.

Richard machnął ręką, chcąc już z tym skończyć.

– Wiem. Czyli mogę go zabrać. To by mnie zadowoliło.

– Ale ja nie byłabym zadowolona, robiąc ci coś takiego – skarciła go sylfa. – Mogłeś to zrobić raz, lecz teraz nie masz tyle życia, byś mógł je tracić. Życie z ciebie wycieka. Podróżowanie z tym przedmiotem pozbawi cię tej odrobiny, jaka ci jeszcze została. Kiedy dotrzesz do Pałacu Ludu, już niemal nic ci nie zostanie. Tam, gdzie było życie, znajdzie się śmierć. Ten przedmiot cię nie zabije, jeśli zabierzesz go ze sobą, ale zapłacisz za to większością czasu, jaki ci pozostał w świecie życia.

– To załatwia sprawę – zdecydowała Kahlan. – Nie możesz go zabrać, Richardzie. Musisz go tu zostawić.

– Musimy się tylko dostać do pałacu – powiedział.

Kahlan pochyliła się ku niemu. W zielonych oczach widział gniew, palący gniew, jaki rzadko ku niemu kierowała.

– I wtedy masz powstrzymać Sulachana. Musisz żyć, żeby to zrobić. Jak zamierzasz nam wszystkim pomóc, skoro zostało ci tak niewiele czasu?

– Sulachan? – zaniepokoiła się sylfa. – Walczycie z imperatorem Sulachanem?

– Tak – powiedział Richard. – Znasz go?

Lśniąca głowa cofnęła się na przeciwległą stronę studni.

– Znam go z czasów, kiedy mnie stworzono. Jest zły. Umarł i chodzi po świecie, w którym spoczywa moja dusza. Teraz jego miejsce jest wśród umarłych. Jak może być tutaj, w tym świecie?

– Niestety, znowu przeszedł przez zasłonę – odpowiedział Richard. Nie sądził, żeby należało jej mówić, jak do tego doszło. – Maszeruje na Pałac Ludu. Jeżeli go zdobędzie, rozedrze zasłonę i zniszczy nas wszystkich, tak żyjących, jak i dusze w tamtym świecie. Muszę dotrzeć do pałacu, żeby go powstrzymać. Muszę go odesłać do świata umarłych, gdzie jego miejsce.

– Pójdź, będziemy podróżować – powiedziała nagląco, podpływając bliżej. – Spodoba ci się.

– Muszę wziąć miecz.

– Nie, nie musisz zabierać miecza – burknęła przez zaciśnięte zęby Kahlan. – Na nic ci się nie przyda, jeśli umrzesz lub nie zostanie ci tyle sił, żebyś mógł walczyć. Nie po to dotarliśmy aż tutaj, przeszliśmy przez to wszystko, żebyś poświęcał życie własne i nas wszystkich, trzymając się kurczowo miecza. Musisz go tu zostawić. Miecz nie jest teraz ważny.

– Będzie, jeśli Sulachan pośle na nas umarłych. Miecz może ich powstrzymać. Jak niby mam walczyć bez miecza z tą jego armią umarłych?

Kahlan pochyliła się ku niemu, zielone oczy pałały.

– Jeśli odeślesz Sulachana w zaświaty, to nie trzeba będzie się martwić umarłymi, nieprawdaż? Powinniśmy ruszać. Masz zdjąć pendent i zostawić miecz.

– Powinieneś jej posłuchać, panie. Matka Spowiedniczka dała ci mądrą radę. Ona też ci się podoba. Powinieneś zrobić, jak radzi.

– Dziękuję – powiedziała do sylfy Kahlan, ale nie najuprzejmiejszym tonem.

Richard wziął głęboki oddech, rozważając, co robić.

– Chyba macie rację.

Niechętnie zdjął pendent. Postawił miecz w pochwie na podłodze i oparł rękojeść o kamienną obudowę studni.

– Nikt go nie tknie, Richardzie – obiecał Chase. – Dopilnuję tego. Nikt tu nie zejdzie. Możesz być spokojny, wiedząc, że miecz jest bezpieczny.

Rachel uśmiechnęła się do niego ufnie.

– Gdy tylko wszystko załatwisz, wrócisz po niego. Bardzo byśmy chcieli, żebyście dłużej z nami pobyli.

Richard chciałby w to wierzyć, tak jak ona. Lecz choć tak nie było, odwzajemnił uśmiech, jakby podzielał jej przekonanie.

Wspiął się na murek okalający studnię, potem pomógł czterem kobietom.

Zanim wszedł w przelewające się żywe srebro, Verna uniosła dłoń.

– Richardzie... jeśli... jeśli się nie uda, to Grace zabierze nas wszystkich do świata wiekuistego spokoju. Wiemy, że zrobisz, co w twojej mocy, ale jeśli się nie powiedzie, to znowu będziemy razem na tamtym świecie.

Richard z wolna potrząsnął głową.

– Nie. Jeśli się nie uda, to nie będziemy.

Przytknęła palce do policzka.

– Co masz na myśli?

– Jeśli nie wygramy, nie przetrwamy – powiedział Richard. – Nic nie przetrwa.

Obejrzał się przez ramię.

– Sylfo, musimy podróżować. Zabierz nas, proszę, do Pałacu Ludu.

– Pójdź we mnie, panie. Spodoba ci się.

Trzymali się za ręce. Richard spojrzał na Nicci i Vale po swojej lewej stronie, potem na Kahlan i Cassię po prawej.

– Tak jak poprzednio, wypuśćcie powietrze i wciągnijcie sylfę w płuca. Trzymajcie się za ręce, żebyśmy zostali razem.

Obie Mord-Sith, choć zaniepokojone, potaknęły.

Tak, nagleni sytuacją niepozwalającą na wątpliwości, weszli w płynne srebro.

ROZDZIAŁ 50

Podróż w sylfie była niesamowitym przeżyciem, niepodobnym do niczego, co Richard znał. Za każdym razem zdawała się czymś znanym, a przecież zupełnie nieoczekiwanym. Towarzyszyło jej poczucie ukojenia i miękko go spowijającej wieczności, połączone z mglistą świadomością ogromnej prędkości.

Mocno trzymał w prawej ręce dłoń Kahlan, w lewej – dłoń Nicci. Miał nadzieję, że obie Mord-Sith równie mocno się trzymają.

Nie było nic do oglądania. Kiedy miał zamknięte oczy, widział śmigające barwy, lecz kiedy je otworzył, wokół była jedynie ciemność. Kiedy znowu je zamknął, umysł wypełniły mu barwy wirujące jak w porywach wichru. Tony i odcienie rozlewały się w pustej przestrzeni niczym żywe kolory w kryształowo przejrzystej wodzie.

W sylfie – podobnie jak w zaświatach – nie dało się oszacować upływu czasu. W zaświatach Richard nie wiedział, czy nie żyje od paru chwil, czy od tysiąca lat. Nie było żadnej różnicy. Kiedy w przeszłości pytał sylfę, jak długo podróżowali, zawsze odpowiadała, że tyle, ile było trzeba, jakby to wszystko wyjaśniało.

Wykorzystał to zawieszenie w czasie do zastanowienia się, co powinien zrobić. Analizował na wszelkie możliwe sposoby. Wszystko wskazywało na to, że znane mu kawałki układanki pasują do siebie. Choć bardzo się starał wymyślić inny sposób i ogromnie chciał, żeby inny sposób istniał, to na nic się to nie zdawało.

Był siewcą śmierci i jedynie on mógł to zrobić. Pojmował,

czemu tak twierdziły wszystkie źródła, od proroctw po ceruleańskie zwoje.

Oddychanie żywym srebrem sylfy zarazem przyprawiało o zawrót głowy, jak i przerażało. Oszałamiało, póki nie myślał o tym, co właściwie robi. Lecz kiedy pomyślał, że zamiast powietrza wdycha srebrzysty płyn – zaczynało przerażać.

Nagle otoczyły go światło i mrok.

ODDYCHAJ.

To sylfa mówiła mu, że ma opróżnić płuca ze srebrzystego płynu i wypełnić je powietrzem. W przeszłości nigdy nie chciał się pozbywać z płuc ciepłego, aksamitnego żywego srebra sylfy i zaczerpywać pierwszego bolesnego haustu zimnego powietrza, lecz tym razem zajmowały go o wiele poważniejsze sprawy i posmak sylfy był mało ważny.

Odchylił w tył głowę i wynurzył się ponad powierzchnię przelewających się w studni srebrzystych wód, opróżnił płuca. Świadomie, głęboko zaczerpnął powietrza. Zabolało, jak się spodziewał, lecz to było bez znaczenia.

Rozejrzał się, łapiąc oddech i na nowo przyzwyczajając się do powietrza, i stwierdził, że kobiety robią to samo. Otoczył ramieniem talię Kahlan, drugą ręką uchwycił się obudowy studni. Kiedy przerzuciła ręce nad murkiem, pomógł się jej unieść i wyjść. Gdy tylko się wydostała, czyjaś dłoń chwyciła go za ramię.

Dłoń Nathana.

Druga ręka chwyciła go za drugie ramię. To była dłoń Rikki. Wciąż jeszcze widział nieostro, ale dostrzegł, że Rikka jest w czerwonym skórzanym uniformie – nieodmiennie niepokojący znak u Mord-Sith. Poczuł ulgę, widząc Nathana i Rikkę. Natychmiast pojął, że Hannis Arc i imperator Sulachan nie przejęli jeszcze Pałacu Ludu.

Stary czarodziej i Mord-Sith pomogli mu wydostać się ze studni. Tkwiąca w nim zmaza pozbawiała go sił. Na zewnątrz – podobnie jak Kahlan – wyszły też obie Mord-Sith i Nicci. Nicci trzymała się za brzuch, zgięła się wpół i dyszała. Cassia opierała rękę na obudowie studni. Vale, łapiąc oddech, oglądała swój blond warkocz, zdumiona, że nie jest mokry i że nie kapie z niego srebrzysty płyn.

Richard odwrócił się ku studni.

– Dziękuję, sylfo. Byłbym zadowolony, gdybyś na razie tu została, na wypadek gdybym znowu musiał podróżować.

Srebrna twarz się uśmiechnęła.

– A więc zadowoliłam cię, panie?

Richard kiwnął głową, wciąż trudno mu było oddychać.

– Tak. Jak zawsze.

Sylfa, rada z tej odpowiedzi, powiedziała, że zostanie. Jej twarz stopiła się w niewielkie fale żywego srebra, a potem powierzchnia powoli się uspokoiła i stała podobna do srebrzystej zwierciadlanej tafli.

– Po co mielibyśmy jej znowu potrzebować? – zapytała podejrzliwie Kahlan.

– Któż to wie – odparł Richard i na tym poprzestał, mając nadzieję, że już o nic nie zapyta.

Na szczęście zajęła się prorokiem.

– Co tu robisz, Nathanie?

– Przyszedłem, rzecz jasna, was powitać – powiedział, wielkopańskim gestem unosząc rękę, niczym król przed wielbiącym go tłumem.

Gęste, proste, siwe włosy Nathana sięgały ramion. Przenikliwe, ciemnolazurowe oczy miały drapieżne, typowe dla Rahla spojrzenie. Był gładko ogolony i przystojny surową męską urodą; liczył niemal tysiąc lat, lecz większość długiego życia spędził w Pałacu Proroków, pod osłoną spowalniającego czas zaklęcia. Zamiast tradycyjnych szat czarodzieja nosił wysokie buty, ciemne spodnie, białą zdobioną koronkami koszulę i rozpiętą ciemnozieloną kamizelę. U biodra miał miecz w eleganckiej pochwie.

Czarodziej obdarzony taką mocą jak Nathan z pewnością nie potrzebował miecza, ale on i tak lubił go nosić. Większość życia ubierał się w tradycyjnie skromne szaty czarodzieja, jak tego wymagano w Pałacu Proroków. Teraz wreszcie był wolny i uwielbiał nosić się tak jak awanturnicy z książek, które czytał. Richard często się zastanawiał, czy Nathan, pozbawiony zwyczajnego dzieciństwa, nie przeżywa teraz tego straconego czasu.

Nathan, już poważny, pokazał na biodro Richarda.

– Gdzie twój miecz?

Richard skinął ku studni.

– Nie mogłem go zabrać do sylfy.

– Aha. – Tylko tyle rzekł prorok.

Wysoka, jasnowłosa Mord-Sith skinęła głową Cassii i Vale – odwzajemniły powitanie – a potem znowu spojrzała na Richarda.

– Lordzie Rahlu, czy wolno mi zapytać, gdzie jest Cara? Czemu cię nie chroni? Powinna być przy tobie.

Richard wstrzymał oddech, słysząc to imię. Zanim zdążył odpowiedzieć, Cassia uniosła Agiel Cary, który nosiła na szyi, i odparła za niego:

– Jest tu, by tak rzec. Cara umarła tak, jak pragnie umrzeć każda Mord-Sith: oddała życie za lorda Rahla. Noszę jej Agiel, żeby mogła być z nim duchem i żeby mi zawsze przypominał o jej sile.

Richard zauważył, że Rikka na moment wstrzymała oddech.

– A wy gdzie byłyście przez cały ten czas? – zapytała, patrząc to na Cassię, to na Vale. Mówiła tonem matki, niezadowolonej, że dzieci się nie zjawiły na obiad.

Richard odpowiedział za kobiety:

– Wraz z innymi zostały porwane i zmuszone do służenia człowiekowi, który nadchodzi, żeby nas wszystkich zabić. Pozostałe, z wyjątkiem Viki, nie żyją. Niektóre umarły, broniąc nas.

Twarz Rikki złagodniała. Spojrzała na obie Mord-Sith.

– Rada jestem, że wróciłyście, aby pomagać chronić lorda Rahla i Matkę Spowiedniczkę.

Cassia leciutko się uśmiechnęła.

– Z mojego doświadczenia wynika, że potrzebują solidnej ochrony. Zwłaszcza lord Rahl nie pożyłby długo, gdyby choć jedna z nas go nie pilnowała.

Richard znowu się zajął Nathanem.

– Skąd wiedziałeś, że się zbliżamy? Jak to się stało, że tu na nas czekałeś?

Nathan wzruszył szerokimi ramionami, jakby to się samo przez się rozumiało.

– Jestem prorokiem. Nawiedziło mnie proroctwo i powiadomiło, że się zjawisz, no to czekaliśmy na ciebie.

Richard nie był tym zachwycony. Przekrzywił głowę.

– Proroctwo.

– Tak – powiedział Nathan. – Co dziwne, ostatnio proroctwa wręcz mnie zalały. Najrozmaitsze. Właściwie to dość ekscytujące. W ostatnich tygodniach spłynęło na mnie więcej proroctw niż przez całe dotychczasowe życie. Prawdę powiedziawszy, to zdumiewające.

– To oznacza kłopoty – stwierdziła Nicci, jakby czytała w myślach Richarda.

– Niby czemu? – zapytał prorok, który nie lubił, gdy mu zaprzeczano. – Czemu wiedza miałaby być problemem? Po prostu jest, jaka jest.

Nicci zbyła to machnięciem ręki i sama zadała pytanie:

– Maszeruje tu armia. Dostrzegliście już, że się zbliża?

Zachowanie Nathana się zmieniło. Patrzył to na Nicci, to na Richarda.

– Lepiej chodźcie ze mną. Musicie coś zobaczyć. – Nie czekając i nic nie wyjaśniając, odwrócił się i ruszył ku drzwiom.

Szeroki korytarz za izbą ze studnią sylfy był zapełniony żołnierzami Pierwszej Kompanii. Wszyscy byli uzbrojeni i w ponurym nastroju. Wysoki pułkownik Zimmer, d'harański dowódca, najwyższy rangą w pałacu, pospieszył ku nim, jak tylko zobaczył, że wychodzą z izby. Przyjrzał się ich twarzom, a potem zajrzał do pomieszczenia, sprawdzając, czy jeszcze ktoś się pojawi.

Pułkownik przyłożył pięść do serca.

– Witaj w pałacu, lordzie Rahlu. Brak mi słów, żeby wyrazić, jak mi ulżyło, że ty i Matka Spowiedniczka jesteście bezpieczni. Wszyscy się okropnie martwiliśmy. – Jego mina wyraźnie świadczyła o szczerości. Odkaszlnął. – Czy wolno mi zapytać, lordzie Rahlu, czemu nie przyjechałeś z generałem Meiffertem i żołnierzami, którzy mieli cię bezpiecznie sprowadzić do domu? Oczekiwaliśmy, że wrócisz do pałacu pod ich opieką.

– Mówiłem ci, że wrócą sylfą – odezwał się Nathan, krzyżując ramiona na piersi, wyraźnie zadowolony, że jego proroctwo się spełniło.

Richard był speszony. Zdawałoby się, że nic innego nie robi, jak tylko powiadamia o czyjejś śmierci.

– Przykro mi, ale generał Meiffert, pułkownik Fister i wszyscy żołnierze stracili życie, walcząc w naszej obronie. Nie żylibyśmy, gdyby nie poświęcenie tych mężnych ludzi.

Pułkownik był wstrząśnięty.

– Drogie duchy... wszyscy?

Richard potwierdził skinieniem głowy.

– Nie zostało wiele czasu i mamy palące sprawy, którymi należy się zająć. Muszę cię prosić, żebyś zajął miejsce generała Meifferta. Mianuję cię generałem Pierwszej Kompanii.

Generał Zimmer przyłożył pięść do serca.

– Przyjmuję ten obowiązek, lordzie Rahlu, choć z ciężkim sercem.

Richard klepnął go w ramię.

– Wiem. Jesteś właściwym człowiekiem do tej roboty i wiem, że twoi poprzednicy będą z ciebie dumni, ludzie pod twoim dowództwem bezpieczni, ci zaś pod twoim mieczem przerażeni.

– Tak, tak – odezwał się Nathan. – Szarża nadana. Już mu mówiłem, że wkrótce zostanie generałem. Jak wspominałem, ostatnio spłynęło na mnie wiele proroctw. Teraz pora rzucić okiem na nasze tarapaty.

Richard był ciekaw, czemu żołnierz tak spokojnie zareagował. Generał Zimmer popatrzył na niego.

– To prawda, niedawno mi o tym powiedział. Sądziłem, że miał na myśli, iż stanie się to za wiele lat. Nie spodziewałem się, że to nastąpi tak szybko.

Nathan z irytacją machnął ręką.

– Proroctwo nie wyznacza dnia. Mówiłem ci. Proroctwo jedynie...

– Mówiłeś, że musisz nam coś pokazać – przerwał mu Richard.

Nathan zamilkł i przez chwilę mu się przyglądał.

– Tak. Tędy. – Wskazał korytarz zatłoczony żołnierzami.

Richard zobaczył, że stojący na przedzie mają nasadzone na cięciwy strzały z czerwonym upierzeniem. Dłonie łuczników chroniły specjalne czarne rękawice. Popatrzył na Nicci.

– Sądzisz, że to powstrzyma nieżywych?

Błękitne oczy Nicci spojrzały na najbliższego żołnierza.

– Być może.

– Mogę o coś zapytać, lordzie Rahlu? – odezwał się nowy generał, drapiąc się po policzku. – Co miałeś na myśli, mówiąc o powstrzymywaniu nieżywych?

Richard pominął wyjaśnienia i od razu przeszedł do tego, co najważniejsze:

– Człowiek, który nadciąga, żeby oblegać pałac, potrafi ożywiać umarłych. Przywróconych przez niego do życia niezwykle trudno pokonać. Zwykła broń nie jest dla nich groźna, ponieważ zwłokami porusza magia złączona z tajemnymi mocami.

Nathan się odwrócił i marszcząc brwi, wpatrzył w głąb jednego z korytarzy.

Wielu żołnierzy wymieniło spojrzenia, słysząc te wieści.

– Jak więc ich powstrzymać? – zapytał generał Zimmer.

– Przebicie ich ostrzem nic nie da, bo już nie żyją. Jeżeli będziecie zmuszeni z nimi walczyć, odrąbujcie im kończyny. Ogień ich zatrzyma, więc starajcie się oblewać ich smołą i podpalać. Nathan i Nicci mogą przywołać ogień czarodzieja i to na pewno podziała, ale problem leży w ich liczebności. Mój miecz ich unieszkodliwia. A przynajmniej by to zrobił, gdybym go miał ze sobą.

Richard ruszył szerokim korytarzem, ale po kilku krokach zatrzymał się i odwrócił.

– Co to za dziwna woń? Jakby coś się paliło.

Nathan rzucił okiem ku marmurowym schodom.

– Znasz krypty, w których złożono przodków z rodu Rahlów?

Richard potaknął.

– Tak. Każdy spoczywa w oddzielnej krypcie, w ozdobnym kamiennym sarkofagu.

– Część kamienia się topi.

Richard spojrzał na niego spod oka.

– Topi się?

Nathan skubnął długie pasmo siwych włosów.

– Tak, topi.

Richard przeczesał palcami włosy, starając się sobie przypomnieć coś, co już się wydarzyło, bardzo dawno temu. Na koniec popatrzył na wysokiego proroka.

– Pamiętam, że wkrótce po tym, jak zabiłem Rahla Posępnego, jakiś człowiek powiedział mi, że jest przełożonym personelu krypt i przyszedł, by mnie powiadomić, iż topią się kamienne ściany w krypcie Panisa Rahla.

Nathan uniósł krzaczaste brwi.

– Naprawdę?

Richard, zapatrzony we wspomnienia, potarł brodę.

– Tak. Zedd mu poradził, żeby zapieczętował kryptę białym kamieniem. – Pstryknął palcami i znowu popatrzył na Nathana. – Zedd powiedział, że to musi być biały kamień z kamieniołomu proroków. Dał mu sakiewkę z jakimś magicznym proszkiem i kazał go zmieszać z zaprawą. Nakazał, żeby na głucho zapieczętować kryptę, bo inaczej cały pałac się stopi.

– To ten kamień się topi – rzekł Nathan. – Ściana z białego kamienia. W tamtym korytarzu jest tak gorąco, że ludzie mogą tam wchodzić tylko na chwilę, żeby chlusnąć kubłem wody, by schłodzić ścianę, ale to niewiele pomaga.

– Czy to jakiś rodzaj magii topi kamień? – zapytał Richard.

Nathan wzruszył ramionami.

– Nic, co bym rozpoznawał. Byliśmy zajęci innymi sprawami, toteż nie mogłem tego zbadać.

Zachęcił go gestem do dalszej drogi.

Richard popatrzył na obserwujących go żołnierzy Pierwszej Kompanii.

– Czy ktoś mógłby mi dać miecz?

Niemal natychmiast tuzin najbliżej stojących odpięło pasy i skierowało ku Richardowi rękojeści tkwiących w pochwach mieczy.

Wziął miecz od żołnierza, któremu został u boku jeszcze bojowy topór. Podziękował mu i zapiął pas. Dobył miecza, uniósł go, obrócił, zważył w dłoni. To była klinga i tylko to się liczyło.

Richard wsunął miecz do pochwy.

– Ruszajmy.

Żołnierze się rozstąpili, robiąc przejście jemu i jego towarzyszom. Rikka natychmiast znalazła się przed nim. Cary nie było, więc postanowiła o niego zadbać. Cassia i Vale ustawiły się za Kahlan jako tylna straż. Obie Mord-Sith od dawna nie były w pałacu – od czasów, kiedy władał Rahl Posępny. I chociaż, by tak rzec, zawłaszczyły Richarda w zastępstwie Cary, to chętnie pozwoliły Rikce objąć dowództwo. Richard nie miał pojęcia, jak one załatwiają takie sprawy bez słów.

Za nimi zwarły się szyki oddziału Pierwszej Kompanii.

Richard miał do Nathana mnóstwo pytań, lecz bardziej go ciekawiło, co zdaniem proroka powinien tak bezzwłocznie zobaczyć.

ROZDZIAŁ 51

Nathan łupnął ramieniem w ciężkie, dębowe drzwi. W końcu opornie się otworzyły na zardzewiałych zawiasach. W panującej tu ciszy tym głośniej zaskrzypiały o kamienną posadzkę. Gdy tylko się otworzyły, wpadł przez nie wiatr, unosząc włosy Kahlan i Nicci. Niósł ze sobą charakterystyczną woń. Tak ciężką, że Richard niemal czuł jej smak.

Niebo pokrywały warstwy jaskrawobiałych baranków, poznaczonych ciemnymi cieniami. Przynajmniej nie było tak zachmurzone jak na Mrocznych Ziemiach. Po kącie padania światła Richard ocenił, że musi być późne popołudnie.

Nathan chwycił go za rękaw.

– Ostrożnie, Richardzie. Nic dobrego z tego nie przyjdzie, jeśli cię zobaczą.

Richard kiwnął głową i ostrożnie wszedł na wschodni rampart. Ten występ w ścianie sięgał niemal skraju ogromnego płaskowyżu wyrastającego z równiny Azrith. Nazwanie budowli na szczycie rozległego płaskowyżu „pałacem" wprowadzało w błąd. Pałac, zajmujący ogromny teren, z miriadami łączących się ze sobą sektorów, poziomów, baszt, mostów, a wszystkie pod własnym dachem, z wielopiętrowymi segmentami wyrastającymi w rozmaitych miejscach, był właściwie miastem.

Centralna klatka schodowa, wznosząca się z głębi samego płaskowyżu, zapewne mieściła więcej ludzi niż pałac. Znajdowało się tu mnóstwo sklepów oraz kwatery mieszkalne ich właścicieli i gości. Wiele osób przybywających do pałacu, żeby handlować, odwiedzało jedynie te wewnętrzne sklepy i rzadko zapuszczało się na górę.

Łucznicy z Pierwszej Kompanii kryli się za parapetami murów obronnych. Wszyscy mieli łuki gotowe do strzału. Od czasu do czasu popatrywali w dół.

Richard, na ugiętych nogach, kierował się przez rampart ku szerokiemu zębowi blanków. Stanął za nim, żeby go nie było widać z dołu. Kahlan i Nicci, obejmując się w pasie dla równowagi, szybko do niego dołączyły. Mord-Sith, obserwując ich, czekały zaraz za drzwiami.

Nathan pochylił się ku nim i powiedział cicho:

– Ostrożnie. Nigdy nie wiadomo, kto może tu zaglądać ani jakie moce mógłby rozpętać.

Richard potaknął i ostrożnie spojrzał przez krenelaż na leżącą w dole równinę Azrith. Z tego punktu rozpościerał się rozległy widok. Pogoda była na tyle dobra, że sięgał wzrokiem aż do gór na horyzoncie.

Zamarł, kiedy to zobaczył.

Równiny były pokryte półludźmi. Nawet się nie spodziewał, że jest ich aż tylu. Stali w całkowitej ciszy, z rękami luźno zwieszonymi po bokach i wpatrywali się w pałac. Było tak cicho, że Richard słyszał wrzaski kruków polujących w oddali.

Większość półludzi odziana była tylko w spodnie lub ich resztki. Przeważnie mieli ogolone głowy, lecz niektórzy mieli na nich czuby lub krótko ostrzyżone włosy i brody. Richard wiedział z doświadczenia, że niektórzy władają tajemnymi mocami. A nawet potrafią ożywiać umarłych.

To te ciała wydzielały odór, który czuł. Pamiętał, jak te cuchnące chmary ścigały go w lasach. Byli nieustępliwi, nie dbali o to, jakie straty poniosą. Ogarnięci pragnieniem duszy nie przejmowali się tym, co spotka ich pobratymców, nie dbali nawet o własne bezpieczeństwo. Każdy z nich uważał, że ci, którzy padli, zwiększali jego szansę na zdobycie sobie duszy.

Chociaż mieli ten sam cel, to podczas ataku myśleli jedynie o zdobyciu duszy dla siebie. Shun-tuk, gnani tym pragnieniem, szli za swoim królem-duchem i wypełniali jego rozkazy. Sulachan bez wątpienia obiecał im wszystkie dusze, jakie porwą w trakcie marszu.

Richard się cofnął, przylgnął plecami do muru. Kilka razy rzucił okiem, szukając wśród półnagich ciał dwóch ciemniejszych postaci. Nie zobaczył ani Sulachana, ani Hannisa Arca.

Kahlan też wyjrzała.

– Drogie duchy – powiedziała, cofnąwszy się. Oczy miała wielkie ze zdumienia. – Wiedziałam, że jest ich mnóstwo, ale nie przypuszczałam, że aż tylu.

Richard ponownie wyjrzał. Cofnął się i oparł plecami o ścianę. Kahlan objęła go ramieniem, przytuliła się.

– Masz rację. To chmary półludzi pragnących nas wszystkich pożreć.

– Nie ma wątpliwości, że są wielokrotnie liczniejsi niż mieszkańcy pałacu – stwierdził Nathan.

Richard wskazał ku zachodowi.

– A jak jest z innych stron pałacu? Są jacyś tam?

Nathan nachylił się, minę miał nietęgą. Skierował palec w dół i zatoczył nim krąg.

– Są wszędzie dokoła. Nawet nie próbuję zgadnąć, ilu ich jest. Rozsądek mówi, że nie mogą się tu dostać.

– Lecz proroctwo zapowiada co innego – domyślił się Richard.

Nathan potwierdził mruknięciem.

– Jak długo tu są? – zapytał Richard.

– Parę dni – odparł Nathan.

– Tylko mi nie mów – odezwała się Nicci – że mniej więcej wtedy ściany w kryptach zaczęły się topić.

Nathan pochylił ku niej głowę.

– Nawet nie musiałaś pytać?

Nicci skrzywiła się, rozważając, co mogliby zrobić.

– Na szczęście – powiedział Nathan – wielkie wrota na dole są zamknięte i most podniesiony. Nie mają jak tu wejść. Słyszałem, jak tutejsi mówili, że Pałac Ludu już przedtem przetrwał długie oblężenia, więc przetrwa i to.

– Ani przez chwilę w to nie uwierzę – odezwał się Richard. – Ten, kto zorganizował swój powrót ze świata umarłych i zdołał przejść przez zasłonę do świata żywych, z pewnością znajdzie jakiś sposób, żeby się tu dostać.

– Niby jaki? – upierał się Nathan.

– Nie wiem, lecz nie wątpię, że znajdzie. Musimy się zacząć zastanawiać, jak mamy się bronić wewnątrz pałacu. Jeśli zdołamy ich zablokować w konkretnych miejscach i potem posłużyć się ogniem czarodzieja, to może zdołamy ich utrzymać na dystans czy nawet zmniejszyć liczebność.

Nathan rzucił długie, zmartwione spojrzenie za blanki.

– Powinieneś wiedzieć, Richardzie, że po raz pierwszy milczą. Przedtem wyli i wrzeszczeli, żądali naszej krwi, urągali nam dzień i noc, obiecywali, że nas wszystkich pożrą. Dziwne, że tak nagle zamilkli.

– Wcale nie – powiedział Richard. – Umilkli, bo tutaj jestem. Wiedzą, że teraz jestem tu na górze.

Nathan powątpiewał.

– Przybyłeś sylfą i się nie pokazywałeś. Skąd by wiedzieli, że tu jesteś?

– Sulachan wie – stwierdził Richard.

– Niby jak?

Richard zignorował pytanie i spojrzał w oczy staremu czarodziejowi.

– Wiesz coś o ceruleańskich zwojach?

Nathan się zachmurzył.

– Dziwne pytanie jak na tę chwilę.

– Wiesz? – dopytywał się Richard.

Nathan chwycił brodę palcami i zatonął w myślach.

– No cóż – powiedział na koniec – kilkaset lat temu był jeden w Pałacu Proroków. Żadna z Sióstr nie miała pojęcia, jak go odczytać. Wtedy i ja nie wiedziałem.

– Wiesz, co w nim było?

Nathan zmrużył oko, szukając w pamięci.

– Jak powiedziałem, nie potrafiłem go przeczytać, lecz pamiętam, że Siostry, które mi powiedziały, iż to zwój ceruleański, twierdziły, że to zwój Serca Wojny.

– Skoro nie umiały go przeczytać, to skąd wiedziały, jak go nazwano?

Nathan wzruszył ramionami.

– Nie wiem, Richardzie. Nawet nie wiem, skąd pochodził.

Richard westchnął.

– I przypuszczam, że zniknął i nikt nie wiedział, co się z nim stało.

– Prawdę mówiąc, uważam, że wymieniono go na wiele rzadkich ksiąg proroctw.

Gdyby sytuacja nie była tak poważna, to Richard by się roześmiał.

– To jasne.

– Czemu? – zapytał Nathan.

– Czytałem zwój Serca Wojny. Po prostu byłem ciekaw, czy widziałeś podobne tu w pałacu.

Nathan się zdumiał.

– Znalazłeś go i przeczytałeś? O czym jest?

– O mnie – powiedział Richard, prostując się i patrząc na szczyty dachów. Wskazał jeden. – To szklany dach nad Ogrodem Życia.

Nathan spojrzał przez ramię.

– Tak, no i co z tego?

– Muszę tam iść. Natychmiast. Muszę się zobaczyć z Regulą.

Kahlan oderwała się od muru, chwyciła Richarda za ramię i odwróciła ku sobie.

– Możemy później pójść do tej wróżebnej machiny. Teraz powinniśmy cię zaprowadzić do pola ograniczającego, żeby Nicci mogła usunąć z ciebie zmazę.

– Poza tym, żeby zrozumieć wróżebną machinę i to, jak ona działa, powinieneś się najpierw udać do Świątyni Wichrów po drugą część księgi *Regula*, wyjaśniającą, jak działa machina – stwierdziła Nicci.

Richard popatrzył na Nicci.

– Ta księga ukryta w Świątyni Wichrów to fałszywy trop, podobnie jak *Księga opisania cieni*. To fałszywka mająca chronić Regulę. Nawet nie muszę jej widzieć, żeby wiedzieć, iż jest pełna błędnych informacji.

– Nawet jej nie widząc? – spytała z niedowierzaniem Nicci. – Jak możesz tak mówić?

– Zedd mnie nauczył, że takie mylące informacje chronią potężną magię. Wprowadzają ludzi w błąd, każąc im szukać pozornie autentycznych rzeczy. Nawet jeżeli je znajdą, to okazuje się, że to tylko fałszywki, jak *Księga opisania cieni*, podsuwająca błędne tropy i niepozwalająca zrozumieć, jak wszystko naprawdę działa.

Nathan uniósł ręce.

– Skąd możesz wiedzieć, że tak jest i w przypadku *Reguli*? Połowa, którą mamy, zdradza, że druga część, ukryta w Świątyni Wichrów, tłumaczy to, czego nie rozumiemy. Skąd wiesz, że naprawdę nie wyjaśnia, jak działa Regula?

Richard cierpliwie czekał, aż stary czarodziej skończy.

– Bo ja już wiem, jak działa.

Nathan opuścił ręce.

– Skąd?

– Bo przeczytałem zwój Serca Wojny.

Nathan się zająknął, jakby miał tyle pytań, że nie wiedział, od którego zacząć.

– Musimy iść – powiedział Richard, zanim Nathan zdążył jakieś zadać. – Muszę dotrzeć do wróżebnej machiny.

Kahlan znowu chwyciła go za rękaw.

– Nie, Richardzie, nie musisz. Najpierw pójdziemy do pola ograniczającego. Widzę w twoich oczach, że nasiliło się działanie jadu, jaki jesteś chory. Pamiętam, jak to było i jak choroba narasta. Jad staje się coraz silniejszy i nie powinieneś dłużej zwlekać. Wbrew wszystkiemu wreszcie tu dotarliśmy. I skoro już tu jesteśmy, to idziemy do pola ograniczającego, żeby Nicci cię uleczyła, zanim zajmiemy się czymś innym. Jeśli masz rację i siły Sulachana się tu dostaną, to powinieneś być zdrowy, żeby móc walczyć.

– Masz rację – przyznał Richard z westchnieniem. – Ale Regula jest po drodze. Muszę się tylko tam zatrzymać i sprawdzić, czy jest bezpieczna i nic się jej nie stało, a potem pójdziemy prosto do pola ograniczającego. Zgoda?

Kahlan skrzyżowała ramiona na piersi i przez chwilę patrzyła na niego spod oka. Na koniec opuściła ręce i potrząsnęła głową, uśmiechając się.

– Zgoda, Richardzie. Zatrzymamy się po drodze, jeśli to cię uszczęśliwi.

ROZDZIAŁ 52

W znajdującym się pod Ogrodem Życia, u stóp spiralnych schodów o trójkątnych stopniach, całkowicie cichym pomieszczeniu zaczęły się jarzyć kule zbliżeniowe. Prastare pomieszczenie, zbudowane z kamiennych bloków, odnaleziono dopiero wtedy, kiedy zawalił się strop. Było skromne, pozbawione zdobień i początkowo sądzili, że to jakiś opuszczony magazyn. Nie było tu żadnych drzwi, wejść można było jedynie po tych wąskich, spiralnych schodach.

Kiedy Richard po raz pierwszy zobaczył to pomieszczenie, przypominało mu ono kryptę, zapieczętowaną i zapomnianą. Bo i nią było, chociaż nie tylko.

Pośrodku tkwiła imponująca sześcienna wróżebna machina. Ciężki metalowy blok, chroniony osłonami, zawierający moc Reguli, sam w sobie był jakby ozdobą. Na każdej ściance widniał symbol w mowie Początku – jej nazwa, a zarazem ostrzeżenie, że lepiej się trzymać z daleka. Pod ścianami pomieszczenia w równych stosikach leżały tysiące czystych metalowych pasków, na których machina wypisywała proroctwa.

Niegdyś musiała właśnie do tego służyć. Ilość tych pasków świadczyła o tym, że bardzo często z niej korzystano. Richard się zastanawiał, ile ksiąg z proroctwami – zwłaszcza w Pałacu Ludu – powstało z wróżb Reguli.

Nawet jeśli księgi proroctw nie były dokładnym zapisem wróżb machiny i nawet jeżeli machina sama ich nie przekazywała, to i tak Regula była kanałem, przez który proroctwa przenikały do świata życia. Nawet jeśli ją pogrzebano pod Ogrodem Życia i już nie wykorzystywano do prorokowania, to nadal pozostawała w tym świecie i generowała proroctwa za pośrednictwem mających dar. Nawet jeżeli wysłano ją z zaświatów, żeby je chroniła, to sama jej obecność tworzyła wyłom pomiędzy światami i – podobnie jak tkwiąca w Richardzie zmaza śmierci – powoli prowadziła do zniszczenia życia.

Richard zajrzał do pojemnika, sprawdzając, czy wróżebna machina wypisała jakieś proroctwa, kiedy go nie było. Pojemnik był pusty.

Pochylił się, kładąc dłonie na chłodnej metalowej górnej płycie machiny. Pod jego dotknięciem łupnęło, ziemia zadrżała i machina wróciła do życia.

Teraz już wiedział, że sama maszyneria nie była Regulą. Regula była zaświatową mocą, a w świecie umarłych nie było żadnych mechanizmów. Machinę zbudowali czarodzieje z pradawnych czasów, zwani konstruktorami.

Konstruktorzy mieli dar tworzenia rzeczy, które nigdy wcześniej nie istniały. Jedną z nich był miecz Richarda, materialny przedmiot, niezbędny do korzystania z mocy Ordena. Podobnie i wróżebna machina była jedynie maszynerią stworzoną przez konstruktorów jako „siedziba" i ochrona właściwej mocy Reguli. Była pojemnikiem – podobnie jak szkatuły z mocą Ordena – oraz umożliwiała Reguli bezpośrednie komunikowanie się z mieszkańcami świata życia.

Z głuchym hukiem, od którego zadygotała ziemia, z wnętrza machiny strzelił snop światła, niczym błyskawica w ciemności, rzutując na strop symbol w mowie Początku. Wzór, nakreślony świetlnymi liniami, wirował powoli, zgodnie z ruchem wewnętrznych zębatek. To był ten sam symbol – REGULA – który widniał na bocznych ściankach machiny.

Nathan podrapał się po głowie.

– Skóra mi od tego cierpnie. Kiedy odszedłeś, Richardzie, zachodziłem tu mnóstwo razy. Machina nawet nie zgrzytnęła. Czemu nagle ożywa pod twoim dotykiem? Od kiedy masz w sobie ten jad, twój dar nie działa.

Richard przesunął dłonią po zaokrąglonej krawędzi, pogłaskał chłodny metal, czując, jak machina wibruje pod jego dotknięciem, kiedy tkwiące w niej zębatki, dźwignie i kółka podejmują pracę i wypisują na metalowym pasku tekst w mowie Początku.

– Regula pochodzi z zaświatów – wyjaśnił. – Ja jestem *fuer grissa ost drauka*. Śmierć mnie rozpoznaje.

– No pięknie – mruknął Nathan. – Nie wiedziałem, że w świecie umarłych mają wielkie metalowe pudła, pełne zębatek i przekładni.

– Bo nie mają – odparł Richard, ignorując sarkazm starego czarodzieja. – Machinę zbudowano, żeby pomieściła moc i umożliwiła jej komunikowanie się.

– Kto zbudował? – zapytał Nathan.

Richard spojrzał na niego.

– Sądzę, że ci sami ludzie, którzy ją potem tu pogrzebali, kiedy im się nie spodobało to, co miała do powiedzenia.

Do pojemnika wpadł metalowy pasek. Paski były tylko nieco większe od palca Richarda i na tyle miękkie, że z łatwością się wyginały. Richard zostawił go na chwilę w pojemniku, żeby ostygł. Potem go ostrożnie podniósł i położył na górnej płycie machiny; lecz przecież wychodzący z machiny pasek nigdy nie był gorący. Zdawał sobie sprawę, co to oznacza, i sam nie wiedział, czy mu się to podoba czy nie.

Obrócił pasek tak, żeby go przeczytać. Nathan, Nicci i Kahlan pochylili się, żeby spojrzeć na rządek zawiłych symboli wypalonych na metalowej powierzchni.

– Co napisała? – zapytała Kahlan.

– Napisała: *Przebywałam w mrokach. Brakowało mi naszych rozmów*.

Nathan się nachmurzył.

– Rozpoznała cię?

– Mówiłem ci. Jestem *fuer grissa ost drauka*. Machina jest ze świata umarłych. Teraz mam w sobie zmazę śmierci, toteż różnię się od innych. Zapewne wydaję się jej znajomy.

Richard machinalnie pocierał palcami górną płytę machiny, nie bardzo wiedząc, co powiedzieć. Wreszcie rzekł, kierując te słowa do machiny:

– Wiele się o tobie dowiedziałem, od kiedy ostatnio tu byłem.

Ziemia zadrżała, bo machina znowu ruszyła. Nakreślony światłem symbol wirował na suficie, a wewnętrzna maszyneria wciągała czysty pasek, żeby pisać na nim wiązką światła. Na koniec pasek z brzękiem wpadł do pojemnika. Pojawił się szybciej i też był chłodny.

Richard położył go na machinie, pochylił się, podparł łokciami i tłumaczył. Zmarszczył brwi, czytając w milczeniu wiadomość.

Wiem, że nie przyszedłeś po proroctwa.

Nie umknęła mu jej ironia i mimo wszystko musiał się uśmiechnąć. Zupełnie jakby machina nonszalancko sobie żartowała – co i jemu się zdarzało.

Lecz Regula miała rację. Richard nie przyszedł po proroctwa. Chciał odpowiedzi. Nie mówiąc innym, co napisała, popatrzył na stojących przy nim ludzi.

– Wiem, że to zabrzmi trochę... dziwnie, ale sądzę, że Regula lepiej odpowie na moje pytania, bardziej się na tym skupi, jeżeli będziemy mieć trochę prywatności.

Kahlan rzuciła mu spojrzenie pełne irytacji.

– Chcesz, żebyśmy was zostawili samych? – zapytał Nathan, wspierając się pięściami pod boki.

– Pewnie szybciej by nam poszło – stwierdził Richard.

Nicci chwyciła Kahlan za ramię, pochyliła się ku niej i szepnęła:

– Czytałam zwoje i myślę, że Richard wie, o czym mówi. Uważam, że powinniśmy zrobić to, o co prosi.

Kahlan z westchnieniem ustąpiła.

– No dobrze. Ale pospiesz się, zgoda? Musimy dotrzeć do pola ograniczającego.

Richard uśmiechnął się do niej i kiwnął głową.

– Oczywiście.

Kiedy odeszli na niewielki podest u stóp spiralnych schodów, znowu się pochylił i położył dłonie na górnej płycie machiny. Ta natychmiast ożyła i wciągnęła kolejny metalowy pasek z zapasu czystych leżących pod ścianą.

Kiedy pasek znalazł się w pojemniku, Richard ujął go palcami, podniósł i przeczytał.

Machina zapytała w mowie Początku:

Czy umrę?

Pytanie nieoczekiwanie wzruszyło Richarda. Nigdy wcześniej nie żywił żadnych uczuć do Reguli, lecz teraz – po tym wszystkim, czego się dowiedział, i mając świadomość, że została usunięta ze świata umarłych, gdzie było jej miejsce – patrzył na nią zupełnie inaczej. Zesłano ją do obcego jej świata życia, uwięziono w metalowej skrzyni, prawdopodobnie zbudowanej przez konstruktorów, i musiała nauczyć się odczuwać, żeby móc funkcjonować w tym świecie.

Richard leciutko się uśmiechnął, położył dłoń na machinie.

– W tym świecie każdy musi umrzeć. Nikt nie ma wyboru. Decydujemy tylko o tym, jak chcemy żyć.

Machina natychmiast zaczęła dudnić, wciągając kolejny pasek. Kiedy wiązka światła go zapisała i wpadł do pojemnika, Richard położył go na wierzchu machiny i przetłumaczył symbole.

Prawo magii. Bardzo mądre, jak sądzę.

Znowu się uśmiechnął i położył dłoń na machinie.

– O tak.

Zębatki i dźwignie znowu ruszyły. Kamienna podłoga dudniła, kiedy metalowy pasek przesuwał się we wnętrzu machiny i na koniec wpadł do pojemnika. Richard obejrzał się przez ramię na tamtych. Stali blisko siebie i cicho rozmawiali, dyskusja najwyraźniej była ożywiona. Nie słyszał, co mówili, ale nie zwracali na niego uwagi, a o to przecież chodziło.

Wziął metalowy pasek i zdumiało go to, co przeczytał.

Jak to jest być zaskoczonym? Nie wiedzieć, co się wydarzy? Nie znać wszystkich możliwości?

To Regula, zaświatowa moc sterująca wiekuistym teraz, mówiła wprost do niego o naturze jego świata. Regula wiedziała o wszystkim, co się wydarzyło, co mogłoby się wydarzyć. Była ogromnym supłem, mieszaniną wiekuistego teraz, zawierającą wszelkie możliwości.

A przynajmniej wiedziała niemal wszystko. Wolna wola przerastała jej zrozumienie.

– O tym właśnie mówi to prawo magii – powiedział Richard, znowu kładąc dłoń na zimnej metalowej płycie machiny. – Nie wiedzieć, co się wydarzy, to mieć mnóstwo możliwości, podobnie jak ty je znasz. Czasem trudno nam którąś wybrać. Czasem musimy wybierać to, co trudne, a nawet przerażające. Czasem dokonywanie wyboru to radość, towarzysząca temu, że żyje się, że jest się człowiekiem.

Metalowy pasek natychmiast ruszył przez wnętrze Reguli. Kiedy wypadł, Richard położył go obok innych i przeczytał.

Umarli do mnie mówią. Nawet tutaj ich słyszę. Nawet jeżeli za życia nie chcieli mówić, to mówią, kiedy umarli.

– To musi być... trudne.

Kolejny pasek sunął we wnętrzu Reguli. Richard zobaczył, że wypisała na nim cztery symbole. Szybko zajął się tłumaczeniem.

To zimny świat. Otaczały mnie plejady dusz, wszystkie do mnie mówiły. Ale mnie odesłano. Tutaj nie mam nikogo. Jestem samotna.

Richard znowu położył rękę na machinie, współczując jej, że tak ją tu pogrzebano i zapomniano o niej.

– Rozumiem. I bardzo mi ciebie żal.

Wewnętrzna maszyneria zawirowała, nie zapisując metalowego paska. Machina wydała cichy pomruk przypominający Richardowi mruczenie kota.

– Czemu cię tu zakopali? – zapytał, kiedy Regula milczała, a jej maszyneria łagodnie się kręciła.

Nie wiedział, kto to zrobił, ale najwyraźniej zadał sobie wiele trudu, żeby zakopać machinę i zadbać o to, by jej nie odnaleziono.

Maszyneria wreszcie powoli i niechętnie nabrała szybkości. Dźwignie opadły na blokady, wałki zawirowały, stalowe wysięgniki się obróciły – machina zaczęła wypisywać na metalowym pasku kolejną wiadomość.

Richard wyjął chłodny metal i położył na górnej płycie; podparł się przedramieniem i tłumaczył.

Bo za dużo wiedziałam.

Richard musiał się roześmiać.

– Pewnie cię nie znali. Nic nie możesz na to poradzić. Postępujesz zgodnie ze swoją naturą.

Natychmiast zaczęła pisać na kolejnym pasku.

Rozumiesz. Przedtem nikt nigdy nie rozumiał. Ty rozumiesz, bo jesteś Sercem Wojny.

Ostatni symbol Richard wcześniej widział tylko raz. Dopiero co dowiedział się ze zwojów ceruleańskich, co on oznacza.

Uśmiechnął się ze smutkiem.

– Właśnie zrobiłaś coś wbrew swojej naturze. Kierując się wolną wolą, powiedziałaś mi coś, czego nie musiałaś mówić.

Odpowiedź zdumiała Richarda.

To nie było wbrew mojej naturze. To jest proroctwo, jedno z tych prawdziwych.

Kiwnął głową.

– Pewnie masz rację.

Jeszcze jeden metalowy pasek przewinął się przez wnętrze machiny i wpadł do pojemnika. Richard się po niego pochylił.

Dlaczego istnieję?

Westchnął.

– Jesteś częścią zaświatów. Miałaś tutaj regulować pewne sprawy, te, o których mówią ci umarli. Jesteś opiekunką wiekuistego teraz.

Natychmiast pojawił się następny metalowy pasek.

To było moim zadaniem w tamtym świecie. Proroctwo mówi, że wysłano mnie tutaj, żebym wypełniła moją misję, lecz nie mówi jaką. Jakie jest moje zadanie tutaj, w tym świecie?

Richard wpatrywał się w metalową skrzynię, która zaczęła mu się wydawać żywa.

– Jesteś opiekunką wiekuistego teraz. Jak możesz nie znać swojego zadania?

Machina bez zwłoki wypisała odpowiedź:

Bo ty kierujesz się wolną wolą. Ty określasz mój cel.

Zupełnie jakby machina go sondowała, zachęcała, żeby powiedział, co trzeba.

– Sądzę, że odpowiedziałaś na własne pytanie o to, jak to jest nie wiedzieć, co się stanie. Nie znać wszystkich możliwości. Powinnaś sama siebie zapytać, jak to jest być zaskoczonym. Może zaczynasz pojmować prawo magii?

Regula czekała, aż Richard się nachyli i oprze na niej dłonie.

– Postanowiłem pomóc ci wrócić do świata, do którego należysz, zanim twoja obecność tutaj zniszczy świat życia. To pomoże ci znaleźć się tam, gdzie twoje miejsce. Twoje zadanie to mi dopomóc.

Machina trwała cicho i nieruchomo, jakby się zastanawiała, a może porównywała jego słowa z jakimiś wymogami. Ziemia nagle zadrżała, bo Regula znowu ruszyła, chwytając kolejny metalowy pasek z podajnika. Richard zajrzał przez grube, nierówne szkło, patrzył, jak płytka, ciągnięta przez metalowe szczypce, sunie przez podajniki i zębatki. Kiedy Regula skończyła wypalać symbole, wyrzuciła pasek do pojemnika. Richard przez chwilę mu się przyglądał, a potem podniósł i ostrożnie położył na górnej płycie.

Wpatrywał się w to, co napisała i potwierdziła.

Zbłąkani są wśród nas. Jesteś ich jedyną nadzieją. Jesteś Sercem Wojny. Rób, co musisz. Działaj zgodnie z prawem magii.

Wiedział, co to oznacza. Pamiętał słowa Nai Moon wypisane na ścianach pieczary w Stroyzie.

Zanim zdążył cokolwiek powiedzieć, Regula znowu ożyła, lecz tym razem z raptownym łomotem. Wciągnęła cztery metalowe paski, jeden po drugim. Dudniła, a paski sunęły przez tryby i wałki. Tym razem brzmiało to jakoś inaczej.

Kiedy pierwszy pasek wpadł do pojemnika, Richard zobaczył, że dymi. Ostrożnie dotknął go palcem. Był rozżarzony. Również wiedział, co to oznacza.

Napisała:

Moje dzieci nadchodzą.

Z machiny wypadł drugi rozżarzony pasek. Richard odczekał, żeby trochę ostygł, i dopiero potem go podniósł.

Pożrą was wszystkich.

Na trzecim napisano:

Wreszcie poniesiecie karę.

Ostatni pasek wpadł do pojemnika. Richard wyjął gorący metal i rzucił na górną płytę Reguli.

Nadchodzą.

Dobrze wiedział, co się dzieje. Imperator Sulachan i Hannis Arc przejęli kontrolę nad wróżebną machiną. Wykorzystywali ją. Robili to już wcześniej. Kiedy tak było, metalowe paski wpadające do pojemnika zawsze były rozżarzone.

Tym razem zawiadamiali go, że lada chwila zacznie się atak na pałac. To była ich metoda – zapowiedzieć swoje pojawienie się i wzbudzić w ofiarach paraliżujący lęk.

ROZDZIAŁ 53

Richard położył dłoń na górnej płycie machiny, dziękując jej bez słów.

Odwrócił się i pospieszył ku zatłoczonemu podestowi przy spiralnych schodach, gdzie czekali na niego towarzysze.

Spojrzała na niego Nicci.

– No i o co chodziło? Co powiedziała?

– Sam nie wiem – powiedział Richard, skinąwszy dłonią ku Reguli. – Nic konkretnego. Naprawdę. Nic, co miałoby jakiś sens. Sami wiecie, że mówi zagadkami. Trochę więcej tych samych gierek i bzdur, jakie dostaliśmy wcześniej.

Nicci prychnęła na znak, że wie, o czym on mówi. Nathan był rozczarowany.

Richard rozmasował kark. Przez tkwiącą w nim zmazę głowa tak go bolała, że aż go mdliło. Kahlan go obserwowała, widziała, jak on się czuje.

– Wiedziałam, że to strata czasu. Możemy już iść do pola ograniczającego. – Ton jej głosu wyraźnie świadczył o tym, że to nie było pytanie.

Poddał się ze znużeniem.

– Oczywiście. Powiedziałem, że pójdziemy tam, jak tylko sprawdzę machinę. Jest w porządku. Skończyłem. Chodźmy.

Kahlan się zdziwiła, bo najwyraźniej spodziewała się sprzeciwu.

– To dobrze. Dobrze.

Richard chwycił Nathana za ramię i odwrócił zachmurzonego proroka ku spiralnym schodom. Musiał odciągnąć ich uwagę od wróżebnej machiny.

– Czy wszystkie środki obronne są rozmieszczone tak, jak

mówiłem? Na wypadek gdyby ci przeklęci półmartwi dostali się do pałacu? – zapytał Nathana.

Prorok obejrzał się przez ramię na Richarda, który go ponaglał, żeby już wchodził po schodach.

– Jak by się tu mieli dostać? Pałac jest zapieczętowany na głucho.

– Pamiętasz, że na równinach są katakumby? Tak ja się tu dostałem. Jagang w ten sam sposób przypuścił atak. W końcu Sulachan jest jednym z umarłych, więc pewnie wie o takich miejscach. No i te topiące się ściany.

– Masz rację. – Nathan uniósł rękę. – Idź do pola ograniczającego, a ja i generał Zimmer wszystko sprawdzimy, upewnimy się, że jest na swoim miejscu. W razie potrzeby zawsze mogę przywołać ogień czarodzieja i odeprzeć napastników. Zadowolony?

– Tak, dziękuję, to mnie uspokoi, jeśli razem się tym zajmiecie. Gdyby ci przeklęci półmartwi się tu dostali, to bylibyśmy w poważnych kłopotach.

– Jak tylko cię uleczę – wtrąciła Nicci – to pójdę im pomóc. Jeżeli nawet wróg się tu wedrze, to w pałacu jest mnóstwo strategicznych punktów, w których możemy go zablokować za pomocą ognia.

– Znakomicie – powiedział Richard, zdecydowanie kiwnąwszy głową, chociaż nie uwierzył w ani jedno słowo – takiej armii nie da się zablokować, a przynajmniej nie na długo.

Na szczycie schodów – kiedy już minęli puste komory wspierające, wdrapali się po drabinie i wyszli z otworu w zawalonej części podłogi Ogrodu Życia – Richard dał znak prorokowi.

– Ruszaj, Nathanie, póki mamy szansę. Ustaw na pozycjach generała Zimmera i jego ludzi. My pójdziemy do pola ograniczającego.

Richard zatrzymał się w Ogrodzie Życia, otoczony mocną wonią jaśminu rosnącego przy alejce wiodącej ku nim przez środek komnaty, i spojrzał przez ocalałą połać trawiastej płaszczyzny ku ołtarzowi. Na granitowej płycie – gdzie niegdyś odbierano życie – stały trzy szkatuły Ordena, dokładnie tak jak je zostawił.

Wieka były uniesione. Każda złowieszcza szkatuła była

czarniejsza od czerni. Każda wyglądała jak okno ze świata życia na zaświaty.

Przypuszczał, że w zasadzie właśnie tym były. Moc Ordena potrafiła tworzyć spektralne załamania, zbliżając światy do siebie. Świat umarłych zlewał się teraz ze światem życia.

Richard spojrzał na szklany dach nad Ogrodem Życia. Słońce zaszło i niebo ciemniało. Ale jeszcze nie widział pierwszych gwiazd.

– Wkrótce zapadnie noc – odezwała się Nicci. – To najlepsza pora do korzystania z pola ograniczającego, czyli będziemy ją mieć po naszej stronie, pomoże nam.

– Nie dostaniemy się tam tak szybko, jak bym chciała. – Kahlan zatoczyła krąg ramieniem. – Ogród Życia to pole ograniczające. Może tu to zrobimy?

Nicci potrząsnęła głową, odrzucając ten pomysł.

– Nie możemy mieć pewności, że pole ograniczające jest nienaruszone. Przecież powstała ta wyrwa w podłodze, wiodąca do struktur wspierających i do pomieszczenia z wróżebną machiną. Wiemy, że machina zagłębia się w płaskowyż niczym korzeń drzewa. To mogłoby wessać w ziemię moc chroniącą pole. Nie możemy ryzykować. Skutki naruszenia pola byłyby katastrofalne. Wiemy, że to drugie, w dolnej bibliotece, jest nienaruszone. Powinniśmy tam dotrzeć i z niego skorzystać.

Miało to skłonić Richarda, żeby przestał się rozglądać po Ogrodzie Życia i ruszył z miejsca. On zaś musiał po raz ostatni rzucić na wszystko okiem i utrwalić w pamięci. Chciał się też upewnić, że szkatuły Ordena nadal są tam, gdzie je zostawił, że nikt ich nie ruszał. Zadowolony, poszedł dróżką pomiędzy drzewkami.

Za wielkimi podwojami, z pozłacanymi rzeźbieniami krajobrazów przedstawiających wzgórza i lasy, czekał generał Zimmer i spory oddział Pierwszej Kompanii mający chronić Richarda poruszającego się po pałacu. Musiał się jakoś od nich uwolnić i liczył, że Nathan mu to ułatwi.

– Generale Zimmer – odezwał się Richard, gestem przyciągając uwagę żołnierza i idąc pospiesznie korytarzem. – Musimy się dostać do pola ograniczającego w niższych bibliotekach. Nicci ma mnie tam uleczyć, toteż spędzimy tam całą noc. Chcę, żeby w tym czasie Nathan zabrał ciebie i żołnierzy i pokazał wam, jak rozmieścić punkty obrony.

Generał Zimmer nieco się speszył.

– Jeżeli pojawi się jakiś wyłom, to rzucimy tam ludzi.

Richard potrząsnął głową.

– W zwykłych okolicznościach miałbyś rację. Lecz to zagrożenie jest odmienne. Działają tu moce, z jakimi nigdy wcześniej nie mieliśmy do czynienia. – Dał znak prorokowi. – Nathan zabierze ciebie i żołnierzy na dół i pokaże miejsca, w których mamy nadzieję zablokować wroga. On będzie najlepiej wiedzieć, gdzie jego magia zadziała, gdy będzie potrzebna.

Generał, bardziej przyzwyczajony do samodzielnego działania wedle własnych metod niż do skomplikowanego planowania, obejrzał się na Nathana. Minę miał niepewną.

Richard znowu ponaglił ich gestem.

– Szybko. Ruszajcie. Kiedy wszystko będzie gotowe, chcę, żebyś wraz z żołnierzami trzymał wartę przed biblioteką z polem ograniczającym, gdzie będziemy. Nathan wie, która to.

Generał Zimmer przyłożył pięść do serca.

– Zadbam o wszystko, lordzie Rahlu.

Generał – z następującym mu na pięty Nathanem – ruszył korytarzem, zabierając oddział żołnierzy ku najbliższym schodom. Całe najwyższe piętro było nieustannie strzeżone przez Pierwszą Kompanię – żołnierze będą tam także teraz, pilnując Ogrodu Życia i czekających w nim szkatuł Ordena.

Richard, z Kahlan u boku, poszedł za Rikką paradnymi marmurowymi schodami, przeciwległymi do tych, którymi zeszli generał i jego ludzie. Nicci, Cassia i Vale podążały za nimi przez kilka pięter. Richard otoczył ramieniem kibić Kahlan. Musiał czuć jej ciepło, jej życie. Musiał czuć przeciwwagę tego, co w nim tkwiło.

Kahlan spojrzała na niego, ale o nic nie spytała, nic nie powiedziała – po prostu ucieszył ją ten nieoczekiwany gest, uszczęśliwiło to, że ją przytulił. Uśmiechnęła się tym specjalnym uśmiechem przeznaczonym wyłącznie dla niego.

Rikka znała drogę do biblioteki z polem ograniczającym lepiej niż ktokolwiek z nich, więc kiedy dotarli na niższy poziom, bez wahania poprowadziła ich przez strzeżone dwuskrzydłowe drzwi wiodące z zamkniętych sektorów do paradnych pałacowych holi. Natychmiast otoczył ich szum, na który składały się przyciszone głosy i szuranie stóp po ozdobnych posadzkach.

Ten jeden z głównych ogólnie dostępnych holi był wysoki na kilka pięter. Kręciło się tu mnóstwo ludzi, czy to zajmujących się swoimi sprawami, czy to wykonujących poważne zlecenia. Richard widział małe grupki idących spiesznie mostami przecinającymi w górze korytarz. Niektórzy przystawali, żeby popatrzyć w dół na lorda Rahla. Dość długo go tu nie widzieli.

Wszyscy dostrzegli posągową blondynkę z warkoczem, ubraną w czerwony skórzany uniform, idącą przodem i prowadzącą przez pałac lorda Rahla i Matkę Spowiedniczkę. Richard zapomniał, jak to jest, kiedy stale obserwują ich czyjeś oczy. Rikka – z tą osobliwą umiejętnością właściwą pięknym kobietom – zdawała się nie zauważać, że na nią patrzą, a przecież była świadoma wlepionych w nią oczu.

Z bocznego korytarza wyszła Nyda i dołączyła do nich. Spojrzała na Richarda, Kahlan i resztę. Natychmiast zauważyła, że Rikka kroczy zdecydowanie i czujnie, wpatrzona przed siebie, i znalazła się obok niej. Rikka i Nyda wyglądały jak siostry. Eskortowały ich cztery Mord-Sith, otaczając Richarda, Kahlan i Nicci ścianą czerwonych skórzanych uniformów, toteż jeszcze bardziej przyciągali uwagę.

Mord-Sith zawsze rzucały się w oczy. Nawet jeśli nikt nie patrzył wprost na nie, to większość ludzi zdawała się mieć szósty zmysł informujący, gdzie są Mord-Sith, dzięki czemu mogli nieznacznie się odsunąć i zrobić im miejsce.

Pałac Ludu był tak rozległy, że dostanie się z jednego końca na drugi zabierało sporo czasu. Richard był zadowolony, kiedy Rikka skręciła w prywatny korytarz, a potem na schody dla służby, co miało skrócić trasę, jaką musieli przebyć.

Na koniec dotarli do właściwego korytarza, w którym było kilka bibliotek, większość z przeszklonymi drzwiami, w tym i ta z polem ograniczającym.

– No i jesteśmy – powiedziała Rikka, zatrzymując się i wskazując drzwi.

– Nareszcie – powiedziała z widoczną ulgą Kahlan. – Myślałam, że nigdy tu nie dojdziemy.

Już mieli wejść przez dwuskrzydłowe drzwi z kwadratami nieprzejrzystego szkła, kiedy Richard się zatrzymał. Pstryknął palcami.

– Zapomniałem. Muszę coś zrobić. Nie potrwa to długo.

Nicci zmarszczyła brwi.

– O czym ty mówisz?

Kahlan zachmurzyła się jeszcze bardziej niż ona.

– Musisz tam wejść natychmiast, Richardzie, i pozwolić Nicci usunąć z ciebie ten jad.

Uspokajająco kiwał głową.

– Wiem, wiem. To potrwa tylko minutkę. Zaczekaj tu. Zaraz wrócę.

– Możesz to zrobić po...

– Nie. Muszę to zrobić najpierw. Pójdzie szybko. Wytłumaczę, jak wrócę. Zaraz.

Kahlan zajrzała w ciemną komnatę, potem popatrzyła na niego.

– Richardzie, nie sądzę...

– Zapalcie lampy i wszystko przygotujcie – powiedział. – Pospieszcie się.

Zanim Nicci zdążyła go chwycić za ramię, odsunął się i ujął ramię Cassii.

– Zabieram ze sobą Cassię. Dobrze? Uspokoi cię to?

Ruszył korytarzem, ciągnąc ze sobą Cassię. Pomachał ku speszonym Kahlan i Nicci oraz trzem gniewnym Mord-Sith.

Zdezorientowana Kahlan uniosła dłoń.

– Richardzie...

– Wejdź i zaczekaj tam na mnie. – Gestem zachęcił, żeby weszła do biblioteki. – Zaraz wracam.

Gdy tylko skręcił za róg i zniknął im z oczu, ruszył biegiem. Cassia biegła u jego boku.

– Co się dzieje, lordzie Rahlu? Dokąd idziemy?

Richard nie odpowiedział. Chwycił ręką kulę na słupku poręczy, żeby wygodniej mu było skręcić, a drugą dłonią trzymał ramię Cassii i ciągnął ją za sobą w dół schodów.

Jego myśli pędziły równie szybko jak stopy, kiedy się orientował wedle mapy pałacu, jaką miał w pamięci, upewniając się co do każdego skrzyżowania i zakrętu, żeby nie utknąć w ślepym zaułku z magiczną osłoną i nie musieć marnować czasu na cofanie się. Wybrał parę niekonwencjonalnych tras tylko po to, żeby ominąć jedno miejsce z osłonami oraz ogólnie dostępny korytarz, żeby go nikt nie widział.

– Co robimy, lordzie Rahlu? Dokąd zmierzasz?

Richard zatrzymał się przed osłoną – nie sądził, że będzie właśnie tutaj. Czerwone światło przegrodziło korytarz. Będzie musiał się cofnąć i wybrać inną drogę.

– Lordzie Rahlu...

Odwrócił się do Cassii, nadal trzymając ją za ramię.

– Idę w pewne niebezpieczne miejsce. Muszę zrobić coś szalonego. Potrzebuję pomocy. Jesteś ze mną? Zaryzykujesz życie, żeby mi pomóc?

Cassia zrobiła wielkie oczy, a potem uniosła Agiel Cary, który nosiła na szyi, i pokazała mu go.

– Oczywiście, lordzie Rahlu. Oddałabym dla ciebie życie, jak to zrobiła Cara.

– Próbuję ocalić nas wszystkich. Muszę to zrobić. To jedyny sposób, nasza jedyna szansa.

Twarz Cassii zmarszczyła się w wyrazie zdumienia.

– Co chcesz zrobić?

Richard odwrócił ją i popchnął, żeby pobiegła korytarzem razem z nim. Skręcił na następnym skrzyżowaniu, z impetem otworzył drzwi do prywatnego korytarza lorda Rahla. Tu raczej nikt go nie zauważy. Z ulgą rozpoznał korytarz. Pamiętał niewielkie malowidło przedstawiające posąg na ukwieconym stoku wzgórza. Ten korytarz powinien ich zaprowadzić na miejsce.

– Trzymaj się mnie – polecił, ruszając. – Nie ma czasu do stracenia.

– Co się dzieje, lordzie Rahlu?

– Sulachan i półludzie wkrótce się tu wedrą i zaczną zabijać. Musimy wrócić na czas, żeby ich powstrzymać, zanim będzie za późno i wszystkich wymordują.

– Lordzie Rahlu, co zamierzasz zrobić? – Opierała się, lecz biegła obok niego. – Czemu nie mogłeś innym o tym powiedzieć? Czemu zostawiłeś Matkę Spowiedniczkę, nic jej nie mówiąc?

Zatrzymał się i na chwilę odwrócił, łapiąc oddech.

– Horda półludzi zajmująca równinę Azrith może się tu w każdej chwili wedrzeć. Jeśli tego nie zrobię, zabiją wszystkich w pałacu. *Rachuba zmierzchu* niemal dobiegła końca. Czas się kończy. Jeżeli tego nie zrobię, wszyscy umrą.

– To czemu nie mogłeś jej tego wyjaśnić? I co zamierzasz...

– Nawet jeśli uda mi się ocalić świat życia, to pewnie sam przypłacę to życiem. Nie mogłem jej tego powiedzieć. Jeśli jakoś przeżyję, to ją przeproszę, ale nie mogłem jej wyznać, że pędzę zrobić coś, co mnie najprawdopodobniej zabije, bez względu na to, czy mi się powiedzie czy nie. To dotyczy wszystkich, nie tylko ludzi w pałacu.

Cassia posłała mu krzywy uśmieszek.

– Ona zna twoje serce, lordzie Rahlu. Zrozumiałaby, cokolwiek musisz zrobić.

– Nie to – odparł i biegł korytarzem, kierując się ku schodom.

U stóp czarnych marmurowych stopni pognał ostatnim korytarzem, który powinien go doprowadzić tam, gdzie musiał się dostać.

– Sylfo! – zawołał w biegu. – Sylfo, jesteś mi potrzebna!

Z rozmachem otworzył dwuskrzydłowe drzwi i zatrzymał się. Cassia tuż za nim. Obydwojgu brakowało tchu.

Srebrna twarz unosząca się ponad srebrzystym płynem w studni uśmiechnęła się miło.

– Pragniesz podróżować, panie?

Richard przełknął ślinę; oparł dłonie na kolanach, łapał oddech. Wyprostował się.

– Tak, obydwoje chcemy podróżować. To pilne.

– Pójdź – rzekła syfla. – Będziemy podróżować. Będziesz rad.

Richard wskoczył na okalający studnię kamienny murek.

– Nie wolno ci nikomu powiedzieć, dokąd się udajemy – powiedział, pomagając Cassii. – Bez względu na to, kto spyta, nie wolno ci powiedzieć, dokąd nas zabrałaś.

– Panie – uśmiechnęła się skromnie sylfa – wiesz, że nigdy nikomu nie opowiadam o moich klientach.

ROZDZIAŁ 54

Kahlan chodziła po bibliotece wzdłuż rzędów półek z księgami proroctw, mocno przygryzając paznokieć kciuka i gorączkowo rozmyślając. Sama by poszukała, gdyby wiedziała gdzie, ale nie miała nawet pojęcia, gdzie zacząć. Zatrzymała się, kiedy do komnaty wpadł generał Zimmer.

– Znaleźliście go?

Potrząsnął głową, łapiąc oddech.

– Przykro mi, Matko Spowiedniczko, nie znaleźliśmy. Żołnierze szukają wszędzie. Nikt ich nie widział.

Nicci wyrzuciła ręce w górę.

– To bez sensu. Nie ma go przez większość nocy. Powiedział, że odchodzi tylko na kilka minut. Jak mógł ot, tak zniknąć?

Zbliżyła się Vale, dość niepewnie.

– A może ci półludzie się zakradli i ich porwali?

– Po takiej napaści zostałaby chociaż krew – powiedziała spokojnie Nicci.

Kiedy nie usłyszała odpowiedzi, popatrzyła spod oka na generała.

Miał niewyraźną minę.

– Mogę tylko powiedzieć, że żaden z moich ludzi nie zobaczył nawet kropli krwi.

– Dostrzegli coś niezwykłego?

– To wielkie gmaszysko, Matko Spowiedniczko – odpowiedział wielki D'Harańczyk, wyraźnie speszony tym, że nie ma dobrych wieści. – Trzeba zajrzeć w tysiące miejsc.

Kahlan znowu zaczęła krążyć.

– Powiedział, że nie będzie go parę minut. Czułam, że coś jest nie tak. Miałam przeczucie. Powinnam była temu zaufać i nie pozwolić mu odejść. – Machnęła ręką, zła na siebie, czyniąc sobie wyrzuty. – Tyle że tak szybko się oddalił.

Na moment mocno zacisnęła wargi.

– Trzeba go uleczyć. Nie zostało mu za wiele czasu.

Była bliska paniki, pamiętając, jak się czuła, kiedy Richard nie żył. Skończył się jej cały świat. Teraz znowu był bliski śmierci od tej tkwiącej w nim zmazy. Nicci mogłaby ją usunąć. Ale on zniknął.

Nicci, oparta o ciężki stół, przyglądała się Kahlan.

– To każe mi się zastanawiać, czemu chciał się zatrzymać przy Reguli.

– Co masz na myśli? – zapytała Kahlan, nie patrząc na nią.

– Richard jest taki uczciwy, że nigdy bym nie podejrzewała, iż mógłby skłamać.

Kahlan przystanęła i spojrzała na nią.

– Myślisz, że kłamał?

– A przynajmniej nie powiedział całej prawdy. – Nicci odsunęła się od stołu, rozprostowując ręce. – Sądzisz, że musiał tam iść, sprawdzić, co z machiną, porozmawiać z nią sam na sam, a ona nie powiedziała mu nic, co by zrozumiał? Kiedyż to można było tak łatwo zbyć Richarda? Kahlan, to nie jest ot, taka tajemnicza machina. To moc z zaświatów sprowadzona na ten świat, wypędzona tu, bo jest niebezpieczna. Duchy zesłały ją tutaj, żeby Sulachan jej tam nie znalazł, ale on i tak ją odszukał na tym świecie. Richard wie o tym wszystkim.

Kahlan rozmasowała ramiona, zimno jej się robiło ze strachu.

– Co twoim zdaniem mu powiedziała?

Nicci opuściła ręce.

– Kto to wie? Regula wie o wszystkim, co mogłoby się wydarzyć, o wszystkim, co się wydarzy. – Podniosła wzrok, tknięta nagłą myślą. – Moglibyśmy ją zapytać, co mu powiedziała.

Kahlan potrząsnęła głową.

– Nie wiem jak. Ona rozmawia tylko z Richardem. Poza tym on by nie chciał wysłuchiwać proroctwa machiny. Czyż nie napisano tego w zwojach? Że kierując się wolną wolą, przeciwstawia się proroctwu? Nie pytałby, co się stanie. Dla Richarda akcja jest lepsza niż reakcja. On by działał.

– No i znowu wracamy do punktu wyjścia: nie mamy pojęcia, gdzie jest. – Nicci podeszła do jednego z długich mahoniowych stołów, oparła czubki palców dłoni o lśniący blat i zapatrzyła się w dal, zamyślona.

– Dał jakąś wskazówkę, powiedział cokolwiek, co by nam podpowiedziało, dokąd się kierował? – zapytał generał Zimmer. – Jakieś napomknienie? Wtedy mogło się to nie wydawać ważne, ale może powiedział coś, co by wskazało, dokąd idzie?

Kahlan podniosła wzrok na wielkiego d'harańskiego generała. Dobrze go pamiętała z czasów wojny. Rankiem, kiedy kapitan Zimmer wracał ze swoimi ludźmi z nocnego wypadu, przynosił jej sznur uszu wrogów, których w nocy zabili.

– Wytrop go, kapitanie – powiedziała, rozmyślnie mu przypominając o tamtych specjalnych misjach, w których był taki dobry.

Uśmiechnął się, pojął aluzję.

– Żołnierze nie przestaną szukać. Nie trap się, jeśli jest w pałacu, to go znajdziemy.

Kahlan kiwnęła głową i generał odszedł. A ona nagle spojrzała na Nicci.

– JEŚLI jest w pałacu.

– Co takiego?

– Jeśli nie mogą go znaleźć, to może go nie ma w pałacu.

Vale zmarszczyła brwi.

– Cały pałac otaczają półludzie, Matko Spowiedniczko. Nie mógłby się stąd oddalić nawet na trzy kroki, żeby go nie zobaczyli i nie rzucili się na niego. Nie miałby jak opuścić pałacu.

Kahlan stała nieruchomo, zastanawiała się.

– Oczywiście, że by mógł.

Nicci skrzyżowała ramiona na piersi i podeszła ku niej.

– Sądzisz, że mógł się dokądś udać sylfą?

– To jedyne sensowne rozwiązanie.

– No to chodźmy ją zapytać – zdecydowała Nicci.

– Rikko, Nydo, zaprowadźcie nas najkrótszą drogą do pomieszczenia ze studnią sylfy.

Przyłożyły pięści do serca, odwróciły się i ruszyły, chcąc odnaleźć swojego lorda Rahla, zadowolone, że mają teraz jakąś wskazówkę co do tego, co się stało z Richardem i Cassią.

– Mamy szczęście, że izba ze studnią sylfy jest w tej części pałacu – powiedziała Rikka.

– Dotarcie tam zajęłoby nam wiele godzin, gdyby była na drugim jego końcu – przyznała Nyda. – Ale nie mamy do niej daleko.

– To dlatego tak szybko zniknął – orzekła Kahlan, idąc za dwiema Mord-Sith, zła na siebie, że wcześniej się tego nie domyśliła. – Wiem, że dlatego nikt go nie widział.

– Dokąd mógłby pójść? – zapytała Nicci. – I dlaczego? To bez sensu. Wszystkie nasze problemy są tutaj. Sulachan, Hannis Arc i całe plemię Shun-tuk są tuż-tuż, otaczają pałac. To z tym powinien się zmierzyć Richard. Nigdzie nie znajdzie żadnej pomocy.

Kahlan nie miała kontrargumentów, toteż milczała.

Musiało tak być, że Richard poprzez sylfę opuścił pałac. Im więcej Kahlan o tym myślała, tym bardziej to wyjaśniało, jak mógł tak szybko zniknąć. Była tego pewna, ale tylko sylfa mogła to potwierdzić. Gorączkowo starała się domyślić, czemu tak postąpił.

– Nie porzuciłby nas – powiedziała Vale. – Lord Rahl prędzej by umarł, niż nas zostawił.

– I tego właśnie się obawiam – wyszeptała Kahlan.

Mord-Sith poprowadziły je prywatnymi korytarzami, omijając te zatłoczone ogólnie dostępne, co by je spowolniło. Pałac był oblężony, toteż przerażeni ludzie mogli sprawiać problemy – więc lepiej było, na ile to możliwe, trzymać się z daleka od ogólnie dostępnych sektorów.

Wszędzie, gdzie się znalazły, widziały zbrojnych żołnierzy Pierwszej Kompanii – szukali Richarda, zaglądając do każdej komnaty w każdym korytarzu. Kahlan, zaglądając do mijanych bibliotek, widziała żołnierzy wypatrujących zaginionego lorda Rahla pomiędzy rzędami regałów. Już wiedziała, że go nie znajdą.

Kiedy dotarły na miejsce, przekonała się, że drzwi do izby sylfy stoją otworem. Zamknęła je. Paliła się lampa w ściennym uchwycie.

Z Nicci u boku i trzema Mord-Sith z tyłu weszła do izby. Sylfa, najwyraźniej słysząc, że nadchodzą, uniosła się nad studnią. Bąbel płynnego srebra uformował się w uśmiechniętą twarz.

– Pragniecie podróżować?

– Może – powiedziała Kahlan.

Lustrzana twarz zwróciła się ku Rikce i Nydzie.

– Wiem, że wy dwie nie możecie podróżować. Nie macie wymaganych właściwości.

Kahlan popatrzyła na Nicci.

– Dlatego wziął Cassię. Wie, że ona ma to, co umożliwia podróżowanie.

– Ale po co? – odszepnęła czarodziejka.

Kahlan zbliżyła się do sylfy.

– Musimy wiedzieć, dokąd poszedł twój pan.

Sylfa uśmiechnęła się uprzejmie.

– Wybacz, ale z nikim nie rozmawiam o moich klientach.

– Jestem jego żoną – wyjaśniła Kahlan.

Sylfa tylko się w nią wpatrywała.

– To sprawa życia i śmierci. Richard, twój pan, jest chory i należy go uleczyć.

– Powiedziałam wam, że ma w sobie śmierć.

– To prawda, i ta choroba cały czas się nasila. Jeżeli nie zabierzemy go tam, gdzie możemy usunąć z niego ten jad, to umrze. Nie chcesz, żeby tak się stało, prawda? Nie chcesz, żeby twój pan umarł?

Srebrny uśmiech nieco przybladł.

– Wybacz, ale nie mogę ci pomóc.

– Nakazał, żebyś nam nic nie mówiła, nieprawdaż? – zapytała Kahlan.

– Pragniesz podróżować? – zapytała bardziej oficjalnie sylfa.

Kahlan podeszła jeszcze bliżej i oparła dłonie na krawędzi obudowy.

– Tak, pragnę podróżować. Zabierz mnie tam, gdzie wcześniej zaniosłaś Richarda i Cassię.

– Musisz nazwać miejsce, do którego chcesz podróżować.

Kahlan wpatrywała się w srebrzystą twarz, od której dzieliły ją cale i w której widziała swoje zniekształcone odbicie.

– Miejsce, w które zabrałaś Richarda.

Srebrzysta twarz szerzej się uśmiechnęła.

– Przywołaj mnie, ilekroć zechcesz podróżować. I proszę, znaj nazwę tego miejsca, kiedy wrócisz.

Z tymi słowy srebrzysta twarz sylfy stopiła się z wypełniającym studnię żywym srebrem.

Kahlan i Nicci spojrzały na siebie.

– Teraz chyba wiemy, że Richard sylfą opuścił pałac.

– Na to wygląda – przyznała Nicci. – Ale czemu?

Izbą wstrząsnął głuchy huk. Wszystkie podniosły wzrok. Ze stropu posypał się pył.

– To zabrzmiało jak ogień czarodzieja – powiedziała Nicci.

– Idziemy.

Kahlan pobiegła ku drzwiom. Reszta za nią. Gdy tylko znalazły się w korytarzu, Rikka i Nyda wysforowały się przed Kahlan i Nicci, Vale zaś osłaniała tyły. Minęły kilka skrzyżowań i schodami dla służby wróciły do pałacu.

Kiedy wkroczyły w szeroki korytarz, zza ściany po lewej rzucili się na nie półludzie. Jeden z nich przewrócił Nydę i potoczył się z nią po podłodze.

Inny, szeroko rozdziawiając gębę, skoczył ku Kahlan.

Zanim się zbliżył, świsnął miecz i spadła jego głowa. To był generał Zimmer, który w samą porę obronił Kahlan. Głowa ciężko podskakiwała po podłodze, zostawiając za sobą krwawy ślad. Inny żołnierz przebił napastnika szarpiącego się z Nydą.

Żołnierze zbiegli po schodach i raz-dwa rozprawili się z jakimś tuzinem półludzi w korytarzu.

– Wybacz, Matko Spowiedniczko – powiedział generał Zimmer, ocierając grzbietem dłoni krew z czoła. – Próbowałem ich zatrzymać, ale było ich mnóstwo.

Nyda zepchnęła z siebie martwego półczłowieka i poderwała się, wściekła, że ją zaskoczył.

– Co się dzieje? – zapytała Kahlan.

Generał Zimmer wskazał mieczem.

– Zrobili wyrwę w sektorze krypt, tam, gdzie się topią ściany. Nie było mnie tam wtedy, więc tego nie widziałem. Żołnierze mówili, że próbowali zatrzymać wroga. Najwyraźniej kolejnym udało się wedrzeć w innych miejscach i obejść moich ludzi. To była krwawa bitwa, ale udało im się wycofać do drugiej strefy obronnej. Nathan przywoływał ogień czarodzieja, pomagając nie dopuścić, żeby zalali pałac.

– Pokaż mi drogę – powiedziała Nicci. – Muszę mu pomóc.

ROZDZIAŁ 55

Richard! Co ty tutaj robisz? – zapytał Chase.

Wielkolud jedną ręką przetarł zaspane oczy, a drugą podparł się o kolano i wstał. Najwyraźniej zasnął, siedząc pod ścianą tuż przy pomieszczeniu w Wieży.

Richard przełożył pendent miecza przez głowę i zapiął pas, idąc ku schodom prowadzącym na korytarz na kolejnym poziomie. Musiał się tam dostać.

– Spieszę się, Chase.

Ten poprawił noże u pasa, wyprostował wiszący u biodra miecz, a potem sprawdził, czy broń za ramieniem jest dobrze umocowana. Pospieszył za nimi.

– No dobrze, ale dokąd się tak spieszysz?

– Muszę wrócić tam, skąd wtedy wyszliśmy, do katakumb.

Chase chwycił go za rękaw i zatrzymał, a drugą ręką wskazał boczny korytarz.

– Tędy będzie szybciej.

Richard kiwnął głową.

– Prowadź.

Kiedy szli pozbawionym zdobień kamiennym korytarzem, popatrzył na Cassię.

– Nic ci nie jest?

Cassia obciągnęła rękawy czerwonego skórzanego uniformu.

– Wszystko w porządku. Tyle że nie wiem, czy choć trochę lepiej mi się podróżuje w tym płynnym srebrze.

– W czym rzecz? – zapytał Chase. – Co się dzieje?

– Długa opowieść.

Chase zmarszczył brwi i wskazał Richardowi kierunek w dół schodów.

– Znasz całe mnóstwo długich opowieści. Istnieje jakaś skrócona wersja? – Złapał Richarda za koszulę. – Nic z tego. Tędy trafimy na osłony biblioteki z księgami o magii. Musisz na tym skrzyżowaniu skręcić w prawo, potem zejść schodami na niższy poziom, potem korytarzem i w górę, żeby to ominąć.

Richard kiwnął głową.

– Krótka wersja powiada, że imperator Sulachan i Hannis Arc przyprowadzili pod Pałac Ludu całe plemię półludzi. Wkrótce wedrą się do środka, jeśli już tego nie zrobili.

– To co tutaj robisz?

– Wróciłem po to, co zostawiłem.

– Masz na myśli miecz? Żebyś mógł walczyć?

– Tak, to też.

– Co zostawiłeś w katakumbach?

– Nie uwierzyłbyś, gdybym ci powiedział.

– Tędy. – Wskazał Chase. – Idź tym korytarzem. Wielka izba jest zaraz za nim. No to sprawdź, czybym nie uwierzył.

Tak jak zapowiedział, wkrótce znaleźli się w ogromnej izbie z wejściem do katakumb. Osadzone w uchwytach na ścianach pochodnie dość dobrze oświetlały to miejsce. Richard ruszył ku wejściu do niższego świata.

– Jeśli chcesz, możesz pójść z nami i zobaczyć na własne oczy.

– Dobrze. Może i mój miecz się przyda.

– Twój miecz by nie pomógł tam, dokąd idziemy.

Cassia obejrzała się na Chase'a z cierpiętniczą miną.

– Nie przejmuj się. Mnie też nie powiedział. Rzekł tylko, że lepiej nie wiedzieć, jak się umrze.

– Aha – stwierdził wielkolud. – Przynajmniej ma dobry powód.

– Nie powiedziałem wam, bo po pierwsze nie wiedziałbym jak, a po drugie nie mam pewności, czy zdołam to zrobić.

Przez szczeliny w górze komory było widać, że panuje noc. Richard nie wiedział, jaka to pora, ale skoro Chase spał, to zapewne około północy.

Richard dostrzegł pogrążoną w mroku wnękę i ruszył ku niej. Bez zwłoki przycisnął dłonie do metalowych posążków, zacisnął palce wokół figurek pasterzy. Poczuł, jak się rozgrzewają, tak samo jak przedtem głaz zaczął się ze zgrzytem odsuwać.

– Weźcie pochodnie – polecił.

Chase wziął jedną dla siebie, Cassii podał latarnię. Richardowi dał drugą pochodnię.

Richard ruszył do środka.

– Tu jest mnóstwo stopni. Schodzą naprawdę głęboko we wnętrze góry. Pierwsze ciągi schodów są starannie zbudowane, ale niżej trzeba uważać, bo są wycięte w skale i nawet niewyrównane.

– Skąd ten pośpiech?

Richard się odwrócił i popatrzył na Chase'a.

– Zanim wrócę, półludzie zamordują w pałacu bardzo wielu. Całkiem możliwe, że wszyscy zginą. Mam nadzieję, że zdążę, zanim to się stanie. A potem umrą wszyscy inni. Muszę spróbować powstrzymać to, co ma się wydarzyć. Sądzę, że to jedyny sposób. Waży się życie Kahlan. I wszystkich innych. Nie wiem, czy przeżyję to, co zamierzam, lecz muszę ocalić, kogo tylko zdołam. Stąd ten pośpiech.

Chase mruknął, że rozumie, i ruszył za Richardem, przeskakując po dwa stopnie. Biegli, mijając podest za podestem.

Pochodnie nagle oświetliły pomieszczenie z okrągłym stołem i wejściami do tuneli. Richard pochylił się i wszedł w dziewiąty tunel po prawej. Pobiegł wykutą w skale wąską szczeliną i w dół po nieobrobionych schodach. Pęd powietrza kołysał płomieniem pochodni.

Zaczęli napotykać umarłych złożonych w niszach. Richard patrzył przed siebie, ignorując mijane setki zwłok. Za to Chase zerkał na boki wielkimi oczami. Nie wiedział, że pod Wieżą są katakumby. Prawdę mówiąc, całe pokolenia mieszkały w Wieży, nie mając pojęcia, co jest pod nią.

Długa, kręta droga w dół zaprowadziła ich wreszcie do łukowatego wejścia w starannie wykonany, szeroki korytarz.

– Aż mi się jeżą włoski na karku – stwierdził Chase.

– Mnie też – dodała Cassia.

– Wiem – powiedział Richard. – Chodźmy. Tędy.

Na końcu korytarza Richard zatrzymał się przed wiszącą tam płócienną zasłoną. Na drugiej jej stronie wypisano zaklęcia powstrzymujące, niepozwalające duchom przejść.

– Co to za miejsce? – zapytał Chase, wodząc wzrokiem po starannie wygładzonych prostych ścianach i gładkim stropie, a zwłaszcza po dziwnym kawałku płótna zagradzającym im drogę.

Richard odwrócił się ku niemu.

– To Sanktuarium dusz.

– Chcesz powiedzieć... że tam są dusze... duchy?

– Tak. – Richard wskazał tkaninę. – Takie płócienne przegrody są porozwieszane w całym labiryncie. Na niektórych, tak jak na tej, są namalowane prastare zaklęcia powstrzymujące. To potężne czary, które nie pozwalają duchom przejść. Zatrzymują je po drugiej stronie. Na innych zasłonach są zaklęcia mające duchy przywabiać.

– Przywabiają je? – zapytała Cassia. – Po co?

– W pieczarach Stroyzy Naja zostawiła wiadomość o tym, co się stało w czasach wielkiej wojny.

– Kim jest ta Naja? – zapytał Chase.

Richard skwitował pytanie machnięciem ręki.

– Czarodziejka żyjąca w czasach wielkiej wojny. To w tej chwili nie ma znaczenia. Lecz wiadomość, którą nam zostawiła, jest ważna. Musisz wiedzieć, że półludzie nie mają dusz. Naja napisała, że kiedy imperator i jego konstruktorzy stwarzali półludzi, to nie pozwolili odebranym im duszom przejść w zaświaty. To właśnie tak Sulachan ich stworzył. Gdyby ich dusze przeszły w zaświaty, to ciała by umarły.

Cassia przesunęła dłonią po Agielu Cary.

– I co się potem z nimi stało?

– Naja napisała, że dusze, które nie mogą przejść przez zasłonę, przemieszczają się w tę stronę i nawiedzają ten poziom istnienia, nie wiedząc, gdzie się mają podziać. Niektóre z nich już wcześniej do mnie przychodziły, szukając pomocy, ale wówczas nic nie rozumiałem.

– Czyli uważasz, że one mogą być tutaj? – zapytała Cassia.

– To Sanktuarium dusz. Spójrzcie tylko, ile trudu zadali sobie ludzie z czasów Nai, żeby stworzyć to miejsce. Myślę, że niektóre zaklęcia przywabiają tutaj owe zagubione dusze i zapewniają im bezpieczeństwo. Uważam, że ten labirynt jest miejscem, w którym mogą przebywać, gromadzić się i czuć się spokojne. To taki tymczasowy dom. Kiedy już się tu znajdą, zaklęcia powstrzymujące nie pozwalają im wyjść.

– Czemu? – zapytał Chase.

– Naja napisała, że nie wszystkie dusze wracające do świata życia są przyjacielskie.

– Niby czemu? – zachmurzył się wielkolud.

– Pewnie gniewa je to, co im zrobiono, nie sądzisz? Wyrwano je z ciał i nie pozwolono odejść w miejsce wiekuistego spokoju. Zmuszono do snucia się pomiędzy światami, są odłączone od Grace, trzymane na dystans.

Chase podrapał się w kark.

– Skóra mi cierpnie na samą myśl.

– Lordzie Rahlu, to nadal nie wyjaśnia, co tutaj robimy.

Richard posłał Cassii przeciągłe spojrzenie.

– Jestem siewcą śmierci. Byłem w świecie umarłych. Nie żyłem. Umarli rozpoznają we mnie jednego ze swoich.

– Nnnnooo – mruknęła przeciągle – dooobrze... ale nie rozumiem...

Richard zerwał płótno i podał jej.

– Chcę, żebyś to niosła. Złóż symbolami do wewnątrz. Idziemy.

Kiedy spieszyli plątaniną korytarzy, Richard wypatrywał na ścianach symboli pasterza, żeby się nie zgubić. Po drodze zrywał płócienne zasłony i owijał je na wyciągniętej ręce Cassii.

Kiedy się tak zagłębiali w labirynt tuneli, zaczął wyczuwać obecność dusz, licznie się wokół niego gromadzących. Słyszał szeptane błagania.

Kiedy dotarli do szerszego, centralnego korytarza, dał znak Chase'owi i Cassii.

– Idźcie do końca i czekajcie tam.

Widzieli mgliste kształty, przecinające smugi blasku pochodni, więc nie musiał im dwa razy tego powtarzać.

Richard stanął w przeciwległym końcu korytarza, patrząc ku Chase'owi i Cassii. Kiedy tak patrzył, widział iskierki, niczym pyłki w słonecznym blasku – gromadziły się, formując falujące płachty. Były coraz liczniejsze, tworzyły wirujące kształty, poruszające się jednocześnie niczym chmary ptaków – czuł obecność tysięcy dusz ciągnących ku temu, którego uznawały za swojego, choć odmiennego.

Gromadziły się, tworząc pasma blasku, niczym północna zorza, którą Richard często widywał nocą. To był piękny widok: podziemny pokaz północnych świateł – tyle że tworzyły je pojedyncze dusze, gromadzące się razem, złączone jednym celem, jedną tęsknotą, jedną potrzebą.

Richard dobył miecza.

Dźwięk klingi poniósł się korytarzami. Brzmiał czysto, niemal niebiańsko.

Widział w blasku pochodni, że ostrze wciąż ma ten ciemny metaliczny połysk, którego nabrało po dotknięciu świata umarłych. Wyglądało bardziej złowieszczo niż kiedykolwiek – i nic dziwnego. Teraz przyoblekała je śmierć.

Czuł płynącą w nim moc magii miecza, budziła jego duszę zewem burzy, muskała śmierć, którą w sobie nosił.

Richard ujął miecz oburącz i wyciągnął przed siebie.

– Chodźcie ze mną do domu – wyszeptał do rojów dusz falujących przed nim w wielkich płachtach migotliwego blasku, zupełnie jakby je kołysał wiatr z innego świata.

Trzymał prosto miecz i płachty blasku zaczęły wirować, przelewać się, skręcać, osiadać na ostrzu. Ciemna, połyskliwa klinga wchłaniała jedną po drugiej płachty migotliwych dusz, aż wszystkie stały się tak ciemne jak ona.

Richard wsunął miecz do pochwy.

– Idziemy.

– Dokąd? – zapytała Cassia.

– Do sylfy.

Chase prowadził, kiedy biegli korytarzami, potem przez katakumby z niezliczonymi niszami pełnymi umarłych (ich dusze były bezpieczne w zaświatach), po schodach, długich ciągach stopni, prowadzących coraz wyżej. Zdawało się, że pędzą tak pół nocy. Richard miał wrażenie, że odcinki drogi rozmazują się jak we mgle.

Choroba brała nad nim górę. Pozbawiała go sił. Groziła, że zwali go z nóg. Pozbawi świadomości.

Kiedy mu się zdawało, że już nie da rady, pomyślał o Kahlan i wszystkich ludziach w pałacu, o tym, z czym się musieli zmierzyć. Hannis Arc i Sulachan byli zdecydowani zająć pałac. Rzucą przeklętych półmartwych na żyjących. Kiedy to zrobią, wszyscy w pałacu zginą. Lecz to będzie jedynie początek umierania. Początek końca świata życia.

Mając to w pamięci, zignorował ból i biegł.

Kiedy dotarli na górę, Richard zamknął blokadę katakumb i opadł na ławę, dysząc, starał się zebrać siły, nawet oddychać było mu trudno.

– Cassio – odezwał się, nie patrząc na nią.

Zatroskana położyła mu dłoń na ramieniu.

– Tak, lordzie Rahlu?

– Po to cię zabrałem. Musisz mi pomóc wrócić. Musisz być moimi siłami.

Natychmiast otoczyła go ramieniem i pomogła mu wstać. Chase zarzucił sobie na barki drugie ramię Richarda, żeby go podtrzymać.

– Pomogę ci, Richardzie. Przynajmniej dotrzeć do sylfy. Nie mogę podróżować, ale mogę cię tam zaprowadzić. Chciałbym ci bardziej dopomóc, ale nie mogę.

– Wiem – powiedział Richard, kiedy szli przez ogromne pomieszczenie. – Od tamtego miejsca pomoże mi Cassia.

Starał się jak najwięcej ciężaru ciała przerzucić na Chase'a, pozwalał przyjacielowi nieść brzemię. Zwiesił głowę, dając sobie możliwość nabrania sił i choć krótkiego odpoczynku. Większą część drogi przez Wieżę do pomieszczenia z sylfą przebył jak we śnie. Na pewien czas stracił przytomność, zdał się na Chase'a.

Kiedy dotarli do okrągłej wieży i pomieszczenia ze studnią, Richard na tyle odpoczął, że mógł stać o własnych siłach.

Sylfa czekała.

– Pragniesz podróżować, panie? Czekałam, jak prosiłeś. Możemy od razu podróżować.

Richard przytaknął i wspiął się na murek. Czuł się już lepiej.

– Tak, musimy podróżować. Musimy się spieszyć.

Cassia wyciągnęła rękę, żeby pomógł jej wdrapać się na murek.

– Panie, nie możesz zabrać tego magicznego przedmiotu. Już ci mówiłam, nie powinieneś go zabierać.

Richard podciągnął Cassię i powiedział do sylfy:

– Ostatnio mi rzekłaś, że ponieważ mam w sobie śmierć, to podróżowanie z mieczem mnie nie zabije. Że pozbawi mnie części sił życiowych, pozwoli się nasilić śmiertelnej chorobie. Nie mówiłaś, że nie mogę zabrać miecza.

Srebrna twarz przybrała zatroskaną minę.

– To prawda, ale zostało ci za mało życia, żebyś mógł pozwolić sobie na oddawanie chociaż odrobiny.

– Wystarczy, żebym wrócił żywy?

Srebrna ręka wysunęła się opornie ze studni, pogłaskała twarz Richarda, badając tkwiący w nim jad.

– Tak, wystarczy ci życia na powrót do pałacu, ale będziesz niemal martwy. Śmierć w tobie stanie się silna. Bardzo niewiele czasu ci zostanie.

– Znakomicie. Ruszajmy. – Otoczył ramieniem talię Cassii. – Gotowa? Musimy wracać. Będę potrzebować twojej pomocy, jak już się tam znajdziemy.

– Jasne, lordzie Rahlu.

Richard otarł łzę z jej policzka.

– Nie opłakuj mnie, póki żyję. Poczekaj, aż umrę, zgoda?

To ją odrobinę rozśmieszyło.

– Dziękuję, Chase.

Chase kiwnął głową, a Richard, obejmując Cassię, zstąpił z obmurówki w żywe srebro sylfy i wciągnął ją do płuc.

ROZDZIAŁ 56

Oddychaj.

Richard pozbył się z płuc srebrnego płynu i wciągnął w nie zimne powietrze. Zakłuło niczym tysiąc igieł. Z wielkim wysiłkiem przerzucił ręce ponad kamienną obudową studni. Trzymał się murku, odpoczywając, starając się nabrać sił. Wszystko go bolało.

Wiedział, że sylfa miała rację. To, co zrobił, odebrało mu większość sił życiowych, jakie mu jeszcze pozostały. Śmierć w nim się rozprzestrzeniała, niszczyła go od środka.

Cassia już była poza studnią. Sapiąc z wysiłku, pomogła mu podciągnąć się na murek i wyjść. Sam Richard starał się, jak mógł. Kiedy znalazł się poza studnią, opadł na podłogę. Z trudem oddychał, odzyskując siły i mając nadzieję, że mu ich wystarczy, żeby wstać. Cassia siedziała przy nim na podłodze i też sapała. Po paru chwilach mógł wstać.

– Chcesz, żebym na ciebie zaczekała, panie?

Richard spojrzał na sylfę.

– Tak, byłbym wdzięczny, gdybyś zaczekała, aż to się tak czy inaczej skończy. Może będzie trzeba choć Kahlan wydostać z pałacu.

Nie wiedział, co by to właściwie dało. Nie tylko pałac był w niebezpieczeństwie. Lecz cały świat życia. Nie było dokąd uciekać, gdzie się schronić. Hannis Arc i imperator Sulachan już o to zadbają.

Richard, stojąc wreszcie na uginających się nogach, położył dłoń na rękojeści miecza, upewniając się, że wciąż jest u jego boku.

– Musimy się dostać do Ogrodu Życia.

– Pomogę ci, lordzie Rahlu. Chodźmy.

Richard potrząsnął głową.

– Jak na razie nic mi nie jest. Mogę iść.

Jasne, że nie było z nim dobrze, ale sądził, że sił mu jeszcze na trochę wystarczy. Będzie znacznie szybciej, jeśli pójdzie na własnych nogach.

Gdy tylko znaleźli się w korytarzu, wiedział, że coś jest nie tak. Po pierwsze, korytarz był pusty; po drugie – wyczuł dym.

– Sprawdź wszystkie korytarze, upewnij się, że nikogo w nich nie ma – nakazał Cassii. – Lepiej, żebyśmy nie musieli się bać, że będą nas ścigać.

Poszli szybko i cicho pustymi korytarzami dla służby. Na każdym skrzyżowaniu Cassia się rozglądała, sprawdzając, czy jest bezpiecznie. Kiedy dotarli do dwuskrzydłowych drzwi rzeźbionych w geometryczne wzory, Mord-Sith przyłożyła do nich ucho i nasłuchiwała.

Wyprostowała się gwałtownie.

– Słyszę krzyki.

Richard zgrzytnął zębami.

– Właśnie tego się obawiałem. – Wskazał otynkowany korytarz oddalający się od ogólnie dostępnych sektorów. – Tędy. Chodźmy.

Wędrowali schodami dla służby i rzadko używanymi korytarzami; miejscami zawracali, słysząc odgłosy walki. Richard bardzo by chciał się do niej włączyć i odpierać wroga, ale wiedział, że tym razem nie może tego zrobić, że póki mu jeszcze zostało życia, ma do wykonania ważniejsze zadanie.

Dotarcie do Ogrodu Życia zajęło im dużo więcej czasu, niż się spodziewał. Kiedy wreszcie znalazł się na szczycie schodów wiodących do korytarza otaczającego Ogród, straże były zaszokowane jego widokiem.

Richard chwycił najbliższego żołnierza.

– Co się dzieje? Raportuj.

Pospiesznie zebrali się wokół pozostali.

– Generał Zimmer rozkazał, żebyśmy za wszelką cenę, w razie potrzeby do ostatniego człowieka, bronili Ogrodu Życia. Jak dotąd wróg nie dotarł aż tutaj. Uważamy, że dostali się przez katakumby pod równiną, poza płaskowyżem.

Słyszałem pogłoski, że wdarli się przez krypty na dolnych poziomach, wytapiając sobie drogę przez litą skałę. I jeszcze w paru innych punktach. Przynajmniej tak uważam. Raporty, które do nas docierają, są wyrywkowe i niejasne. Powiedziano nam, że wróg ma ze sobą umarłych, o których nam opowiedziałeś. Nathan i Nicci robią, co w ich mocy, pomagając nam ich odpierać.

– Jak długo? – zapytał Richard. – Jak długo są w pałacu?

– Od kiedy zniknąłeś, lordzie Rahlu.

– A ile to trwało?

Żołnierz uszczypnął się w grzbiet nosa, próbował to ocenić. Richard spostrzegł, że – tak jak pozostali – ma zaczerwienione, nabiegłe krwią oczy.

– Nie mam pewności, lordzie Rahlu. Cały czas walczyliśmy, dzień i noc. Mnóstwo ludzi zabito. Odepchnęliśmy ich, ale wdzierali się inną drogą i znowu ich powstrzymywaliśmy. Wiele razy musieliśmy się przebijać, żeby ratować otoczonych kompanów lub zwykłych ludzi. Od tak dawna nie spaliśmy, że naprawdę nie mogę jasno myśleć.

– Czyli kilka dni? – dopytywał się Richard.

– Och, co najmniej. Całymi dniami staraliśmy się ich wyprzeć z pewnych sektorów pałacu, kontrolować, gdzie są.

– Widziano Sulachana albo Hannisa Arca?

Żołnierz kiwnął głową.

– O tak. Mignęli nam parę razy. Wygląda na to, że się nie spieszą. To dla nich rozrywka.

Richard powiódł wzrokiem po otaczających go żołnierzach.

– Chcę, żebyście wszyscy stąd zniknęli. Wkrótce nie będzie tu bezpiecznie. Zabierzcie wszystkich naszych z okolic Ogrodu Życia. Rozumiecie?

– Tak, lordzie Rahlu. Jak daleko mamy odejść?

Richard potrząsnął głową i westchnął.

– Bo ja wiem. Tak daleko, jak to możliwe. Trzeba też usunąć wszystkich z głównych holi pałacu.

– Głównych holi? Masz na myśli główne trasy, kilkupiętrowe hole?

– Tak. Opróżnijcie te sektory, niech wróg je zajmie. Zróbcie to natychmiast. Nie ma czasu do stracenia.

Żołnierz przyłożył pięść do serca.

– Robi się, lordzie Rahlu.

– Chcę, żebyście przekazali wiadomość generałowi Zimmerowi. Kiedy nadejdzie czas, niech przestanie powstrzymywać hordy półludzi. Kiedy nadejdzie czas, zejdźcie im z drogi, brońcie się, zamknijcie się w komnatach i punktach obrony, wszędzie, gdzie będziecie bezpieczni, ale przestańcie im przeszkadzać w zajęciu pałacu. Niech wejdą do głównych holi. Tak czy owak się wedrą. Kiedy nadejdzie czas, przestańcie toczyć przegraną bitwę i na próżno umierać. Pozwólcie im zająć główne hole, słyszycie, co mówię?

Żołnierz był zdezorientowany.

– We właściwym czasie? Skąd będziemy wiedzieć, że to właściwy czas?

Richard otarł twarz dłonią.

– Nie umiem tego wyjaśnić, ale będziecie wiedzieć.

Żołnierz przyłożył pięść do serca. Richard był przekonany, że biedak nie zrozumiał, ale nie umiał jaśniej tego wyłożyć. Nawet nie wiedział, czy będzie żył, kiedy nadejdzie ów czas. Czuł, jak wysącza się z niego ta odrobina życia, jaka mu jeszcze została.

– Wiesz, gdzie jest Matka Spowiedniczka?

Żołnierz przytaknął.

– W mocno chronionym sektorze pałacu, z ograniczonym dostępem, zrobili z niego coś w rodzaju bezpiecznej strefy. Nie żeby jakieś miejsce było naprawdę bezpieczne, ale jak dotąd żołnierzom udaje się nie dopuszczać tam wroga.

– Chcę, żebyś jej przekazał wiadomość ode mnie.

– Tak, lordzie Rahlu?

– Powiedz jej, że ją kocham.

Żołnierz z powagą skinął głową.

– Przekażę.

Richard zsunął z palca pierścień z symbolem Grace i położył go na dłoni żołnierza. Zamknął jego palce wokół pierścienia.

– Powiedz jej, że to jest powód.

– Powód, lordzie Rahlu?

Richard kiwnął głową.

– Zrozumie.

– Osobiście się tym zajmę.

– Może wiesz, czy teraz jest dzień czy noc?

Żołnierz wskazał kciukiem ku Ogrodowi Życia.

– Dopiero co tam byłem. Jest środek nocy.

Richard skinął głową.

– Dziękuję. A teraz chcę, żebyście odeszli. Zabierzcie wszystkich z okolicy Ogrodu Życia. Lada chwila zjawią się tu Sulachan i Hannis Arc, żeby go przejąć. Nie ma tu nic, co byłoby warte waszej ofiary.

Przez chwilę patrzył, jak żołnierze pospiesznie odchodzą. Potem powiedział do Cassii:

– I ty będziesz musiała oddalić się stąd, ale chcę, żebyś najpierw mi pomogła.

ROZDZIAŁ 57

Richard, w blasku paru świec, oparł się o wróżebną machinę. Ledwo mógł stać, ale wiedział, że musi się utrzymać na nogach. Przynajmniej jeszcze trochę. Wkrótce będzie po wszystkim, a potem, tak czy inaczej, nie będzie musiał stać.

Regula milczała. Machina wiedziała, że to nie pora na proroctwa.

Teraz nadszedł czas działania wolnej woli.

Kiedy Richard tak czekał w milczeniu w ciemnej izbie, w której tak dawno temu pogrzebano Regulę, moc ze świata umarłych, rozmyślał o Kahlan. Świadomie postanowił, że wykorzysta ten czas – skoro może to być ostatnia noc w jego życiu – na rozmyślanie o tym, co było w jego życiu najlepsze: o Kahlan. Tęsknił za nią tak bardzo, że czuł ból niemal dorównujący męce wywoływanej przez zmazę śmierci.

Wyparł ze świadomości ten ból i najdokładniej jak zdołał przywołał wspomnienie chwili, kiedy pierwszy raz spojrzał w zielone oczy Kahlan, tamtego dnia w lasach Hartlandu, chwili, w której natychmiast poczuł, że łączy ich więź.

To się wydawało tak dawno.

Ta więź nigdy nie zniknęła, stawała się coraz silniejsza. Gdy tylko ją zobaczył, pojął, że jego życie już nigdy nie będzie takie samo. Wspomnienie chwili, kiedy po raz pierwszy spojrzał w oczy swojej bratniej duszy, swojej drugiej połowy, sprawiło, że się uśmiechnął, przepełniony szczęściem i radością. Nawet nie potrafiłby sobie tego wymarzyć.

Szukała pomocy w odnalezieniu czarodzieja, który mógłby obwołać nowego Poszukiwacza, by ten odszukał ostatnią szkatułę Ordena. A teraz wszystkie trzy szkatuły Ordena stały na chłodnej metalowej płycie Reguli, w pobliżu jego prawego łokcia. Moc Ordena i moc Reguli – razem, w świecie życia. Regułę wysłano do tego świata, żeby ją chronić, utrzymać z dala od Sulachana – a teraz była w samym centrum zagrożenia.

Richard wyparł to z umysłu. Skoro to mają być ostatnie chwile jego życia, to niech będą miłe. Chciał spędzić każdą sekundę na szczęśliwych wspomnieniach o Kahlan. Nie chciał, żeby je wypełniły gorycz i żal. Niech ostatnie myśli będą przepełnione miłością, nie nienawiścią.

Uśmiechnął się, wspominając zabawne miny, jakie czasem do niego robiła, jak się niekiedy z nim drażniła, jak zawsze potrafiła wydobyć z niego to, co w nim najlepsze. Że wierzyła w niego, kiedy nikt inny nie wierzył. Jak przekazywała mu swoją siłę, kiedy był słaby.

Rozmyślał o tym wszystkim, co chciał dla niej zrobić, kim chciał dla niej być. Co czuł, kiedy ją całował, kiedy się z nią kochał.

Wielu ludzi spędzało wspólnie całe życie, właściwie nie będąc razem, nie dzieląc życia, tak jak on i Kahlan je dzielili. Uśmiechnął się w mroku.

Zatopiony w tych myślach usłyszał dobiegający z góry dźwięk. Natychmiast zaczął nasłuchiwać, aż usłyszał miarowe kroki. Drabina zatrzeszczała pod czyimś ciężarem. To mógł być tylko Sulachan. Sulachan rozpoznałby śmierć, którą nosił w sobie Richard. Szedłby ku niej, jak puma ku jelonkowi. Nadszedł czas, żeby król-duch zabrał to, co uważał za swoje.

Sulachan szedł po Richarda, bez dwóch zdań.

Richard czekał w milczeniu na to, co nieuniknione.

Zobaczył cień spływający po kamiennych stopniach spiralnych schodów – król-duch schodził do izby z Regułą. Wreszcie dostanie to, czego chciał – Richarda i Regułę.

Sulachan dotarł do niewielkiej wnęki u stóp schodów i przystanął, uśmiechając się groźnie, patrząc na Richarda uwięzionego w niewielkiej izbie bez innego wyjścia. W półmroku duch tworzył jaśniejącą, błękitnawą, zaświatową powłokę wokół zeschniętych zwłok dawno zmarłego imperatora. Duch, powróciwszy ze świata umarłych, przywrócony do życia krwią *fuer grissa ost drauka*, wydawał się zadowolony z postaci, jaką przyjął. Życie zaiste było bezcenne, nawet dla umarłego imperatora.

Jarzące się oczy bacznie wpatrywały się w Richarda.

– Jakież to uprzejme z twojej strony, że tu na mnie czekasz, a nie każesz się ścigać i wywlekać z jakiejś kryjówki.

– Nie jestem z tych, co uciekają – stwierdził Richard.

– Dlatego wiedziałem, że tutaj będziesz – rzekł król-duch. – Od bardzo dawna wiem o tobie, Serce Wojny.

– Czego ode mnie chcesz?

Imperator wszedł do izby, ku Richardowi.

– Ależ zabić cię, ma się rozumieć, żebyś już nie miał okazji do wtrącania się, jak tylko ty to potrafisz. Bo widzisz, w przeciwieństwie do mojego przyjaciela – skinął ku schodom – Hannisa Arca, nie popełniam poważnego błędu niedoceniania cię. On od lat planuje zemstę. Chce, żebyś cierpiał. Ja po prostu eliminuję zagrożenia.

– Czyli ty, człowiek, który powstał z martwych, się mnie obawiasz?

Sulachan się uśmiechnął, jego oczy pałały nienawiścią.

– Ty również powstałeś z martwych, czyż nie?

– Cóż – mruknął Richard, wzruszając ramionami – to była drobnostka w porównaniu z twoimi dokonaniami.

– Tak uważasz? Moje mroczne duchy czekały na ciebie. Dopadły cię. A przecież wyrwałeś się z ich szponów i wróciłeś do świata życia. – Imperator pomachał kościstym palcem. – Nie, nie szacuję cię nisko, Richardzie Rahlu. Hannis Arc cię nienawidzi, lecz ja darzę cię ogromnym respektem, niczym jadowitego węża. O, wybacz, nie zamierzałem przypominać ci o jadzie, który cię zżera i już niemal wyssał z ciebie resztki życiowych soków.

– Skoro wiesz, że jad wkrótce mnie zabije, to czemu się mną przejmujesz? To zbędny wysiłek.

Powrócił złowieszczy uśmieszek.

– Ponieważ, jak już powiedziałem, ja cię doceniam. Jesteś niebezpieczny i przyszedł czas, żeby cię usunąć, by *Rachuba zmierzchu* mogła dobiec końca i żeby wszystko, co wprawiono w ruch, mogło wreszcie przynieść zamierzony skutek. Zbyt długo się trudziłem, żeby pozostawić wydarzenia przypadkowi, pozwalając ci przeżyć dodatkową chwilę. Nie musisz być świadkiem dopełniania się moich planów, czego chciałby Hannis Arc. Ja chcę cię tylko wyeliminować.

Sulachan szedł ku Reguli, a Richard od niechcenia się odsuwał, pozostając poza jego zasięgiem. Mijając świece, podniósł kleks ciepłego, miękkiego wosku i obracał go w palcach, nie spuszczając wzroku z króla-ducha.

Sulachan podszedł do wróżebnej machiny, Richard zaś od niechcenia skręcił ku wnęce przy schodach.

– Jednak pomyślałeś o ucieczce? – zapytał Sulachan, stojąc tyłem do Richarda i patrząc na szkatuły Ordena.

Richard wyciągnął rękę i szarpnął za zwisający sznureczek. Szarpnął zdecydowanie, rozwiązując węzeł – opadła tkanina z zaklęciami powstrzymującymi, zasłaniając wyjście.

– Nie, donikąd się nie wybieram – odparł Richard. – Podobnie jak ty.

Sulachan, zaintrygowany beztroskim tonem Richarda, odwrócił się, marszcząc brwi. Lecz kiedy zobaczył tkaninę za jego plecami, nie miał już zaskoczonej miny, lecz złośliwą.

– I co to niby ma być?

Richard, ugniatając w palcach miękki wosk, wskazał tą samą dłonią płócienną zasłonę.

– Jestem pewien, że rozpoznajesz ostrzeżenia. Zaklęcia pozostawione przez ludzi, których tak dawno temu próbowałeś pokonać. Stworzone specjalnie po to, żeby duchy nie mogły przejść.

Sulachan machnął ręką i zarechotał.

– Czemuż miałbym się czymś takim przejmować?

Ruszył ku płóciennej zasłonie, a Richard, niczym w tańcu, powtórzył jego ruch, krok za krokiem, utrzymując odległość, cofając się do wróżebnej machiny.

Sulachan, gniewnie patrząc na zaklęcia powstrzymujące, początkowo kroczył ku tkaninie niczym byk ku mulecie, unosząc dłoń, jakby zamierzał płótno odsunąć lub zerwać – lecz wyciągnięta ręka zatrzymała się przed zasłoną, nie dotykając jej. Odsunął dłoń i cofnął się o krok.

Gwałtownie odwrócił się do Richarda.

– Możesz sobie być przebiegły i groźny, lecz tym razem zrobiłeś coś bezsensownego. – Skinął ku tkaninie. – Nie pojmuję, czemu zawracasz sobie głowę takimi błahostkami. – Wyprostował się i opanował. – Lecz to nie ma znaczenia, bo jestem tu po to, żeby to zakończyć.

– Ja też. Zaklęcia powstrzymujące nie pozwolą ci wyjść. Chcę mieć pewność, że nie uciekniesz. – Richard uśmiechnął się obłudnie do imperatora. – Nie chciałbym musieć cię ścigać i wywlekać z jakiejś ciemnej kryjówki.

Sulachan łypnął gniewnie, ale nic nie powiedział. Obaj wiedzieli, że nie może wyjść, przynajmniej póki płótno z pradawnymi zaklęciami powstrzymującymi zasłania wyjście.

Richard się odwrócił i położył dłonie na Reguli. Kątem oka zobaczył, że imperator Sulachan unosi ręce, żeby przywołać tajemne moce.

– Czas wracać do domu – powiedział z uśmiechem do machiny.

Z tymi słowy wsunął wosk w uszy, wepchnął go głęboko kciukami, a potem szybko zsunął pendent miecza przez głowę i położył oręż – nadal w lśniącej pochwie, grawerowanej w prastare symbole zestrojone z mocą – na trzech czarnych jak śmierć szkatułach Ordena.

Tajemna moc Sulachana wstrząsała izbą. Ze stropu sypał się pył. Richard czuł, jak owa moc się w niego wczepia, usiłuje go rozerwać.

Zanim było za późno, wziął głęboki oddech i odchylił głowę w tył.

Jego kolej.

Z całej mocy, ze wszystkich sił wydał przeraźliwy wrzask, uwalniając ze swego wnętrza zew śmierci. Z potężną mocą swojego daru kryjącego się pod zmazą, z samego jądra swojego jestestwa wyrzucił z siebie ten okrzyk.

Uszy miał zatkane woskiem, toteż w głowie miał martwą ciszę. Lecz wiedział, że wrzask śmierci wypełnia izbę. Uwolnił furię swojego daru wraz z gniewem miecza z najtajniejszej głębi swojej jaźni, na koniec dając im swobodę potrzebną, żeby wyrzuciły z niego zew śmierci.

Sulachan przycisnął dłonie do uszu.

Richard, naprężając ramiona, zacisnął pięści i krzyczał. Wokół izby zaczął się kłębić mrok, unosząc pył i kurz. Wszystko dygotało. Podłoga się trzęsła. Równiutko ułożone pod ścianami metalowe paski spadły, rozsypały się po podłodze. Mrok wirował coraz prędzej, zaczął unosić metal, wsysał je wir.

Wróżebna machina też zaczęła dygotać.

Trzy szkatuły Ordena pod mieczem zbiły się w jedną i buchnęły oślepiającym blaskiem z czarnej studni będącej światem umarłych we wnętrzu Reguli. Blask strzelił w górę, rozbił strop, unosząc ze sobą kamienne bloki. Blask Ordena, uwolniony z izby Reguli, buchnął przez Ogród Życia, roztrzaskał szklany strop i wystrzelił w nocne niebo, ku gwiazdom. Noc zmieniła się w dzień, a światło uniosło odłamki szkła i pył.

Wirujący mrok opasywał snop oślepiającego blasku Ordena, a Regula zaczęła się rozpadać, targana uwolnionymi mocami. Metalowe płytki odpadały i wir porywał je, jakby były strzępkami papieru i pyłem niesionymi porywem wichru. Richard krzyczał, ile miał tchu, pozwalając śmierci wyrwać się z *fuer grissa ost drauka*. Machinę rozerwało, szczątki dostały się w świetlny wir. Rozpadły się w proch w oślepiającym błysku.

W umyśle krzyczącego Richarda panowała kompletna cisza.

Sulachan rozpaczliwie usiłował przyzwać moc, żeby się ocalić, ale gdy tylko odsunął dłonie od uszu, próbując rzucić zaklęcie, zew śmierci natychmiast się w niego wdarł. Poświata ducha przez chwilę iskrzyła i mieniła się jaskrawymi barwami, a potem stała się czarna niczym kamień w nocy. W tym samym czasie jego ziemskie ciało się zapadło, a potem rozleciało na strzępy, które też zmieniły się w proch i wszystko zostało wessane w wir oślepiającego światła pośrodku wirującego mroku próżni pomiędzy światami.

Kiedy Richard pozwolił swojemu darowi usunąć z jego wnętrza najmniejszą odrobinkę jadu, kiedy jad został wessany w blask i usunięty – wreszcie przestał krzyczeć.

Osunął się na kolana, chwytając oddech; ledwo mógł uwierzyć, że tego dokonał. Kiedy doszedł do siebie, usunął z uszu wosk. Zatyczki nie pozwoliły mu usłyszeć zewu śmierci.

Po raz pierwszy od dawna nie czuł w sobie zmazy. Wreszcie się jej pozbył.

Popatrzył na dziurę w miejscu po Reguli. Z machiny nic nie zostało. Nawet jeden metalowy pasek. Wszystko, z czego się składała, wszystkie zębatki, przekładnie, dźwignie i wałki, to, co ją wprawiało w ruch – zniknęło. Jakby nigdy jej tu nie było. Przestało istnieć wszystko, w czym zamknięto moc, co umożliwiało jej komunikowanie się.

Regula wróciła do siebie, zabierając ze sobą proroctwa. Richarda cieszyło, że wróciła tam, gdzie jej miejsce, pomiędzy dusze rozsiane niczym gwiazdy na najciemniejszym niebie. Będzie tam, skąd już nie będzie mogła szkodzić światu życia ani nań wpływać.

Richard tego dokonał. Położył kres proroctwom.

Szkatuły Ordena też zniknęły, dopełniając wreszcie cykl rozpoczęty tak dawno temu, kiedy to wykuto Miecz Prawdy, klucz pozwalający korzystać z ich mocy.

Regula zniknęła ze świata życia, proroctwa się skończyły, cykl Ordena wreszcie się dopełnił – spektralne zagięcie się zamknęło. Wyłom pomiędzy światami nareszcie został zapieczętowany.

Richard zobaczył swój miecz – leżał na podłodze obok, pochwa błyszczała tak jasno jak zawsze. Przełożył pendent przez głowę, wstał. Znów czuł się silny. Otrzepał się, poruszał rękami i nogami, sprawdzając, czy został w nich jeszcze jakiś ból po jadzie – nic nie poczuł. Znowu był zdrowy. Znowu wyczuwał w sobie dar. Brakowało mu tego.

Długa męka zadawana przez jad Zaszytej Służki wreszcie się skończyła.

Proroctwa się skończyły.

Usłyszał odległe wycie i przypomniał sobie, że to jeszcze nie koniec jego zadania.

Jeśli zdoła, musi coś zrobić, żeby powstrzymać zło. Pobiegł spiralnymi schodami na poziom nad izbą, do której na tak długo zesłano Regulę, ale był zniszczony. Musiał ostrożnie iść skrajem, żeby dostać się do bocznej części izby z krótkim ciągiem schodów do podestu, gdzie powinna być drabina. Rozejrzał się i pod rumoszem znalazł drabinę, udało mu się ją wyciągnąć. Parę szczebli było złamanych, ale nadawała się do użytku. Postawił ją na podeście i oparł o podłogę Ogrodu Życia.

Wspiął się po drabinie i pospiesznie obejrzał zniszczenia. Wielkie kamienne bloki były poprzewracane, wszędzie leżał rumosz. W szklanym stropie ziała ogromna dziura wybita przez snop światła i mroku.

Richard pobiegł alejką ku dwuskrzydłowym drzwiom – żeby dostać się tam, skąd dochodziły wrzaski i wycie.

Kiedy tak pędził pomiędzy drzewami, z boku pojawiła się Mord-Sith w czerwonym skórzanym uniformie i zastąpiła mu drogę. Zatrzymał się. To była Vika, Mord-Sith, którą poznał, kiedy był więźniem Hannisa Arca.

Stalowoniebieskie oczy Viki badały jego duszę, testowały siłę, słabość i charakter – specyficzna, przenikliwa analiza, typowa dla Mord-Sith.

Richard wpatrywał się w nią, zastanawiając się, co zrobić. Niewiele było osób tak śmiertelnie niebezpiecznych jak Mord-Sith. Wiedział, jak łatwo popełnić błąd w przypadku tych kobiet i nie docenić, do czego są zdolne. Boleśnie się tego nauczył.

Wiedział też, że błędem byłoby użycie przeciwko niej miecza. Podobnie jak wykorzystanie daru. Przejęłaby skierowaną przeciwko niej magię.

– Pamiętasz naszą rozmowę, Viko – powiedział spokojnym, wyważonym tonem. – To twoje życie. Zastanowiłaś się nad wyborem, jakiego chcesz dokonać?

Zobaczył za nią jakiś ruch. Zza drzew wchodził do Ogrodu Życia Hannis Arc; każdy cal ciała miał wytatuowany symbolami mowy Początku.

Trzymał za włosy Kahlan i wlókł ją za sobą. Kahlan chwytała go za ręce, żeby nie wyrywał jej włosów; potykała się i przewracała, usiłując dotrzymać mu kroku, kiedy ją ciągnął, szarpiąc jej głową to w jedną, to w drugą stronę.

Podniosła zielone oczy, pełne łez bólu i wściekłości i zobaczyła Richarda. Nie wątpił, że gdyby mogła, to już by użyła swojej mocy przeciwko Hannisowi Arcowi. Zauważył także, iż ma pierścień z Grace, który jej posłał przez żołnierza. Miał nadzieję, że krew pokrywająca cały przód jej stroju, nie należała do tego żołnierza, którego zabito, kiedy przekazywał wiadomość od niego.

Richard ruszył ku niej.

Vika zdecydowanie do niego podeszła i bez ostrzeżenia dźgnęła Agielem w brzuch. Zgiął się z bólu. Nie mógł złapać oddechu. Mocno przyciskała do niego Agiel. Ból przekraczał granice wytrzymałości. Przed oczami miał świetlne błyski u wylotu ciemnego tunelu. W uszach mu dzwoniło. Każdy nerw w jego ciele płonął.

Kiedy cofnęła Agiel, Richard osunął się ciężko na kolana, starał się oddychać. Vika pchnęła go butem. Upadł na bok, po policzkach płynęły mu łzy. Usiłował wciągnąć powietrze, ale gardło miał tak zaciśnięte, że nie mógł oddychać.

Vika przyklękła na kolano, żeby przybliżyć do niego twarz – tak by widział, jaka jest rozgniewana.

– Jeśli wiesz, co jest dla ciebie dobre – warknęła przez zaciśnięte zęby – to się nie podniesiesz. RO-ZU-MIESZ?

Znowu dźgnęła go Agielem w brzuch i obróciła nim, żeby podkreślić swoje słowa. Cały czas zaciskała zęby.

– Zadałam ci pytanie.

Kiwnął głową, nie był w stanie na nią spojrzeć.

Richard miał wrażenie, że oczy wyskoczą mu z głowy. Z trudem starał się oddychać. Mord-Sith się podniosła i stała nad nim. Widział tylko jej buty, tuż przed sobą. Obejmował brzuch rękami.

– Daj mu spokój! – wrzasnęła Kahlan.

Hannis Arc wykręcił dłoń, odchylając jej głowę w tył, aż krzyknęła z bólu. Richard nie był w stanie nic zrobić.

Hannis Arc wreszcie rzucił Kahlan na ziemię, a ona przetoczyła się do Richarda. Biskup, z pałającymi czerwonymi oczami, uniósł ku Kahlan otwartą dłoń. Chwyciła się za gardło, dławiąc się w męce zadawanej przez jakąś tajemną moc. Jej twarz najpierw poczerwieniała, a potem zaczęła sinieć.

Richarda ogarnęła furia, lecz ból zadany przez Vikę wciąż nie pozwalał mu ani napiąć mięśni, ani zaczerpnąć tchu. Nie mógł zogniskować wzroku.

Hannis Arc gniewnie skinął na Vikę, żeby zeszła mu z drogi. Skłoniła głowę i cofnęła się. Zbliżył się parę kroków, łypiąc na Richarda jak ktoś, kto przygląda się zwierzęciu w stalowej klatce.

– Myślisz, że wygrałeś? Uważasz, że pokrzyżowałeś mi plany? Wprost przeciwnie. Niechcący mi pomogłeś, eliminując bardzo niebezpiecznego wspólnika, który nie był mi już potrzebny. Ten szaleniec chciał zniszczyć świat życia. Będę łaskawszy dla tego świata. Ja tylko chcę nim władać. Teraz, kiedy już odesłałeś tego obłąkanego ducha w zaświaty, Shun-tuk wkrótce opanują pałac i wreszcie, WRESZCIE będę mógł zabić lorda Rahla w jego własnej siedzibie, ot, co.

Hannis Arc zrobił krok naprzód, unosząc ręce ku Kahlan i Richardowi.

Vika podeszła doń od tyłu i bez słowa przycisnęła mu Agiel do podstawy czaszki.

Hannis Arc uniósł ramiona, dygocząc i trzęsąc się w męce zadawanej przez Vikę. Wbijała w niego Agiel, nie okazując odrobiny litości. Ślinił się i gwałtownie dygotał.

A potem wszystkie tatuaże zaczęły dymić. Linie na głowie rozgrzały się do czerwoności, niczym węgle w ogniu. Ciało syczało i pokrywało się pęcherzami, ze skóry unosił się dym – wszystkie tatuaże wypalały mu ciało. Skóra na kościach policzkowych odwarstwiła się wzdłuż linii jednego z symboli i odpadła, odsłaniając nadpaloną, zakrwawioną kość.

Vika stała za nim, niewzruszona, przyciskając Agiel do podstawy jego czaszki.

Linie tatuaży się paliły, smród aż dławił. W ustach Hannisa Arca pokazała się krwawa piana. Oczy też krwawiły. Krew płynęła z uszu.

Nagle nogi wygięły mu się jakoś dziwnie i upadł. Z płonącego ciała biły kłęby dymu. Nie było potrzeby sprawdzać, czy żyje. Był martwy, a jego duszę w zaświatach pewnie już otaczały chmary mrocznych demonów Sulachana, wlokąc ją w wiekuiste mroki.

Vika podbiegła i przykucnęła, pomagając Richardowi podnieść się na kolana. Ręce mu się trzęsły, usiłował nad nimi zapanować. Zanim zdążył wstać, Kahlan objęła go za szyję. Płakała z radości, że przeżył, tuliła jego głowę. Wreszcie ręce go posłuchały, toteż obejmował ją całe wieki, ale i tak za krótko.

Wreszcie się odsunęła i otarła łzy, a Richard wstał.

Vika podeszła bliżej.

– Dokonałam wyboru, lordzie Rahlu. Wybrałam ciebie.

– To czemu potraktowałaś mnie Agielem?

– Bo wiedziałam, że nie miałbyś najmniejszej szansy przeciwko jego tajemnym mocom, gdybyś spróbował z nim walczyć. Zabiłby cię, gdybym nie znalazła sposobu na odwrócenie jego uwagi, tak bym mogła go zaskoczyć i uśmiercić. Toteż musiałam cię powalić i zadbać o to, żebyś nie mógł się podnieść. Nigdy by mi nie pozwolił zajść się od tyłu. Wiedział, co potrafi Mord-Sith. Bardzo uważał na takie zagrożenia.

– Czyli dźgnęłaś mnie Agielem, żeby rzucić przed nim niczym ochłap surowego mięsa i rozproszyć jego uwagę.

Z powagą potaknęła, nadal pochylała głowę.

– Tak, lordzie Rahlu.

Uklękła przed nim i uniosła ku niemu dłonie, na których leżał Agiel.

– W trakcie szkolenia dowiadujemy się, że jeśli kiedykolwiek użyjemy naszej mocy przeciwko lordowi Rahlowi, jak ja teraz, to ukarzą nas śmiercią. I tak postanowiłam to zrobić, żeby ocalić życie tobie i Matce Spowiedniczce. To był mój wybór, moja decyzja, moje życie.

Przełknęła ślinę, nie patrząc na niego.

– Proszę jedynie, żeby śmierć była szybka, abym nie cierpiała. Już dość się nacierpiałam.

Richard ukląkł przed nią. Pochylała głowę i nie chciała na niego spojrzeć, obawiając się najgorszego.

Położył rękę na jej dłoniach trzymających Agiel i opuścił je. Potem palcem uniósł jej brodę. Patrząc w załzawione niebieskie oczy, pocałował swój palec i dotknął nim jej czoła.

– To twoja kara.

Vika zmarszczyła brwi, łzy popłynęły jej po policzkach.

– Nie rozumiem, lordzie Rahlu. Potraktowałam cię Agielem. To oznacza karę śmierci.

– Właśnie wymierzyłem ci karę gorszą niż śmierć.

Zachmurzyła się.

– Co zrobiłeś?

– Jeśli będziesz źle się zachowywać, to powiem pozostałym Mord-Sith, że cię pocałowałem. Póki życia nie dadzą ci spokoju.

Potem się do niej uśmiechnął, okazując, jaki jest z niej dumny, bo wybrała życie.

Kahlan objęła Vikę i pomogła jej wstać.

– Wiedz, że jestem z ciebie dumna, chociaż na chwilę mnie zmyliłaś. Myślałam, że umrzemy tu i teraz.

Vika kiwnęła głową, szczerze się uśmiechając.

– Zdecydowałam dawno temu, kiedy lord Rahl rozmawiał ze mną w więzieniu. Ale wiedziałam, że muszę zrobić coś więcej, niż po prostu uciec. Nikt nie ucieka od Hannisa Arca. Znalazłby mnie i zemścił się za zdradę. Wiedziałam, że ocalić siebie i innych zdołam tylko wtedy, kiedy go zabiję. Musiałam czekać na okazję. Był obrzydliwym wieprzem, ale musiałam wyczekać odpowiedniej pory. I przyszła dzisiaj.

Kahlan współczująco uścisnęła jej ramię. Potem spojrzała w stronę, skąd dobiegały krzyki.

– Richardzie, półludzie…

– Wiem – powiedział, ujmując jej dłoń. – Chodź.

ROZDZIAŁ 58

Co zrobimy? – zapytała Kahlan, biegnąc obok niego.

Vika pędziła tuż za nimi.

Wypadli za pozłacane dwuskrzydłowe drzwi i Richard natychmiast skręcił w lewo. To była najkrótsza droga, musiał tam dotrzeć. Zbiegli po krótkim ciągu schodów i pognali korytarzem wyłożonym białym marmurem. Posadzka była z różnego kamienia, dość śliska, toteż musieli trochę zwolnić.

Na końcu korytarza Richard wypadł przez dwuskrzydłowe drzwi na balkon nad głównym holem. Od razu pobiegł do łukowatego mostu, wysoko ponad dolnym przejściem. Zatrzymał się niemal pośrodku. Był środek nocy, toteż świetliki były ciemne. To oznaczało, że w korytarzu, oświetlonym lampami odbłyśnikowymi, też było dość ciemno.

Nawet w tym słabym blasku widział, że w dole panuje chaos. Półludzie byli wszędzie, wiele razy przewyższali liczebnością żołnierzy i pozostałych ludzi. Wszędzie leżeli zabici, niemal wszyscy byli półludźmi. Lecz wśród martwych byli też mieszkańcy pałacu, których tamci zamordowali. Półludzie tłoczyli się wokół ciał, pożerali je. Marmurowe ściany i kolumny były umazane krwią. Richard widział, jak bosi półludzie ślizgają się i upadają na zakrwawioną posadzkę.

Nie miał czasu na ocenę sytuacji, musiał położyć temu kres.

Dobył miecza.

Klinga wysunęła się z metalicznym szczękiem charakterystycznym dla Miecza Prawdy. Richard już dawno uznał, że ten dźwięk dodaje otuchy. Ostrze miało ciemny metaliczny połysk, jako że dotknęło śmierci. Na dole wrzała walka, panowała panika, toteż nikt nie zauważył miecza, nie usłyszał jego szczęku.

Richard wysunął ostrze ponad marmurową balustradą.

– Oto wasze ziemskie postaci – powiedział. – Idźcie ku nim. Jeżeli możecie, wróćcie do tych, którym was wyrwano. Niektóre z was będą musiały przebyć wielkie odległości, żeby znaleźć tych, do których należą. Jeśli stracili życie i nadal będziecie uwięzione na tym świecie, wróćcie do mnie, a pomożemy wam przejść do świata wiekuistego spokoju.

Z miecza odwinęła się płachta migotliwego blasku i sunęła nad korytarzem, coraz bardziej się rozpościerając. Potem zafalowała, niczym zorza na nocnym niebie północy. Sunęła długimi, powolnymi falami. Niezliczone świetlne punkciki – każdy był duszą – dawały pokaz, który kazał zwolnić ruchy ludziom na dole. Nawet niektórzy półludzie spojrzeli w górę.

Płachta światła płynęła ponad korytarzem. Richard machnął mieczem.

– Idźcie! Odnajdźcie swoje miejsce!

Po tych słowach świetlne punkciki się rozproszyły. Wiele zaczęło opadać, niczym płatki śniegu w nieruchomym powietrzu. Jak daleko Richard mógł sięgnąć wzrokiem, punkciki szukały tych, do których należały.

– Richardzie, cóż to takiego? Co zrobiłeś? – spytała zdumiona Kahlan.

– Pamiętasz Sanktuarium dusz w Wieży?

– Tak – odparła, obserwując osobliwy widok. – Co to ma do rzeczy?

– Zbudowano je w czasach, kiedy istnieli czarodzieje konstruktorzy, jak Merritt.

– Mąż Magdy?

– Właśnie. Sulachan stworzył półludzi, wydzierając im dusze, którym nie pozwolił odejść w zaświaty, żeby ciała nie umarły. Sądzę, że ówcześni konstruktorzy zbudowali to sanktuarium dla tych skradzionych, zbłąkanych dusz. Tamci mieszkańcy Wieży, chociaż półludzi wysyłano, żeby ich zabijali, rozumieli tragiczną prawdę i współczuli zbłąkanym duszom, które nie wybrały sobie takiego losu i nie chciały nikogo krzywdzić. No i zbudowali dla nich sanktuarium.

Kahlan wyciągnęła rękę ku korytarzowi w dole, gdzie opadały świetlne kropki.

– Ale co to jest?

Richard wzruszył ramionami.

– Zbłąkane dusze należące do półludzi.

Kahlan z trudem powściągała rozdrażnienie.

– Co one tutaj robią?

– Poszedłem tam, zabrałem je i przyniosłem tutaj.

– Oszalałeś, Richardzie? Powinieneś był...

– Spójrz – powiedział z uśmiechem.

Kahlan spojrzała w dół. Półludzie znieruchomieli. Ci w pobliżu żołnierzy padali na kolana i unosili ręce na znak, że się poddają. Ci, którzy pożerali ludzi, przestawali to robić i cofali się, z obrzydzeniem ocierając krew z ust. Kiedy przestali ścigać ofiary, krzyki umilkły.

Wszyscy półludzie przystanęli i rozejrzeli się ze zdumieniem, zachwytem, radością. Niektórzy zaczęli się śmiać, patrząc na własne ręce, jakby je widzieli po raz pierwszy. Żołnierze nie wiedzieli, co robić, lecz – skoro półludzie nie próbowali ich atakować, to zaprzestali walki.

– Chodź – zaproponował Richard. – Zejdźmy tam. Martwię się o innych.

Szerokie schody z kremowego marmuru były w pobliżu, toteż szybko zeszli. Kiedy znaleźli się w niższych korytarzach, otoczyli ich żołnierze Pierwszej Kompanii.

Richard nadal miał w dłoni miecz. Mieczowi jak zawsze towarzyszył gniew, lecz trzymał go w szachu. Uniósł miecz i potrząsnął nim, sprawdzając, czy odpadną jeszcze jakieś iskierki dusz. Żadna nie spadła, więc wsunął klingę do pochwy, zanim ruszył ku drzwiom wiodącym na korytarz. Kiedy je otworzył, ujrzeli niezwykły widok mas półludzi, którzy już nikogo nie atakowali.

Od razu podbiegła do niego Cassia.

– Lordzie Rahlu! Miałeś rację! Dokonałeś tego! Patrz, Matko Spowiedniczko! – Wskazała półludzi, kręcących się dokoła, uśmiechniętych, płaczących, rozmawiających, zdumionych. – To dlatego cię zostawił i nie powiedział, dokąd idzie. Zganiłam go za to.

– O tak – potwierdził Richard.

Nyda i Rikka eskortowały przez hol, od paradnych schodów prowadzących tu z dolnych poziomów, Nathana i Nicci.

– Richardzie! – zawołała Nicci. – Wróciłeś! Tak się martwiliśmy! Jeśli jeszcze raz zrobisz coś takiego, to przysięgam, że zamknę cię w lochu i pozwolę Kahlan cię odwiedzać tylko raz w tygodniu.

Nathan się rozejrzał.

– Może wiesz, Richardzie, co się dzieje?

– Właśnie, co się dzieje? – przyłączyła się Nicci. – Tak samo jest na niższych poziomach, w pobliżu krypt, którędy wchodzili. Od wielu dni wrzała tam walka, a potem półludzie nagle przestali walczyć. Niemal jednocześnie, od razu: po prostu przestali.

Cassia niedbale wskazała kciukiem osobliwą scenę.

– Lord Rahl zwrócił im dusze.

Nicci aż otworzyła usta.

– Co takiego? – Zaniepokojona wskazała jego biodro. – Jak odzyskałeś miecz? Richardzie! Tylko nie waż się mówić, że wróciłeś do Wieży i sprowadziłeś miecz przez sylfę!

– No cóż...

– Nie powinieneś tego robić! Miecz nie jest wart twojego życia. – Nicci wychodziła z siebie, nie bardzo wiedząc, o co najpierw mieć pretensje. – Richardzie, powiedziano ci, że to nasili chorobę, że znajdziesz się na granicy śmierci, że...

Popatrzyła na niego podejrzliwie.

– Czemu nie wyglądasz na chorego?

– Bo nie jestem chory. A co, chciałabyś, żebym chorował?

Nie wierząc mu i ignorując bezczelną uwagę, Nicci przycisnęła palce do skroni Richarda. Cofnęła je, zdumiona, i powiedziała do Nathana:

– Nie jest chory. Zniknęła. Całkiem zniknęła. – Znowu popatrzyła na Richarda. – Wyczuwam twój dar. Jak to możliwe?

Richard wziął głęboki oddech.

– Chcesz, żebym ci wytłumaczył, czy wolisz marudzić?

Nicci wsparła się pięściami pod boki i rzuciła mu spojrzenie, które najwyraźniej zachowała z czasów, kiedy była jego nauczycielką i próbowała go nauczyć, jak ma korzystać ze swego daru.

Kahlan odwróciła głowę, żeby ukryć uśmiech.

– Wyjaśnij, proszę – powiedziała Nicci z wymuszoną cierpliwością.

– Wymyśliłem, że jedynym sposobem na powstrzymanie Sulachana jest odesłanie go do świata umarłych. Najłatwiejszą drogą, skoro nie mogłem mieć nadziei na poradzenie sobie z jego tajemnymi mocami, było wykorzystanie tkwiącego we mnie jadu śmierci. Więc kiedy byłem w zaświatach, zanim ty i Kahlan sprowadziłyście mnie z powrotem, przez ten wycinek wieczności, kiedy miałem tyle czasu, ile potrzebowałem, postanowiłem, że zamiast zostawiać chorobę w świecie umarłych, jak to zrobiłem ze zmazą Kahlan, wolę odesłać tam Sulachana i... nie zostawiłem zmazy. Zachowałem ją.

– Okłamałeś nas? – rozzłościła się Nicci. – Powiedziałeś nam, że nie mogłeś jej tam zostawić. Skłamałeś?

Teraz z kolei zdumiała się Kahlan.

– Chcesz powiedzieć, że rozmyślnie zachowałeś w sobie jad śmierci? Tę truciznę, która z łatwością mogła cię zabić? Skoro wiedziałeś, jak trudno będzie ją usunąć w tym świecie?!

Richard wzruszył ramionami.

– Jasne. Dla mnie to miało sens.

Nicci spojrzała na Kahlan.

– Dla niego to miało sens.

– Cały problem w tym, że bałem się, czy nie jest dość silna...

Nicci machnęła ręką.

– Nie dość silna. No jasne. Nie dość silna.

– ...no więc gdy tylko się dowiedziałem, że lada chwila będziemy musieli stawić czoło Sulachanowi, wróciłem do Wieży po miecz. Podróżowanie w sylfie z mieczem pozbawiło mnie większości siły życiowej i bardzo wzmocniło jad. Tego właśnie potrzebowałem, żeby zabić Sulachana.

Obie kobiety wpatrywały się w niego.

– A tak – dorzucił. – Kiedy tam byłem, zebrałem też wszystkie dusze błąkające się od trzech tysięcy lat i... – Tu wskazał półludzi współdziałających teraz z żołnierzami. Widział, jak szlochają, przepraszają, proszą o wybaczenie.

Nicci pogroziła mu palcem, kręcąc przy tym głową.

– Nie, nie, nie. Chwila. Jak zabiłeś Sulachana tkwiącym w tobie jadem śmierci?

– Zrobiłem to samo co Zaszyta Służka. Wyrzuciłem z siebie śmiertelny krzyk.

Nicci była tak wściekła, że odebrało jej głos. Kahlan też się rozgniewała. Odezwała się, zanim Nicci zdążyła wyrazić swoje niezadowolenie:

– Ale krzyk zabiłby i ciebie, Richardzie. Ten dźwięk zabija. Zabił Jit.

– Ale nas nie zabił.

Kahlan wskazała ucho.

– Nie, bo zatkałeś nam uszy zwitkami płótna. Lecz chociaż jad nie zabił nas od razu, to nas zatruł.

Richard uśmiechnął się i splótł dłonie.

– Tak, marny wybór, ale tylko to wtedy miałem pod ręką. Tym razem byłem mądrzejszy. Zatkałem uszy woskiem.

Kahlan się odwróciła, potrząsając głową i mamrocząc, jakie to było niebezpieczne i ryzykowne.

– Nie, nie, nie – powiedziała Nicci, mogąc wreszcie wyrazić swoje zastrzeżenia. – Nie tak szybko. To nie takie proste. Nie mogłeś sobie po prostu wrzasnąć i wyrzucić z siebie zewu śmierci. To nie takie proste.

– Pewnie, że nie – przyznał Richard. – Dlatego musiałem wykorzystać dar.

Nicci energicznie uniosła rękę i na chwilę odwróciła wzrok. Potem się ku niemu pochyliła.

– Twój dar nie działał! Zmaza śmierci go blokowała!

– Ach, rozumiem, co cię zmyliło – powiedział Richard, odchylając głowę. – To było przedtem.

– Przed czym?

– Zanim naprawiłem swój dar, żeby zrobił to, co trzeba.

Nathan, Nicci i Kahlan gapili się na niego.

Nicci zapanowała nad głosem.

– Wytłumacz, proszę, czarodzieju Rahlu, jak „naprawiłeś" swój dar i co zrobiłeś, żeby zadziałał, jak sobie życzyłeś.

– Hm, myślałem, że to trudne. Ale tak nie było. W tym świecie na pewno, lecz nie tam.

– TAM? – Nicci kiwnęła palcem, najwyraźniej nie pojmując.

– W zaświatach. Kiedy tam poszedłem, żeby odesłać Kahlan do świata życia, usunąłem z niej zmazę śmierci i zostawiłem ją tam. W zaświatach miałem tyle czasu, ile mi było trzeba. Kiedy już to zrobiłem, to przekonałem się, jakie to łatwe, gdy się jest w zaświatach. To jak z wodą: łatwiej jest podnosić rozmaite rzeczy w wodzie, bo wydają się lżejsze.

– Twój dar? – ponagliła Nicci, każąc mu wrócić do tematu.

– Wiedziałem, jak usunąć jad, będąc w zaświatach, więc to zrobiłem, a potem zrobiłem coś podobnego ze swoim darem.

Nicci była mocno zaniepokojona.

– Co chcesz powiedzieć? Że usunąłeś swój dar, kiedy tam byłeś?

Richard drapał się w głowę, usiłując wymyślić, jak to wytłumaczyć.

– Umiesz zawiązać buty, nie myśląc o tym, nie patrząc? Podobnie jest w zaświatach. Pewne rzeczy wydają się tam łatwiejsze. No więc „wyjąłem" jad, ale go „przytrzymałem", a potem „wyjąłem" cały dar…

Nathan nie wierzył własnym uszom.

– Wyjąłeś swój dar?!

– Do pewnego stopnia. Skupiłem go, bo chciałem umieścić w jednym punkcie. Jest połączony z duchem takimi nitkowatymi strukturami… Niektóre były zerwane lub zamocowane w złym miejscu, więc przy okazji je naprawiłem… Czyli częściowo go wyjąłem, skupiłem, a potem umieściłem w konkretnym miejscu, żeby nasilić jego moc. Potem położyłem jad dokładnie nad darem i połączyłem niteczki daru, które jad uszkodził, żeby dar mógł odpowiedzieć, kiedy go przywołam, i podczas krzyku wypchnąć ze mnie cały jad.

Nathan uniósł dłoń, nieco się odwrócił.

– Aha, rozumiem. Masz rację, to było całkiem proste.

Richard spoważniał, chcąc im przekazać coś ważnego, czego jeszcze nie wiedzieli.

– Zakończyłem proroctwa.

Nathan gwałtownie się ku niemu obrócił.

– Co takiego?!

Nicci dotknęła ramienia proroka, prosząc, żeby jej pozwolił się tym zająć. Wiedziała o zwojach ceruleańskich, a Nathan nie.

– Powiedz nam, co się stało, Richardzie. Tym razem proste odpowiedzi, proszę. To nie temat do żartów.

Richard skinął głową.

– Masz rację. Wiemy ze zwojów ceruleańskich, że Regula jest mocą z zaświatów. Nie powinna przebywać w świecie życia, podobnie jak Sulachan. Porozmawiałem z Regulą i to zrozumiała. Nie podobało jej się w tym świecie, nie tu było jej miejsce. Pewnie można by to nazwać tęsknotą za domem. Zatem ją zabiłem, czego tak naprawdę sobie życzyła, bo to ją odesłało tam, gdzie jej miejsce. Wystawiłem szkatuły Ordena, zestrojone z mieczem, na zew śmierci, żeby włączyć Ordena w oba światy, złączone spektralnym zagięciem, wraz z innymi elementami uwalnianymi w tym samym czasie, żeby moc Ordena dopełniła spektralne zagięcie, które zapoczątkowałem, wykorzystując poprzednio miecz. I wykorzystałem też drugą stronę – śmierć – wciągniętą do tego świata wraz z Regulą. Można by rzec, że na moment złączyłem świat życia i świat śmierci, żeby mogły się właściwie „ustawić". Śmierć zabrała Regulę do świata umarłych, a wraz z nią proroctwa. Regula, moc prorokowania, jest teraz zamknięta w tamtym świecie, a razem z nią proroctwa, co oznacza, że umarły. W tym świecie proroctwa się skończyły. Spektralne zagięcie się dopełniło, *Rachuba zmierzchu* dobiegła końca, toteż nie wrócą do świata żywych, podobnie jak nie ożyją umarli. Przynajmniej od teraz. Przeminął czas, kiedy to się mogło wydarzyć. Faza zmian się skończyła. Sulachan nigdy nie powróci.

Nicci przyciskała palce do skroni.

– Dziękuję, Richardzie, że nie powiedziałeś mnie i Kahlan tego wszystkiego, zanim zniknąłeś.

Richard się skrzywił.

– Naprawdę?

– Tak, bobym cię zabiła i Kahlan znowu byłaby wdową, a wcale jej się to nie podobało za pierwszym razem.

Richard zobaczył, że Kahlan się uśmiecha.

– Lord Rahl wiedział, że będziecie na niego złe, ale miał wszystko pod kontrolą, od samego początku – oświadczyła Cassia.

– Taaak? – zapytała Kahlan.

Cassia energicznie potaknęła.

– Powiedział, że potem poprosi o wybaczenie.

Nathan głośno się roześmiał. Jego śmiech był tak zaraźliwy, że Kahlan śmiała się razem z nim.

Nicci przewróciła oczami.

– Dobrze zrobiłeś, Richardzie. Naprawdę. Szkoda, że to nie ja cię nauczyłam połowy tych rzeczy. Pewnego dnia będziesz musiał uczyć mnie.

– Przyrzekam. – Uśmiechnął się Richard.

Zauważył, że ludzie odsuwają się z drogi komuś, kto biegnie. Najpierw trudno było coś zobaczyć, taki był tłok, ale potem mignął mu czerwony skórzany uniform.

Żołnierze usuwali się przed pędzącą ile sił w nogach Mord-Sith. Nawet na nich nie patrzyła – oczekiwała, że jej ustąpią.

Podbiegła i rzuciła się na Richarda – zarzuciła mu ręce na szyję, otoczyła nogami w pasie. Zderzenie było tak mocne, że aż się cofnął o krok.

– Lordzie Rahlu! Lordzie Rahlu! – Tak go ściskała, że nie mógł oddychać. – Słyszałam, że wróciłeś do pałacu, ale broniłam jakichś ludzi i nie mogłam przyjść. Tak się cieszę, że cię widzę. Tak się cieszę, że ty i Matka Spowiedniczka wróciliście. Okropnie za tobą tęskniłam.

Richard tulił ją i poklepywał po plecach, uśmiechał się szeroko.

– I ja za tobą tęskniłem, Berdine.

Oczy miała jasnoniebieskie, ale faliste włosy nie były jasne, lecz brązowe. Była niższa i okrąglejsza niż większość Mord-Sith. Tryskała entuzjazmem. Lecz była tak samo śmiertelnie niebezpieczna jak inne siostry w Agielu.

Ciągle opasywała go nogami.

– Lordzie Rahlu, znalazłam trochę ksiąg z proroctwami, które pewnie zechcesz zobaczyć.

– Będziemy musieli porozmawiać o księgach proroctw.

Berdine chwyciła w dłoń Agiel.

– Znowu działa. Naprawiłeś go?

Richard posłał jej krzywy uśmieszek.

– Naprawiłem.

Poklepała go po piersi.

– Jesteś dobrym lordem Rahlem.

Popatrzyła na Kahlan.

– Cieszę się, że wróciłaś, Matko Spowiedniczko. Wszyscy za tobą tęskniliśmy.

– I ciebie miło widzieć, Berdine. – Kahlan wskazała opasujące Richarda nogi Mord-Sith. – Zostaw trochę dla mnie, dobrze?

Berdine zachichotała i zeskoczyła.

Vika nachyliła się ku niemu.

– Lordzie Rahlu, pozwalasz Mord-Sith... się obejmować?!

Berdine uśmiechnęła się do wyższej kobiety.

– Nie, tylko mnie. Jestem jego ulubienicą.

– Nie mamy ulubienic – stwierdziła Kahlan. – Wszystkie lubimy tak samo.

– Wiem – powiedziała z szelmowskim uśmiechem Berdine. – Kocha nas jednakowo. Z wyjątkiem mnie. Mnie kocha bardziej. Bo jestem jego ulubienicą.

– Ty... kochasz Mord-Sith? – spytała go zdumiona Vika.

Richard wzruszył ramionami.

– Czego tu nie kochać?

Odwrócił się, bo pospiesznie podeszła ku nim grupa żołnierzy. Prowadził ich generał Zimmer.

– Mamy problem, lordzie Rahlu.

Richard natychmiast stał się czujny. Otaczali ich górujący nad nimi liczebnie półludzie. Sprawdził, czy miecz luźno chodzi w pochwie.

– Co się dzieje?

Generał nieznacznie rozejrzał się dokoła.

– Zauważyłeś, że coraz ciaśniej was otaczają?

– Nie za wiele widzę przez te tłumy wokół nas.

– Otoczyliśmy was łucznikami, rozstawionymi tam w górze, i oni zauważyli, że Shun-tuk powolutku się zbliżają. Wszyscy twierdzą, że chcą ci coś powiedzieć. I nie tylko ci w pałacu. Oni wszyscy najwyraźniej potrafią, bo ja wiem, jak to ująć, wyczuć cię. Żołnierze spoza pałacu raportują, że oni się gromadzą w pobliżu tego sektora, na niższych poziomach. Na zewnątrz zebrały się ogromne masy i stoją, jakby na coś czekali.

– Czegóż chcą? – zapytała niechętnie Cassia.

– Wygląda na to, że wszyscy chcą coś powiedzieć lordowi Rahlowi.

Richard powiódł wzrokiem po tłumie. Wskazał nieco w lewo.

– Tam jest dawny plac modlitewny. Otacza go niski murek. Stanę na nim, żeby lepiej widzieć i żeby oni lepiej mnie widzieli. Przekonajmy się, co mają do powiedzenia.

Generał zmarszczył brwi.

– Na pewno? Godzinę temu wszyscy próbowali nas pożreć. Nic o tych ludziach nie wiemy.

– Ja wiem – powiedział Richard, ruszając w stronę placu. – Znam ich dusze.

Rikka i Nyda znalazły się po jego lewej stronie, Cassia i Vale po prawej. Berdine szła przodem. Vika osłaniała tyły. Richarda, Kahlan, Nathana, Nicci i generała Zimmera otaczał ochronny pierścień Mord-Sith.

Richard dotarł do dawnego placu modlitewnego i stanął na niskim murku otaczającym sadzawkę. Pojął, że nie widzi tak dobrze, jak na to liczył, toteż wdrapał się na ciemny głaz pośrodku sadzawki. Wyprostował się, popatrzył na tłum, wsparł lewą dłoń na rękojeści Miecza Prawdy. W pałacu zwykle było mnóstwo ludzi, lecz z Shun-tuk ich liczba znacznie wzrosła.

Zobaczył Shun-tuk przy wszystkich fontannach, zmywali z twarzy białą farbę i malunki, sprawiające, że ich głowy wyglądały jak czaszki.

– Jestem Richard Rahl – powiedział do zgromadzonej rzeszy. Wszyscy w milczeniu się w niego wpatrywali. – Przekazano mi, że chcecie mi coś powiedzieć.

Cała rzesza ludzi jednocześnie uklękła i pochyliła się, dotykając czołami posadzki.

A potem jednym głosem – wszyscy w tym obszernym holu, na każdym piętrze, i na zewnątrz, na równinie, powiedzieli:

Prowadź nas, mistrzu Rahlu.

Richard zamarł, słysząc tysiące głosów brzmiących jak jeden. Jakby przetoczył się grzmot.

Nauczaj nas, mistrzu Rahlu.

Spojrzał na Kahlan. Odwzajemniła spojrzenie, oczy miała pełne łez.

Chroń nas, mistrzu Rahlu.

Zdjęta podziwem Nicci zakryła usta.

Rozkwitamy w twojej chwale.

Rzesza ludzi jednym głosem wypowiedziała kolejne wersy modlitwy.

Osłania nas twoje miłosierdzie.

Twoja mądrość przerasta nasze zrozumienie.

Żyjemy tylko po to, żeby ci służyć.

Nasze życie należy do ciebie.

Richard był tak wzruszony, że nie mógł mówić.

Z posadzki podniósł się jeden człowiek. Reszta trwała w pokłonie. Był stary i kruchy, pomalowany białą farbą, chociaż trupią czaszkę prawie zmył.

– Lordzie Rahlu – powiedział głosem, który poniósł się w holu, ponad głowami wszystkich ludzi – ty pierwszy nam pomogłeś od czasu, kiedy wydarto nam dusze. Dziękujemy, lordzie Rahlu, za to, że przywróciłeś nam dusze, że je nam oddałeś, że znowu w pełni jesteśmy ludźmi.

Richard przełknął ślinę. Otarł łzę z policzka i mógł jedynie skinąć głową, bo bał się cokolwiek powiedzieć.

ROZDZIAŁ 59

Richard stał przy masywnej kamiennej balustradzie na zewnętrznym skraju dziedzińca i wpatrywał się w noc. Żadna część Pałacu Ludu nie wychodziła na dziedziniec ich sypialni. Znajdował się on tak wysoko i wystawał poza niższe mury, tak iż miało się wrażenie, że się unosi ponad równiną Azrith. Ta część, na której stał Richard, pomiędzy wygiętymi bocznymi poręczami, była jeszcze bardziej wysunięta na wspornikach. Pod ścianami stały w donicach starannie przycięte jałowce. Richard dobrze się tutaj czuł.

To miejsce zapewniało coś bezcennego i rzadkiego – odosobnienie.

Tylko tutaj mogli być sami. Nawet Berdine nigdy tu nie wchodziła bez pukania.

Mord-Sith bardzo się napracowała, selekcjonując księgi proroctw. Tak jak wszyscy, bardzo się zdziwiła, kiedy się dowiedziała, że to Regula odpowiadała za prawdziwe proroctwa w świecie życia. Zawsze byli i zawsze będą tacy, którzy wierzą, że mogą zajrzeć w przyszłość. Albo łatwo ich było omamić czy urzec, albo byli oszustami szukającymi sposobu na wyłudzenie pieniędzy od tych, którym ujawniali własną wersję przyszłości.

Prawdziwe księgi proroctw, będące dziełem Reguli, zostały spalone. Byli tacy, którzy twierdzili, że jeśli nawet te proroctwa są nieprawdziwe czy fałszywe, to stanowią przykłady wybornego kunsztu i powinny zostać zachowane. Inni chcieli trwać w zabobonnym przekonaniu, że proroctwa były prawdziwe i że jeśli się zniszczy księgi, to spadnie na nich nieszczęście. Też swego rodzaju proroctwo.

Natomiast Nathan spędził blisko tysiąc lat z wieloma spośród tych ksiąg. Znał większość z nich. Proroctwa płynęły w jego krwi. Był czarodziejem, który ich doświadczał. Miewał wizje zsyłane przez proroctwa. Rozumie się, że proroctwa te przenikały ze świata umarłych.

Richard pamiętał niezliczone problemy, jakie on i Kahlan mieli z proroctwami. Na ślubie Cary i Bena ludzie, którzy pragnęli proroctw, jakby były towarem albo obiegową monetą, zapoczątkowali najrozmaitsze kłopoty. Wiele osób straciło życie.

Mimo to Richard potrafił zrozumieć miłość Nathana do tych ksiąg i mu współczuć. Niemal całe życie był zamknięty w Pałacu Proroków i owe księgi były dla niego czymś więcej niż przyjaciółmi. Były jego ucieczką. Zabierały go poza mury więzienia, jakim był dla niego Pałac Proroków, w miejsca, które mógł sobie wyobrażać albo o nich czytać, lecz raczej nie miał nadziei, że kiedykolwiek je zobaczy.

Richard przypuszczał, że to dlatego Nathan ubierał się jak awanturnik, człowiek obyty w świecie.

Wiedział jednak, że proroctwa były elementem zaświatów. To była sama śmierć. Oznaczały śmierć wolnej woli. Prowadziły do degradacji ludzkości, bo ludzie chcieli, żeby proroctwa pomagały im podjąć każdą decyzję. I wszystkie decyzje podejmowano za nich w świecie umarłych. Teraz wkraczali w czasy wolnej woli.

Richard rozumiał jednak rozżalenie Nathana, że spalą jego starych przyjaciół. Toteż powiedział prorokowi, żeby wybrał sobie w pałacu bibliotekę, nawet więcej niż jedną, i przeniósł tam księgi, które chciałby zachować.

Pozostałe zostaną spalone. Proroctwa się skończyły.

Nathan wreszcie miał okazję wieść życie prawdziwego poszukiwacza przygód, toteż księgi proroctw równie dobrze mogłyby stać się dla niego przeszłością. Pomiędzy Pałacem Ludu a Mrocznymi Ziemiami znajdowało się wiele miast i wiosek zniszczonych przez imperatora Sulachana, Hannisa Arca i ciągnących przez kraj półludzi. Nathan miał zostać oficjalnym ambasadorem lorda Rahla, odwiedzającym owe miejsca i decydującym, jak pomóc mieszkańcom. Wielu

Shun-tuk też zgłosiło się ochotniczo do tego zadania. Jeszcze liczniejsi chcieli wrócić w jedyne strony, jakie znali – na Mroczne Ziemie.

Richard już tęsknił za Nathanem, choć ten wyjechał dopiero parę tygodni temu.

Ku ogromnemu zdumieniu Richarda – chociaż Kahlan stwierdziła, że od dawna się tego spodziewała – Nicci postanowiła jechać z Nathanem i dotrzymywać mu towarzystwa – co zdaniem Richarda oznaczało chronienie go przed kłopotami. Uważał, że to ironia losu, iż Pałac Proroków zawsze wysyłał z Nathanem Siostrę, kiedy ten musiał dokądś się udać. Nigdy nie było wątpliwości, że Siostry były jego opiekunkami-strażniczkami i sprawowały nad nim kontrolę.

Richard miał nadzieję, że Nicci znajdzie prawdziwe szczęście. Żałował, że wyjechała wraz z Nathanem, ale ją rozumiał. I za nią też tęsknił. Powiedziała, że nie wie, jak długo jej nie będzie. To będzie zależało od tego, jakim paskudnym towarzyszem podróży okaże się Nathan. Richard właściwie trochę się dziwił, że jeszcze nie wróciła. Ale to zrobi.

Cassia i Vale były zachwycone, że znowu są w Pałacu Ludu – służąc nowemu lordowi Rahlowi. Cassia lubiła chodzić na patrole z żołnierzami Pierwszej Kompanii. Oni nie mieli nic przeciwko temu. Vale spędzała większość czasu z Berdine. Wiele ze sobą szeptały. Richard udawał, że tego nie widzi, a one udawały, że go zwodzą.

Vika była szczęśliwa z powrotu. To była jej decyzja. Richard dał jej nie tylko szansę, ale i zachęcił do podjęcia tak trudnej decyzji.

No i w rezultacie uznała, że to ona jest Mord-Sith, która powinna zastąpić Carę jako ich najbliższa strażniczka.

Z Richardem, rozumie się, nikt tego nie uzgodnił. Poinformowano go o tym.

Prawdę powiedziawszy, bardzo mu to odpowiadało.

Vika już nigdy nie przepraszała, że potraktowała go Agielem. Z tego też był zadowolony. To należało do przeszłości.

Rad był również z tego, że rozumiała, iż jeśli mu podpadnie, to ukarze ją tak, jak obiecał. Jak dotąd przestrzegała zasad. No, powiedzmy. Vika, prawdę mówiąc, uważała, że zasady to tylko sugestie.

Richard też tak uważał.

Richard i Kahlan wyruszyli w krótką podróż sylfą do Wieży. Nicci, zanim wyjechała, podziałała na Vikę magią subtraktywną, żeby i ona mogła podróżować sylfą i ich ochraniać. W Wieży opowiedzieli o wszystkim, co się wydarzyło. Większość nowin była ogromnym ciosem dla Sióstr. Zaprzeczało to wszystkiemu, czego je uczono w Pałacu Proroków. Verna, trzeba jej to przyznać, bardzo pomagała w przedstawianiu sprawy Siostrom w sposób, który mogłyby zaakceptować. Największym problemem były proroctwa. Stanowiły przecież całe ich życie. Richard nie potrafił ich przekonać, żeby uwierzyły w prawdę. Miał nadzieję, że z czasem to zaakceptują.

Richard przekazał też Vernie wiadomość od Warrena. Miało to dla niej ogromne znaczenie. Powiedziała, że teraz naprawdę może iść dalej i żyć.

Richard i Kahlan mieli nadzieję, że wkrótce znowu odwiedzą Aydindril i Wieżę oraz Pałac Spowiedniczek, a potem pojadą do Hartlandu.

Kahlan stanęła obok Richarda, wsunęła mu rękę pod ramię. Kiedy się do niego przytuliła, dotarło do niego, że żona niewiele ma na sobie.

– Położysz się wkrótce?

Richard kiwnął głową, a potem wskazał ku północnemu niebu.

– Spójrz tam. Na północne światła. Tej nocy są jaśniejsze niż zwykle.

Kahlan przez chwilę się im przyglądała.

– Myślisz, że to zbłąkane dusze? Szukają swojego miejsca?

Richard się uśmiechnął.

– Myślę, że znaleźliśmy wszystkie zbłąkane dusze i im pomogliśmy. Te, które już nie miały miejsca na tym świecie, wróciły do Grace i odnalazły się w zaświatach.

– Pewnie tak – szepnęła, patrząc na ciche, bezchmurne, lecz i bezksiężycowe niebo.

Richard zajrzał przez otwarte dwuskrzydłowe drzwi.

– Łoże wygląda na bardzo wygodne.

Kiedy zajrzał do sypialni, zobaczył skórzane pojemniki na ceruleańskie zwoje, równiutko ustawione w szafce pod ścianą. Jeden ze zwojów leżał na pulpicie. To był zwój Serca Wojny.

Przyniósł je stary skryba Mohler i – zachęcony przez Richarda – postanowił zamieszkać w Pałacu Ludu. Nathan, zanim wyjechał w podróż, uleczył powykrzywiane dłonie Mohlera i ku zdumieniu starego skryby już go nie bolały.

– Coś jest nie tak, Richardzie.

Odwrócił się ku niej.

– Co się dzieje?

Wskazała niebo.

– Właściwie dopiero teraz to zauważyłam. Gwiazdy nie są na swoich miejscach.

Richard się skrzywił.

– Oczywiście, że są.

Kahlan potrząsnęła głową, mocno zaniepokojona.

– Nie żartuję, Richardzie. Nie są tam, gdzie powinny. Nie ma konstelacji, które znam.

Położyła dłoń na sercu. Widział, że szybciej oddycha, a pulsowanie żyły na szyi świadczyło o tym, że serce przyspieszyło rytmu.

Richard się uśmiechnął i ujął jej dłoń. Oparł ich ręce na balustradzie.

– Wszystko w porządku, Kahlan. Są tam, gdzie powinny.

– Nie – upierała się, patrząc na niego z niepokojem. – Nie są. Wcale nie.

Odrobinę pochylił ku niej głowę.

– Są tam, gdzie *teraz* powinny być. Nie są takie same jak przedtem. Lecz teraz właśnie tu powinny być.

Zmarszczyła czoło.

– O czym mówisz?

Wskazał palcem ku gwiazdom.

– Spektralne zagięcie się zamknęło. *Rachuba zmierzchu* dobiegła kresu wraz z fazą zmian. Przemieszczenie gwiazdy się dopełniło.

Kahlan spojrzała na gwiazdy, a potem na Richarda.

– Chcesz powiedzieć, że gwiazdy już nigdy nie będą takie jak przedtem?

– Otóż to. Od teraz będą wyglądać właśnie tak. Będziemy musieli nazwać nowe konstelacje, nauczyć się nowych układów.

– I już zawsze takie będą? Pozostaną w tych miejscach? Możemy liczyć, że te konstelacje się nie zmienią? Od teraz nasze nocne niebo będzie tak wyglądać?

– Tak.

Popatrzyła na nowe dla niej niebo.

– To naprawdę zdumiewające.

Richard pochylił się i pocałował ją, objęli się. Kiedy w końcu się od siebie odsunęli, obydwoje trochę szybciej oddychali.

– Skoro nastąpiło przemieszczenie się gwiazdy, to co to teraz dla nas oznacza? Dla nadchodzącej przyszłości? Zwłaszcza teraz, bez proroctw?

Richard wzruszył ramionami.

– To oznacza, że zaczyna się nowy wiek.

Kahlan popatrzyła na niebo.

– Przemieszczenie się gwiazdy i początek nowego wieku. – Spojrzała mu w oczy. – Jak myślisz, jaki to będzie wiek?

Richard uśmiechnął się do niej szeroko.

– Wraz z przemieszczeniem się gwiazdy wszystko się odmieniło. To początek nowego, złotego wieku.

Uśmiechnęła się do siebie.

– Bardzo mi się to podoba – szepnęła.

Potem spojrzała na niego chmurnie, na nowo nie dowierzając.

– Jesteś pewien, że to początek złotego wieku?

– Jak najbardziej. Przyrzekam.

– Czarodzieje zawsze dotrzymują obietnic.

– To prawda, a tę obietnicę właśnie ci złożył Pierwszy Czarodziej, Serce Wojny.